KB113072

여자의 일생

Une Vie

세계문학전집 319

여자의 일생

Une Vie

기 드 모파상

이동렬 옮김

민음사

(겸허한 진실)

브렌 부인에게[1)]

충실한 친구로서 경의를 표하며,
작고한 친구를 추모합니다.

---

1) 모파상은 플로베르를 통해서 플로베르 최후의 사랑의 대상이었던 브렌(Léonie Brainne) 부인을 알게 되었다. 브렌 부인은 《누벨리스트 드 루앙(Nouvelliste de Rouen)》의 편집자였던 리부아르(H. Rivoire) 씨의 딸로서, 모파상의 사교계 출입을 도왔으며, 그녀의 아들 앙리 브렌(Henry Brainne)은 모파상과 친한 사이였다. 브렌 부인은 『여자의 일생』이 출간된 1883년에 사망했다. 이 헌사에서 모파상은 브렌 부인에게 감사를 표하는 동시에, 작고한 친구 플로베르에 대한 추억을 떠올리고 있다.

차례

일러두기

『여자의 일생』의 번역 대본은 루이 포레스티에(Louis Forestier)가 편집한 『모파상 소설 선집(Maupassant Romans)』(Gallimard, 2008)에 수록된 「Une Vie」 텍스트에 의거했다.
인·지명은 대체로 외래어 표기법을 따랐으나 몇몇 예외를 두었다.

1

잔느는 짐을 다 꾸리고 나서 창가로 다가가 보았지만, 비는 그치지 않았다.

폭우가 밤새도록 창유리와 지붕을 세차게 두드렸다. 물을 잔뜩 머금은 채 낮게 드리운 하늘이 터지면서 땅 위로 물을 쏟아 내며, 땅을 곤죽으로 이기고 설탕처럼 녹이는 듯 보였다. 무거운 열기를 가득 담은 돌풍이 훑고 지나갔다. 넘쳐흐르는 개울물의 콸콸거리는 소리가 인적 없는 거리를 채웠고, 거리의 집들은 스펀지처럼 습기를 빨아들이고 있었다. 습기는 집 안으로 스며들어 지하실부터 다락방까지 벽을 따라 땀처럼 흘러 나오고 있었다.

어제 수녀원에서 나와 마침내 영원히 자유의 몸이 되어서, 그토록 오래전부터 꿈꾸어 왔던 인생의 모든 행복을 이제 막 그러잡으려 하는 잔느는 날이 개지 않으면 아버지가 출발을 망설이지 않을까 걱정했다. 그래서 그녀는 아침부터 벌써 백 번은 하늘을 쳐다보았다.

그녀는 여행 가방 속에 자신의 달력을 챙겨 넣는 것을 잊었음을 문득 깨달았다. 월별로 나뉘어 있고, 그림 가운데에 금색 글자로 그해 1819년의 날짜가 찍혀 있는 작은 판지 달력을 그녀는 벽에서 떼어 냈다. 그러고 나서 수녀원에서 나온 날인 5월 2일까지 성자의 이름 하나하나에 연필로 금을 그어 첫 네 칸을 지워 버렸다.

문밖에서 "자네트!" 하고 부르는 목소리가 들렸다.

"들어오세요, 아빠." 잔느가 대답했다. 그러자 그녀의 아버지가 모습을 드러냈다.

시몽자크 르 페르튀 데 보 남작은 지난 시대의 귀족으로서, 좀 기인이긴 했지만 선량한 사람이었다. 장 자크 루소의 열렬한 추종자인 그는 자연과 들판과 숲과 동물들에 대해 연인 같은 애정을 품고 있었다.

귀족으로 태어난 그는 본능적으로 93년[2]을 증오했다. 그러나 기질적으로 철학자이고 교육에 의해 자유주의자가 된 그는 전제 정치를 혐오했는데, 그저 악의 없는 명목상의 혐오일 뿐이었다.

그의 큰 장점인 동시에 또 큰 약점은 바로 한없는 선량함이었다. 애무하고, 주고, 포옹하기 위해서라면 팔이 모자라는 듯

---

2) 프랑스 대혁명 후 루이 16세가 처형당하고 자코뱅파의 공포 정치가 행해졌던 1793년을 뜻한다.

한 선량함, 산만하고 저항할 줄 모르는 창조주의 선량함, 마치 의지의 신경이 마비되고, 정력에 결함이 있는 것 같은, 거의 악덕이라고 할 만한 선량함이었다.

이론가인 그는 자기 딸을 위해 교육 방침 전부를 짜서, 딸을 행복하고 선량하며 올바르고 다정하게 키우려고 생각했다.

그녀는 열두 살 때까지 집에 머무르다가, 그 후에 어머니가 울며 반대했음에도 성심 수녀원에 맡겨졌다.

그는 딸을 그곳 수녀원에 엄격하게 가두어서, 세상사와는 담을 쌓고 아무것도 모르는 채로 살아가게 했다. 그는 딸이 열일곱 살이 되면 순결한 상태로 자기에게 되돌아와서, 자기 자신이 딸을 일종의 합리적인 시(詩)의 욕탕에 담글 수 있게 되기를 바랐다. 그리고 들판을 돌아다니며 풍요로운 대지 가운데에서 그녀의 영혼이 열리고, 동물들의 순진한 사랑과 솔직하게 애정을 나누는 모습을 보고, 삶의 평화로운 법칙에 따라 그녀가 무지에서 차츰 깨어나기를 바랐다.

그녀는 이제 활기와 행복에 대한 갈망으로 가득 차서 환하게 빛나는 상태로 수녀원을 나온 길이었다. 그간 한가한 낮과 긴긴 밤 동안 고독한 희망 속에서 이미 상상의 편력을 통해 보았던 온갖 환희와 온갖 매혹적인 모험이 그녀 손에 와 닿는 것 같은 느낌이었다.

살결로 번져 나가는 듯 윤기 나는 금발의 그녀 모습은 베로네세[3]가 그린 초상화 한 폭 같아 보였다. 귀족적인 열은 장밋빛

---

3) Paolo Veronese(1528~1588). 본명은 파올로 칼리아리이며, 베로나에서

살결은 햇빛이 따사로이 비칠 때면 가벼운 솜털이 음영을 드리워서 연한 벨벳처럼 보였다. 그녀의 두 눈은 네덜란드제 도자기에 그려진 인물화의 두 눈 같은 불투명한 파란색을 띠었다.

그녀의 콧구멍 왼편에는 자그마한 예쁜 점이 있었고, 턱 위 오른편에도 점 한 개가 있었는데, 그 점에는 피부와 잘 구별되지 않는 곱슬곱슬한 잔털이 몇 가닥 나 있었다. 늘씬한 키에 가슴이 풍만했고, 몸매는 물결치듯 유연해 보였다. 그녀의 또렷한 목소리가 때로는 너무 날카롭게 들리기도 했지만, 솔직한 웃음소리는 주위에 즐거움을 퍼뜨렸다. 그녀는 머리를 매만지기라도 하려는 듯 버릇처럼 두 손을 관자놀이에 갖다 대곤 했다.

그녀는 아버지에게 달려가 뽀뽀하고 포옹하며 말했다. "그래, 우리 떠나는 거죠?"

그는 미소를 짓더니, 이미 백발이 된 상당히 길게 자란 머리털을 흔들며, 손으로 창 쪽을 가리키면서 말했다.

"너는 이런 날씨에 어떻게 길을 떠나기를 바라니?"

그러나 그녀는 어리광을 부리며 다정하게 졸랐다. "오, 아빠, 제발 떠나요. 오후에는 날씨가 좋아질 거예요."

"하지만 네 어머니는 절대 찬성하지 않으실 거다."

"아녜요, 약속하죠. 엄마는 제가 책임지겠어요."

"네가 어머니의 동의를 얻어 낸다면, 나야 좋지 뭐."

출생한 데서 베로네세라는 이름이 유래했다. 베네치아파에 속하는 16세기 이탈리아 화가이다.

그러자 그녀는 남작 부인의 방 쪽으로 달려갔다. 그녀는 점점 더 조바심을 내며 출발 날짜를 기다려 왔던 것이다.

성심 수녀원에 들어온 이후로 그녀는 루앙을 떠나 본 적이 없었다. 그녀의 아버지는 애초에 정해 놓았던 나이가 되기 전에는 어떠한 일탈도 딸에게 허용하려 하지 않았다. 단지 두 번, 보름 정도 그녀를 파리에 데리고 간 적이 있었지만, 그곳 역시 도시일 뿐, 그녀는 오직 시골만을 꿈꾸어 왔다.

그녀는 이제 이포르 근처 절벽 위에 자리 잡은 가문의 유서 깊은 성(城), 푀플의 가족 소유지에서 여름을 보낼 참이었다. 그래서 그녀는 파도치는 바닷가에서의 그 자유로운 삶에 대해 무한한 즐거움을 기대하고 있었다. 그런 데다가 그녀는 결혼하고 나면 그 성을 물려받아 내내 거기서 살 예정이었다.

전날 저녁부터 쉴 새 없이 쏟아지는 비는 그녀의 생애에 밀어닥친 최초의 큰 슬픔이었다.

그러나 삼 분 후 그녀는 집이 떠나갈 듯이 외치면서 어머니 방에서 뛰어나왔다. "아빠, 아빠! 엄마가 가신대요. 말을 매라고 하세요."

폭우는 조금도 잦아들지 않았다. 사륜마차가 문 앞으로 다가왔을 때는 오히려 빗줄기가 더 거세진 것 같았다.

잔느가 막 마차에 올라타려는데, 남작 부인이 층계를 내려왔다. 한쪽은 남편이, 다른 한쪽은 사내처럼 힘세고 덩치가 좋은 키 큰 하녀가 부축하고 있었다. 하녀는 코[4] 지방 출신 노

---

4) Caux. 프랑스 노르망디의 영불 해협에 면한 백악질의 고원 지대.

르망디 여자였는데, 고작 열여덟 살밖에 안 됐지만, 적어도 스무 살은 되어 보였다. 그녀는 집안에서 둘째 딸이라도 되는 것 같은 대우를 받고 있었는데, 그녀가 잔느와 젖을 같이 먹고 자란 사이였기 때문이다. 하녀 이름은 로잘리였다.

그녀의 주된 역할은 안주인의 보행을 돕는 일이었는데, 안주인은 심장 비대증으로 몇 년 전부터 몸이 비대해져서 끊임없이 괴로움을 호소하고 있었다.

남작 부인은 몹시 헐떡거리며 낡은 호텔의 현관 앞 층계에 다다라서, 물이 넘쳐흐르는 마당을 쳐다보더니 "정말로 어처구니없는 일이군." 하고 중얼거렸다.

그녀의 남편이 여전히 미소를 지은 채 "떠나기로 한 건 당신이오, 아델라이드[5] 부인." 하고 대꾸했다.

그녀 이름이 거창하게도 아델라이드여서, 남작은 약간 조롱기 섞인 존경의 태도로 아내 이름에 항상 '부인'이라는 경칭을 붙이는 것이었다.

그녀가 다시 걸음을 옮겨 힘겹게 마차에 오르자 마차의 스프링이 모두 휘었다. 남작이 아내 옆에 앉고, 잔느와 로잘리는 뒷좌석에 자리 잡았다.

식모 뤼디빈이 외투를 무더기로 날라 와서 그들 무릎에 덮고, 바구니 두 개는 그들의 다리 밑에 숨겼다. 그러고 나서 식모는 시몽 영감 옆자리로 기어올라 가서 온몸을 커다란 담요

5) 아델라이드는 루이 15세의 딸들 중 가장 아름답고 신뢰받던 공주의 이름이기도 하다. 앙시앵 레짐의 귀족 출신인 남작 부인은 왕족들에게 어울리는 이름을 쓰고 있다.

로 감쌌다. 문지기와 그의 아내가 나와서 마차 문을 닫으며 인사했다. 그들은 짐마차 편으로 뒤따라 보낼 짐 가방들에 대한 마지막 지시를 받았다. 그리고 일행은 출발했다.

마부 시몽 영감은 비가 쏟아지는 가운데 머리를 숙이고, 등을 웅크리고, 삼중 깃이 달린 외투에 몸을 파묻고 있었다. 돌풍이 비명을 지르듯 차창을 마구 두드렸고, 차도를 범람케 했다.

말 두 필이 끄는 사륜마차는 선창가로 곧장 질주하여, 대형 선박들이 열 지어 정박해 있는 길을 따라 달려갔다. 배의 돛과 활대와 밧줄 들이 빗물이 줄줄 흐르는 허공에 잎 떨어진 나무들처럼 을씨년스럽게 솟아 있었다. 마차는 몽리부데의 긴 대로로 접어들었다.

뒤이어 마차는 목초지를 몇 군데 지나갔다. 이따금 비에 잠긴 버드나무가 시체처럼 가지를 축 늘어뜨리고 비안개 속에서 어렴풋이 모습을 드러냈다. 말들의 편자는 물을 첨벙거렸고, 마차의 네 바퀴는 진흙 범벅이 되었다.

일행은 말이 없었다. 마음도 땅처럼 젖어 있는 것 같았다. 어머니는 몸을 뒤로 젖혀 머리를 기대고 눈을 감았다. 남작은 몽롱한 눈길로 비에 잠긴 단조로운 들판을 바라보고 있었다. 로잘리는 무릎 위에 보따리 하나를 올려놓고, 하층민들 특유의 동물적인 몽상에 잠겨 있었다. 그러나 잔느는 흘러내리는 이 미지근한 빗물 속에서, 갇혀 있다가 다시 밖의 대기 중에 내놓은 식물처럼 생기가 도는 느낌이었다. 진한 기쁨이 무성한 나뭇잎처럼 그녀의 마음을 슬픔으로부터 막아 주고 있었다. 비록 말은 하지 않았지만, 그녀는 노래라도 부르고 싶었고, 밖으로 손을 내밀어 손 가득히 빗물을 받아 마시고 싶기도 했다. 그녀는 질주하는 말에 실려 가는 것을, 황폐한 풍경을 바라보는 것을, 그리고 이 홍수의 와중에 안전하게 보호받는다는 느낌을 즐겼던 것이다.

줄기차게 쏟아지는 빗줄기 속에서도 두 마리 말의 번들거리는 엉덩이에서는 끓는 물에서 나오는 듯한 김이 솟아오르고 있었다.

남작 부인은 점차 졸음에 빠져들었다. 가지런히 늘어진 머리카락 여섯 가닥의 긴 컬로 둘러싸인 그녀의 얼굴이 조금씩 숙어서, 커다란 목주름 셋이 이루는 파도와 가볍게 맞닿았다. 그 목주름 파도의 마지막 파동은 풍만한 젖가슴의 난바다 속으로 사라져 갔다. 숨 쉴 때마다 그녀의 머리가 올라갔다가 다시 떨어져 내리곤 했다. 뺨은 부풀어 올랐고, 반쯤 열린 두 입술 사이로 요란하게 코 고는 소리가 새어 나왔다. 남편이 아내 쪽으로 몸을 숙여, 육중한 배 위로 깍지 낀 그녀의 두 손에, 작은 가죽 지갑을 가만히 올려놓았다.

이 촉감에 부인은 잠이 깼다. 부인은 선잠이 깬 몽롱한 상태에서 희미한 눈길로 그 물건을 바라보았다. 지갑이 떨어지서 펼쳐졌다. 금화와 지폐 다발이 마차 안에 흩어졌다. 그 바람에 부인은 완전히 잠이 깼다. 딸의 쾌활함이 요란한 웃음으로 터져 나왔다.

남작이 돈을 주워 아내 무릎 위에 올려놓으며 말했다. "여보, 이게 우리 엘르토 농장을 팔고 남은 돈 전부요. 이제부터 우리가 자주 가서 지내게 될 푀플을 수리하기 위해서 그 농장을 팔았소."

부인은 6400프랑을 헤아려 가만히 자기 주머니에 집어넣었다.

엘르토 농장은 그들의 부모가 남겨 준 서른한 곳 중 그들이 판 아홉 번째 농장이었다. 그렇지만 그들에게는 아직도 토지 소득 2만 리브르가 있었다. 잘만 관리한다면 그 소득은 연 3만 프랑까지는 쉽게 올라갈 것이다.

그들은 검소하게 생활했기 때문에, 집안에 선량함이라는 항상 열려 있는 그 밑 빠진 독만 없었다면, 그 수입만으로 생활이 충분했을 것이다. 태양이 늪지의 물을 말리듯, 그 선량함이 그들 수중에서 돈을 고갈시켰다. 돈은 새어 나가고, 달아나고, 없어졌다. 어째서일까? 까닭을 아는 사람은 아무도 없었다. 매 순간 그들 중 하나가 말했다. "이게 어떻게 된 일인지 모르겠어, 크게 산 것도 없는데 오늘도 100프랑이나 써 버렸단 말이야."

한데 이처럼 쉽게 베푸는 너그러움은 그들 삶의 큰 행복 가운데 하나였다. 그들은 이 점에 있어서는 놀랍도록 감동적으로 의견이 일치했다.

잔느가 물었다. "이제 제 성(城)은 아름답겠죠?"

남작이 쾌활하게 대답했다. "보면 알 거다, 아가야."

세찬 빗줄기가 조금씩 약해지더니, 어느새 안개같이 가는 비가 아주 고운 먼지처럼 흩날렸다. 구름 천장이 높아지는 것 같더니 날이 훤하게 개어 왔다. 그러더니 갑자기, 눈에 띄지 않는 구멍을 통해, 한 줄기 긴 햇빛이 목장 위로 비스듬히 내리비쳤다.

그리고 구름이 갈라지고, 창공의 파란 바탕이 나타났다. 뒤이어 구름의 터진 틈이 너울이 찢기듯 커져 갔다. 이윽고 선명하고 깊은 쪽빛으로 물든 순수하고 아름다운 하늘이 세상에 전개되었다.

시원하고 부드러운 바람이 대지의 행복한 숨결처럼 지나갔다. 그리고 정원이나 숲길을 따라갈 때면, 깃털을 말리는 새의 활기찬 노랫소리가 때때로 들렸다.

저녁이 되었다. 이제 잔느만 빼고 마차 안 모두가 잠들어 있었다. 일행은 두 차례 여인숙에 들러 말에게 귀리와 물을 먹이며 잠시 쉴 틈을 주었다.

해가 저물었다. 멀리서 종소리가 울렸다. 작은 마을에는 등불이 밝혀졌고, 하늘에도 별들이 총총히 빛나기 시작했다. 등 밝힌 집들이 한 점 불처럼 어둠을 뚫고서 듬성듬성 모습을 드러냈다. 그리고 갑자기, 언덕 너머 전나무 가지들 사이로 졸음에 겨운 듯한 거대한 붉은 달이 나타났다.

날씨가 너무 따뜻해서 차창은 열린 채로 놔두었다. 공상에 지치고 행복한 환상에 물린 잔느도 이제 잠들었다. 같은 자세가 오래 계속된 나머지 몸이 굳어 오면 그녀는 이따금 눈을 떴다. 밖을 쳐다보면 환한 밤 속으로 농장의 나무들이 스쳐 지나가는 것이 보였고, 여기저기 들판에 누운 소들이 머리를 쳐드는 모습도 눈에 들어왔다. 그러면 그녀는 새로운 자세를 취하고, 어렴풋한 꿈의 윤곽을 그러잡으려고 애써 보았다. 그러나 계속되는 마차 바퀴 소리가 귀를 가득 채우고 생각을 흩어 놓아서, 그녀는 몸과 마음이 다 같이 기진맥진함을 느끼며 다시 눈을 감았다.

그러다가 마차가 멈춰 섰다. 남녀 몇 명이 손에 등불을 들고 마차 문 앞에 서 있었다. 마침내 도착한 것이었다. 갑자기 잠에서 깬 잔느가 재빨리 뛰어내렸다. 농부 하나가 불을 밝히는 가운데, 아버지와 로잘리가 완전히 탈진 상태에 빠진 남작 부인을 거의 들어내다시피 했다. 남작 부인은 고통의 신음 소리를 내며 "아이구! 맙소사! 내 불쌍한 애들!" 하고 다 죽어 가는 작은 목소리로 되풀이했다. 그녀는 아무것도 마시지도 먹지도 않으려 했고, 자리에 눕더니 곧 잠이 들었다.

잔느와 남작은 마주 앉아 저녁 식사를 했다.

그들은 마주 보며 미소를 짓기도 했고, 식탁 너머로 손을 맞잡기도 했다. 식사 후 어린애 같은 기쁨에 들뜬 두 사람은 수리가 끝난 저택을 둘러보기 시작했다.

그 저택은 높고 넓은 노르망디식 건물로 농가와 성(城)의 중간쯤 되었으며, 이제는 잿빛으로 변한 흰 돌로 축조되었고, 일족(一族)이 다 살아도 될 만큼 널찍했다.

드넓은 현관이 저택을 두 부분으로 나누며 관통했고, 앞뒤 양쪽에는 큰 대문이 달려 있었다. 이중 계단이 입구에 걸쳐 있는 것처럼 보였는데, 계단은 현관 중앙부를 비워 두고, 2층에서 다리처럼 합쳐졌다.

1층 오른편은 엄청나게 큰 거실로 통했는데, 그곳에는 새들이 노니는 모습이 수놓인 나뭇잎 문양 장식 융단이 걸려 있었다. 가구마다 씌운 섬세한 자수 장식 덮개는 하나같이 라퐁

텐[6]의 『우화』를 다루고 있었다. 잔느는 아주 어렸을 때 자신이 좋아했던 여우와 황새 이야기가 수놓인 의자 덮개를 다시 보고는 기쁨으로 소스라칠 것 같았다.

거실 옆에는 고서로 가득 찬 서재와 사용하지 않는 다른 방이 두 개 있었다. 왼쪽으로는 새로 벽널 장식을 한 식당, 리넨 제품 보관실, 찬방, 부엌, 그리고 욕조가 딸린 작은 방 하나가 있었다.

2층 전체는 복도를 기준으로 세로로 나뉘어 있었다. 방 열 개에 딸린 문 열 개가 복도를 따라 줄지어 늘어서 있었다. 오른쪽 끝이 잔느의 방이었다. 그들은 그리로 들어갔다. 남작은 다락방에 쓰지 않고 남겨 두었던 벽걸이 천과 가구만으로 그 방을 새롭게 꾸며 놓았다.

아주 오래된 플랑드르산 장식 융단들이 이곳을 기이한 인물상들로 가득 채워 놓았다.

그러나 자신의 침대를 알아보자, 처녀는 기쁨의 함성을 질렀다. 왁스를 발라 반들거리는 새카만 떡갈나무제의 커다란 새 네 마리가 침대 네 귀퉁이를 받치는 모습이 마치 침대의 파수병들 같았다. 양 측면은 꽃과 과일을 조각한 넓은 화환 모양이었다. 코린트식 기둥머리가 붙어 있고, 세로로 가늘게 홈이 파인 기둥 네 개가 장미꽃에 둘러싸인 큐피드 상이 아로새겨진 코니스[7]를 떠받치고 있었다.

---

6) Jean de La Fontaine(1621~1695). 프랑스 작가로 『우화(Fables)』가 유명하다.
7) 벽기둥 윗부분에 장식으로 두른 쇠시리 모양 돌출부.

침대는 웅장하게 거기 놓여 있었다. 세월에 거무스름하게 변한 목재의 단단한 느낌에도, 그것은 우아해 보였다.

침대 덮개와 침대 닫집의 벽걸이 천이 창공 두 개처럼 반짝거렸다. 그것들은 짙은 청색의 옛날 비단으로 만들어졌는데, 금사(金絲)로 수놓인 커다란 백합꽃들이 군데군데 별처럼 빛나고 있었다.

감탄 어린 시선으로 침대를 바라보고 나서, 잔느는 등불을 들어 장식 융단을 찬찬히 살펴보면서 그림의 주제를 알아보려고 했다.

초록색, 빨간색, 노란색 옷을 이상야릇하게 입은 젊은 남자 귀족과 젊은 귀부인이 하얀 과일이 익어 가는 푸른 나무 아래서 얘기를 나누고 있었다. 커다란 흰색 토끼 한 마리가 회색 풀을 조금씩 뜯어 먹고 있었다.

인물들 바로 위에, 그림 기법으로 보자면 먼 곳에, 지붕이 뾰족한 둥그스름한 작은 집 다섯 채가 보였다. 그리고 그 위쪽, 하늘이 거의 닿을 듯한 곳에는 새빨간 풍차 하나가 있었다.

꽃 형상을 한 커다란 당초(唐草) 장식이 이 모든 것을 둘러싸고 있었다.

다른 두 벽널도 첫 번째 것과 매우 흡사했는데, 다만 플랑드르 사람처럼 옷을 입은 키 작은 남자 네 명이 집에서 나와서, 극도의 경악과 분노의 표시로 하늘을 향해 팔을 뻗치고 있는 모습이 보이는 것이 첫 번째 것과 달랐다.

그러나 마지막 벽걸이 천은 비극을 표현하고 있었다. 여전히 풀을 뜯는 토끼 곁에 젊은이가 누워 있었는데, 죽은 것처럼 보였다. 젊은 귀부인은 그를 바라보며 자기 가슴을 칼로 찌르고 있었고, 나무의 과일은 검게 변해 있었다.

잔느는 그림의 의미를 이해하려는 시도를 단념하려다가, 귀퉁이에서 아주 작은 짐승 하나를 발견했다. 살아 있다 할지라도, 토끼가 풀잎으로 착각하고 먹어 버렸을 것 같은 극히 작은 짐승 모습이었다. 그렇지만 그 짐승은 한 마리 사자였다.

그제서야 그녀는 그림이 피람과 티스베의 불행[8]을 형상화한 것임을 알아보았다. 그녀는 이 그림의 단순함에 절로 미소가 나왔지만, 이 사랑의 모험담에 둘러싸여 지내게 될 것을 생각하고 행복을 느꼈다. 이 연애담은 끊임없이 소중한 희망을 그녀의 마음속에 불러일으키고, 밤마다 그녀의 꿈속에 옛 전설의 사랑을 떠돌게 할 것이다.

그 외의 모든 가구는 더없이 다양한 양식을 모아 놓은 것이었다. 여러 세대가 집 안에 남겨 놓아서, 오래된 옛집을 모든 것이 뒤섞인 일종의 박물관처럼 만들어 놓는 가구들이었다. 빛나는 구리 장식을 씌운 거창한 루이 14세식 서랍장이 꽃다발 수를 놓은 비단 덮개에 싸인 루이 15세식 인락의자 두 개와 나란히 놓여 있었다. 장미 나무로 만든 책상이 벽난로 앞에 놓여 있었고, 벽난로 위에는 둥근 유리 틀에 넣은 제정 시대의 추시계가 걸려 있었다.

---

8) 피람(Pyrame)과 티스베(Thysbe)는 바빌로니아 전설에 나오는 비련의 주인공들로서, 오비디우스의 『변신』 이후 셰익스피어의 「한여름 밤의 꿈」에 이르기까지 여러 문학 작품의 소재가 되었고, 장식 융단 그림으로 대중에게 널리 알려졌다.

그것은 황금색 꽃들이 피어난 정원 위로 대리석 기둥 네 개가 떠받치고 있는 벌통 모양 청동 시계였다. 벌통의 기다란 구멍에서 나온 가느다란 추가 칠보 날개가 달린 작은 꿀벌 한 마리를 화단 위로 끊임없이 오락가락하게 만들었다.

채색 도기로 만든 문자판은 벌통 측면에 끼워져 있었다.

시계가 11시를 치기 시작했다. 남작은 딸을 포옹하고 자기 방으로 물러갔다.

그러자 잔느는 아쉬워하며 잠자리에 들었다.

그녀는 마지막 눈길을 들어 자기 방을 한번 훑어보고 촛불을 껐다. 그러나 침대는 머리맡만이 벽에 기대어 있고, 왼편으로는 창이 하나 나 있어, 그 창으로 쏟아져 들어온 달빛이 바닥에 빛의 웅덩이를 펼쳐 놓고 있었다.

달빛은 벽에 반사되어, 어렴풋한 반사광이 피람과 티스베의 변함없는 사랑의 모습을 아련히 쓰다듬고 있었다.

발치와 마주한 또 다른 창을 통해 부드러운 달빛에 잠긴 큰 나무 모습이 잔느의 눈에 들어왔다. 그녀는 옆으로 돌아누워 눈을 감았으나, 잠시 후 다시 눈을 떴다.

그녀는 마차 달리는 소리가 머릿속에서 계속 들리고, 아직도 마차의 요동으로 몸이 흔들리는 것처럼 느꼈다. 가만히 있으면 결국 잠이 올 것 같아, 그녀는 처음에는 꼼짝 않고 누워 있었다. 그러나 초조한 마음이 이내 전신으로 스며들었다.

두 다리에 경련이 일었고, 신열이 올랐다. 그래서 그녀는 자리에서 일어나 팔을 드러내고 맨발인 채, 긴 셔츠만 걸친 유령 같은 모습으로 마루 위에 펼쳐진 빛의 늪을 가로질러 가, 창문을 열고 밖을 내다보았다.

밤이 너무 밝아서 대낮처럼 환히 보였다. 처녀는 옛날 자신이 어린 시절에 사랑했던 그 고장 전체를 알아볼 수 있었다.

먼저 밤의 달빛 아래 버터처럼 노랗게 보이는 넓은 잔디밭이 맞은편에 펼쳐져 있었다. 거목 두 그루가 성 앞 끝부분에 솟아 있었는데, 북쪽에 있는 것이 플라타너스, 남쪽에 있는 것은 보리수였다.

넓은 풀밭 끝자락에 있는 작은 잡목 숲이 이 영지의 경계를 이루었는데, 고목이 된 느릅나무 다섯 줄이 측면에서 영지를 폭풍우로부터 막아 주고 있었다. 그 고목들은 끊임없이 불어닥치는 해풍에 비틀리고, 잘리고, 뜯기고, 또 지붕처럼 경사지게 깎여 있었다.

이 공원 같은 뜰의 양쪽 끝에는 엄청나게 큰 미루나무(노르망디 지방에서는 미루나무를 '푀플'이라고 부른다.)의 긴 가로수길이 나 있어, 주인의 거주지와 거기에 딸린 두 소작농을 구분 짓고 있었다. 소작농 하나는 쿠야르 집안이, 그리고 다른 하나는 마르탱 집안이 차지하고 있었다.

'푀플'이라는 미루나무의 이름이 그 성(城)의 명칭이 되었다. 영지 저 너머로는, 가시양골담초가 자라는 황폐한 넓은 벌판이 펼쳐져 있었고, 거기에는 밤낮으로 해풍이 요란한 소리를 내며 불어왔다. 그리고 언덕은 갑자기 무너지듯 꺾여서, 100여 미터나 되는 깎아지른 듯한 하얀 절벽을 이루면서 파도에 그 발을 담그고 있었다.

잔느는 멀리 별빛 아래 잠들어 있는 듯이 보이는, 물결이 일렁이는 긴 해수면을 바라보았다.

태양이 사라진 이 정적 속으로, 대지의 모든 향기가 퍼지고 있었다. 아래쪽 창문 주위로 기어오르는 재스민이 강한 숨결을 계속 발산하면서 갓 피어나는 나뭇잎의 좀 더 가벼운 냄새와 뒤섞이고 있었다. 이따금 둔탁한 돌풍이 불고 지나가며 소금기 머금은 대기와, 땀 냄새처럼 끈끈한 강한 해초 냄새를 실어 왔다.

처녀는 무엇보다도 마음껏 숨을 쉴 수 있는 행복감에 자신을 내맡겼다. 전원에서의 이 휴식이 시원한 목욕처럼 그녀를 진정시켜 주었다.

저녁이 되면 잠에서 깨어나 밤의 정적 속에 미미한 존재를 숨기는 모든 짐승들이 조용한 움직임으로 어슴푸레한 어둠을 가득 채우고 있었다. 커다란 새들이 울음소리도 내지 않고 얼룩처럼, 그림자처럼 조용히 공중을 날아갔다. 눈에 보이지 않는 곤충들의 웅성거림이 가볍게 귓가를 스쳤다. 이슬 머금은 풀숲이나 인적 없는 모랫길에서는 동물들의 소리 없는 질주가 이루어지고 있었다.

두꺼비 몇 마리만이 달을 향해 짧고 단조로운 음의 쓸쓸한 울음소리를 낼 뿐이었다.

잔느는 자기 가슴이 이 달 밝은 밤처럼 속삭임으로 가득 차서 활짝 열리는 것 같았고, 가벼운 떨림으로 그녀를 에워싸고 있는 밤 짐승들을 닮은 수많은 막연한 욕망이 갑자기 가슴에서 들끓어 오르는 것 같았다. 어떤 친화감이 그녀를 이 생생한 시와 결합해 주고 있었다. 그리고 밤의 부드러운 하얀 빛 속에서 그녀는 초인적인 전율이 질주하는 것을 느꼈고, 행복의 숨결과도 같은 알 수 없는 어떤 희망이 고동치는 것을 느꼈다.

이윽고 그녀는 사랑을 꿈꾸기 시작했다.

사랑! 그것이 가까이 다가오고 있다는 점점 커 가는 불안감이 이 년 전부터 그녀의 마음을 가득 채우고 있었다. 이제 그녀는 자유롭게 사랑할 수 있었다. 이제 그녀는 그 사람을 만나기만 하면 되는 것이다, 그 사람을!

그는 어떤 사람일까? 그녀는 정확히 알지 못했고, 알려고 하지도 않았다. '그'가 '그 사람'일 것이다, 그것이 전부였다.

그녀가 아는 것은 자기가 그 사람을 성심성의껏 사랑하고, 그 사람 또한 자기를 애지중지해 주리라는 것뿐이었다. 그들은 오늘 밤과 같은 밤, 쏟아지는 별빛 아래 함께 산책을 즐길 것이다. 그들은 손을 맞잡고 몸을 꼭 기대어 서로의 심장 고동 소리를 듣고 상대방 어깨의 체온을 느끼며, 여름밤의 그윽한 투명함에 그들의 사랑을 섞으며 걸을 것이다. 그들은 너무나 굳게 결합되어 있어서, 오직 자기들 애정의 힘만으로도, 서로의 가장 은밀한 생각까지 쉽사리 꿰뚫어 볼 것이다.

그리고 그것은 결코 깨어질 수 없는 애정의 평온함 가운데 무한히 계속될 것이다.

그러자 갑자기 그녀는 바로 그 자리, 자기 앞에 그 사람이 서 있는 것 같은 느낌이 들었다. 그리고 별안간 어렴풋한 관능의 전율이 머리끝에서 발끝까지 그녀를 훑고 지나갔다. 자신의 꿈을 껴안기라도 하려는 듯, 그녀는 무의식적인 동작으로 두 팔로 제 가슴을 끌어안았다. 미지의 남자를 향해 내민 그녀의 입술 위로 봄의 숨결이 그녀에게 사랑의 키스를 퍼붓기라도 한 것처럼, 거의 실신할 것 같은 어떤 느낌이 스쳐 지나갔다.

갑자기, 저 아래 성(城) 뒤편 길가에서, 그녀는 누군가 어둠 속을 걷는 소리를 들었다. 들뜬 마음의 충동 속에서, 그리고 불가능한 것, 하늘의 뜻에 의한 우연, 신성한 예감, 운명의 기이한 조합 같은 것을 믿고 싶은 흥분 속에서, 그녀는 '혹시 그 사람이 아닐까?' 하는 생각을 했다. 그녀는 그가 유숙을 청하기 위해 철책 문 앞에 멈춰 서리라고 확신하고, 그 보행자의 규칙적인 발자국 소리에 초조하게 귀를 기울였다.

발자국 소리가 지나가 버리자, 잔느는 기만당한 것처럼 서글픔을 느꼈다. 그러나 그녀는 자기가 희망으로 마음이 들떴던 것을 깨닫고, 정신 나간 짓에 웃음을 지었다.

그러자 얼마간 마음의 진정을 찾은 그녀는 좀 더 이치에 맞는 꿈을 떠올리며, 미래를 예측해 보고, 생활의 발판을 쌓아 올리려고 애썼다.

그 사람과 더불어 그녀는 이곳, 바다를 굽어보는 이 조용한 성에서 살게 될 것이다. 그녀는 아마 두 자녀, 그를 위한 아들과 자기를 위한 딸을 둘 것이다. 풀밭 위 플라타너스와 보리수 사이를 달음질치는 아이들 모습이 눈에 보이는 듯했다. 아버지와 어머니는 황홀한 시선으로 그들을 뒤쫓으며, 아이들 머리 너머로 강한 애정이 넘치는 시선을 교환할 것이다.

그녀는 그렇게 몽상에 잠겨 오래오래 그 자리에 머물러 있었다. 그동안 달은 하늘을 가로지르는 여행을 마치고, 바닷속으로 자취를 감추려 하고 있었다. 공기가 더 서늘해졌다. 동쪽으로는 수평선이 희끄무레하게 변해 갔다. 오른쪽 농가에서 수탉 한 마리가 울자, 왼쪽 농가에서 다른 닭들이 화답했다. 닭들의 쉰 목소리는 닭장 칸막이를 통해 아주 멀리에서부터 들려오는 것 같았다. 광막한 창공에는 어느새 빛이 바랜 별들이 자취를 감추어 가고 있었다.

어디선가 작은 새 울음소리가 들려왔다. 처음에는 수줍은 지저귐이 나뭇잎 사이에서 나더니, 소리가 점차 대담해져서 진동하는 즐거운 소리로 변하여 가지에서 가지로 나무에서 나무로 퍼져 나갔다.

잔느는 갑자기 자신이 밝은 빛 속에 있음을 느꼈다. 그녀는 손으로 가리고 있던 머리를 쳐들자, 새벽의 광채에 눈이 부셔 두 눈을 감았다.

미루나무 가로수 길 뒤에 일부가 가려진 붉게 물든 구름 봉우리가 잠에서 깨어난 대지 위로 선혈 같은 빛을 투사하고 있었다.

그러더니 번쩍이는 구름을 가르고, 수목이며 들판이며 대양이며 수평선 전체를 불길로 선명하게 밝히면서, 타오르는 거대한 구체가 서서히 모습을 드러냈다.

잔느는 행복감으로 정신이 어지러워지는 것 같았다. 사물의 찬란함 앞에서 열광적인 기쁨과 무한한 감동이 마음을 휘감아서 그녀는 기절이라도 할 것 같았다. 그것은 그녀의 태양이었다! 그녀의 새벽이었다! 그녀 생의 시작이었다! 그녀 희망의 동틈이었다! 그녀는 태양을 껴안고 싶은 욕망에 사로잡혀 빛나는 공간을 향해 두 팔을 뻗쳤다. 그녀는 이 빛의 발현처럼 신성한 무엇을 말하고 싶었고, 외치고 싶었다. 그러나 그녀는 무력한 열광 가운데 마비된 듯 그대로 서 있었다. 그래서 두 손에 얼굴을 파묻었고, 두 눈에는 눈물이 가득 고이는 것을 느꼈다. 그녀는 감미로운 눈물을 흘렸다.

그녀가 다시 고개를 들자, 여명의 화려한 장치는 이미 사라지고 없었다. 그녀 자신도 흥분이 가라앉고 마음이 차분해지자, 좀 피곤함을 느꼈다. 창문도 닫지 않은 채 그녀는 침대로 가서 몸을 눕히고, 잠시 더 몽상에 잠겼다가 이내 잠이 들었다. 너무 깊이 잠에 빠져서, 8시에 아버지가 부르는 소리도 듣지 못하고, 아버지가 방에 들어왔을 때에야 잠에서 깨어났다.

그는 딸에게 저택이, '그녀의' 저택이 아름답게 꾸며진 모습을 보여 주고 싶어 했다.

내륙 쪽으로 면한 건물 정면은 사과나무들을 심은 넓은 뜰에 의해 길과 분리되어 있었다. 지방도라고 일컫는 이 길은 농가의 울타리들 사이를 지나, 2킬로미터쯤 더 가서, 르아브르와 페캉을 잇는 큰 도로에 합류했다.

곧은 가로수 길이 나무 울타리에서 현관 층계에까지 이어져 있었다. 바닷자갈로 쌓고 초가지붕을 얹은 작은 부속 건물들이 두 소작지의 도랑을 따라 뜰 양편에 늘어서 있었다.

지붕 기와는 새로 얹었고, 목공 세공은 모두 복원했으며, 벽들은 보수했고, 방들은 새 장식 융단으로 꾸몄으며, 건물 내부는 모두 페인트칠을 새로 해 놓았다. 이 퇴색한 옛 저택에는 은백색 새 덧문들이 반점처럼 매달려 있었고, 넓은 잿빛 정면은 새로 벽토가 발라져 있었다.

잔느 방의 창문 하나가 나 있는 건물의 다른 쪽에서는, 잡목 숲과 벽처럼 늘어선, 바람에 갉아 먹힌 느릅나무들 너머로 멀리 바다가 바라보였다.

잔느와 남작은 서로 팔짱을 끼고서 한 구석도 빼놓지 않고 건물 전체를 둘러보았다. 그런 다음 그들은 공원이라고 불리는 공간을 둘러싸고 있는 긴 미루나무 가로수 길을 천천히 산책했다. 나무 밑에는 풀이 무성하게 자라나 초록빛 융단을 펼쳐 놓고 있었다. 길 끝에 있는 잡목 숲은 나뭇잎으로 칸막이가 쳐진 구불구불한 오솔길들과 어울려 매혹적이었다. 갑자기 토끼 한 마리가 뛰쳐나와 처녀를 겁먹게 하더니, 비탈을 뛰어넘어 절벽 쪽 양골담초 덤불로 달아났다.

점심 식사 후, 아직도 기진맥진 상태인 아델라이드 부인이 좀 더 쉬겠다고 선언하자, 남작은 이포르까지 내려가 보자고 딸에게 제안했다.

그들은 출발하여, 먼저 푀플 성이 있는 에투방 마을을 지났다. 농부 세 명이 전부터 알던 것처럼 그들에게 인사했다.

그들은 구불구불한 계곡을 따라 바다까지 내려가는 비탈진 숲 속으로 들어갔다.

머지않아 이포르 마을이 나타났다. 문간에 앉아 헌 옷가지를 깁고 있던 아낙네들이 지나가는 그들의 모습을 쳐다보았다. 가운데로는 도랑이 흐르고, 집집마다 문 앞에 쓰레기 더미가 널려 있는 경사진 길에서는 찝찔한 악취가 풍겨 나왔다. 반짝이는 고기비늘이 작은 은화처럼 군데군데 붙은 거무스름한 그물이 누추한 집의 문간마다 매달려 햇볕에 마르고 있었다. 방 하나에 모여 우글거리는 대가족의 냄새가 누옥들에서 퍼져 나왔다.

비둘기 몇 마리가 도랑가를 오락가락하며 먹이를 찾고 있었다.

극장의 무대 장치처럼 신기하고 새로워 보이는 이 모든 것을 잔느는 유심히 쳐다보았다.

그러나 담 모퉁이를 돌자, 갑자기 바다가 눈에 들어왔다. 불투명한 잔잔한 푸른 바다가 까마득히 펼쳐져 있었던 것이다.

그들은 해변을 마주하고 멈춰 서서 바다를 바라보았다. 새 날개처럼 하얀 돛배 몇 척이 먼바다로 나가고 있었다. 좌우에 거대한 절벽이 솟아 있었다. 한쪽으로는 일종의 곶이 시선을 가로막고 있었고, 다른 쪽으로는 까마득한 하나의 선으로 변할 때까지 해안선이 무한히 뻗어 있었다.

가까이 시야가 열린 틈으로 포구와 집 몇 채의 모습이 드러났다. 바다의 가장자리에 거품을 만드는 잔물결이 가벼운 소리를 내며 자갈 위를 구르고 있었다.

이 고장의 작은 배 몇 척이 둥근 자갈이 쌓인 비탈로 끌어올려져, 콜타르칠을 한 둥그런 측면을 햇빛에 드러내고 옆으로 누여 있었다. 어부 몇이서 저녁 조수에 배를 띄울 준비를 하고 있었다.

선원 하나가 생선을 팔려고 다가오자, 잔느는 넙치 한 마리를 샀다. 그녀는 그 넙치를 직접 푀플로 가져가고 싶어 했다.

그러자 선원은 뱃놀이를 할 생각이 있으면 자기가 맡겠다고 제안하면서, 자기 이름을 잘 기억시키려고 "라스티크, 조제팽 라스티크."라고 또박또박 되풀이했다.

남작은 이름을 잊지 않겠다고 약속했다.

그들은 다시 저택으로 가는 길로 접어들었다. 큰 생선이 잔느의 힘에 부쳤기 때문에, 그녀가 생선 아가미를 아버지 단장에 꿰었고 부녀는 각각 단장 끝을 들고서 갔다. 그들은 어린애들처럼 수다를 떨면서, 얼굴에 바람을 맞고 두 눈을 반짝이면서, 쾌활하게 언덕을 올라갔다. 그들의 팔이 점차 넙치 무게에 지쳐, 생선의 통통한 꼬리는 어느새 풀잎에 쓸리고 있었다.

2

유쾌하고 자유로운 삶이 잔느에게 시작되었다. 그녀는 책을 읽고 공상에 잠기기도 하고, 혼자서 부근을 배회하기도 했다. 그녀는 공상에 빠져 도로를 따라 느린 걸음으로 이리저리 돌아다녔다. 또는 구불구불한 작은 골짜기들을 팔짝팔짝 뛰어 내려가기도 했는데, 골짜기의 두 등성이에는 금색 수를 놓은 제의(祭衣)처럼 가시양골담초 꽃이 무더기로 피어 있었다. 더위로 달아오른 강렬하고 달콤한 꽃향기가 향기로운 포도주처럼 그녀를 취하게 했다. 해변에 철썩이는 아련한 파도 소리를 들으면 그녀 마음에도 파도가 넘실대는 것 같았다.

때때로 나른해지면 잔느는 비탈의 무성한 풀밭에 드러눕기도 했다. 또 때로는 계곡의 모퉁이나 움푹 팬 잔디밭에 누워, 햇빛에 반짝이는 세모난 푸른 바다 멀리 수평선에 떠도는 돛단배 한 척이 갑자기 눈에 들어오면, 그녀는 행복이 자기 머리

위에 떠돌며 신비스럽게 다가오는 것처럼 걷잡을 수 없는 기쁨에 사로잡혔다.

이 싱그러운 고장의 아늑함 가운데, 그리고 완만한 수평선의 고요함 가운데, 고독에 대한 사랑이 그녀에게 스며들었다. 그녀는 언덕 꼭대기에 너무 오랫동안 앉아 있곤 해서, 작은 야생 토끼들이 그녀 발아래를 깡충거리며 지나다니기도 했다.

그녀는 물속의 고기나 공중의 제비처럼 지칠 줄 모르고 움직일 수 있다는 미묘한 기쁨에 몸을 떨면서, 해변의 미풍을 한껏 맞으며 절벽을 자주 뛰어다녔다.

그녀는 땅에 씨앗을 뿌리듯, 사방에 추억을, 그 뿌리가 죽을 때까지 뻗을 그런 추억을 흩뿌렸다. 마치 골짜기 굽이마다 자기 마음을 조금씩 던져 놓는 것 같았다.

그녀는 해수욕에 열중하기 시작했다. 그녀는 위험을 의식하지 않고, 힘차고 대담하게, 까마득히 멀리까지 헤엄쳐 나가곤 했다. 균형을 잡아 몸을 실어 가는 차갑고 투명하고 푸른 물속에서 그녀는 쾌감을 느꼈다. 해변에서 멀리 나아가면 제비 한 마리가, 또는 한 마리 바닷새의 하얀 실루엣이 재빨리 가로질러 가는 깊은 쪽빛 창공에 망연히 시선을 던진 채, 그녀는 가슴에 두 팔을 가로 얹고, 수면에 등을 대고 누웠다. 조약돌에 부딪히는 아득히 먼 파도의 속삭임, 출렁거리는 물결 위로 또다시 미끄러져 내리는 땅의 어렴풋한 소음, 거의 포착할 수 없는 모호한 그 소음 외에는 아무 소리도 들리지 않았다. 잔느는 잠시 후 몸을 일으켜, 기쁨에 들떠 날카로운 함성을 지르고는, 두 손으로 힘차게 물살을 갈랐다.

이따금 그녀가 너무 멀리까지 모험을 할 때면, 작은 배 한 척이 그녀를 찾으러 나왔다.

그녀는 허기가 져서 창백했지만, 경쾌하고 활기찬 모습으로, 입가에는 미소를 머금고 두 눈은 행복감으로 가득 차서 성으로 돌아오곤 했다.

한편 남작은 대규모 농업 계획을 시도했다. 그는 새로운 시험을 하고, 발전 계획을 추진하고, 새 농기구들을 써 보고, 외래 종자들을 이식해 보려고 했다. 그는 일과 일부를 농부들과의 대화로 보내기도 했는데, 그들은 남작의 기도를 믿으려 하지 않고 고개를 가로저었다.

그는 또 이포르의 선원들과 함께 자주 바다에 나갔다. 그는 주변 동굴들, 연못들, 뾰족한 산봉우리들을 구경하고 나서 소박한 어부처럼 낚시질을 하려고도 했다.

미풍이 부는 날, 바람을 가득 머금은 돛이 둥그런 어선 바닥을 파도의 등에 싣고 달리게 할 때면, 그리고 커다란 밧줄을 양 뱃전으로 바다 밑까지 늘어뜨리고 달리면서 고등어 떼들이 뒤쫓아 오게 할 때면, 그는 흥분해서 떨리는 손으로 작은 끈을 잡고서, 잡힌 물고기가 요동치자마자 끈이 진동하는 느낌을 즐겼다.

그는 전날 쳐 둔 그물을 걷으러 달밤에 바다로 나가기도 했다. 그는 돛대가 삐걱대는 소리를 듣기 좋아했고, 쌩쌩 부는 찬 밤바람을 들이마시는 것도 좋아했다. 부표를 찾아 오래도록 이리저리 항해한 끝에, 바위 꼭대기나 종루 지붕이나 페캉의 등대에 올라, 떠오르는 태양의 첫 불길 아래 꼼짝 않고 서 있는 것을 즐기기도 했다. 그럴 때면 배의 갑판 위에 놓인, 부채살 모양으로 넓은 줄무늬가 쳐진 가자미의 끈끈한 등과 기름진 배때기가 아침 햇살에 반짝이고 있었다.

식사 때마다, 남작은 기꺼이 뱃놀이 얘기를 꺼냈다. 그러면 아내도 큰 미루나무 가로수 길을 자기가 몇 번이나 주파했는지를 남편에게 얘기했다. 다른 길은 햇빛이 잘 들지 않았기 때문에, 그녀가 걷는 것은 쿠야르 농가 쪽의 오른편 길이었다.

'운동을 하라.'라는 권고를 받았기 때문에, 남작 부인은 열심히 걸었다. 싸늘한 밤기운이 가시자마자, 그녀는 로잘리의 팔에 몸을 기대고 밖으로 나갔다. 외투와 숄 두 개로 몸을 감싸고, 머리에는 검은 머리쓰개를 두른 위에 또다시 붉은 털모자를 쓴 차림이었다.

그녀는 좀 더 무거운 왼발을 질질 끌면서 걸었기 때문에, 가는 방향으로 하나, 오는 방향으로 하나씩 먼지 낀 고랑 두 줄이 길을 따라 팼는데, 그 자리에는 풀이 죽어 있었다. 그녀는 성 모퉁이에서부터 작은 숲 초입의 관목들에 이르기까지 일직선으로 그칠 줄 모르고 여행을 한없이 되풀이했다. 그녀는 이 코스의 양 끝에 벤치 하나씩을 놓아두게 했다. 그리고 오 분마다 멈춰 서서, 자신을 부축하고 있는 참을성 많은 가엾은 하녀에게 "얘야, 앉자꾸나, 좀 피곤하구나." 하고 말하는 것이었다.

그리고 멈출 때마다 그녀는 벤치에 때로는 머리에 썼던 털모자를, 또 때로는 숄 하나, 뒤이어 다른 숄 하나를 놓아두고, 이어서 머리쓰개와 또 외투를 벗어 놓기도 해서, 산책로 양 끝에서 그 모든 것이 커다란 옷 보따리 두 개를 이루는 것이었다. 점심을 먹으러 집으로 돌아갈 때면 로잘리가 부인을 부축하지 않은 다른 팔로 그 옷 보따리를 들고 들어갔다.

그리고 오후에도 남작 부인은 휴식 시간을 늘려 가면서, 더 늘어진 걸음걸이로 다시 산책을 시작했다. 때로는 그녀를 위해 밖에 내다 놓은 긴 의자에서 한 시간씩 조는 일도 있었다.

그녀는 '자신의 비대증'이라고 말하듯이, 이를 '자신의 운동'이라고 부르는 것이었다.

부인은 십 년 전에 숨이 답답해서 의사의 진찰을 받았는데, 그때 의사가 비대증이란 말을 했다. 그때 이후로, 부인이 의미를 잘 이해하지도 못하는 그 단어가 그녀의 머릿속에 자리 잡게 되었다. 그녀는 남작이나 잔느나 로잘리에게 자기 심장을 만져 보라고 고집을 부렸으나, 아무도 손으로 그것을 느낄 수는 없었다. 심장은 살쪄 부풀어 오른 그녀 가슴 아래 파묻혀 있었던 것이다. 그러나 다른 질병이 발견될까 두려워서, 그녀는 다른 어떤 의사한테도 진찰받는 것을 한사코 거부했다. 그녀는 기회가 있을 때마다 너무나 자주 '자신의' 비대증 얘기를 꺼냈기 때문에, 이 질환은 그녀에게만 특별한 것이고, 다른 사람들에겐 아무 권리가 없는 그녀 특유의 유일무이한 어떤 것처럼 보였다.

남작과 잔느는 '옷, 모자, 우산' 얘기를 하듯이 '내 아내의 비대증'이니 '엄마의 비대증'이니 하고 말했다.

젊었을 때 부인은 대단히 예뻤고 갈대보다도 더 날씬했다. 나폴레옹 제정 시대의 많은 장교들 품에 안겨 왈츠를 추고 난 후, 그녀는 『코린』[9]을 읽고 눈물을 흘렸다. 그 후로 그녀는 이 소설에 큰 영향을 받았다.

몸매가 비대해짐에 따라, 그녀의 마음은 더 시적인 충동에 사로잡히게 되었다. 비만 때문에 안락의자에 붙박여 지내게 되자, 그녀의 상념은 애정의 모험 속을 헤매면서 자신을 그런 모험의 여주인공처럼 생각했다. 마치 태엽을 감으면 끊임없이 똑같은 곡을 되풀이하는 뮤직 박스처럼, 그녀에게는 자신의 몽상 속에서 항상 반복되어 출현하는, 좋아하는 모험담들이 있었다. 사로잡힌 여인이나 제비 이야기가 나오는 슬픈 로맨스는 어느 것이나 예외 없이 그녀의 눈시울을 적셨다. 부인은 사랑의 애달픔을 표현한다는 이유로 베랑제[10]의 몇몇 외설스러운 노래들까지도 좋아했다.

그녀는 몽상에 넋을 잃고, 종종 몇 시간씩 꼼짝 않고 머물러 있기도 했다. 그녀는 푀플에 사는 것을 몹시 마음에 들어 했는데, 푀플 주위 숲과 인적 없는 황야와 인접한 바다가 몇 달 전부터 읽고 있던 월터 스콧의 책들을 상기시키면서, 그녀 마음에 드는 소설들에 배경을 제공해 주기 때문이었다.

비 오는 날이면 그녀는 자기 방에 들어박혀 자신의 '소중한 유물'이라고 부르는 것을 뒤적이며 시간을 보냈다. 그녀의 옛 편지들을 모아 놓은 것으로, 자기 아버지와 어머니의 편지, 약혼 시절 남작의 편지, 그리고 그 밖의 다른 편지들이었다.

---

9) 스탈 부인(Madame de Staël, 1766~1817)이 1807년 발표한 소설 『코린 또는 이탈리아(Corinne ou l'Italie)』를 말한다.

10) Pierre Jean de Béranger(1780~1857). 프랑스 시인이자 작사가.

그녀는 네 모서리에 동제(銅製) 스핑크스가 붙어 있는 마호가니 책상 안에 그 편지들을 넣어 잠가 두고 있었다. 그녀는 "얘, 로잘리, 나에게 '추억'의 서랍을 가져다 다오." 하고 특별히 감정 어린 목소리로 말하곤 했다.

하녀는 책상을 열고, 그 서랍을 마님 옆 의자 위에 가져다 놓았다. 그러면 부인은 때때로 편지에 눈물방울을 떨어뜨리면서, 그 편지들을 하나씩 하나씩 천천히 읽기 시작하는 것이었다.

잔느가 때때로 로잘리를 대신하여 어머니를 산보시키기도 했는데, 그럴 때면 어머니는 딸에게 어린 시절 추억담을 들려주었다. 처녀는 그들의 생각이 비슷하고, 그들의 욕망이 한결같은 것에 놀라면서, 그 옛이야기 속에서 자신의 모습을 다시 발견하곤 했다. 사람은 누구나 자기가 최초로 수많은 감동에 직면하여 몸을 떨었다고 상상하지만, 똑같은 감동이 이미 옛 사람들의 가슴을 고동치게 했고, 또한 이 세상 최후 남녀들의 가슴도 설레게 할 것이기 때문이었다.

모녀의 느린 발걸음은 이야기의 느린 속도를 따라가고 있었다. 그 이야기는 때때로 숨이 막혀 잠깐씩 중단되곤 했다. 그러면 잔느의 생각은 이미 시작된 모험담 저 너머로 튀어 나가 기쁨으로 가득 찬 미래로 달려가고, 희망 속을 구르곤 했다.

어느 날 오후, 모녀가 안쪽 벤치에서 쉬고 있는데, 갑자기 가로수 길 끝에서 뚱뚱한 신부가 자기들을 향해 다가오는 모습이 눈에 띄었다.

그는 멀리서 인사를 하고 미소를 짓더니, 서너 걸음 앞으로 다가와 다시 인사를 하고 "아, 참, 남작 부인, 안녕하십니까?" 하고 소리쳤다. 그는 이 마을의 주임 신부였다.

부인은 철학자들의 세기에 태어나서 별로 신앙심 없는 부친 밑에서 혁명기에 자랐기 때문에, 비록 여인네의 일종의 종교적 본능으로 사제들을 좋아했다고는 하나 교회에는 거의 나가지 않았다.

그녀는 자기 마을 신부인 피코 사제를 완전히 잊고 지내 왔기 때문에, 그를 보자 얼굴이 붉어졌다. 부인은 기별 없이 지낸 것을 사과했다. 그러나 사람 좋은 신부는 전혀 기분 나빠하지 않는 것 같았다. 그는 잔느를 쳐다보고 안색이 좋다고 칭찬하고는, 자리에 앉아 삼각모를 무릎 위에 놓더니 이마의 땀을 닦았다. 그는 몹시 뚱뚱했고 얼굴이 몹시 붉었으며, 물 흐르듯 땀을 흘렸다. 그는 땀에 젖은 널따란 체크무늬 손수건을 연신 호주머니에서 꺼내 얼굴과 목을 닦아 냈다. 그러나 축축한 헝겊이 검은 사제복 주머니 속으로 들어가자마자 그의 살갗에는 새로운 땀방울들이 솟아나, 배 위로 불룩 튀어나온 사제복 사락에 떨어져서, 길에 떠다니는 먼지와 섞여 자고 둥근 얼룩으로 변하는 것이었다.

그는 쾌활하고 관대하고 수다스러우며 정직한 사람으로서, 진짜 시골 신부다운 성직자였다. 그는 여러 가지 이야기를 들려주었고 마을 사람들 얘기도 했지만, 자기 교구의 두 여신도가 아직도 미사에 나오지 않은 것을 짐짓 모른 척했다. 남작 부인은 나태한 데다가 신심이 희미해졌고, 잔느는 여러 가지 종교 의식에 진력이 난 수녀원에서 해방되어 너무 기뻤던 나머지, 두 사람은 미사에 참석하지 않았던 것이다.

남작이 나타났다. 그는 범신론적 종교관을 가져서 교리에는 무관심했다. 그러나 오래전부터 알고 지내던 사제를 친절하게 대했고, 저녁 식사를 하고 가라고 그를 붙잡았다.

우연한 사정으로 같은 부류 사람들에게 권한을 행사하도록 부름을 받은 더없이 평범한 사람들이 인간의 마음을 다루다 보면 획득하게 되는 무의식적인 교활함 덕분에 사제는 남들의 환심을 살 줄 알았다.

성격이 비슷한 사람들을 가깝게 만드는 친화력 같은 데 이끌렸기 때문인지 모르지만, 남작 부인은 사제를 극진히 대했다. 그 뚱뚱한 남자의 불그스름한 얼굴과 가쁜 숨결이 가슴을 벌떡이게 하는 그녀의 비만증과 상통했을 것이다.

후식을 들 무렵, 얼큰히 취한 신부는 즐거운 식사의 마무리를 친밀한 분위기로 이끌며, 활기찬 입담을 늘어놓았다.

그리고 갑자기 좋은 생각이라도 머리에 떠오른 것처럼 그가 외쳤다. "제가 여러분에게 소개해야 할 새로운 교구민 한 분이 있습니다, 드 라마르 자작님이지요!"

이 지방의 귀족 기문을 훤히 아는 남작 부인이 물었다. "외르 현[11]의 라마르 집안 사람인가요?"

사제가 고개를 끄덕였다. "그렇습니다, 부인, 바로 작년에 작고하신 장 드 라마르 자작의 아드님입니다." 그러자 무엇보다도 귀족 계급을 좋아하는 아델라이드 부인이 많은 질문을

11) Eure. 프랑스 북서부 노르망디 지방에 있는 현 이름.

퍼부었다. 그 결과 그 청년이 부친의 부채를 청산하고, 가문의 성(城)을 매각한 다음, 에투방 면에 소유한 세 농장 중 하나에 작은 임시 거처를 만들었다는 사실을 알게 되었다. 그의 재산은 모두 연 소득 5000~6000프랑에 지나지 않았다. 그렇지만 자작은 절약하는 현명한 성격이어서, 빚을 지거나 농장을 저당 잡히지 않고도 사교계에 나가 유리한 결혼을 하기에 필요한 자금을 모으기 위해서 그 검소한 거처에서 이삼 년 동안 소박하게 살아갈 작정이었다.

신부가 덧붙여 말했다. "아주 매력적인 총각입니다. 그리고 아주 얌전하고 조용한 성격이죠. 하지만 그는 이 고장이 별 재미가 없는 모양입니다."

그러자 남작이 말했다. "우리 집에 좀 데려오십시오, 신부님. 그 사람에게 때때로 기분 전환이 될 수도 있을 테니까요."

그리고 그들은 화제를 바꿨다.

거실로 옮겨 가서 커피를 든 다음, 식사 후에는 조금 움직이는 습관이 있는 사제가 정원을 한 바퀴 돌아도 좋겠느냐고 물었다. 남작이 그를 따라 나갔다. 그들은 저택의 하얀 정면을 따라 천천히 걸어갔다가는 그 길로 되돌아오곤 했다. 그들의 두 그림자, 하나는 메마르고, 다른 하나는 버섯 모양 모자를 쓴 둥그런 두 그림자가 그들이 달을 향해 걷느냐 아니면 달을 등지고 걷느냐에 따라, 때로는 그들의 앞, 또 때로는 그들의 뒤에서 오가고 있었다. 신부는 주머니에서 궐련을 꺼내 씹었다. 그는 시골 사람 특유의 솔직한 말투로 그것의 효용성을 설명했다. "저는 소화에 좀 문제가 있는데, 이건 트림을 돕기 위한 거죠.”

그러더니 갑자기 밝은 달이 흘러가는 하늘을 쳐다보며 말했다. “이런 광경은 아무리 봐도 싫증이 나지 않는 법이죠.”

그리고 그는 다시 안으로 들어가서 여인들에게 작별 인사를 했다.

3

다음 일요일, 남작 부인과 잔느는 자기들의 교구 신부를 존중하는 미묘한 감정에 이끌려 미사에 나갔다.

모녀는 미사가 끝난 뒤 목요일 오찬에 초대하려고 신부를 기다렸다. 신부는 키가 큰 우아한 청년과 다정하게 팔짱을 끼고 제의실에서 나왔다. 두 여인을 보자마자 신부는 기뻐서 놀라는 시늉을 하고 외쳤다. "때마침 잘됐습니다! 남작 부인, 그리고 잔느 양. 이웃인 드 라마르 자작님을 소개하겠습니다."

자작은 고개 숙여 인사를 하더니 진작부터 두 분을 뵙고 싶었다고 말하고는, 경험 많은 신사처럼 여유롭게 이야기를 하기 시작했다. 남자들에게는 대개 불쾌감을 주지만, 여자들에게는 이상적으로 보이는 그런 번듯한 용모였다. 검은 곱슬머리가 햇볕에 그은 윤기 있는 이마를 그늘지게 했다. 인공으로 만들어 붙인 것 같은 균형 잡힌 커다란 눈썹이 어두운 눈을 깊숙하고 다정해 보이게 했으며, 흰자위에는 약간 푸른 기운이 감도는 것 같았다.

촘촘하게 난 긴 속눈썹은 그의 시선에 정열적인 강렬한 빛을 띠게 했는데, 살롱에서는 오만한 미인의 마음을 흔들어 놓고, 장바구니를 들고 거리에 나선 보닛 쓴 하녀로 하여금 뒤돌아보게 만드는 그런 시선이었다.

그 눈의 수심 띤 매력은 그가 생각이 깊은 사람이라고 믿게 했고, 그의 하찮은 말 한마디에도 무게를 주었다.

반들거리고 결이 가는 무성한 수염이 좀 심하게 억세 보이는 턱을 가려 주고 있었다.

그들은 의례적인 인사말을 주고받은 후에 헤어졌다.

드 라마르 씨가 이틀 후에 첫 방문을 했다.

거실 창문 맞은편에 서 있는 큰 플라타너스 밑에 바로 그날 아침에 내다 놓은 시골풍 벤치에 식구들이 앉으려고 하는데 그가 도착했다. 남작은 그 벤치와 짝을 이루도록 보리수나무 밑에도 벤치 하나를 놓아두고 싶어 했다. 대칭적 균형을 싫어하는 부인은 거기에 반대했다. 자작에게 의견을 묻자 그는 남작 부인의 의견에 찬동했다.

뒤이어 이 고장 얘기를 하면서 그는 이곳이 '그림같이' 아름답다고 말했다. 혼자 산책을 하면서 매혹적인 많은 '경관'을 발견했다는 것이었다. 때때로 우연인 것처럼 그의 눈길이 잔느의 눈길과 마주쳤다. 잔느는 갑작스럽게 던졌다가 재빨리 피하는 그 시선에 기묘한 감동을 느꼈다. 거기에는 은밀한 찬미와 막 일기 시작한 공감이 어려 있었던 것이다.

지난해에 작고한 아버지 드 라마르 씨가 마침 남작 부인의 부친인 데 퀼토 씨의 친한 친구 한 분과 아는 사이였다. 이런 지인 관계가 드러나자 혼인 관계, 과거사, 친척 관계 등에 대한 대화가 그칠 줄 모르고 이어졌다. 남작 부인은 기억력의 마술을 부려, 다른 가문들의 선조와 자손 들을 줄줄이 꿰면서, 결코 헤매는 법 없이 복잡한 족보의 미로 속을 일주했다.

"이보세요, 자작. 소누아 드 바르플뢰르 집안에 대해 들은 적 있습니까? 장남인 공트랑은 쿠르실, 즉 쿠르실쿠르빌 집안 따님과 결혼했고, 차남은 저의 사촌 중 하나인 드 라로슈오베르 양과 결혼했는데, 그녀는 크리상주 집안과 인척간이지요. 그런데 드 크리상주 씨는 저의 부친과 친한 사이셨고, 아마 댁의 아버님과도 교분이 있으셨을 겁니다."

"그렇습니다, 부인. 그분이 망명하셨던 드 크리상주 씨 아닙니까? 그분 아드님이 파산하셨죠?"

"바로 그분이에요. 그분이 제 숙모님께 청혼을 한 적이 있어요. 숙모님의 부군인 데르트리 백작께서 돌아가신 후에 말이죠. 한데 숙모님은 그분이 코담배를 흡입한다는 이유로 그 결혼을 원하지 않으셨어요. 그건 그렇고, 빌루아스 집안은 어떻게 되었는지 아시나요? 그 댁은 1813년경 불운을 겪은 끝에 투렌을 떠나 오베르뉴 지방으로 옮겨 갔는데, 그 후로는 소식을 듣지 못했답니다."

"부인, 제가 알기로는 노후작께서 낙마로 돌아가셨고, 뒤에 남은 따님 한 분은 영국인과 결혼했고, 다른 한 분은 바졸이라는 상인과 결혼했는데, 부자인 그 상인이 그녀를 유혹했다는 소문입니다."

이렇듯 어린 시절부터 노부모님들의 대화에서 듣고 기억해 둔 이름들이 화제에 올랐다. 그리고 이런 비슷한 가문끼리의 결혼이 그들의 생각 속에서는 공적인 대사건들과 맞먹는 중요성을 지니고 있었다. 그들은 만나 본 적도 없는 사람들에 대해 마치 잘 아는 사이인 것처럼 얘기했다. 그리고 그 사람들도 다른 고장에서 이 두 사람에 대해 똑같은 식으로 얘기할 것이다. 그래서 그들은 같은 계급, 같은 족벌, 동등한 혈통에 속한다는 단 한 가지 사실 덕분에, 멀리 떨어져서도 서로 친밀하게 느끼고, 거의 친구이며 인척간인 것처럼 여기는 것이다.

남작은 상당히 비사교적인 성격인 데다가 자기 계층 사람들의 신념 및 편견과는 전혀 맞지 않는 교육을 받았던 터라, 인근 귀족 집안에 대해 거의 아는 것이 없었다. 그래서 그는 자작에게 그들에 대해 물어보았다.

드 라마르 씨가 "오! 이 군 내에는 귀족이 많지 않습니다." 하고 대답했다. 마치 저 언덕배기에는 토끼가 별로 없다고 선언하는 것과 같은 어조였다. 그러고는 자세한 이야기를 시작했다. 근경에는 귀족 가문이 셋뿐이었다. 노르망디 귀족 계급의 수장 격인 드 쿠틀리에 후작이 있고, 뛰어난 혈통 출신이지만 아주 고립된 생활을 하는 드 브리즈빌 자작 부처가 있다고 했다. 마지막으로 드 푸르빌 백작이 있는데, 그는 아내를 죽도록 괴롭히는 괴물 같은 사내로 연못가에 세운 자신의 브리예트 성(城)에서 사냥을 하며 살아가고 있다고 했다.

그들 사이에 틈입하려고 하는 벼락부자 몇몇이 여기저기에 영지를 사들였는데, 자작도 그들과는 전혀 교분이 없었다.

그는 작별 인사를 했다. 그의 마지막 시선은 잔느를 향했는데, 마치 특별히 더 정중하고 더 다정한 작별을 그녀에게 고하는 것 같았다.

남작 부인은 그를 매력적이고 아주 점잖은 사람이라고 생각했다. 남편이 "그래요, 분명히 아주 예의 바른 청년이오." 하고 대꾸했다.

그는 다음 주 만찬에 초대되었다. 그 후로 그는 규칙적으로 찾아왔다.

그는 대개 오후 4시쯤에 도착해서 '부인의 산책로'에서 남작 부인과 합류하여, 부인을 부축해서 '부인의 운동'을 도왔다. 잔느가 외출하지 않을 때는, 그녀가 남작 부인의 다른 한쪽을 부축하고, 세 명이서 큰길 한쪽 끝에서 다른 쪽 끝까지 일직선으로 천천히 걸어서 끊임없이 오고 갔다. 그는 처녀에게 거의 말을 걸지 않았다. 그러나 까만 벨벳 같은 그의 눈은 푸른 마노 같다고 할 잔느의 눈과 자주 마주치는 것이었다.

그들 두 사람은 남작과 함께 몇 차례 이포르까지 내려가 보았다.

어느 날 저녁, 그들이 해변에 서 있는데 라스티크 영감이 그들에게 다가오더니, 파이프를 입에 문 채로(파이프 없는 그를 본다면 코가 없어진 그를 보는 일보다 더 놀라울 것이다.) 말을 걸었다. "남작님, 이런 바람이라면 내일 에트르타까지 나간다 해도 별 어려움 없이 돌아올 수 있겠는뎁쇼."

잔느가 두 손을 모으고 "오! 아빠, 가 보면 어때요?" 하고 보챘다. 남작은 드 라마르 씨에게 고개를 돌리고 말했다.

"자작 생각은 어떻소? 우리 거기 가서 점심이나 합시다."

그래서 소풍 계획은 즉시 결정되었다.

잔느는 새벽부터 일어나 있었다. 그녀는 옷을 입는 것이 더딘 아버지를 기다렸다. 그리고 두 사람은 이슬 속을 걷기 시작하여 처음에는 들판을 지나고, 뒤이어 새들의 노랫소리가 울려 퍼지는 숲을 가로질러 갔다. 자작과 라스티크 영감이 배의 권양기 위에 앉아 있었다.

다른 선원 두 명이 출발 준비를 도왔다. 남자들이 선체에 어깨를 기대고 온 힘을 다해 밀었다. 자갈 바닥 위에서 배를 전진시키는 것은 힘들었다. 라스티크 영감이 기름칠한 나무 몽둥이들을 용골 아래 밀어넣고 자기 자리로 돌아와서는 "영차, 영차!" 하고 느리게 계속 박자를 맞추며 여럿의 힘을 조율했다.

마침내 비탈진 곳에 이르자, 배가 갑자기 움직이더니 천이 찢어지는 듯한 큰 소리를 내면서 둥근 자갈 위를 급히 미끄러져 내려갔다. 작은 파도 거품이 이는 가장자리에 배가 급히 멈춰 서자, 모두들 배에 올라 자리를 잡았다. 그러자 육지에 남은 두 선원이 배를 바다에 띄웠다.

먼바다에서 끊임없이 불어오는 미풍이 수면을 스치며 잔물결을 일으켰다. 돛이 올라가 둥글게 부풀어 오르자, 배는 별 흔들림 없이 조용히 나아갔다.

그들은 해안에서 멀리 나아갔다. 수평선 쪽으로는 하늘이 낮아지면서 대양과 하나로 합쳐졌다. 육지 쪽으로는 깎아지른 듯한 높은 절벽이 그 아래에 커다란 그림자를 던지고, 햇빛을 가득 받은 비탈진 잔디밭들이 절벽 군데군데 박혀 있었다. 저 멀리 뒤쪽에서는 페캉의 하얀 방파제로부터 갈색 범선들이 출항하고 있었다. 그리고 앞쪽 저 멀리에는 괴상한 바위가 솟아 있었는데, 중간에 구멍이 훤히 뚫린 그 둥그스름한 바위는 물속에 코를 처박은 거대한 코끼리와 비슷한 형상이었다. 그것이 에트르타의 작은 관문이었다.[12]

잔느는 한 손으로 뱃전을 잡고, 파도의 흔들림에 정신이 좀 멍멍해져서, 먼 곳을 바라보고 있었다. 그녀에게는 창조 가운데 진정으로 아름다운 것은 빛과 공간과 물, 이 세 가지뿐인 것처럼 보였다.

아무도 입을 여는 사람이 없었다. 키 손잡이와 돛 줄을 잡고 있는 라스티크 영감은 좌석 밑에 감춰 두었던 술병을 꺼내어 때때로 한 모금씩 병째로 마셨다. 그리고 그는 몸에서 떠난 적이 없는 파이프를 쉬지 않고 피워 댔다. 그 파이프는 영원히 불이 꺼지지 않을 것처럼 보였다. 파이프에서는 언제나 파르스름한 가는 연기 줄기가 흘러나왔으며, 그의 입 가장자리에서도 똑같은 연기가 새어 나왔다. 그런데 이 뱃사람이 파이프의 흑단보다 더 까만 토기 파이프 구멍에 다시 불을 붙이거나, 담배를 채워 넣는 모습은 결코 눈에 띄지 않았다. 이따금 그는 한 손으로 파이프를 잡아 입술에서 떼어 낸 다음, 연기가 새어 나오는 바로 그 입 가장자리로 바다를 향해 한 줄기 긴 갈색

---

12) 모파상의 에트르타 풍경 묘사는 이곳을 즐겨 그렸던 모네의 그림들과 주제에서 많은 유사성을 보인다고 알려져 있다. 특히 「에트르타의 거친 바다」(1868), 「에트르타, 해변과 아몽의 관문」(1883)과 비교해 보면 좋을 것이다.

침을 내뱉었다.

남작은 뱃머리에 앉아 선원을 대신해서 돛을 감시했다. 잔느와 자작은 둘 다 좀 들뜬 상태로 나란히 앉아 있었다. 알 수 없는 어떤 힘이 그들의 눈길을 자주 마주치게 했다. 마치 친화력이 그들에게 예고해 주기라도 한 듯 그들은 동시에 눈을 쳐들곤 했다. 왜냐하면 총각이 못생기지 않고 처녀가 예쁠 경우, 두 젊은이들 사이에 신속하게 생겨나게 마련인 미묘하고도 모호한 다정함이 이미 그들 사이에 떠돌고 있었기 때문이다. 그들은 서로 가까이에서 행복하다고 느끼고 있었는데, 아마 그들이 서로를 생각하고 있었기 때문일 것이다.

태양이 그 아래 펼쳐진 광활한 바다를 더 높은 곳에서 굽어보려는 듯이 높이 솟아올랐다. 그러나 바다는 교태 부리듯 가벼운 안개로 몸을 감싸 태양 빛에 베일을 쳤다. 낮게 드리운 투명한 황금빛 안개는 아무것도 가리지는 않았으나, 먼 곳을 더 아늑하게 만들어 주고 있었다. 태양이 불길을 내리쏟아 빛나는 구름을 녹였다. 이윽고 태양의 힘이 절정에 이르자, 안개는 증발하여 사라졌다. 그리고 거울처럼 반들반들한 바다가 빛을 반사하여 반짝이기 시작했다.

잔느가 감동하여 속삭였다. "이렇게 아름다울 수가!" 자작이 대꾸했다. "오, 그래요. 아름답군요." 이 아침나절의 청명한 빛이 그들 마음속에 메아리처럼 솟아올랐다.

바닷속을 걷고 있는 절벽의 두 다리와도 흡사한 에트르타의 거대한 아케이드가 홀연히 눈앞에 나타났다. 선박이 드나들 수 있는 아치 구실을 할 만큼 높았다. 그리고 뾰족한 흰 바위 봉우리가 첫 번째 아케이드 앞에 우뚝 솟아 있었다.

배가 해변에 닿았다. 맨 먼저 내린 남작이 밧줄을 당겨 배를 기슭에 고정하는 동안, 자작은 잔느의 발이 물에 젖지 않게 그녀를 두 팔로 안아 땅 위에 내려 주었다. 그러고서 그 두 사람은 잠깐 몸을 얼싸안았던 것에 흥분을 느끼며, 단단한 자갈길을 나란히 올라갔다. 갑자기 그들 뒤에서 라스티크 영감이 남작에게 말하는 소리가 들렸다. "하여튼 두 사람 잘 어울리는 한 쌍이 되겠네요."

해변 가까운 작은 주막에서의 점심 식사는 유쾌했다. 대양이 목소리와 생각을 마비시켜 그들을 침묵에 잠기게 했으나, 식사가 시작되자 그들은 마치 휴가를 맞은 아이들처럼 수다스러워졌다.

더없이 단순한 것들도 그들에게 끊임없는 쾌활함을 가져다주었다.

라스티크 영감은 식탁에 앉으면서 아직도 연기가 나는 파이프를 그의 베레모 속에 소중히 숨겼다. 그것을 보고 모두들 웃음을 지었다. 영감의 빨간 코에 끌렸는지, 파리 한 마리가 몇 번이고 그 위에 날아와 앉았다. 파리를 잡기에는 너무 느린 손짓으로 쫓자, 파리는 많은 제 자매들이 이미 얼룩투성이로 만들어 놓은 모슬린 커튼에 가 앉았다. 파리는 어부의 붉게 물든 코를 집요하게 노리는 모양인지, 곧 다시 날아와 그 코 위에 자리 잡았다.

그 곤충의 여행이 되풀이될 때마다 자지러지는 웃음이 터져 나왔다. 이윽고 간지러움에 진력이 난 영감이 "그것참, 되게 끈질기네." 하고 중얼거리자, 잔느와 자작은 몸을 비틀면서 숨을 죽이고, 큰 소리를 내지 않으려고 냅킨으로 입을 막고서 눈물이 날 정도로 유쾌하게 웃어 대기 시작했다.

커피를 마시고 나자 "우리 산책하면 어때요?" 하고 잔느가 말했다. 자작이 자리에서 일어섰다. 그러나 남작은 자갈 위에서 햇볕을 쬐는 편이 좋겠다며 "둘이서 가 봐요, 한 시간 후에 여기서 나하고 만나기로 하지."라고 말했다.

두 사람은 마을의 초가 몇 채를 곧장 지나갔다. 그러고 큰 농가만 한 소규모 저택을 지나자, 그들 앞에 탁 트인 계곡이 펼쳐졌다.

바다의 움직임이 평소의 리듬을 흔들어서 그들을 나른하게 했고, 소금기 머금은 대기가 그들을 허기지게 한 다음 점심 식사가 그들을 취하게 했으며, 웃고 떠드느라고 그들은 좀 진이 빠진 느낌이었다. 이제 그들은 얼마간 들뜬 기분으로 들판을 정신없이 달려 보고 싶다는 욕구를 느꼈다. 새롭고 갑작스러운 감각으로 잔뜩 동요된 잔느의 귀에서는 윙윙거리는 소리가 들려왔다.

불타는 듯한 햇볕이 그들 위로 내리쬐고 있었다. 길 양편에는 익은 곡식이 더위에 축 늘어져서 고개를 숙이고 있었다. 풀싹처럼 많은 귀뚜라미 떼가 밀밭과 호밀밭, 언덕의 바다 골풀 사이를 사방으로 뛰어다니며, 메마르고 시끄러운 소리로 목이 쉬게 울어 댔다.

찌는 듯한 하늘 아래 다른 어떤 소리도 들려오지 않았다. 눈부시게 파란 하늘에는 불덩이 가까이에 놓여 금방 시뻘겋게 달아오르려는 금속처럼 노란 기운이 감돌았다.

멀리 오른편에 작은 숲이 보이자, 그들은 그곳을 향해 갔다.

가파른 두 비탈 사이로, 햇빛도 뚫고 들어오지 못하는 큰 나무들 아래에 좁은 오솔길이 뻗어 있었다. 그리로 들어서자 곰팡내 나는 서늘함이 그들을 사로잡았다. 소름을 돋게 하며 폐부에 스며드는 축축함이었다. 햇빛이 들지 않고 통풍이 안 돼서 풀은 나지 않았으나, 이끼가 땅을 덮고 있었다.

그들은 앞으로 나아갔다. "아, 저기에 좀 앉을 수 있겠네요." 하고 잔느가 말했다. 고목 두 그루가 거기 있었고, 녹음 속에 뚫린 구멍을 통하여 그 자리에 빛이 소나기처럼 쏟아져 내려 땅을 데워서, 잔디며 민들레며 칡 싹이 돋아나 있었고, 안개처럼 가느다랗고 작은 하얀 꽃들과 실타래 같은 디기탈리스 꽃이 피어 있었다. 나비, 꿀벌, 통통한 무늬말벌, 파리 시체를 닮은 커다란 모기 등 수많은 날벌레 떼들, 반점 난 분홍빛 무당벌레, 푸르스름한 광택이 나는 딱정벌레, 그리고 뿔 달린 다른 검은 벌레들이 무성한 나뭇잎이 드리운 차디찬 그늘 가운데 팬 이 따뜻한 빛 웅덩이에서 우글거렸다.

그들은 머리는 그늘에 가리고 발은 햇빛 비치는 쪽에 내놓고서 나란히 앉았다. 그들은 한 줄기 햇빛에 드러나 보이는 득실거리는 이 작은 생명의 군집을 바라보았다. 그러자 잔느가 감동하여 말했다. "정말 좋네요! 시골은 참 아름다워요! 파리나 나비가 되어 꽃 속에 숨고 싶은 때가 종종 있어요."

그들은 비밀 이야기를 주고받을 때의 나지막하고 친밀한 어조로, 그들 자신에 대하여 그리고 그들의 습관과 취미에 대하여 이야기했다. 자작은 사교계에는 이미 염증이 났고, 경박한 사교계 생활은 질색이라고 말했다. 항상 판에 박힌 생활로, 거기에서는 진실되고 성실한 것은 아무것도 만날 수 없다고 했다.

사교계라! 잔느는 그것이 어떤 것인지 몹시 알고 싶었다. 그러나 사교계가 전원생활만은 못하리라고 미리 확신했다.

두 사람 마음이 더 가까워질수록, 그들은 '므시외, 마드무아젤'이란 호칭을 붙여 상대를 더 정중하게 불렀으나, 그들 시선은 미소를 머금고 더 자주 얽혀 들었다. 그들의 마음속에는 새로운 호의가 스며들고, 더 폭넓은 애정과 여지껏 염두에도 없었던 수많은 사물에 대한 관심이 솟아나는 것만 같았다.

그들은 되돌아왔다. 그러나 남작은 절벽 꼭대기에 있는 샹브르오드무아젤 동굴까지 걸어가려고 떠난 후였다. 그래서 두 사람은 식당에서 남작을 기다렸다.

남작은 언덕을 오래 산책한 끝에 저녁 5시나 되어서 나타났다.

그들은 다시 배에 올랐다. 배는 순풍을 만나 조금도 흔들림 없이, 앞으로 나아가는 것 같지도 않게, 부드럽게 나아가고 있었다. 미풍이 느리고 미지근한 숨결처럼 불어오다 멈추다 해서 돛이 잠시 부풀어 올랐다가 다시 늘어져서 돛대에 달라붙기도 했다. 불투명한 물결은 죽은 듯이 조용했다. 열기를 다 써 버린 태양은 둥근 궤도를 따라가면서 서서히 수면에 접근해 가고 있었다.

졸음에 겨운 바다가 또다시 모두를 침묵 속에 잠기게 했다.

이윽고 잔느가 침묵을 깼다. "여행을 했으면 좋겠어요!"

자작이 대꾸했다. "동감입니다. 하지만 혼자서 여행하면 쓸쓸할 거예요. 자기 느낌을 전하려면 적어도 두 사람은 필요하죠."

잔느가 잠시 생각해 본 후에 말했다. "그렇긴 하죠…… 하지만 저는 혼자 산책하는 게 좋아요…… 혼자서 몽상에 잠기는 게 참 좋거든요……."

자작이 오래 그녀를 쳐다보고 나서 말했다. "몽상은 둘이서도 할 수 있습니다."

잔느는 눈길을 떨궜다. 이건 무슨 암시일까? 그럴지도 모른다. 그녀는 더 멀리서 무언가를 찾으려는 듯이 수평선을 응시했다. 그러고 나서 느린 목소리로 말했다. "나는 이탈리아에 가 보고 싶어요…… 그리고 그리스에도…… 아! 그래요, 그리스에…… 또 코르시카에도! 야생의 자연이 참 아름답겠죠!"

자작은 산장과 호수가 있는 스위스를 선호한다고 했다.

잔느가 말했다. "아녜요, 저는 코르시카처럼 아주 새로운 나라 또는 그리스처럼 추억으로 가득 찬 아주 오래된 나라가 좋아요. 어렸을 때부터 우리가 역사를 배웠던 민족들의 흔적을 다시 찾아보고, 위대한 사건들이 벌어졌던 장소들을 보는 건 아주 즐거울 거예요."

자작은 덜 들뜬 목소리로 의견을 말했다. "저는 영국에 많이 끌립니다. 배울 점이 아주 많은 나라죠."

이렇게 그들은 세계를 일주하기 시작했다. 양 극지에서부터 적도에 이르기까지, 그들은 각국의 매력에 대해 논하고 상상의 풍경이나 중국인 또는 랩랜드인[13] 같은 낯선 인종들의 특이한 풍속에 대해 경탄하기도 했다. 그러나 그들은 세계에서 가장 아름다운 나라는 프랑스라는 결론에 도달했다. 여름에는 시원하고 겨울에는 따뜻한 온대성 기후, 풍요로운 전원, 초록빛 숲들과 고요하게 흐르는 큰 강들, 그리고 아테네의 위대한 시대 이후 다른 어느 곳에도 존재한 적이 없는 미술 애호 같은 것이 프랑스의 미점을 이룬다는 것이었다.

뒤이어 그들은 다시 침묵에 잠겼다.

더 낮아진 태양은 피를 흘리는 것처럼 붉어 보였다. 한 줄기 넓은 빛의 흔적이, 눈부신 빛의 길이 대양 끝에서부터 조각배의 항적(航跡)에 이르기까지 물 위를 달리고 있었다.

바람의 마지막 숨결도 잦아들었다. 물결의 모든 주름이 평평해졌다. 그리고 요동도 않는 돛은 붉게 물들어 있었다. 무한한 침잠이 공간을 마비시키고, 원소들이 조우하는 주위에 침묵을 형성하는 것처럼 보였다. 한편 괴물 같은 약혼녀인 바다는 그 반짝이는 유연한 배(腹)를 하늘 아래 길게 늘어뜨리고 자신을 향해 내려오는 불의 애인을 기다리고 있었다. 애인은 포옹하려는 욕망 때문인 듯 붉게 타오르며 하강을 서둘렀다. 애인은 마침내 약혼녀에 합류했다. 그리고 조금씩 조금씩 약혼녀가 애인을 삼켜 갔다.

그러자 수평선에서 한 줄기 서늘한 바람이 불어왔다. 마치 삼켜진 천체가 안도의 한숨을 세상에 내뱉은 듯, 한 줄기 전율

---

13) 노르웨이, 스웨덴, 핀란드 북부 지역에 사는 소수 민족.

이 일며 흔들리는 물의 가슴을 주름지게 했다.

황혼은 짧았다. 별들이 촘촘히 박힌 어둠이 펼쳐졌다. 라스티크 영감이 노를 저었다. 바다가 인광(燐光)을 발하고 있었다. 잔느와 자작은 나란히 앉아 작은 배가 뒤에 남기는 이 움직이는 빛을 바라보고 있었다. 그들은 거의 아무 생각도 않고, 망연히 앞만 바라보며, 감미로운 안온함에 잠겨 저녁 기운을 마시고 있었다. 잔느의 손이 의자에 기대 있는 동안, 자작의 손가락 하나가 우연인 것처럼 그 위에 놓였다. 그녀는 이 가벼운 접촉에 놀라고, 행복하고, 또 당황하여 조금도 움직일 수가 없었다.

밤에 자기 방으로 돌아온 그녀는 이상하게 동요되고 너무도 마음이 여려져서 실컷 울고 싶은 욕구가 이는 것을 느꼈다. 그녀는 추시계를 바라보며, 작은 꿀벌 모양 추가 심장처럼, 다정한 친구의 심장처럼 고동친다고 생각했다. 그것은 평생 동안 자신을 지켜볼 것이다. 생생하고 규칙적인 똑딱거리는 소리는 기쁠 때나 슬플 때나 내내 그녀와 함께할 것이다. 이런 생각을 하며 그녀는 금빛 꿀벌을 멈춰 세우고 그 날개에 입을 맞췄다. 그녀는 어떤 것에나 키스를 하고 싶은 심정이었다. 그녀는 서랍 바닥에 옛날 인형 하나를 숨겨 두었던 생각이 났다. 그것을 되찾자, 사랑하는 옛 친구를 다시 만난 듯이 기뻤다. 그래서 그녀는 인형을 가슴에 꼭 껴안고, 그 장난감의 채색된 뺨과 고수머리에 열렬한 키스를 수없이 퍼부었다.

그 인형을 품에 안은 채, 그녀는 몽상에 잠겼다.

수많은 비밀스러운 목소리가 약속했던 남편, 더없이 선량하신 신께서 자신에게 던져 주신 남편이 바로 '그 사람'일까? 그가 바로 자신을 위해 창조된 존재, 자신의 일생을 바칠 존재일까? 그들 두 사람은 애정으로 결합되어 불가분의 관계로 얽히고설켜서 '사랑'을 배태하도록 되어 있는 숙명적인 두 존재일까?

그녀는 자신이 열정이라고 믿는, 존재 전체의 격렬한 충동도, 미칠 듯한 황홀감도, 깊은 동요도 아직은 경험한 적이 없었다. 그렇지만 그녀는 그를 사랑하기 시작한 것 같았다. 그를 생각하노라면 때때로 온몸이 녹아드는 느낌이 들기 때문이었다. 그리고 그녀는 끊임없이 그를 생각했다. 그의 출현은 그녀의 마음을 휘저었다. 그와 시선이 마주치면 얼굴이 빨개졌다 창백해졌다 했으며, 그의 목소리를 들으면 전율이 일었다.

그날 밤 그녀는 거의 잠을 이루지 못했다.

그러면서 날이 갈수록 그녀는 사랑의 격렬한 욕망에 점점 더 사로잡혔다. 그녀는 끊임없이 자신에게 물어보고, 데이지 꽃과 구름에게도 물어보았으며, 공중에 동전을 던져 점을 쳐 보기도 했다.

그러던 어느 날 저녁 남작이 딸에게 말했다. "얘야, 내일 아침에는 예쁘게 꾸며라." "왜요, 아빠?" 하고 그녀가 물었다. "그건 비밀이다." 하고 남작이 대답했다.

이튿날 밝게 화장한 산뜻한 모습으로 아래로 내려간 그녀는 거실 탁자가 과자 상자로 뒤덮인 것을 발견했다. 그리고 의자 위에는 커다란 꽃다발이 놓여 있었다.

마차 한 대가 마당으로 들어왔다. 마차에는 '르라, 페캉의 제과업자. 결혼 예식 음식'이라고 쓰여 있었다. 뤼디빈이 심부름꾼의 도움을 받아 마차 뒤의 열린 문으로부터 맛있는 냄새가 풍기는 커다란 음식 바구니들을 연거푸 꺼냈다.

드 라마르 자작이 나타났다. 그의 바지가 윤나는 예쁜 장화 안쪽에 팽팽하게 고정되어 있었다. 장화는 그의 발을 작아 보이게 했다. 허리가 꽉 조이는 그의 긴 프록코트는 가슴의 파인 부분으로 레이스 장식을 드러내 보였다. 고급 넥타이를 몇 겹으로 감아 매어서, 그는 근엄한 기품이 도는 검게 탄 아름다운 얼굴을 꼿꼿이 세우고 있어야 했다. 그는 평소와는 다른 모습이었다. 익숙한 얼굴이 치장 때문에 갑자기 특이해 보이는 것이었다. 잔느는 얼떨떨해서 마치 한 번도 본 적이 없는 사람처럼 그를 쳐다보았다. 그녀는 그 사람이 최고의 신사라고 생각했고, 머리끝에서 발끝까지 대영주답다고 생각했다.

그가 미소 지으며 고개를 숙이고 물었다. "그러면 대모님, 준비가 되셨나요?"

그녀가 우물쭈물 말했다. "아니, 뭐라고요? 대체 무슨 일이에요?"

"곧 알게 될 거다." 하고 남작이 대신 대답했다.

말이 매인 사륜마차가 앞으로 나아갔고, 화려하게 성장을 한 아델라이드 부인이 로잘리의 부축을 받으며 자기 방에서 내려왔다. 로잘리가 드 라마르 씨의 우아한 모습에 몹시 감동하는 것을 보고 남작이 속삭였다. "이보시오, 자작. 우리 집 하녀가 당신을 마음에 들어 하는 것 같소." 자작은 그 말에 귀까지 빨개지더니, 짐짓 못 들은 척하고, 커다란 꽃다발을 들어 잔느에게 주었다. 잔느는 더욱더 놀라서 그것을 받았다. 네 사람은 마차에 올랐다. 남작 부인의 기운을 돋우기 위해 찬 수프를 날라 온 요리사 뤼디빈이 말했다. "마님, 정말로 결혼식 같네요."

이포르에 접어들자 일행은 마차에서 내렸다. 그들이 마을을 통과해서 앞으로 나가자, 주름이 그대로 드러나 보이는 싸구려 새 옷을 입은 선원들이 자기들 집에서 나와 인사를 하고 남작과 악수를 나누더니, 마치 축제 행렬을 뒤따르듯 그들의 뒤를 따라오기 시작했다.

자작이 잔느에게 팔을 맡기고 맨 앞에서 그녀와 함께 걸어갔다.

교회 앞에 다다르자 일행은 멈춰 섰다. 성가대 아이 하나가 똑바로 든 큰 은제 십자가가 나타났고, 붉고 흰 옷차림을 한 또 다른 소년이 성수채가 든 성수 단지를 들고 그 뒤를 따랐다.

그다음에 절름발이 하나를 포함한 늙은 성가대원 세 명이 지나갔고, 뒤이어 관악기 연주자가, 그리고 불룩 튀어나온 배 위로 금빛 스톨[14]을 십자형으로 걸친 신부가 지나갔다. 신부는 미소를 짓고 고개를 끄덕여 인사를 대신했다. 그는 눈을 반쯤 감고, 기도를 외우느라고 입술을 움직이며, 삼각모를 코까지 푹 눌러쓰고, 중백의(中白衣)를 걸친 자기 참모부를 따라 바다 쪽으로 걸어갔다.

---

14) 겉옷 위에 목 뒤로 걸쳐서 몸 양쪽으로 늘어뜨리는 장식 천.

해변에서는 한 떼의 사람들이 꽃으로 장식한 새 선박 주위에서 기다리고 있었다. 돛대와 돛과 밧줄이 미풍에 나부끼는 긴 리본에 휩싸여 있었고, 배 뒤편에 금색 글자로 새긴 '잔느'라는 이름이 보였다.

남작 돈으로 건조된 이 배의 선장 라스티크 영감이 행렬 앞으로 나섰다. 남자들이 모두 동시에 모자를 벗었다. 십자가가 나타나자 큰 주름이 어깨 밑으로 늘어지는 헐렁한 검은 망토를 걸치고 두건을 쓴 독실한 여신도들의 행렬이 주위를 빙 둘러싸며 무릎을 꿇었다.

신부가 성가대 소년들을 좌우에 거느리고 배 한쪽 끝으로 갔고, 다른 쪽 끝에서는 하얀 복장에 어울리지 않게 꾀죄죄한 늙은 성가대원 셋이 턱에는 수염이 덥수룩한 모습으로 평가곡집(平歌曲集)에 눈을 고정한 채 근엄한 태도로 목청껏 노래를 불렀다. 음정이 잘 맞지 않는 성가가 맑은 아침 속으로 퍼져 나갔다.

그들이 숨을 돌릴 때마다, 나팔 소리만이 계속 붕붕거렸다. 바람으로 가득 찬 나팔수의 두 뺨이 부풀어 오르자, 그의 작은 잿빛 눈은 사라져 보이지 않았다. 나팔을 불 때마다 그의 얼굴이 너무 부풀어 올라, 이마와 목의 살갗이 살에서 떨어져 나갈 것처럼 보였다.

고요하고 투명한 바다도 명상에 잠겨 작은 배의 세례식에 참석하는 것 같았다. 손가락 높이만 한 잔잔한 파문을 일으키며, 해변의 조약돌을 긁는 갈퀴 소리 같은 미세한 소리만 낼 뿐, 바다는 거의 움직임이 없었다. 날개를 활짝 편 커다란 흰

갈매기 떼가 파란 하늘에 곡선을 그리며 유유히 날아갔다. 갈매기 떼는 멀리 날아갔다가 마치 사람들이 거기서 무엇을 하는지 보려는 듯이, 무릎을 꿇고 앉은 사람들 위로 선회하여 되돌아오곤 했다.

오 분 후 아멘을 외친 다음 성가가 멎었다. 그러자 신부가 투박한 목소리로 라틴어 단어 몇 마디를 웅얼거렸는데, 어미의 울림만 겨우 알아들을 수 있을 뿐이었다.

뒤이어 그는 성수를 뿌리며 배를 한 바퀴 돌고 나서, 손을 맞잡은 채 꼼짝 않고 있는 대부와 대모 맞은편의 뱃전에 서서 기도문을 중얼거리기 시작했다.

청년은 미남다운 근엄한 표정을 그대로 유지하고 있었으나, 처녀는 갑작스러운 감동으로 숨이 막히고 정신이 아득해져서 이가 마주칠 정도로 부들부들 떨기 시작했다. 얼마 전부터 그녀에게서 떠나지 않던 몽상이 갑자기 일종의 환각 속에서 현실의 모습을 띠고 나타난 것이다. 사람들은 결혼에 대해 얘기하고 있었고, 신부가 축복을 내리며 바로 그 자리에 있었고, 중백의를 걸친 남자들이 기도문을 읊조리고 있었다. 그녀 자신이 결혼을 하고 있는 것이 아닌가?

그녀는 손가락에 경련을 느꼈던가? 그녀를 사로잡고 있는 마음이 혈관을 타고 옆 남자의 심장에까지 줄달음질쳐 갔는가? 그 남자도 깨닫고, 알아차리고, 그녀처럼 일종의 사랑의 도취에 휩쓸렸는가? 아니면 단지 그 사람은 경험상 어떤 여자도 자기에게는 저항할 수 없음을 알고 있을 뿐인가? 갑자기 그녀는 남자가 자기 손을 누르는 것을 느꼈다. 처음에는 부드럽게, 다음에는 좀 더 세게, 그러고는 손이 부서질 정도로 아주 세게. 그리고 얼굴색 하나 변하지 않고, 아무도 눈치채지 못하게 그가 말했다. 그렇다, 분명히, 그가 아주 명백하게 말했던 것이다. "오, 잔느 당신만 좋으시다면, 이건 우리의 약혼식이 될 것입니다."

잔느는 아주 천천히 고개를 숙였다. 아마 승낙을 뜻하는 동작이었을 것이다. 아직도 신부가 뿌리고 있는 성수 몇 방울이 그들 손가락에 튀었다.

식이 끝났다. 무릎을 꿇고 있던 여인네들이 일어섰다. 돌아가는 길은 뒤죽박죽이었다. 성가대 아이가 들고 있던 십자가도 그 위엄을 잃었다. 십자가는 좌우로 비틀거리고, 당장 코앞으로 쓰러질 듯 앞으로 기울기도 하더니 재빨리 사라져 버렸다. 기도를 멈춘 신부가 서둘러 뒤를 따라갔다. 성가대원들과 나팔수는 한시바삐 옷을 벗으려고 골목길로 자취를 감췄고, 선원들도 떼 지어 발길을 재촉했다. 머릿속에 음식 냄새에 대한 똑같은 생각이 박혀 그들은 발걸음을 서둘렀고, 입에 침이 고였으며, 배 속까지 침이 내려가 창자에서 꼬르륵 소리가 났다.

푀플에서는 맛있는 점심 식사가 그들을 기다리고 있었다.

마당의 사과나무 아래 커다란 식탁이 차려져 있었다. 예순 명이나 되는 어부와 농부 들이 자리를 잡고 앉았다. 남작 부인이 이포르와 푀플의 사제를 좌우에 두고 가운데에 자리를 잡았다. 맞은편에는 남작이 면장과 그의 부인 사이에 앉았는데, 깡마르고 늙수그레한 시골 여자인 면장 부인은 연거푸 고개를 숙여 사방으로 인사를 건넸다. 커다란 노르망디식 보닛을 쓴 그녀는 얼굴이 쪼그라들고 작았으며, 머리는 하얀 볏이 달린 암탉과도 흡사했고 눈은 무엇에 놀란 듯 동그랬다. 그녀는 마치 접시를 코로 쪼듯이 음식을 빠르게 조금씩 집어 먹었다.

대부 곁에 앉은 잔느는 행복의 늪을 헤매고 있었다. 그녀는 아무것도 볼 수 없고, 아무것도 알 수 없었으며, 기쁨으로 정신이 산란해져서 입을 다물고 잠자코 있을 뿐이었다.

잔느가 자작에게 물었다. "그런데 당신 이름이 뭐죠?"

그가 대답했다. "쥘리앵요. 모르셨던가요?"

그러나 그녀는 대답하지 않았다. '이 이름을 얼마나 자주 반복해 부르게 될 것인가!' 하고 속으로 생각할 뿐이었다.

식사가 끝나자, 마당은 뱃사람들에게 내주고 나머지 사람들은 성의 다른 편으로 갔다. 남작 부인은 두 사제의 에스코트를 받으며 남작에게 기대어 자신의 운동을 시작했다. 잔느와 쥘리앵은 작은 숲까지 가서, 나무가 울창한 오솔길로 접어들었다. 갑자기 쥘리앵이 그녀의 두 손을 잡더니 "제 아내가 되어 주시겠습니까?" 하고 말했다.

그녀는 또다시 고개를 숙였다. 그가 "대답해 주십시오, 제발 부탁입니다!" 하고 더듬거리며 말하자, 그녀는 그를 향해 아주 부드럽게 눈을 들었다. 그러자 그는 그 시선 속에서 대답을 읽었다.

4

어느 날 아침, 남작이 잔느가 일어나기도 전에 그녀의 방에 들어오더니 침대 발치에 앉으며 말했다. "드 라마르 자작이 우리에게 너와의 결혼을 청해 왔다."

그녀는 시트 아래로 얼굴을 숨기고 싶었다.

아버지가 말을 이어 갔다. "우리는 대답을 조금 뒤로 미뤘다." 그녀는 감동으로 가슴이 조여 숨을 헐떡거렸다. 잠시 후, 남작이 미소를 지으며 덧붙여 말했다. "우리는 너한데 얘기하지 않고서는 아무 일도 하고 싶지 않았다. 네 어머니와 나는 이 결혼에 반대하지 않는다. 그렇다고 너에게 억지로 결혼을 받아들이라는 뜻은 아니야. 네가 그 사람보다 훨씬 더 부자이긴 하지만, 인생사의 행복을 생각할 때 돈이 전부는 아니지. 그 사람에겐 이제 부모가 없으니, 네가 그 사람과 결혼하면 그 사람이 우리 집안에 들어와 아들 노릇을 하게 될 거야. 그런데 네가 다른 사람과 결혼하면, 우리 딸인 네가 낯선 사람들 집으로 가게 되겠지. 그 총각이 우리 마음에는 든다. 네 마음에도 드는지…… 너는 어떠냐?"

잔느는 머리끝까지 빨개지며 우물쭈물 말했다. "저도 좋아요, 아빠."

그러자 아빠는 딸의 눈을 빤히 쳐다보며 여전히 웃음을 짓고 중얼거렸다. "나도 얼마간 짐작은 했다, 이 아가씨야."

잔느는 저녁 시간까지 술에 취한 듯이 무엇을 하고 있는지도 모른 채, 무의식적으로 어떤 물건을 잡고 보면 엉뚱한 다른 물건을 잡는 식으로, 걷지 않았는데도 두 다리가 피로하여 휘청거리는 상태로 지냈다.

6시쯤 잔느가 어머니와 함께 플라타너스 밑에 앉아 있는데, 자작이 나타났다.

잔느의 가슴이 미친 듯이 고동치기 시작했다. 청년은 동요의 기색도 없이 다가왔다. 가까이 오더니 그는 남작 부인의 손가락을 잡고 키스하고 나서, 처녀의 떨리는 손을 잡아 올리더니 애정과 감사가 넘치는 긴 키스를 온 입술로 퍼부었다.

그리하여 눈부신 약혼 시절이 시작되었다. 그들은 거실 구석에서 단둘이 얘기를 나누거나, 작은 숲 깊숙한 곳 비탈에서 황량한 광야를 마주 보고 앉아 얘기를 나누었다. 때로 자작은 미래에 대해 얘기하고 잔느는 남작 부인의 발길이 만들어 놓은 먼지 이는 자국 위로 눈을 내리깐 채, 그들 두 사람은 어머니의 가로수 길을 산책하기도 했다.

일단 결정이 이루어지자, 모두들 일을 서두르고 싶어 했다.

그래서 결혼식이 육 주 후인 8월 15일로 결정되었다. 그리고 신랑 신부는 예식 후 바로 신혼여행을 떠나기로 예정되었다. 가고 싶은 곳에 대해 의견을 묻자 잔느는 코르시카로 정했다. 이탈리아의 도시들보다 그곳이 단둘이 더 오붓이 지낼 수 있을 것 같았던 것이다.

그들은 지나치게 심한 초조감을 보이지 않고 자기들 결합의 결정적 순간을 기다렸다. 그러나 그들은 사소한 애무, 손을 지긋이 누르는 행위, 두 영혼이 섞여 드는 것처럼 보이는 열정적인 시선의 오랜 교환 같은 미묘한 매력을 음미하면서 감미로운 애정에 감싸여 달콤한 나날을 흘려보냈다. 그러면서도 그들은 결정적인 포옹에 대한 막연한 욕망으로 어렴풋한 괴로움에 시달렸다.

베르사유의 한 수녀원에서 기숙 생활을 하고 있는 남작 부인의 여동생 리종 이모 말고는 아무도 결혼식에 초대하지 않기로 결정했다.

자기 아버지가 돌아가신 후, 남작 부인은 여동생을 곁에 두고 보살피려고 했다. 그러나 노처녀가 자기가 모든 사람들에게 방해가 되며 무용하고 성가신 존재라는 생각에 사로잡혀, 쓸쓸하고 고적한 삶을 영위하는 사람들에게 방을 빌려 주는 수녀원 한 군데로 은거해 버렸던 것이다.

그녀는 이따금 언니 집에 와서 한두 달씩 머물곤 했다.

그녀는 거의 말이 없고 언제나 자신을 드러내지 않는 작은 여인으로, 식사 시간에만 나타났다가 곧 자기 방으로 올라가서 계속 방 안에 처박혀 지냈다.

그녀는 선하게 생겼지만, 마흔두 살밖에 안 되었는데도 늙수그레한 티가 났으며, 눈은 부드럽고 슬펐다. 그녀는 집안에서 조금도 인정받지 못했다. 아주 어렸을 때, 그녀는 예쁘지도 않았고 소란스럽지도 않아서, 누구든 그녀에게 입을 맞춰 준 적이 거의 없었다. 그녀는 구석에 조용하고 얌전하게 머물러 있었다. 그 이후로 그녀는 항상 희생하며 살아왔다. 처녀로 성장한 후에도 아무도 그녀에게 관심을 보이지 않았다.

그녀는 그림자 또는 친숙한 물건 같은 존재, 사람들이 매일같이 보아서 익숙하기는 하지만 전혀 신경을 쓰지는 않는 살아 있는 가구 같은 존재였다.

그녀의 언니도 친정에서 길든 습관에 따라, 동생을 아무 의미 없는 부족한 사람으로 취급했다. 사람들은 일종의 경멸적인 선의가 담긴 무람없는 친밀함으로 그녀를 대했다. 그녀는 리즈라고 불렸는데, 그녀 자신도 이 매력적인 젊은 이름을 거북스러워하는 것 같았다. 그녀가 나이가 들어도 결혼하지 않고, 또 앞으로도 결혼하지 않으리라는 것을 사람들이 알게 되자, 리즈라는 이름이 리종으로 바뀌었다. 잔느가 태어난 이후부터 그녀는 '리종 이모'로 불렸는데, 그녀는 언니나 형부에게조차 몹시 수줍어하며 얌전하게 구는 보잘것없는 친척 여자에 불과했다. 언니와 형부는 그녀를 좋아하긴 했지만, 그것은 무관심한 애정, 무의식적인 동정, 천성적인 호의 같은 성격의 막연한 감정일 뿐이었다.

이따금 남작 부인이 먼 옛날 젊은 시절의 일을 얘기할 때, 그녀는 연대를 특정하기 위해서 "그건 리종이 변덕이 났던 때였어."라고 말하곤 했다.

그 일에 대해 더 이상의 얘기는 없었다. 그래서 그 '변덕'이라는 것은 안개에 덮인 듯 불분명한 것으로 남아 있었다.

어느 날 저녁, 스무 살이던 리즈가 물에 몸을 던졌는데, 아무도 그 이유를 알 수 없었다. 그녀의 일상생활에서나 그녀의 태도에서 그런 무분별한 짓을 예감할 수 있는 것은 아무것도 없었다. 그녀는 반죽음 상태로 건져 올려졌다. 그녀의 부모는 이 행위의 알 수 없는 동기를 알아보려는 대신, 분개해서 두 팔을 치켜들고서 '변덕'이라고 떠들어 대는 것이 고작이었다. 그들은 마치 그 일이 있기 얼마 전 마차 바퀴 자국에 다리가 걸려 부러져서 도살하지 않을 수 없었던 말 '코코' 사건처럼 얘기하는 것이었다.

곧 리종으로 불리게 된 리즈는 그 사건 이후부터 머리가 모자라는 아이로 취급당했다. 그녀가 자기 근친들에게 불어넣은 가벼운 멸시는 그녀를 둘러싼 모든 사람들의 마음에도 서서히 스며들었다. 어린 잔느조차도 어린아이들의 본능적인 예감으로 이모에게는 전혀 개의치 않아서, 그녀의 침대에 올라가서 뽀뽀를 한 적이 없었고, 심지어 그녀 방에 들어가는 일도 전혀 없었다. 그 방에 필요한 몇 가지 시중을 드는 하녀 로잘리만이 그 방이 어디 붙어 있는지 아는 것 같았다.

리종 이모가 식사하러 식당에 들어오면, '아가'는 습관적으로 그녀에게 다가가 이마를 내미는 것이 전부였다.

누군가 그녀에게 할 얘기가 있으면, 하인을 시켜 그녀를 불러오게 했다. 그녀가 자리에 없으면 그녀에게는 관심을 두지 않았고 생각조차 하지 않았다. 그녀에 대해서 걱정하거나 물어볼 생각도 하지 않고 "이런, 오늘 아침엔 리종을 보지 못했네." 하고 말할 뿐이었다.

그녀가 사람들과 어울리는 자리는 전혀 없었다. 자기 근친들에게조차도 말하자면 탐사되지 않은 미지의 존재같이 머물렀으며, 죽는다 하더라도 집 안에 구멍이나 빈자리가 생길 것 같지 않은 존재, 주위 사람들의 생활이나 습관이나 애정에 끼어들 수 없는 그런 존재들 가운데 하나였다.

'리종 이모'라고 발설할 때, 이 두 단어는 누구의 마음에도 아무런 감정을 불러일으키지 못했다. 그것은 '커피포트' 또는 '설탕 그릇'이라고 말하는 것과 마찬가지였다.

그녀는 언제나 조용히 종종걸음을 치며 걸었다. 시끄러운 소리를 내거나 무엇에 부딪히는 적이 결코 없어서, 아무 소리도 내지 않는 속성이 사물에 전해지는 것처럼 보였다. 그녀의 두 손은 일종의 솜으로 만들어진 것처럼 보였다. 그토록 그녀는 손에 닿는 물건을 가볍고 조심스럽게 다루었던 것이다.

그녀는 조카딸의 결혼에 대한 생각으로 잔뜩 들떠서 7월 중순경에 도착했다. 그녀는 선물 보따리를 많이 들고 왔지만, 그녀가 가져왔기 때문에 사람들은 거의 거들떠보지 않았다.

그녀가 도착한 다음 날부터 사람들은 그녀가 와 있다는 사실에 더 이상 유념하지 않았다. 그러나 그녀의 마음속에는 특별한 감동이 끓어오르고 있었고, 그녀의 두 눈은 약혼자들을 놓치지 않았다. 그녀는 유별난 열성을 기울여 혼수 준비에 몰두했다. 아무도 찾아 주지 않는 방에 틀어박혀 침모(針母)처럼 부지런히 일하며 열을 올렸던 것이다.

그녀는 자신이 단을 감친 손수건이며 숫자를 수놓은 냅킨 같은 것을 남작 부인에게 자주자주 내보이면서 "이러면 괜찮을까, 아델라이드?" 하고 물었다. 그러면 남작 부인은 그저 건성으로 쳐다보면서 "너무 애쓰지 마라, 가엾은 우리 리종." 하고 대답하는 것이었다.

그달 말 어느 저녁, 낮 동안의 무더운 열기가 가시고 달이 떠올랐다. 사람 마음을 흔들어 감동시키고 고양해서, 영혼의 모든 비밀스러운 시정(詩情)을 깨워 일으킬 것 같은 밝고 따뜻한 밤이었다. 들판의 부드러운 바람이 조용한 거실 안으로 불어왔다. 남작 부인과 그녀의 남편은 등갓이 탁자 위에 그리는 동그란 불빛 아래서 천천히 카드놀이를 하고 있었다. 리종 이모는 그들 사이에 앉아 뜨개질을 하고 있었다. 그리고 두 젊은이는 열린 창에 팔꿈치를 기대고 달빛이 가득한 뜰을 바라보고 있었다.

캄캄한 작은 숲에까지 펼쳐진 희끄무레하게 빛나는 넓은 잔디밭에는 보리수와 플라타너스가 그림자를 던졌다.

그 밤의 부드러운 매력과 나무와 숲의 어슴푸레한 빛에 어쩔 수 없이 이끌린 잔느가 부모 쪽으로 고개를 돌리고 "아빠, 저희는 저기 성 앞 풀밭을 한 바퀴 돌고 오겠어요." 하고 말했다. 남작은 카드를 손에 든 채로 "그래라, 얘들아." 하고서 카드놀이를 계속했다.

두 사람은 밖으로 나가 하얗게 빛나는 넓은 잔디밭 위를 구석의 작은 숲에 이르기까지 천천히 거닐기 시작했다.

밤이 이슥해졌는데도 그들은 들어올 생각을 하지 않았다. 피곤해진 남작 부인이 자기 방으로 올라가고 싶어 했다. "연인들을 불러와야겠네요." 하고 그녀가 말했다.

남작은 불빛이 비치는 드넓은 뜰을 흘끗 둘러보았다. 두 그림자가 조용히 그곳을 배회하고 있었다.

"내버려 둬요, 밖에 날씨가 아주 좋은데! 리종이 그들을 기다려 주겠지. 그렇지, 리종?" 하고 남작이 대꾸했다.

노처녀는 불안한 눈을 쳐들고, 그 수줍은 목소리로 대답했다. "그럼요, 제가 두 사람을 기다리죠."

남작이 부인을 부축해 일으키더니, 낮 동안의 더위로 그 자신도 피곤을 느끼며 "나도 자러 가야겠어." 하고 말했다. 그리고 그는 부인과 함께 자리를 떴다.

그러자 리종 이모도 자리에서 일어나, 시작한 일감과 털실이며 큰 바늘을 안락의자 팔걸이 위에 놓아둔 채, 창가로 가서 팔꿈치를 기대고 매혹적인 밤경치를 바라보았다.

두 약혼자는 숲에서 현관 층계까지, 그리고 다시 현관 층계에서 숲까지, 잔디밭을 끊임없이 오락가락했다. 그들은 자기들 자신에게서 벗어나서, 대지로부터 발산되는 현저한 시적 분위기 속에 녹아든 듯, 서로의 손가락을 꼭 쥔 채 더 이상 말이 없었다.

잔느는 램프 불빛이 그리는 노처녀의 실루엣을 창틀 속에서 얼핏 보고서 말했다.

"어머나, 리종 이모가 우리를 쳐다보고 있네요."

자작이 고개를 들더니, 아무 생각 없는 무심한 목소리로 말했다.

"그렇군요, 리종 이모가 우리를 보고 있군요."

그리고 그들은 계속해서 몽상에 잠겨, 천천히 걸으면서 사랑을 나누었다.

그러나 이슬이 풀밭을 덮자, 그들은 한기로 오한을 느꼈다.

"이제 그만 돌아가죠." 하고 잔느가 말했다.

그들이 거실에 들어왔을 때, 리종 이모는 다시 뜨개질을 하고 있었다. 그녀는 뜨개질감 위로 이마를 수그리고 있었다. 그녀의 야윈 손가락은 몹시 지친 듯 조금 떨렸다.

잔느가 다가가서 말했다.

"이모, 이제 주무셔야죠."

노처녀가 눈을 돌렸다. 운 것처럼 두 눈이 빨개져 있었다. 연인들은 거기에는 전혀 주의를 기울이지 않았다. 그러나 청년은 불현듯 처녀의 고운 구두가 물기에 젖어 있음을 알아보았다. 그는 걱정에 사로잡혀 다정하게 물었다. "당신의 예쁜 작은 발이 춥지 않아요?"

그러자 이모의 손가락이 격렬하게 떨려서 뜨개질거리가 손에서 빠져나갔다. 털실 뭉치가 마룻바닥 멀리로 굴러갔다. 그녀는 갑작스럽게 두 손으로 얼굴을 가리더니, 발작적으로 오열을 터뜨리기 시작했다.

처음에 두 약혼자는 어안이 벙벙해서 꼼짝 못하고 그녀를 쳐다보았다. 그러다가 잔느가 별안간 무릎을 꿇고, 이모의 두 팔을 얼굴에서 떼어 내며, 당황해서 거듭 물었다.

"왜 그래요, 리종 이모, 왜 그래요?"

그러자 그 가엾은 여자는 슬픔으로 몸을 떨며, 눈물에 잠긴 목소리로 중얼중얼 대답했다.

"저 사람이 너에게 물었지…… 춥지 않으냐고…… 너의 예쁜 작은 발이……? 나에게는 아무도 그런 말을 해 주지 않았어…… 나에게는 말이야…… 결코…… 결코……."

잔느는 놀라고 측은한 마음이 들었지만, 리종에게 사랑을 속삭이는 애인의 모습을 생각하니 웃음이 나오려고 했다. 자작도 웃음을 감추려고 몸을 돌렸다.

이모는 불쑥 몸을 일으키더니 바닥의 털실과 의자 위의 뜨개질감을 그대로 버려둔 채, 등불도 들지 않고 캄캄한 층계로 달아나서 더듬거리며 자기 방을 찾아갔다.

둘만 남게 된 젊은이들은 서로 얼굴을 쳐다보았다. 우습기도 했고, 측은하게 느껴지기도 했다. 잔느가 중얼거렸다. "이모가 가여워요……!" 쥘리앵이 대꾸했다. "오늘 저녁에는 이모가 좀 이상하시네요."

그들은 헤어질 결심을 못 하고 손을 맞잡고 서 있었다. 그리고 리종 이모가 막 떠난 빈 의자 앞에서 그들은 부드럽게, 아주 부드럽게 첫 키스를 나눴다.

그다음 날 그들은 노처녀의 눈물에 대해서는 거의 생각하지 않았다.

결혼식에 앞선 두 주일 동안, 잔느는 애정의 감동에 지치기라도 한 것처럼 아주 조용하고 차분하게 지냈다.

결정적인 날 오전 동안에도 그녀에게는 깊이 생각해 볼 시간이 없었다. 그녀는 자신의 살과 피와 뼈가 피부 아래에서 녹아 버리기라도 한 것처럼, 온몸이 텅 비어 버린 듯한 느낌이 들 뿐이었다. 그리고 물건을 만지면 자신의 손가락이 몹시 떨림을 알 수 있었다.

그녀는 식이 진행되는 동안 성당 내진(內陣)에서 비로소 제 정신을 되찾을 수 있었다.

결혼이라! 그녀도 이렇게 결혼한 것이다! 새벽부터 이루어진 사물과 동작과 사건의 연쇄가 그녀에게는 하나의 꿈, 진짜 하나의 꿈만 같았다. 우리 주위의 모든 것이 변해 보이는 순간이 있는 것이다. 그때는 몸짓조차도 새로운 의미를 띠는 것이다. 시간까지도 평소와는 달라 보이는 것이다.

그녀는 얼떨떨하고, 무엇보다도 놀라운 느낌이 들었다. 어제만 해도 그녀 생활에서 변한 것은 아무것도 없었다. 항상 품어 왔던 인생에 대한 희망이 거의 손에 닿을 만큼 더 가까이 다가와 있을 뿐이었다. 그녀는 처녀로 잠들었는데, 이제 부인이 된 것이었다.

자신의 모든 기쁨, 자신이 꿈꾸던 행복과 함께 미래를 감춘 것으로 보이던 울타리를 그녀는 이제 뛰어넘은 것이다. 그녀는 자신 앞에 문이 활짝 열려 있는 것처럼 느꼈다. 그녀는 이제 '기대하던 세계'로 들어서려는 참이었다.

예식이 끝나 가고 있었다. 아무도 초대하지 않았기 때문에 거의 비어 있는 제의실로 모두들 옮겨 갔다. 그리고 그들은 다시 밖으로 나왔다.

일행이 성당 문 앞에 나섰을 때, 무시무시한 소리가 울려서 신부는 놀라 펄쩍 뛰었고, 남작 부인은 큰 비명을 질렀다. 농부들이 쏜 축포 소리였다. 푀플에 이를 때까지 포성은 쉬지 않고 계속되었다.

가족, 성주(城主)들의 신부 및 이포르의 신부, 면장, 그리고 주위 부농들 가운데서 선택된 증인들을 위한 간단한 식사가 차려져 있었다.

뒤이어 사람들은 만찬을 기다리는 동안 정원을 서성거렸다. 남작과 남작 부인, 리종 이모, 면장과 피코 신부는 어머니의 산책로를 오락가락하기 시작했다. 반면에 맞은편 가로수길에서는 다른 신부가 성큼성큼 걸으면서 기도서를 읽고 있었다.

성의 다른 편에서는, 사과나무 밑에서 사과주를 마시는 농부들의 왁자지껄한 즐거운 소리가 들려왔다. 나들이 차림의 온 마을 사람들이 마당을 가득 메우고 있었다. 조무래기 소년 소녀 들은 술래잡기 놀이를 하고 있었다.

잔느와 쥘리앵은 숲을 가로질러 비탈에 올라가서, 두 사람 다 말없이 바다를 바라보기 시작했다. 8월 중순인데도 날씨가 좀 서늘했다. 북풍이 불어왔고, 커다란 해가 새파란 하늘에서 사정없이 내리쬐고 있었다.

젊은 남녀는 피신할 곳을 찾아서 오른쪽으로 돌아 황야를 건너갔다. 이포르 쪽으로 내려가는, 나무가 우거진 구불구불한 계곡에 가려는 것이었다. 잡목림에 이르자 옷깃에 바람 한 점 스치지 않았다. 그들은 큰길을 버리고 무성한 나뭇잎 아래로 뚫린 좁은 오솔길로 접어들었다. 길이 좁아 둘이 나란히 걷기가 힘들었다. 그때 잔느는 팔 하나가 슬그머니 미끄러져 내려와 자신의 허리를 감싸는 것을 느꼈다.

그녀는 가슴이 두방망이질 치고 숨이 막혀서, 아무 말도 못 하고 헐떡거렸다. 낮게 늘어진 나뭇가지들이 그들의 머리칼을 간질였다. 그들은 지나가기 위해 자주 고개를 숙였다. 잔느가 나뭇잎 하나를 땄다. 나뭇잎 뒤에는 연약한 붉은색 조개와도 흡사한 무당벌레 두 마리가 웅크리고 앉아 있었다.

그러자 잔느가 좀 마음이 놓여 순진하게 말했다. "어머, 부부인가 봐요."

쥘리앵이 그녀의 귀에 입술을 스치며 말했다. "오늘 밤 당신은 내 아내가 될 거요."

전원에 머무는 동안 많은 것을 배웠다고 할지라도, 잔느는 아직 사랑에 대해서 시적인 면밖에는 생각하지 않았기 때문에 쥘리앵의 말에 매우 놀랐다. 그의 아내라니? 그녀는 이미 그의 아내가 아니었던가?

그때 쥘리앵이 그녀의 관자놀이와 잔털이 곱슬거리는 그녀 목에 빠르게 가벼운 키스를 퍼붓기 시작했다. 전혀 익숙하지 않은 남자의 이런 키스에 놀란 잔느는 본능적으로 고개를 돌려 애무를 피하려고 했지만, 그녀는 그 애무에 황홀함을 느꼈다.

그런데 그들은 숲의 기슭에까지 와 있다는 것을 문득 깨달았다. 그녀는 그렇게 멀리 온 것에 당황하여 걸음을 멈췄다. 사람들이 어떻게 생각할 것인가? "그만 돌아가요." 하고 잔느가 말했다.

그가 잔느의 허리를 껴안고 있던 팔을 풀었다. 두 사람이 고개를 돌리는 바람에 서로 얼굴을 마주 보게 되었다. 얼굴이 너무 가까이 있어서 그들은 얼굴에서 서로의 숨결을 느꼈다. 그렇게 그들은 서로를 쳐다보았다. 꿰뚫어 보는 듯한 요동 없는 격렬한 시선, 그 안에서 두 영혼이 하나로 녹아드는 것 같은 시선으로 서로를 쳐다보았다. 그들은 서로의 눈 안에서, 눈 뒤에서, 존재의 불가해한 미지의 세계 안에서 서로의 모습을 찾았다. 그들은 말 없는 끈질긴 의문 가운데에서 서로를 탐색했다. 그들은 상대방에게 무엇이 될 것인가? 그들이 함께 시작한 이 삶은 어떻게 될 것인가? 파기할 수 없는 결혼이라는 이 긴 대면에서 그들은 상대방에게 얼마나 많은 기쁨, 행복, 또는 환멸을 마련하고 있는가? 이런 생각을 하자니, 두 사람 모두 아직 서로 본 적이 없는 생소한 사이처럼 느껴지는 것이었다.

그런데 갑자기 쥘리앵이 아내의 어깨에 두 손을 얹더니, 그녀가 한 번도 받아 본 적이 없는 깊숙한 키스를 입 가득히 퍼부었다. 그 키스는 아래로 내려가 그녀의 혈관과 골수에까지 스며들었다. 그녀는 너무도 야릇한 충격을 느껴서, 두 팔로 정신없이 쥘리앵을 떠밀다가 하마터면 뒤로 넘어질 뻔했다.

"그만 돌아가요, 그만 돌아가." 하고 그녀는 중얼거렸다.

그는 대답하지 않았지만, 그녀의 두 손을 잡아 자기의 두 손 안에 꼭 그러쥐었다.

그들은 집에 닿을 때까지 한마디 말도 나누지 않았다. 오후의 나머지 시간은 길게 느껴졌다.

어둠이 내릴 무렵 모두들 식탁에 앉았다.

만찬은 노르망디 관습과는 반대로 간단하고 아주 짧았다.

어떤 거북함이 회식자들을 무기력하게 만들었다. 다만 두 사제와 면장과 초대받은 농부 네 명만이 결혼 피로연에 따르게 마련인 적나라한 쾌활함을 약간 드러내 보였다.

웃음이 잦아든 것 같더니, 면장의 말 한마디가 다시 활기를 살려 냈다. 9시 무렵이었다. 사람들은 커피를 마시려고 했다. 밖에서는 안마당의 사과나무 아래서 전원 무도회가 시작되고 있었다. 열어 놓은 창문을 통해 잔치의 모든 것이 보였다. 나뭇가지에 매달린 등불이 나뭇잎을 녹청색으로 물들이고 있었다. 무대처럼 꾸민 주방의 커다란 테이블 위에 올라선 바이올린 주자 두 명과 클라리넷 주자 한 명이 연주하는 빈약한 반주에 맞추어 촌스러운 농사꾼들과 아낙네들이 투박한 춤곡을 목청껏 부르면서, 원을 그리며 펄쩍펄쩍 뛰었다. 악기 연주는 때때로 농부들의 요란한 노랫소리에 완전히 파묻혔다. 연약한 연주 소리는 미친 듯한 목소리에 찢겨서 누더기처럼, 산산이 흩어진 몇 가지 음표의 작은 조각들처럼 하늘에서 떨어져 내리는 것 같았다.

타오르는 횃불에 둘러싸인 큰 술통 두 개가 사람들 무리에 마실 것을 대 주었다. 하녀 둘은 유리컵과 사발을 함지박에 담가 쉴 새 없이 씻어서, 물이 뚝뚝 떨어지는 채로 빨간 포도주나 금빛 사과주 줄기가 흘러나오는 술통 꼭지 밑에 갖다 대느라고 눈코 뜰 새가 없었다. 목마른 춤꾼들, 조용한 노인네들, 땀에 젖은 처녀들이 몰려와서, 팔을 뻗쳐 되는대로 그릇을 잡고 고개를 뒤로 젖혀 좋아하는 술을 벌컥벌컥 들이켰다.

식탁 위에는 빵과 버터와 치즈와 소시지가 차려져 있었다.

각자 이따금 와서 한 입씩 먹고 갔는데, 불 밝힌 나뭇잎 천장 아래 벌어지는 이 건강하고 강렬한 축제 광경은 방 안의 침울한 회식자들에게도 함께 춤을 추고, 버터와 생양파를 곁들인 빵 한 쪽을 씹으면서 커다란 술통에서 술을 실컷 들이켜고 싶은 욕구를 일으켰다.

자기 나이프를 들고 장단을 맞추던 면장이 소리쳤다. "제기랄! 참 좋구나, 마치 가나슈[15]의 혼례 같구나."

억지로 참는 웃음의 물결이 좌중에 퍼져 나갔다. 그러나 세속적 권위에는 자연히 적대적인 피코 신부가 대꾸하고 나섰다. "가나[16]라고 말씀하고 싶으셨겠죠." 면장은 그 훈계를 받아들이지 않았다. "아뇨, 신부님. 나는 알고 한 소리예요. 내가 가나슈라고 하면 가나슈인 거죠."

좌중은 일어서서 거실로 건너갔다. 그런 다음 그들은 얼근히 취한 하층민들과 약간 어울리기도 했다. 그러고 나서 초대 손님들은 물러갔다.

남작과 남작 부인은 나지막한 목소리로 논쟁을 하고 있었다. 아델라이드 부인이 평소보다 더 숨을 헐떡이면서 남편의 요구를 거절하는 듯이 보였다. 결국 그녀가 좀 언성을 높여서 말했다. "안 돼요, 여보. 나는 할 수 없어요. 어떻게 해야 할지

---

15) 가나슈는 능력과 재능이 결핍된 바보 내지 얼간이를 뜻하는 구어체 단어다. '가나슈의 혼례'는 『돈키호테』 2부 20장에 나오는 에피소드에 대한 암시로 호사스러운 결혼식을 지칭한다.

16) '가나의 혼례'는 「요한복음」 2장에서 예수가 물을 포도주로 변화시키는 기적을 보여 준 결혼식을 말한다.

모르겠어요."

그러자 아버지가 불쑥 아내 곁을 떠나 잔느에게 다가가더니 물었다. "얘야, 나하고 한 바퀴 걷지 않겠니?" 몹시 감동한 딸이 대답했다. "그래요, 아빠." 그들은 밖으로 나갔다.

문 앞에 나서자마자, 바다 쪽에서 건조한 약한 바람이 그들에게 불어왔다. 벌써 가을 기운을 풍기는 늦여름의 서늘한 바람이었다.

구름이 하늘에서 별들을 가렸다 다시 드러냈다 하면서 빠르게 흘러가고 있었다.

남작은 딸의 손을 다정하게 쥐고 팔을 자기 쪽으로 당겼다. 그들은 몇 분 동안 그렇게 걸었다. 남작은 마음을 정하지 못하고 좀 당황한 듯이 보였다. 그러나 결국 그가 결심을 했다.

"아가, 실은 네 어머니 몫인 어려운 역할을 이제 내가 하려고 한다. 네 어머니가 못 하겠다고 하니, 내가 대신하는 수밖에 없구나. 네가 인생사를 얼마나 아는지 모르겠다. 자식들에게는, 특히 딸자식들에게는 조심스럽게 감춰 두고 싶은 비밀이 있는 법이지. 앞으로 행복을 맡아 줄 남자의 품 안으로 부모가 넘겨줄 때까지는, 딸들은 순결한 정신으로, 완진무결하게 순결한 상태로 머물러 있어야만 한다. 인생의 달콤한 비밀 위에 던져진 그 베일을 걷어 내는 일은 그 남자의 몫이야. 그런데 여지껏 그런 의문이라고는 품어 본 적이 없는 경우에는, 처녀들이 꿈의 이면에 감춰진 약간은 난폭한 현실 앞에서 반항하는 수가 종종 있단다. 마음에 상처를 입고 심지어는 몸에도 상처를 입어서, 법칙이, 즉 인간의 법칙과 자연의 법칙이 절대적 권리로서 남편에게 허용한 것을 처녀들이 거부하는 경우가 있단 말이야. 아가, 나는 그것에 관해 너에게 더 이상 얘기할 수가 없구나. 그러나 이것만은 결코 잊지 마라, 너는 네 남편에게 완전히 속한다는 사실 말이야."

그녀는 정확히 무엇을 알고 있던가? 무슨 짐작을 하고 있던가? 그녀는 하나의 예감과도 같은 견디기 힘든 고통스러운 우수에 사로잡혀, 부들부들 떨기 시작했다.

그들은 다시 안으로 들어갔다. 놀라운 광경이 거실 문간에서 그들의 발걸음을 멈추게 했다. 아델라이드 부인이 쥘리앵의 품 안에서 흐느끼고 있었던 것이다. 그녀의 눈물, 대장간 풀무로 밀어내는 듯한 요란한 눈물은 코와 입과 눈에서 동시에 쏟아지는 것처럼 보였다. 소중하고 열렬히 사랑하는 귀여운 딸을 부탁하기 위해서 그의 품 안에 쓰러져 있는 뚱뚱한 부인을 청년은 당황해서 어쩔 줄 모르며 부축하고 있었다.

남작이 허겁지겁 달려갔다. "오! 소란 떨지 맙시다. 눈물 짜지 마요, 제발." 하고 그가 아내를 잡아 의자에 앉혔다. 그동안 부인은 얼굴의 눈물을 닦았다. 남작이 잔느에게 고개를 돌리고 말했다. "자, 얘야, 엄마에게 얼른 키스하고 가서 자렴."

자신도 역시 눈물이 쏟아질 것 같아, 잔느는 재빨리 부모에게 키스하고 도망치듯 방으로 올라갔다.

리종 이모는 벌써 자기 방으로 물러나 있었다. 남작 부부만이 쥘리앵과 남아 있었다. 세 사람 모두 너무 거북스러워서 아무도 말을 꺼내는 이가 없었다. 야회복 차림의 두 남자는 눈을 허공에 둔 채 서 있었고, 아델라이드 부인은 목구멍에 아직도 오열이 가시지 않은 채 의자에 쓰러져 있었다. 거북스러워 견딜 수 없게 되자, 남작은 며칠 후에 젊은이들이 떠날 신혼여행 얘기를 꺼냈다.

잔느는 자기 방에서 샘솟듯 눈물을 흘리는 로잘리의 시중을 받으며 옷을 벗었다. 로잘리는 되는대로 손을 이리저리 움직이며, 옷의 끈도 핀도 제대로 찾지 못했다. 그녀는 분명히 제 여주인보다도 더 동요된 것 같았다. 그러나 잔느는 하녀의 눈물 같은 것은 거의 안중에도 없었다. 그녀는 자신이 알았던 모든 것과 자신이 애지중지했던 모든 것으로부터 분리되어, 다른 세계 속으로 들어오고, 다른 땅으로 떠나온 것 같았다. 자신의 삶과 자신의 생각 속 모든 것이 뒤죽박죽된 것 같았다. '내가 남편을 사랑했던가?' 하는 이상한 생각조차 들었다. 그러자 그 사람이 잘 알지 못하는 낯선 사람처럼 보이는 것이었다. 불과 석 달 전에는 그 사람이 존재하는지조차 몰랐는데, 이제 자기가 그 사람의 아내가 되다니. 그것은 무슨 연유인가? 발아래 뚫려 있는 구멍 속에 빠지듯 결혼이란 구멍 속에 이렇듯 빨리 빠져 버린 것은 웬일일까?

밤 화장을 마치자, 그녀는 침대 속으로 미끄러져 들어갔다. 약간 차가운 시트가 그녀 피부에 오한을 일으켰고, 두 시간 전부터 그녀의 마음을 짓누르던 추위와 고독과 서글픔의 느낌을 배가했다.

로잘리는 여전히 흐느끼며 방을 나갔다. 그리고 잔느는 기다렸다. 그녀는 가슴이 오그라들 것 같은 초조함을 느끼며, 아버지가 모호한 말로 일러 준 잘 알지 못할 무엇을, 사랑의 큰 비밀의 신비스러운 누설을 기다렸다.

층계를 올라오는 소리를 듣지 못했는데, 누군가 그녀의 문을 세 번 가볍게 노크했다. 그녀는 너무나 몸이 떨려 대답을 하지 못했다. 다시 노크 소리가 나더니, 자물쇠 돌아가는 소리가 들렸다. 도둑이라도 방에 침입한 것처럼 그녀는 이불을 뒤집어썼다. 마룻바닥에 가벼운 구두 소리가 울렸다. 그러더니 갑자기 누군가 침대를 건드렸다.

그녀는 소스라치며 작은 비명을 질렀다. 이불에서 얼굴을 내밀자, 앞에 서서 웃음을 띠고 자기를 쳐다보는 쥘리앵의 모습이 눈에 들어왔다. "오! 깜짝 놀랐잖아요!" 하고 그녀가 말했다.

쥘리앵이 대꾸했다. "나를 기다렸던 게 아니오?" 그녀는 대답하지 않았다. 그는 성장(盛粧)한 미남의 근엄한 얼굴을 하고 있었다. 그녀는 빈틈없는 차림을 한 이 남자 앞에 이렇게 누워 있는 것에 몹시 부끄러움을 느꼈다.

두 사람은 이제 무슨 말을 해야 할지, 무엇을 해야 할지 알 수 없었다. 일생 동안의 내밀한 행복이 달려 있는 이 엄숙하고 결정적인 순간에 그들은 감히 서로 쳐다보지도 못했다.

쥘리앵은 이 싸움에 얼마나 위험이 도사리고 있는지, 그리고 꿈속에서 자라난 순결한 영혼의 미묘한 수치심과 무한한 섬세함을 조금도 다치게 하지 않으려면 얼마나 유연한 자제력과 얼마나 능란한 사랑의 기교가 필요한지 어렴풋하게 느꼈다.

그래서 그는 조용히 잔느의 손을 잡아 키스하고, 마치 제단 앞에서처럼 침대 곁에 무릎을 꿇고 앉아, 숨결보다 더 가벼운 목소리로 중얼거렸다. "나를 사랑해 주겠소?" 갑자기 마음이 놓인 잔느가 레이스 장식으로 덮인 머리를 베개 위에서 쳐들고서, 미소를 지으며 말했다. "벌써 사랑하고 있는걸요."

쥘리앵은 아내의 가늘고 작은 손가락들을 자기 입에 갖다 대고, 이 손가락 재갈에 막혀 변한 목소리로 말했다. "나를 사랑한다는 증거를 보여 주겠소?"

잔느는 또다시 당황하며 자기가 하는 말의 뜻도 제대로 모른 채, 단지 아버지가 해 준 말을 기억해서 대답했다. "저는 당신 거예요."

그는 축축한 키스로 그녀의 손목을 뒤덮더니, 천천히 몸을 일으켜 그녀의 얼굴로 다가갔다. 그녀는 다시 얼굴을 감추기 시작했다.

그가 갑자기 침대 너머로 팔 하나를 뻗어 시트 위로 아내를 껴안고, 다른 팔을 베개 밑에 밀어 넣어 베개와 함께 그녀의 얼굴을 들어 올리더니, 낮은 목소리로, 아주 낮은 목소리로 물었다. "그러면 나를 위해 당신 곁에 작은 자리 하나를 마련해 주겠소?"

잔느는 겁이 났다. 본능적인 두려움이었다. "오, 아직은 안 돼요, 제발 부탁이에요." 하고 그녀가 중얼거렸다.

그는 실망하고, 좀 기분이 상한 듯했다. 여전히 애원조였지만, 좀 무뚝뚝하게 그가 대꾸했다. "결국 언젠가는 할 일인데 왜 나중으로 미루려는 거요?"

잔느는 그 말이 원망스러웠지만, 순종과 체념의 뜻으로 다시 한 번 되풀이했다. "나는 당신 거예요."

그러자 그는 재빨리 화장실로 사라졌다. 잔느는 옷 벗어 놓는 소리, 주머니에서 동전이 짤랑거리는 소리, 구두를 한 짝씩 벗어 던지는 소리 등 그의 동작 하나하나를 분명히 구분해 들을 수 있었다.

그러더니 갑자기 그가, 팬티와 양말만 걸친 차림으로 벽난로 위에 시계를 놓으려고 힘차게 방을 가로질러 갔다. 뒤이어 그는 작은 옆방으로 달음질쳐 되돌아가더니, 거기서 잠시 뒤척이는 소리를 냈다. 그가 돌아온 것을 느끼자, 잔느는 눈을 감고 재빨리 반대편으로 돌아누웠다.

그녀의 다리에 차가운 다른 털투성이 다리 하나가 힘차게 미끄러져 와 닿자, 그녀는 바닥으로 몸을 던질 듯이 펄쩍 몸을 일으켰다. 그리고 두 손으로 얼굴을 감싸고 어쩔 줄 몰라 하며, 두렵고 당황해서 거의 소리를 지를 뻔한 그녀는 침대 한 구석에 몸을 웅크리고 앉았다.

그녀가 등을 돌리고 있었지만, 그는 곧 그대로 그녀를 품에 안고서, 그녀의 목과 나이트 캡의 펄럭이는 레이스 장식과 잠옷의 수놓인 깃에 탐욕스럽게 키스를 퍼부었다.

두 팔꿈치 사이에 가린 젖가슴을 더듬어 찾는 강한 손길을 느끼자 끔찍스러운 불안에 몸이 뻣뻣이 굳은 그녀는 꼼짝 못하고 있었다. 이런 난폭한 애무에 혼비백산해서 그녀는 숨을 헐떡거렸다. 그녀는 달아나서, 집 안 어딘가로 달려가, 이 남자와 멀리 떨어진 곳에 숨어 버리고 싶은 생각뿐이었다.

그는 더 이상 움직이지 않았다. 그녀는 등에서 그의 체온이 전해지는 것을 느꼈다. 그러자 그녀의 공포심이 가라앉았다. 그녀는 몸을 돌리기만 하면 그에게 키스할 수 있다는 생각이 문득 들었다.

결국 그는 참을 수 없는 것처럼 보였다. "그러니까 당신은 내 아내가 되기를 원하지 않는 거요?" 하고 서글픈 목소리로 그가 말했다. 그녀는 입에 댄 손가락 사이로 중얼거렸다. "이미 된 게 아닌가요?" 그가 언짢은 기색으로 대답했다. "천만에, 여보. 자, 나를 놀리지 마시오."

그녀는 그의 목소리에 담긴 불만스러운 어조에 충격을 느꼈다. 그래서 그녀는 용서를 청하려고 그의 쪽으로 갑자기 몸을 돌렸다.

그는 그녀에게 굶주리기라도 한 것처럼, 맹렬하게 두 팔로 몸을 끌어안았다. 그리고 얼굴 전체와 젖가슴 위에 물어뜯는 듯 빠른 키스를 미친 듯이 퍼붓는 동시에, 격렬한 애무로 그녀를 얼떨떨하게 했다. 그녀는 두 손을 벌리고 그가 하는 대로 무기력하게 머물렀다. 자기가 무엇을 하는지, 그가 무엇을 하는지 알 수 없었고, 아무것도 이해할 수 없는 멍한 상태였다. 그런데 날카로운 아픔이 갑자기 그녀 몸을 찢어 놓았다. 그가 난폭하게 그녀를 소유하는 동안, 그녀는 그의 품 안에서 몸을 비틀며 신음하기 시작했다.

그다음에는 무슨 일이 일어났던가? 그녀는 거의 기억이 없었다. 정신을 잃었기 때문이다. 다만 그가 그녀의 입술에 감사의 가벼운 키스를 계속했던 것 같았다.

뒤이어 아마 그가 그녀에게 말을 걸고 그녀가 그에게 대답했을 것이다. 그러고 나서 그가 또 다른 시도를 했는데, 그녀는 질겁해서 물리쳤다. 발버둥치다가, 그녀는 이미 다리에서 느꼈던 그 무성한 털을 자신의 가슴에서 마주치고는 소스라쳐 몸을 뒤로 뺐다.

결국 성공하지 못하고 애원하는 데 지친 그가 벌렁 누워서 꼼짝하지 않았다.

그러자 그녀는 생각에 잠겼다. 꿈꾸었던 도취와는 너무나 다르고, 소중하게 간직했던 기대는 무너지고, 지고의 행복은 파탄이 나 버린 현실에 환멸을 느낀 그녀는 마음속 깊이까지 절망에 사로잡혀 혼자 속으로 중얼거렸다. "그이가 아내가 된다고 말하던 게 이거였구나. 겨우 이거야! 이거란 말이야!"

그녀는 자기 방을 감싼, 옛사랑의 전설이 수놓인 벽걸이 장식 융단들을 망연히 바라보면서, 비탄에 잠겨 이렇게 오래도록 가만히 있었다.

그런데 쥘리앵이 더 이상 말이 없고 움직이지도 않자, 그녀는 천천히 그를 향해 눈길을 돌렸다. 그는 잠들어 있었다! 입이 반쯤 열린 채, 태연한 얼굴로 그는 잠을 자고 있었다! 그는 잠을 자고 있었다!

그녀는 그 사실을 믿을 수가 없었다. 그녀는 분개했고, 그의 난폭함보다 이렇게 잠들었다는 데 더 모욕감을 느꼈으며, 하찮은 여자처럼 취급당한 느낌이었다. 이런 밤에 어떻게 잠을 잘 수 있는가? 그들 사이에 있었던 일이 그에게는 전혀 놀라운 일이 아니란 말인가? 오! 두들겨 맞는 편이, 강간당하는 편이, 의식을 잃을 때까지 추악한 애무로 상처 입는 편이 차라리 낫지 않겠는가!

그녀는 팔꿈치에 얼굴을 괴고 그를 향해 몸을 숙여 그의 입술 사이로 가벼운 숨결이 지나는 소리를 들으면서 꼼짝 않고 있었다. 그의 숨소리는 때때로 코 고는 소리에 가까웠다.

날이 밝았다. 처음에는 어슴푸레하던 빛이 환해지더니, 이어서 장밋빛을 띠고 마침내 눈부시게 빛났다. 쥘리앵이 눈을 뜨고 하품을 하고 기지개를 켜고 아내를 쳐다보더니, 미소를 띠고 물었다. "잘 잤어, 여보?"

그녀는 그가 이제 자기에게 반말을 한 것을 알아채고, 어리둥절해서 대답했다. "그럼요. 당신은요?" 그가 "오! 나 말이야, 아주 잘 잤지." 하고 말했다. 그러더니 그녀 쪽으로 고개를 돌려 키스를 하고 나서, 조용히 얘기를 시작했다. 그는 절약 개념에 입각한 생활 계획을 길게 얘기했다. 절약이라는 단어가 여러 차례 되풀이되어 잔느를 놀랬다. 그녀는 말뜻도 알아차리지 못한 채 그의 얘기에 귀를 기울이며 그를 쳐다보았고, 떠오를 듯 말 듯 마음을 스치고 지나가는 오만 가지 것들을 막연히 생각했다.

8시가 울렸다. "자, 일어나야지. 늦게까지 누워 있으면 웃음거리가 되겠지." 하고 말하며, 그가 먼저 침대에서 내려갔다. 자기 몸단장을 하고 나서, 그는 로잘리를 불러오지 못하게 하고, 아내의 몸단장을 세세한 부분까지 친절하게 도와주었다.

방을 나서는 순간, 그가 아내를 멈춰 세우고 말했다. "알다시피 우리 사이에서는, 이제 서로 반말을 할 수 있지만, 당신 부모님 앞에서는 아직 좀 더 기다리는 편이 좋겠어. 우리가 신혼여행에서 돌아오면 아주 자연스러워지겠지."

잔느는 점심시간에야 얼굴을 드러냈다. 그리고 그날 하루는 마치 새로운 일은 아무것도 일어나지 않은 것처럼 평소와 같이 흘러갔다. 집안에 남자 하나가 더 생긴 것뿐이었다.

5

그로부터 나흘 후, 그들을 마르세유로 태워다 줄 대형 사륜 마차가 도착했다.

첫날밤의 번민이 가시고 나자, 잔느는 쥘리앵과의 육체적 접촉, 그의 키스, 그의 다정한 애무에 벌써 익숙해졌다. 그렇지만 그들의 관계를 좀 더 친밀하게 해 줄 만큼 그녀의 혐오감이 크게 줄어든 것은 아니었다.

그녀는 남편이 살생겼나고 생각했고, 그를 사랑했다. 그녀는 또다시 자신이 행복하고 즐겁다고 느꼈다.

작별 인사는 짧았고 슬프지 않았다. 남작 부인만이 좀 흥분한 것 같았다. 마차가 떠나려 하자 그녀는 딸의 손에 납덩이처럼 묵직한 큰 지갑 하나를 놓아 주며 말했다. "신부로서 쓸 네 용돈이다."

잔느는 그것을 주머니에 집어넣었고, 말들이 달리기 시작했다.

저녁 무렵 쥘리앵이 그녀에게 물었다. "당신 어머니가 그 지갑 안에 얼마를 넣어 주었지?" 그것을 잊고 있던 잔느가 지갑을 열어 무릎 위에 쏟아 놓았다. 많은 금화가 쏟아져 나왔다. 2000프랑이었다. 그녀는 손뼉을 쳤다. "맘껏 쓸 수 있겠네요."라고 말하며, 그녀는 돈을 다시 모았다.

심한 더위 속에서 일주일을 달린 끝에 그들은 마르세유에 도착했다.

그리고 이튿날 아작시오를 경유하는 나폴리 행 작은 정기선 '루아 루이' 호가 그들을 싣고 코르시카로 향했다.

코르시카! 마키![17] 산적들! 산악 지대! 나폴레옹의 고향! 잔느는 현실을 벗어나 눈을 뜬 채 꿈속으로 들어가는 것만 같았다.

갑판에 나란히 서서, 두 사람은 프로방스 지방 해안 절벽들이 달음질치는 것을 바라보았다. 태양에서 쏟아지는 불타는 빛 안에 응고되고 경화된 듯한 강렬한 쪽빛 바다가 요동도 않는 채, 끝없는 하늘 아래 터무니없이 푸르르게 펼쳐져 있었다.

잔느가 말을 꺼냈다. "라스티크 영감의 배를 타고 돌아다니던 거 기억나요?"

대답하는 대신, 그는 잔느의 귀에 재빨리 키스를 했다.

증기선 바퀴들이 바다의 깊은 잠을 깨우며 물을 휘젓고 있었다. 배 뒤편에는 거품에 싸인 긴 자취가, 요동치는 물결이

---

17) 코르시카의 관목 숲을 뜻하는 말.

샴페인처럼 거품을 내뿜는 희끄무레한 커다란 띠가, 배와 일직선으로 항적을 까마득하게 펼쳐 놓고 있었다.

갑자기 배의 앞쪽 몇 미터밖에 떨어지지 않은 곳에서 거대한 물고기 한 마리, 돌고래 한 마리가 물 밖으로 튀어 오르더니, 다시 거꾸로 물속으로 처박히며 자취를 감추었다. 소스라치게 놀란 잔느가 무서워서 비명을 지르며 쥘리앵의 품 안으로 뛰어들었다. 그러고 나서 자신이 그렇게 겁냈던 것이 우스워서 그녀는 웃기 시작했다. 그리고 그 돌고래가 다시 나타나지 않을까 조바심을 하며 그녀는 앞을 쳐다보았다. 몇 초 후에 돌고래는 마치 커다란 자동 장난감처럼 또다시 솟구쳐 올랐다. 그러더니 다시 물에 잠겼다가 다시 모습을 드러냈다. 뒤이어 두 마리, 세 마리, 여섯 마리가 된 돌고래들은 육중한 선박 주위를 펄쩍펄쩍 뛰면서, 철제 지느러미를 단 목제 물고기라고 할 만한 저희들의 괴물 같은 형제를 호위하는 듯이 보였다. 돌고래들은 배의 왼쪽으로 갔다 오른쪽으로 되돌아왔다 하기를 반복했고, 때로는 한꺼번에, 또 때로는 한 마리씩 즐거운 술래잡기 놀이라도 하듯 곡선을 그리며 공중으로 크게 뛰어올랐다가 줄줄이 물속으로 뛰어드는 것이었다.

잔느는 이 거대하고도 유연한 수영꾼들이 출현할 때마다 황홀해서 소스라치며 손뼉을 쳤다. 그녀의 가슴도 어린애같이 들뜬 즐거움 속에서 돌고래들처럼 뛰고 있었다.

갑자기 돌고래들이 사라졌다. 다시 한 번, 아주 멀리 난바다 쪽에 얼핏 모습을 드러내더니, 그것들은 더 이상 보이지 않았다. 잔느는 돌고래들이 떠나 버린 것에 대해 잠시 동안 애석함을 느꼈다.

저녁이 오고 있었다. 조용하고 온화하고 찬란한 저녁, 빛과 행복한 평화로 충만한 저녁이었다. 공기 중에도 물 위에도 가벼운 떨림조차 없었다. 바다와 하늘의 이 가없는 휴식이 역시 하나의 떨림조차 일지 않는 사람들의 마비된 영혼으로 퍼지고 있었다.

거대한 태양이 눈에 보이지 않는 아프리카 쪽으로, 벌써 그 열기가 느껴지는 듯한 작열하는 땅 아프리카 쪽을 향해 가라앉고 있었다. 태양이 자취를 감추고 나자, 미풍이라고도 할 수 없는 일종의 서늘한 애무가 사람들의 얼굴을 스쳐 지나갔다.

그들은 여객선의 온갖 지독한 냄새가 풍기는 선실로 돌아가고 싶지 않았다. 그래서 그들 두 사람은 망토로 몸을 둘둘 말고서 갑판 위에 허리를 맞대고 누웠다. 쥘리앵은 곧 잠이 들었다. 그러나 잔느는 미지의 여행에 마음이 들떠 두 눈을 뜨고 가만히 있었다. 타륜(舵輪)의 단조로운 소리가 그녀 몸을 가볍게 흔들었다. 그녀는 너무도 밝은 별의 무리를, 남프랑스의 청명한 하늘에 물기를 머금은 듯 반짝거리는 날카로운 빛의 무리를 허공에서 바라보았다.

하지만 새벽녘에 그녀는 옅은 잠이 들었다. 소음과 사람들 목소리에 그녀는 잠에서 깨어났다. 수부들이 노래 부르며 배를 청소하고 있었다. 그녀는 잠에 빠져 꼼짝 않는 남편을 흔들어 깨웠고, 그들은 자리에서 일어났다.

그녀는 손가락 끝까지 스며든 소금기 머금은 안개 냄새를 힘껏 들이마셨다. 사방이 바다였다. 그렇지만 뱃머리 쪽으로, 막 동이 트는 가운데 아직은 형체가 모호한 희끄무레한 무엇이, 뾰족하고 들쭉날쭉한 묘한 구름 덩어리 같은 것이 물결 위로 놓여 있는 듯했다.

잠시 후 그것은 좀 더 분명해졌다. 밝아진 하늘에 사물의 형태가 더 뚜렷이 그려졌다. 뿔이 난 것 같은 기묘한 산들의 거대한 줄기가 솟아올랐다. 얇은 베일에 감싸인 것 같은 코르시카였다.

그리고 돌출한 모든 산봉우리들의 윤곽을 검은 그림자로 그려 내면서 태양이 뒤편에서 떠올랐다. 뒤이어 섬의 나머지 부분은 아직 안개로 덮인 채였지만, 산 정상들이 환하게 빛나기 시작했다.

얼굴이 검게 그을고 깡말랐으며, 거칠고 찝찔한 바닷바람에 오그라들고, 굳고, 짜부라진 모습의 작달막한 노(老)선장이 갑판에 나타났다. 삼십 년 동안의 지휘로 목이 쉬고, 거친 바람 속에서 고함치느라고 지쳐 버린 것 같은 목소리로 그가 잔느에게 말을 걸었다.

"저거, 저 냄새를 느끼세요?"

잔느는 실제로 강렬하고 독특한 식물 냄새, 야생 향료의 냄새를 맡았다.

선장이 말을 이었다.

"이처럼 향기를 풍기는 것이 바로 코르시카랍니다, 부인. 이게 코르시카의 아름다운 여자 냄새지요. 나는 이십 년 동안 떠나 있더라도, 8킬로미터 떨어진 먼 바다에서 이 냄새를 식별할 수 있습니다. 분명히 알 수 있어요. 그분[18]도, 저기 세인트헬레나에서 고향 냄새에 대해 늘 말씀하고 계실 것 같습니다. 그분은 우리 집안 사람이지요."

그러고서 선장은 모자를 벗어 코르시카에 경례를 하고, 저 멀리, 대양 저편에, 수인(囚人)이 되어 있는 자기 가문의 대황제에게도 경례했다.

잔느는 너무 감동해 하마터면 눈물을 흘릴 뻔했다.

뒤이어 이 뱃사람은 팔을 수평선 쪽으로 뻗으며 말했다.
"저것이 상기네르[19]입니다."

쥘리앵은 팔로 아내의 허리를 껴안고 곁에 서 있었으며, 그들 두 사람은 선장이 가리킨 지점을 찾으려고 먼 곳을 쳐다보았다.

그들은 마침내 피라미드 모양 바위 몇 개를 보았고, 배는 곧 그 바위들을 빙 돌아서 넓고 조용한 만 안으로 들어갔다. 만은 수많은 높은 봉우리들로 둘러싸여 있었는데, 산비탈 낮은 곳은 이끼로 덮인 것처럼 보였다.

선장이 그 녹지를 가리키며 "저게 마키예요." 하고 말했다.

앞으로 나아감에 따라, 둥그렇게 둘러싼 산들이 배 뒤쪽에서 닫히는 것처럼 보였다. 배는 너무도 투명해 때때로 바닥이 들여다보이는 쪽빛 호수와도 같은 만 안을 천천히 헤쳐

---

18) 여기서 얘기되는 인물은 나폴레옹 보나파르트이다. 나폴레옹은 세인트헬레나 섬에 유배되어 1821년 5월 5일에 사망했는데, 소설 연대기로 보자면 이 이야기가 진행되는 시점은 1819년 8월 하순이다.
19) 코르시카 아작시오 만의 북쪽 입구에 있는 화강암 군도.

나갔다.

그러자 갑자기 만 깊숙한 곳, 산 아래, 물결치는 해변에, 새하얀 도시가 모습을 드러냈다.

항구에는 작은 이탈리아 선박 몇 척이 닻을 내리고 있었다. 나룻배 네댓 척이 승객들을 실으려고 '루아 루이' 호 주위를 배회했다.

짐을 챙기던 줠리앵이 나지막하게 아내에게 물었다. "심부름꾼에게는 20수[20]만 주면 충분하겠지?"

이 한 주일 동안 그는 늘 똑같은 질문을 해 대서 잔느를 매번 괴롭혔다. 그녀는 약간 짜증이 나서 대답했다. "충분한지 확실치 않을 때는, 나우 주는 편이 낫죠."

그는 호텔 지배인과 보이들, 마차꾼들, 각종 장사꾼들과 끊임없이 말다툼을 벌였다. 그리고 궤변을 늘어놓아 조금이라도 값을 깎고 나면, 손을 비비면서 잔느에게 말하는 것이었다. "나는 속는 것은 질색이란 말이야."

그녀는 계산서를 가져오는 것을 보면 겁부터 났다. 남편이 꼬치꼬치 따질 것을 미리부터 알 수 있었고, 그런 식으로 흥정을 벌이는 것이 창피했으며, 손에 부족한 팁을 받아 쥐고서 곁눈질로 남편을 살피는 하인들의 경멸 어린 시선을 대하면 머리끝까지 부끄러움이 치솟는 것이었다.

남편은 육지로 그들을 실어다 준 뱃사공과 또다시 다툼을 벌였다.

---

20) 프랑스의 작은 화폐 단위.

잔느가 맨 처음 본 나무는 종려나무였다!

그들은 넓은 광장 모퉁이의 비어 있는 큰 호텔에 들어 점심 식사를 주문했다.

디저트를 마치고, 잔느가 시내를 둘러보려고 자리에서 일어서는 순간, 쥘리앵이 그녀를 품 안에 안더니 귀에 대고 다정하게 속삭였다. "좀 눕지 않겠소, 여보?"

그녀는 놀랐다. "눕다니요? 피곤하지도 않은걸요."

그가 그녀를 꼭 껴안았다. "난 당신을 원한단 말이오. 알겠소? 이틀 전부터……!"

그녀는 부끄러워서 얼굴이 새빨개지며 중얼거렸다. "오! 지금 말인가요. 사람들이 뭐라 하겠어요? 어떻게 생각하겠어요? 대낮에 어떻게 방을 달라고 해요? 오! 쥘리앵, 제발 부탁이에요."

그러나 그가 그녀의 말을 가로막았다. "호텔 사람들이 뭐라고 말하든 어떻게 생각하든, 나는 개의치 않아. 그런 것에 눈 하나 깜짝하나 두고 보라고."

그리고 그는 벨을 눌렀다.

그녀는 남편의 그 끊임없는 욕망에 대해 정신적으로나 육체적으로 반감을 느끼며, 아무 말 없이 눈을 내리깔고 있었다. 그것은 무언가 야수적이고 천박한 것, 요컨대 추한 것으로 여겨져서, 그녀는 체념은 하면서도 모욕감에 사로잡혀, 남편의 뜻에 역겨움을 느끼며 마지못해 따르고 있었던 것이다.

그녀의 관능은 아직 잠들어 있었다. 그런데 남편은 그녀도 이제 자신과 똑같은 욕정을 품은 것처럼 다루었다.

보이가 도착하자, 쥘리앵은 방으로 안내해 줄 것을 요구했다. 눈 근처까지 털북숭이고 코르시카 토박이인 그 보이는 말뜻을 이해하지 못하고, 밤이 되기 전에 방을 준비해 두겠노라고 대답했다.

쥘리앵이 짜증이 나서 설명했다. "아니, 지금 당장 하라고. 우리는 여행으로 피곤해서 쉬고 싶단 말이오."

그러자 보이가 은근히 미소를 흘렸고, 잔느는 쥐구멍에라도 들어가고 싶었다.

한 시간 후, 그들이 방에서 내려왔을 때, 사람들이 등 뒤에서 웃고 수군대는 것만 같아, 잔느는 마주치는 사람들 앞을 지나갈 용기조차 없었다. 이런 것을 이해하지 못하고, 예민한 부끄러움과 본능적인 섬세한 배려를 지니지 못한 쥘리앵이 그녀는 내심 원망스러웠다. 그녀는 두 사람이 마음속까지, 생각의 깊은 곳까지는 서로 통하지 못하리라는 것, 때때로 포옹은 할지라도 하나로 융합되지는 못한 채 평행선을 걸어가게 되리라는 것, 우리 각자의 정신적 존재는 일생 동안 고독하게 머물러 있으리라는 것을 처음으로 예감하며, 그와 자신 사이에 하나의 베일, 하나의 장벽이 놓인 것 같은 느낌이 들었다.

그들은 사흘 동안 푸른 만 깊숙이 숨어 있는 이 작은 도시에 머물렀다. 산들이 커튼처럼 뒤를 둘러싸고 있어서 절대로 바람이 불어오지 않는 가마 속같이 더운 곳이었다.

뒤이어 그들의 여행 일정이 정해졌다. 어떤 험난한 통로 앞에서도 뒤로 물러서지 않기 위해, 그들은 말을 빌리기로 결정했다. 그래서 그들은 사나운 눈초리의 마르고 지칠 줄 모르는 두 마리 코르시카산 작은 종마를 타고, 아침 동틀 무렵에 길을 떠났다. 노새를 탄 한 안내인이 양식을 싣고 그들을 동반했다. 이 야생의 고장에는 묵을 곳이 확실치 않기 때문이었다.

길은 처음에는 만을 따라가다가, 조금 후에는 높은 산 쪽으로 뻗은 깊숙한 골짜기 속으로 빠져 들어갔다. 그들은 거의 물이 마른, 경사가 급한 도랑을 자주 건넜다. 가는 개울 줄기가 숨어 있는 짐승처럼 돌 아래에서 움직이며, 힘없이 졸졸 흐르고 있었다.

경작되지 않은 땅은 황량해 보였다. 양쪽 언덕배기는 타는 듯한 계절 탓에 노랗게 변한 키 큰 풀들로 덮여 있었다. 이따금 산사람과 마주쳤는데, 그들은 걷거나 조랑말을 타거나 또는 개만 한 작은 당나귀 위에 걸터앉아 갔다. 그리고 그들 모두는 장전한 총을 등에 메고 있었는데, 녹슨 낡은 무기였지만 그들 수중에 있으니까 무서워 보였다.

섬을 뒤덮은 방향성 식물의 코를 찌르는 듯한 향기가 공기를 짙게 하는 것 같았다. 그리고 긴 산자락 사이로 난 길은 완만한 오르막을 이루고 있었다.

장밋빛 또는 푸른빛 화강암 산정들은 광활한 풍경에 신경 같은 모습을 띠게 했다. 좀 더 아래쪽 경사면에 펼쳐진 거대한 밤나무 숲은 관목림처럼 보였다. 이 고장에서는 솟아오른 땅의 기복이 이처럼 거대하게 전개되었던 것이다.

때때로 안내인이 깎아지른 듯한 산봉우리들을 손으로 가리키며 그 이름을 말해 주었다. 잔느와 쥘리앵은 그쪽으로 눈을 돌려도 아무것도 보지 못하다가, 마침내 산꼭대기에서 떨어져 내린 돌무더기 비슷한 희끄무레한 무엇인가를 발견했다. 산꼭대기에 걸쳐 있는 작은 화강암 마을이었다. 마을은 거대한 산속에 거의 눈에 띄지 않게, 진짜 새 둥지처럼 매달려 있었다.

말을 느릿느릿 모는 긴 여행이 잔느를 진력나게 했다. 그래서 그녀는 "좀 달려 봅시다." 하고 말하며, 말에 박차를 가했다. 그러고 나서 남편이 자기 곁을 질주하는 소리가 들리지 않자, 그녀는 뒤로 고개를 돌리고서, 얼굴이 하얗게 질려 말갈기를 잡고 기묘하게 팔짝팔짝 뛰면서 달려오는 남편 모습을 발견하고는 미친 듯이 웃기 시작했다. 그의 미모 자체가, 그의 '멋진 기사' 같은 얼굴이 그의 서툴고 겁에 질린 모습을 더욱더 우스꽝스럽게 보이게 했던 것이다.

두 사람은 천천히 종종걸음으로 말을 몰기 시작했다. 길은 이제 외투처럼 언덕 전체를 뒤덮으며 끝없이 펼쳐진 두 덤불숲 사이로 뻗어 있었다.

그 덤불숲이 마키, 뚫고 들어갈 수 없는 마키였다. 마키는 초록색 떡갈나무, 노간주나무, 소귀나무, 유향나무, 갈매나무, 히스, 로리에탱, 도금양, 회양목 등으로 이루어져 있었는데, 뒤얽힌 참으아리, 기괴한 고사리 무리, 인동덩굴, 시스트, 로즈메리, 라벤더, 나무딸기가 산등성이에 얼기설기 엉킨 머리타래처럼 늘어져서, 나무들 사이를 머리채처럼 엮어 잇고 있었다.

그들은 시장기를 느꼈다. 안내인이 오더니 그들을 매력적인 샘 근처로 인도했다. 그 샘은 가파른 산악 지방에서는 아주 흔한 것으로서, 바위의 작은 구멍에서 솟아나서 밤나무 잎끝으로 흘러나오는 얼음같이 차가운 가늘고 둥근 물줄기였다. 밤나무 잎은 가느다란 물줄기가 입까지 닿을 수 있도록 행인이 설치해 놓은 것이었다.

잔느는 너무도 기뻐서 환희의 탄성이 나오려는 것을 가까스로 참았다.

그들은 다시 길을 떠나 사곤 만[21]을 돌아서 내려가기 시작했다.

저녁 무렵 그들은 카르제즈[22]를 지나갔다. 예전에 자기들의 조국에서 쫓겨난 도망자 집단이 세운 그리스 마을이었다. 우아한 허리, 긴 손, 호리호리한 몸매에 묘한 매력을 풍기는 키가 크고 아름다운 아가씨들이 샘 주위에 무리 지어 있었다. 쥘리앵이 "안녕하세요." 하고 외치자, 그녀들도 버리고 온 고향의 조화로운 언어로 노래하듯 대답했다.

피아나[23]에 도착하자, 그들은 옛날에 외딴 고장에서 하듯 유숙을 청해야만 했다. 잔느는 쥘리앵이 노크한 문이 열리기를 기다리면서 기쁨으로 몸을 떨었다. 오! 이런 게 진짜 여행인 것이다! 미답의 길을 가면서 온갖 뜻하지 않은 일과 마주치

---

21) 아작시오 북쪽으로 40여 킬로미터 떨어진 곳에 있는 만. 소설 속의 신혼부부는 모파상이 여행했던 것처럼 아작시오 만과 사곤 만을 가르는 산맥을 넘어서 포르토 도로를 따라가는 여정을 택했다.

22) 카르제즈는 마이나(옛 라코니아) 지방 출신 사람들이 17세기에 터키의 점령을 피해 와서 세운 마을이다.

23) 아작시오 북쪽으로 80킬로미터쯤 떨어진 포르토 만 인근 마을. 환상적인 바위 더미로 이루어진 경치로 유명하다.

는 것!

그들이 유숙을 청한 상대는 마침 젊은 부부였다. 두 사람은 유대 족장이 하느님이 보낸 손님을 맞이하는 것 같은 환대를 받았다. 그들은 벌레 먹은 낡은 집에 옥수수 짚 매트를 깔고 잤다. 들보를 파먹는 긴 좀벌레가 돌아다니는 듯 온통 구멍투성이인 그 집의 뼈대는 사각거리는 소리를 냈고, 마치 살아서 한숨을 쉬는 것 같았다.

그들은 해 뜰 무렵에 출발하여 머지않아 하나의 숲, 자줏빛 화강암 숲을 마주하고 멈춰 섰다. 뾰족한 바위 봉우리들, 바위 기둥들, 바위 종탑들이 이룬 숲으로, 오랜 세월 바람과 바다 안개에 깎이고 쓸려 빚어진 놀라운 형상을 보여 주고 있었다.

높이가 300미터에 이르는 가늘고 둥글고 비틀리고 꼬부라지고 기형적이며 예상 밖의 환상적인 갖가지 형태를 한 이 기암괴석들은 나무나 풀, 짐승이나 기념물 같기도 하고, 승복을 걸친 수도승, 뿔이 달린 악마, 엄청난 날짐승, 또는 괴물 무리 같기도 하고, 기상천외한 어떤 신의 의지로 화석으로 변한 악몽 속 동물 집단 같기도 했다.

잔느는 가슴이 벅차 말문이 막혔다. 그녀는 이 아름다운 사물의 형상 앞에서 사랑의 욕망에 사로잡혀 쥘리앵의 손을 잡고 꽉 쥐었다.

이 혼돈의 세계에서 벗어나자, 피를 쏟는 듯한 붉은 화강암 암벽에 전체가 둘러싸인 새로운 만이 갑자기 그들의 눈앞에 나타났다.

감탄한 나머지 마음이 뭉클해지고 목이 멘 잔느가 다른 말을 찾지 못한 채 "오! 쥘리앵!" 하고 중얼거렸다. 그리고 그녀 눈에서는 두 줄기 눈물이 흘러내렸다. 쥘리앵이 어안이 벙벙해서 "여보, 대체 무슨 일이오?" 하고 물으며 아내를 쳐다보았다.

그녀는 뺨의 눈물을 닦고 미소를 띠며 약간 떨리는 목소리로 말했다. "아무것도 아니에요…… 흥분했나 봐요…… 잘 모르겠어요…… 저는 감동을 받았어요. 너무나 기뻐서 아주 사소한 것에도 마음의 동요를 느껴요."

쥘리앵은 여성의 그런 흥분 상태를 이해하지 못했다. 작은 감동이 천지개벽처럼 마음을 움직이고, 미세한 느낌이 큰 변화를 이끌어 와서, 환희의 절정에 이르게도 하고 절망의 심연에 빠뜨리기도 하는, 사소한 것에서도 깊은 영향을 받는 그 감수성 예민한 존재의 마음속 동요를 쥘리앵은 이해할 수 없었던 것이다.

그런 눈물이 그에게는 우스꽝스러워 보였다. 험한 길에만 정신을 쏟던 그는 "당신이 탄 말에나 주의하는 편이 좋을 거요." 하고 말했다.

거의 통행이 불가능한 길을 통해 만 밑으로 내려온 그들은 어두컴컴한 오타 계곡을 오르기 위해 오른쪽으로 돌았다.

그러나 오솔길은 아주 험해 보였다. 그래서 쥘리앵이 "우리 걸어서 올라가면 어떨까?" 하고 제의했다. 잔느는 방금 감동을 맛본 터라, 걷는다는 것과 남편과 단둘이 있게 된다는 것에 매료되어, 전적으로 동감이었다.

안내인이 노새와 말을 끌고 먼저 떠났고, 그들 둘은 종종걸음으로 걸어갔다.

산이 위에서 아래까지 갈라져서 틈이 벌어져 있었다. 오솔길이 그 틈 속으로 깊이 뻗어 있었다. 오솔길은 현기증 나는 두 장벽 사이의 바닥을 따라갔다. 커다란 급류가 그 갈라진 틈 사이로 흘러내렸다. 공기는 얼음같이 차고, 화강암은 검게 보였으며, 저 꼭대기 푸른 하늘에 보이는 모든 것은 놀라움과 경탄을 자아냈다.

갑작스럽게 소리가 나서 잔느는 소스라치게 놀랐다. 그녀가 눈을 들자, 거대한 새 한 마리가 굴에서 날아올랐다. 독수리였다. 독수리의 펼친 날개는 깎아지른 듯한 바위 절벽의 양쪽 면에 다 닿는 듯이 보였다. 독수리는 창공으로 오르더니 자취를 감췄다.

좀 더 앞에서, 산의 균열은 둘로 나뉘었다. 오솔길은 두 협곡 사이를 지그재그로 가파르게 올라갔다. 경쾌하고 들뜬 잔느는 발밑으로 조약돌을 굴리거나, 대담하게 절벽 위로 몸을 기울여 경치를 굽어보면서 앞장서 갔다. 쥘리앵은 약간 숨을 헐떡거리며, 현기증이 날까 봐 두려워 땅만 쳐다보면서 아내 뒤를 따라갔다.

갑자기 햇살이 환하게 쏟아졌다. 그들은 지옥에서 벗어난 것만 같았다. 갈증을 느낀 그들은 돌무더기 틈을 통해 습기의 자취를 따라가서, 아주 작은 샘에 이르렀다. 염소지기들이 이용하기 위해 나무 홈통으로 물을 끌어온 샘이었다. 이끼 자락이 주위 땅을 덮고 있었다. 잔느는 물을 마시려고 무릎을 꿇었고, 쥘리앵도 그녀를 뒤따라 했다.

잔느가 시원한 물맛을 만끽할 때, 쥘리앵이 그녀의 허리를 잡고서 나무 도관 끝의 그녀 자리를 뺏으려고 했다. 잔느가 저항했다. 그들의 입술이 서로 부딪히고, 마주치고, 밀려났다. 이렇게 장난치며 다투는 동안 그들은 번갈아 도관의 얇은 끝을 차지하고서, 놓치지 않으려고 그것을 깨물었다. 그래서 끊임없이 끊겼다 이어지기를 반복하는 찬 물줄기가 중단되었다가 다시 흐르고 했으며, 그들의 얼굴, 목, 옷, 손 등 사방에 물이 튀었다. 진주알 같은 물방울이 그들의 머리칼에서 반짝였다. 그리고 그 물의 흐름 속에는 여러 번의 키스가 흘러가고 있었다.

불현듯 잔느에게 사랑의 영감이 일어났다. 그녀는 맑은 액체로 입을 가득 채우고, 두 볼을 가죽 부대처럼 부풀렸다. 쥘리앵은 그것을 보고 잔느가 입술에서 입술로 물을 옮겨 주고 싶어 한다는 것을 깨달았다.

그는 미소를 띠고, 머리를 뒤로 젖히고, 두 팔을 벌리며 목구멍을 내밀었다. 그리고 그는 그 살아 있는 육신의 샘물을 단숨에 들이켰다. 그 샘물은 불타는 욕망을 내장에 흘려보냈다.

잔느는 전에 없던 애정을 보이며 쥘리앵에게 몸을 기댔다. 가슴이 고동치고, 유방이 부풀어 오르고, 두 눈은 물기에 촉촉이 젖어 녹아내리는 것처럼 보였다. 그녀는 작은 목소리로 "쥘리앵, 사랑해요." 하고 속삭이며, 그를 앞으로 끌어당기면서 벌렁 뒤로 누워, 부끄러움으로 빨갛게 달아오른 얼굴을 두 손으로 가렸다.

쥘리앵이 잔느 위로 달려들어 격정적으로 그녀를 끌어안았다. 그녀는 흥분된 기다림 속에서 숨을 헐떡거리고 있었다. 그리고 자신이 이끌어 온 감각이 벼락처럼 덮쳐 오자, 그녀는 별안간 비명을 질렀다.

잔느가 너무 가슴이 뛰고 기진맥진해서 그들이 오르막 정상에 이르는 데는 오랜 시간이 걸렸다. 그들은 저녁이 되어서야 에비자에 도착하여 안내인의 친척인 파올리 팔라브레티의 집에 들었다.

그는 키가 크고 허리가 구부정하며 폐병 환자같이 침울한 표정을 한 남자였다. 그 남자가 부부를 방으로 안내했다. 석재가 그대로 드러나 보이는 쓸쓸한 방이었지만, 우아함이라고는 알지 못하는 이 고장으로서는 아름다운 방이라고 할 수 있었다. 그가 이탈리아어와 프랑스어가 뒤섞인 자기 특유의 코르시카 방언으로 손님을 맞는 즐거움을 표현하고 있는데, 밝은 목소리가 들려와 그의 말이 중단되었다. 커다란 검은 눈, 햇빛에 그은 따뜻한 피부, 잘록한 허리에, 끊임없이 웃음을 지어 항상 이가 드러나 보이는 자그마한 갈색 머리 여인이 달려나오더니 잔느를 포옹하고 쥘리앵의 손을 잡아 흔들며 "안녕하세요, 부인? 안녕하세요, 선생님?" 하고 되풀이해 말했다.

그 여자는 한 팔로 손님의 모자와 숄을 벗기고 모든 것을 정돈했다. 다른 팔은 붕대에 감겨 어깨에 매여 있었기 때문이다. 그리고 일행을 방에서 나오게 하더니 "저녁 식사 때까지 손님을 산책시켜 드리세요." 하고 남편에게 말했다.

팔라브레티 씨는 즉시 아내의 말에 복종하여, 두 젊은이 사이에 끼여 그들에게 마을을 구경시켜 주었다. 그는 걸음도 느리고 말도 질질 끌었으며, 자주 기침을 했고, 기침하는 사이사이에 "골짜기의 찬 공기가 가슴에 와 닿아서요." 하고 되뇌는 것이었다.

그는 호젓한 오솔길을 통해서 엄청나게 큰 밤나무들 아래로 두 사람을 안내했다. 갑자기 그가 걸음을 멈추더니, 단조로운 어조로 말했다. "바로 여기서 마티외 로리가 제 사촌 장 리날디를 죽였어요. 바로 제가 여기, 장 옆에 있었는데, 마티외가 십여 보 앞에 나타나서 소리치는 거였어요. '장, 알베르타스한테 가지 마. 가지 말라고, 장. 말 안 들으면, 내가 너를 죽일 테다.' 하고 말예요.

제가 장의 팔을 붙잡고서 '가지 마라, 장, 저놈은 일을 저지를 거야.' 하고 말했지요.

그 애들은 둘 다 파울리나 시나쿠피라는 여자애를 따라다니고 있었어요.

그런데 장이 '나는 갈 테다, 마티외. 네가 나를 막을 수는 없어.' 하고 소리치기 시작했죠.

그러자 마티외 놈이 어깨에서 총을 내리더니, 제가 총을 겨누기도 전에, 장을 쏘아 버렸어요.

장은 줄넘기하는 어린애처럼 60센티미터나 펄쩍 뛰어올랐어요, 그랬지요, 선생님. 그러고서 그 애는 내 몸뚱이 위로 털썩 나뒹굴었어요. 그 바람에 저는 총을 놓쳤고, 총은 저기 커다란 밤나무까지 굴러가고 말았지요.

장은 입을 크게 벌리고 있었지만, 더 이상 말 한마디 못 하고 죽어 버리고 말았죠."

두 젊은이는 어리둥절해서 그 범죄의 침착한 증인을 바라보고 있었다. 이윽고 "그 살인자는 어찌 되었나요?" 하고 잔느가 물었다.

파올리 팔라브레티는 한참 기침을 하고 나서 말을 이었다. "그놈은 산으로 달아났어요. 다음 해에 제 동생이 그놈을 죽여버렸죠. 산적인 제 동생 필리피 팔라브레티는 잘 아시겠죠."

잔느는 소스라치게 놀랐다. "당신 동생요? 산적이라고요?"

그 태연한 코르시카 사내의 눈에는 자랑스러운 기색이 감돌았다. "그렇습니다, 부인. 유명한 산적이었죠. 그 애는 헌병 여섯 명을 해치웠어요. 니올로에 포위되어 있을 때는 엿새 동안이나 싸우다가 아사 상태에 빠져 니콜라 모랄리와 함께 사살당했답니다."

이어서 그는 체념한 태도로 덧붙여 말했다. "이 고장에서 그건 바람직스러운 일이죠." 그것은 '골짜기의 찬 공기가'라고 말할 때와 다름없는 어조였다.

나중에 그들은 집으로 돌아와 저녁 식사를 했다. 작달막한 코르시카 여자는 그들을 십년지기처럼 대했다.

그런데 한 가지 불안감이 잔느를 떠나지 않았다. 샘터의 이끼 위에서 느꼈던 그 야릇하고도 격렬한 감각의 경련을 쥘리앵의 품 안에서 또다시 발견할 수 있을 것인가?

그들 둘만 방 안에 남게 되었을 때, 잔느는 남편의 애무에 또다시 무감각해지는 것은 아닐까 하고 벌벌 떨었다. 그러나 그녀는 이내 안심했다. 그녀에게는 그것이 사랑의 첫날밤이었던 것이다.

다음 날 출발 시각이 되자, 잔느는 자기에게 새로운 행복의 시작을 준 것 같은 그 허름한 집을 떠날 결심이 선뜻 서지 않았다.

그녀는 자기 방으로 집주인의 작달막한 아내를 불러서, 돌아가는 대로 파리에서 선물까지는 아니고, 기념품을 하나 보내 주겠다고 말했다. 그녀가 사양하자, 잔느는 화까지 내면서 받아 달라고 고집했다. 잔느는 그 기념품에 미신에 가까운 관념을 결부했던 것이다.

젊은 코르시카 여자는 받지 않겠다고 오랫동안 고집했다. 그러나 결국 받아들이면서 이렇게 말했다. "정히 그러시다면, 작은 권총을 한 자루 보내 주세요. 아주 작은 걸로요."

잔느는 눈이 휘둥그레졌다. 코르시카 여자는 유쾌하고 은밀한 비밀을 털어놓듯이 귓속말로 낮게 덧붙여 말했다. "제 시동생을 죽이려고요." 그리고 그녀는 미소를 지으며, 쓰지 못하는 팔을 감싼 붕대를 훌훌 풀어 젖히더니, 통통한 하얀 살을 내보였다. 단검에 여러 군데를 찔려서 생긴 상처가 거의 아물어 가고 있었다. 그녀가 계속해서 말했다. "내가 그자만큼 강하지 못했더라면, 그자가 나를 죽였을 거예요. 남편은 질투를 하지 않고, 또 나라는 여자를 잘 알죠. 그런데 아시다시피 남편은 몸이 아파요. 그래서 성질이 누그러지기도 했고요. 게다가 나로 말하자면, 나는 정숙한 여자랍니다, 부인. 그런데 시동생은 소문을 곧이곧대로 믿어요. 그자가 남편 대신 질투를 하는 거지요. 그는 분명히 또 나를 해치려 들 거예요. 그럴 경우, 권총이 한 자루 있으면 안심이죠, 확실히 복수를 할 수 있으니까요."

잔느는 권총을 보내 주겠다고 약속하고, 새 친구를 다정하게 포옹한 다음 여정을 계속했다.

나머지 여행은 하나의 꿈이었고, 끝없는 껴안음이었으며, 애무의 도취일 뿐이었다. 잔느에게는 경치도 사람들도 머무는 장소도, 그 어떤 것도 보이지 않았다. 그녀는 오직 쥘리앵만을 쳐다보았다.

그리하여 사랑의 어리석음에 빠져 유치하고 매혹적인 친밀한 삶이 시작되었다. 바보 같은 달콤한 애칭을 주고받으며, 그들의 입이 즐겨 애무하는 육체의 모든 굴곡과 굽이와 은밀한 부분에 귀여운 이름을 붙이는 것이었다.

잔느는 오른쪽으로 누워 잤기 때문에, 잠에서 깰 때 왼쪽 유방이 드러날 때가 많았다. 이것을 알아챈 쥘리앵은 왼쪽 유방을 '외박하는 남자'라고 불렀고, 오른쪽 것을 '사랑에 빠진 남자'라고 불렀다. 그 유두의 분홍빛 꽃이 키스에 더 민감한 것 같았기 때문이다.

두 유방 사이의 깊숙한 길은 쥘리앵이 끊임없이 그곳을 산책했기 때문에 '엄마의 산책로'라고 불렀다. 그리고 더 은밀한 다른 길은 오타의 계곡을 기념하여 '다마스쿠스의 길'이라고 이름 붙였다.

바스티아에 도착하자, 안내인에게 돈을 지불해야 했다. 쥘리앵은 자기 주머니를 뒤져 보았다. 필요한 만큼의 돈이 없자 그가 잔느에게 말했다. "당신 어머니가 주신 2000프랑을 당신이 쓰지 않으니, 내가 지니고 있게 나한테 줘요. 내 허리띠에

차는 편이 더 안전할 거야. 또 그러면 내가 잔돈을 바꿀 필요도 없을 테고."

그래서 잔느는 그에게 돈주머니를 내주었다.

그들은 리보르노에 도착하여 피렌체와 제노바를 구경하고 코르니슈[24]를 일주했다.

미스트랄[25]이 부는 어느 날 아침, 그들은 마르세유로 돌아왔다.

그들이 푀플을 떠난 지 두 달이라는 세월이 흘러갔다. 그날은 10월 15일이었다.

저 멀리 노르망디에서 불어오는 듯한 거센 찬 바람이 몸에 엄습하자, 잔느는 쓸쓸한 느낌이 들었다. 쥘리앵은 얼마 전부터 사람이 변한 것 같았고, 피곤하고 매사에 무관심한 듯했다. 잔느는 왠지 모르게 두려움을 느꼈다.

그녀는 이 아름다운 태양의 고장을 떠나는 것이 선뜻 내키지 않아, 돌아가는 여행 날짜를 나흘 늦추었다. 그녀는 행복의 일주를 막 끝마쳐 버린 것 같은 느낌이 들었다.

마침내 그들은 그곳을 떠났다.

그들은 푀플에 정착하기 위해 필요한 모든 것을 파리에서 사야 했다. 잔느는 어머니가 선사한 돈으로 귀한 물건들을 사갈 생각에 신명이 났다. 그러나 그녀가 맨 먼저 생각한 것은 에비자의 젊은 코르시카 여자에게 약속했던 권총이었다.

---

24) 프랑스의 니스에서 이탈리아의 제노바에 이르는 좁은 도로로, 바다를 굽어보는 절벽 위에 뚫렸다.

25) 프랑스 남부 지방에 부는 북서풍.

파리에 도착한 다음 날 그녀가 쥘리앵에게 말했다.

"여보, 물건 좀 사게 엄마가 주신 돈을 돌려주겠어요?"

그는 불만스러운 얼굴로 아내를 돌아보았다.

"얼마가 필요하지?"

그녀는 놀라서 머뭇머뭇 말했다.

"뭐…… 되는대로 주세요."

그가 대꾸했다. "100프랑 주겠소. 무엇보다도 돈을 헤프게 쓰지 마시오."

그녀는 당황하고 혼란스러워서 더 이상 할 말을 잃었다.

그녀가 이윽고 주저하면서 입을 열었다. "하지만…… 제가…… 당신에게 그 돈을 맡긴 이유는……."

그가 그녀의 말을 잘랐다.

"그래, 물론이오. 하지만 주머닛돈이 쌈짓돈인데, 당신 주머니에 있든 내 주머니에 있든 무슨 상관이겠소. 내가 거절하는 게 아니지 않소, 100프랑 주겠다는 거 아니오."

그녀는 한마디도 덧붙이지 못하고, 금화 다섯 닢을 받았다. 하지만 그녀는 더 이상 돈을 요구할 용기가 없어서, 권총 외에는 아무것도 사지 못했다.

일주일 후, 그들은 푀플로 귀환하기 위해 길을 떠났다.

6

벽돌 기둥 사이의 하얀 울타리 앞에서 가족과 하인들이 기다리고 있었다. 역마차가 멈춰 서고, 오랫동안 포옹이 이어졌다. 엄마는 울고 있었다. 감동한 잔느도 흐르는 눈물을 닦았다. 아버지는 마음이 들떠서 오락가락했다.

짐을 내리는 동안, 거실의 난롯불 앞에서 여행 이야기가 시작되었다. 잔느의 입에서 많은 말이 흘러나왔다. 빨리 얘기하느라고 빠트린 몇 가지 사소한 세부적인 것을 제외하고, 삼십 분 만에 모든 것을 이야기할 수 있었다.

뒤이어 새댁은 자기 짐을 풀러 갔다. 로잘리도 몹시 흥분한 상태로 그녀를 도왔다. 짐 푸는 일을 끝내고, 속옷이며 드레스며 화장 용품들이 제자리에 놓이자 하녀는 여주인 곁을 떠났다. 그리고 잔느는 좀 지쳐서 자리에 앉았다.

잔느는 마음속으로 생각할 일과 손으로 해야 할 일거리를 찾으며, 이제 무엇을 해야 하나 하고 혼자 생각했다. 그녀는 거실에서 졸고 있는 어머니 곁으로 다시 내려가고 싶지는 않았다. 그래서 산책을 할까 생각을 해 보았다. 그러나 들판이 너무나 쓸쓸해 보여서, 창문으로 바라보기만 해도 우울함이 짓눌러 오는 기분이었다.

그러자 자신에겐 더 이상 할 일이 아무것도 없다는 것을, 결코 더 이상 할 일이 없다는 것을 알아차렸다. 수녀원에서 보낸 그녀의 청춘 시절은 미래에 대한 생각에 사로잡혀, 공상으로 영일(寧日)이 없는 나날이었다. 그 시절에는 시간이 어떻게 흘러가는지도 모르고, 끊임없이 요동치는 희망에 휩싸여 지냈다. 그다음에 환상이 꽃피었던 엄격한 수녀원의 벽을 벗어나자마자, 그녀의 사랑의 기대는 곧바로 이루어졌다. 단 몇 주일 만에 소망하던 남자를 만나 사랑하고 결혼에 이른 것이다. 급작스러운 결단으로 성사된 결혼과 같았다. 그 남자는 아무것도 생각할 여유를 주지 않고 자기 품으로 그녀를 안아 와 버렸다.

그러나 이제 신혼 초의 달콤한 현실이 일상적인 현실로 변하려 했다. 그것은 막연한 희망, 미지의 세계에 대한 매혹적인 불안에 막을 내리는 현실인 것이다. 그렇다, 이제 기대는 끝난 것이다.

그러니 이제 할 일이 없는 것이다, 오늘도, 내일도, 그리고 영원히. 그녀는 이 모든 것을 막연하게 느꼈다. 환멸, 꿈의 허물어짐 같은 느낌이었다.

그녀는 일어나서 차디찬 유리창에 이마를 갖다 댔다. 그리고 컴컴한 구름이 흘러가는 하늘을 한동안 쳐다보고 나서 밖으로 나갈 결심을 했다.

이것들이 5월과 똑같은 들판, 똑같은 풀, 똑같은 수목이란 말인가? 햇빛 찬란하던 나뭇잎의 즐거움과 잔디밭의 초록빛 시취(詩趣)는 대체 어찌 되었는가? 거기 민들레가 불꽃처럼 피어나고, 개양귀비가 선혈을 흘리고, 데이지가 찬연히 빛나고, 환상적인 노랑나비가 보이지 않는 실 끝에 매달린 듯 팔락이지 않았던가? 그리고 생명력과 향기와 풍요로운 원자로 가득 찼던 대기의 도취도 더 이상 존재하지 않는 것이다.

쉬지 않고 내리는 가을 소나기에 젖은 가로수 길이, 거의 헐벗어 덜덜 떨고 있는 메마른 미루나무들 아래, 두터운 낙엽 덮개에 덮인 채 길게 늘어져 있었다. 가느다란 나뭇가지들은 금방이라도 허공에 떨어져 흩어질 것 같은 잎새 몇 개를 흔들며, 바람에 떨고 있었다. 그리고 늘린 1수짜리 금화처럼 이제는 샛노래진 그 마지막 잎새들은, 울고 싶도록 서글프게 쉴 새 없이 쏟아지는 빗줄기처럼, 하루 종일 끊임없이 가지에서 떨어져서, 선회하며 펄럭이다가 땅으로 떨어지는 것이었다.

그녀는 작은 숲까지 가 보았다. 그곳은 죽어 가는 환사의 방처럼 비통했다. 구불구불한 정다운 오솔길을 다른 곳과 분리하여 비밀스럽게 만들어 주던 초록 담장도 이제 나뭇잎이 떨어져 듬성듬성 틈이 나 있었다. 얇은 나무 레이스처럼 뒤엉킨 관목들의 앙상한 가지들이 서로 부딪치고 있었다. 바람에 밀려 움직이며 군데군데 무더기로 쌓이는 메마른 낙엽이 바스락거리는 소리는 단말마의 고통스러운 한숨 소리처럼 들렸다.

아주 작은 새들이 추운 듯 낮은 울음소리를 내며, 숨을 곳을 찾아 이리저리 팔짝팔짝 뛰어다녔다.

그렇지만 앞에서 두터운 느릅나무 장벽이 전위처럼 해풍을 막아 주는 보리수와 플라타너스는 아직도 여름 몸치장으로 덮여 있어, 하나는 붉은 벨벳 옷을, 다른 것은 오렌지색 비단 옷을 입고 있는 것처럼 보였다. 수액의 성질에 따라 첫 추위가 그렇게 물들여 놓았던 것이다.

잔느는 쿠야르 농가를 따라, 엄마의 산책로를 느린 걸음으로 오락가락했다. 이제 막 시작된 단조로운 인생의 긴긴 권태에 대한 예감 같은 무언가가 그녀를 무겁게 짓눌러 왔다.

그녀는 쥘리앵이 처음으로 자기에게 사랑을 속삭였던 비탈에 앉았다. 그리고 그녀는 별 생각 없이 막연한 몽상에 빠져, 그날의 서글픔에서 벗어나기 위해 그냥 누워서 잠들고 싶은 욕구를 느끼며, 마음속까지 맥이 풀려서 오래 거기 머물러 있었다.

그녀는 갑자기 돌풍에 휩쓸려 하늘을 가로질러 가는 갈매기 한 마리를 발견했다. 그리고 그녀는 지 멀리 코르시카의 어두운 오타 계곡에서 보았던 독수리를 떠올렸다. 그녀는 이미 끝나 버린 좋은 일의 추억이 가져다주는 강한 충격을 마음속에 느꼈다. 그 야생의 향기, 오렌지와 시트론을 익게 하는 태양, 장밋빛 봉우리의 산들, 쪽빛 만, 급류가 흘러내리는 협곡 등과 함께 빛나는 섬이 그녀에게 불현듯 되살아났다.

그러자 구슬프게 떨어지는 나뭇잎이며 바람에 밀려 오는 회색 구름과 더불어 그녀를 둘러싼 축축하고 황량한 풍경이 그녀를 너무나 짙은 비탄에 잠기게 해서, 그녀는 울음을 터트리지 않으려고 집으로 돌아갔다.

습관이 든 나머지, 더 이상 그런 나날의 우수를 느끼지도 못하는 어머니는 난로 앞에서 심신이 멍해진 상태로 꾸벅꾸벅 졸고 있었다. 아버지와 쥘리앵은 사업 얘기를 나눌 겸 산책을 나가고 없었다. 밤이 되어 넓은 거실에 침울한 어둠이 깔렸다. 반사된 난로 불빛이 거실을 비추고 있었다.

밖으로는 창문을 통해서 연말의 누추한 자연 풍경과 진흙이 튄 것만 같은 희끄무레한 하늘이 잔광(殘光)에 아직 어렴풋이 드러나 보였다.

곧 남작이 모습을 나타냈고, 쥘리앵이 그를 뒤따라 왔다. 어두컴컴한 방 안에 들어서자마자, 남작이 초인종을 울리며 소리쳤다. "빨리, 빨리, 불을 켜라! 이거 쓸쓸해서 쓰겠나."

그리고 남작은 난로 앞에 앉았다. 그의 젖은 발이 불길 옆에서 김을 내고, 구두창의 진흙이 난로 열에 말라서 떨어지는 동안 그는 쾌활하게 두 손을 비비면서 말했다. "오늘 밤은 얼음이 얼 것 같군. 북쪽 하늘에 구름이 걷혔어. 오늘 저녁은 만월이야. 오늘 밤 본때 있게 춥겠어."

그러고 나서 남작은 딸을 돌아보며 말했다. "그런데 얘야, 네 고향, 네 집, 부모 곁으로 돌아오니까 좋으냐?"

이 단순한 질문이 잔느의 마음을 뒤흔들었다. 그녀는 눈에 눈물이 그렁그렁해져서 아버지의 품에 안겨 용서를 청하기라도 하듯 아버지를 힘껏 포옹했다. 쾌활해지려고 아무리 애써도 견딜 수 없는 슬픔이 복받쳐 왔기 때문이었다. 그렇지만 그녀는 부모님을 다시 만났을 때 기대했던 기쁨을 생각해 보았다. 자신의 애정을 마비시키는 이런 냉담함이 스스로도 놀라웠다. 마치 멀리 떨어져서는 사랑하는 사람들 생각을 많이 하지만, 항상 보는 습관을 잃으면 다시 만나더라도 공동생활의 끈이 다시 이어질 때까지는 일종의 애정의 정지 같은 것을 경험하는 것과 같은 이치였다.

저녁 식사 시간은 길었다. 별로 말들이 없었다. 쥘리앵은 아내를 잊고 있는 것 같았다.

식사 후 거실로 옮겨 이제 완전히 잠이 든 어머니 맞은편에 앉은 잔느는 불기운에 심신이 몽롱해졌다. 그리고 두 남자가 얘기를 주고받는 목소리에 한순간 잠이 깬 그녀는, 정신을 차리려고 애를 쓰면서, 어떤 것으로도 중지시킬 수 없는 그 음울한 습관의 혼수상태에 자신도 사로잡히는 것이 아닌가 하고 생각했다.

낮 동안 힘없고 불그스름하던 난로의 불길이 탁탁 소리를 내며 밝고 힘차게 타고 있었다. 불길은 안락의자의 바랜 장식 덮개에 갑자기 환한 빛을 던졌다. 덮개에 수놓인 여우와 황새, 우수에 찬 왜가리, 매미와 개미가 환하게 모습을 드러냈다.

남작은 미소를 머금고 다가와서 손을 활짝 펴고 활활 타는 난롯불에 쬐면서 말했다. “아아! 오늘 저녁 불 잘 탄다. 밖엔 얼음이 언다, 얘들아, 얼음이 얼어.” 그리고 그는 잔느의 어깨에 손을 얹고서 불을 가리키며 말했다. “봐라, 아가야, 이게 이 세상 최상의 것이다. 타는 난롯불, 불가에 둘러앉은 가족. 이 이상의 가치는 없어. 그런데 가서 자야지. 너희들은 몹시 지쳤을 텐데.”

자기 방으로 올라간 잔느는 사랑한다고 믿는 똑같은 장소에 돌아왔는데 왜 지난번에 돌아왔을 때와는 그렇게 다른지 의아했다. 왜 이렇게 가슴 아프게 느껴지는 것일까? 이 집, 이 정다운 고장, 이제껏 가슴을 설레게 하던 이 모든 게 왜 오늘은 이렇게 비통해 보이는 걸까?

그녀 눈길이 불현듯 추시계 위에 멎었다. 작은 꿀벌 모양 추는 여전히 왼쪽에서 오른쪽으로, 그리고 오른쪽에서 왼쪽으로, 주홍빛 꽃 위로 계속되는 빠른 동작으로 팔랑팔랑 날고 있었다. 시간을 노래하며 사람의 가슴처럼 고동치는, 살아 있는 듯한 이 작은 기계 장치 앞에서, 그때 잔느는 눈물이 날 정도로 감동하며 갑자기 애정의 충동에 사로잡혔었다.

분명 그녀는 아버지 어머니와 포옹할 때에도 그만큼 감동하지는 않았다. 사람의 마음은 어떠한 이론으로도 헤아릴 수 없는 불가사의를 지니는 모양이다.

피곤하다는 핑계로 쥘리앵이 각방을 썼기 때문에, 잔느는 결혼 후 처음으로 혼자 침대에 들었다. 게다가 각자 자기 방을 갖기로 합의되어 있었다.

자기 몸 곁에서 또 다른 몸을 느낄 수 없는 것이 놀라웠고, 혼자 자는 데 습관이 들어 있지 않았으며, 쉬지 않고 지붕을 때리는 사나운 북풍에 시달리느라고 그녀는 오랫동안 잠을 이루지 못했다.

그녀는 침대를 핏빛으로 물들이는 환한 아침 햇살에 잠에서 깨어났다. 성에로 뒤덮인 창유리는 마치 수평선이 불타는 것처럼 붉게 비쳤다.

잔느는 헐렁한 실내복을 걸치고 달려가서 창문을 열었다.

살을 에는 듯한 얼어붙은 맑은 바람이 방 안에 휘몰아쳐서, 날카로운 추위가 피부를 때리고 눈에 눈물이 고였다. 주홍빛으로 물든 하늘 한가운데로, 술꾼 얼굴처럼 부풀어 붉게 빛나는 커다란 태양이 숲 뒤에서 솟아오르고 있었다. 하얀 서리에 뒤덮여 이제 굳고 메마른 땅이, 농가 사람들이 발걸음을 옮길 때마다 소리를 울렸다. 아직 잎이 달려 있던 미루나무 가지들도 이 하룻밤 사이에 잎이 다 떨어져 버렸다. 그리고 황야 저 뒤로는 하얀 물결의 자취가 명멸하는 거대한 검푸른 수평선이 드러나 보였다.

플라타너스와 보리수도 돌풍이 몰아치는 가운데 급히 헐벗어 가고 있었다. 차가운 바람이 불고 지나갈 때마다, 갑작스러운 서리에 떨어져 회오리 치는 나뭇잎들이 새가 날듯 바람 속에서 사방으로 흩어졌다. 잔느는 옷을 입고 밖으로 나가서, 무언가 소일거리를 찾아 소작농들을 보러 갔다.

마르탱네 사람들은 쌍수를 들이 환영했고, 안주인은 그녀의 볼에 키스를 했다. 그러고서 브랜디에 살구씨를 섞은 술을 한 잔 들도록 강권했다. 잔느는 다른 소작농에도 갔다. 쿠야르네 사람들도 쌍수를 들어 환영했다. 안주인이 그녀의 귀에 가볍게 입을 맞추었다. 그리고 거기서도 카시스 주 한 잔을 마셔야 했다.

그런 다음 그녀는 아침 식사를 하러 집으로 돌아왔다.

그리고 그날 하루가 전날처럼 흘러갔다. 습하지 않고 추운 날이었다. 그 주의 다른 날들도 처음 이틀과 비슷했다. 그리고 그 달의 모든 주가 첫 주와 비슷했다.

그동안 먼 고장에 대한 그녀의 그리움도 차츰 약해졌다. 어떤 물이 침전되어 석회층을 형성하는 것처럼 습관이 그녀 삶에 체념의 층을 만들고 있었다. 그리고 일상생활의 오만 가지 자질구레한 것들에 대한 일종의 관심이, 단순하고 시시한 규칙적인 일들에 대한 근심이 그녀의 마음속에 다시 생겨났다. 일종의 명상적인 우수(憂愁)가, 산다는 것에 대한 막연한 환멸이 그녀의 마음속에 퍼져 나갔다. 그녀에게는 무엇이 필요했던가? 그녀는 무엇을 욕망하는가? 알 수 없었다. 어떤 사교적 욕구도 그녀를 사로잡지 않았다. 쾌락에 대한 어떤 갈구도, 있을 수 있는 기쁨을 향한 어떤 충동조차도 없었다. 도대체 어떤 기쁨이 있단 말인가? 세월에 빛이 바랜 낡은 거실 의자와 마찬가지로, 그녀가 보기에 모든 것이 서서히 퇴색하고, 소멸하며, 희미하고 암울한 색조를 띠어 가는 것이었다.

쥘리앵과 그녀의 관계는 완전히 변했다. 그는 신혼여행에서 돌아온 후로 완전히 딴사람이 된 것 같았다. 마치 연기를 끝내고 본래의 자기 얼굴로 되돌아온 배우 같았다. 그는 잔느에게 별로 관심을 기울이지 않았고, 심지어 말도 거의 걸지 않았다. 사랑의 흔적 일체가 갑자기 사라져 버렸다. 그가 잔느의 침실에 드는 밤은 아주 드물었다.

그는 재산과 가사(家事) 쪽으로 방향을 틀어, 임대차 계약을 재검토하고 농부들을 들볶아 대고 비용을 절감했다. 그리고 그 자신이 농민 귀족처럼 하고 다녀서, 그에게서 약혼자 시절의 화려함과 우아함은 찾아볼 수 없었다.

그는 구리 단추가 달린 얼룩투성이 낡은 벨벳 사냥복을 총각 시절 옷장에서 찾아내서는 그대로 항상 입고 다녔으며, 더 이상 여자 마음에 들 필요가 없는 사람의 무심함으로 면도도 하지 않았다. 그래서 잘 깎지 않은 그의 긴 수염이 그를 턱없이 추해 보이게 했다. 그의 손도 더 이상 말쑥하지 않았다. 그리고 식사가 끝나면, 그는 언제나 작은 잔으로 코냑을 네다섯 잔씩 마시는 것이었다.

잔느가 몇 마디 다정하게 허물을 지적하려고 했지만 "가만 내버려 두지 못하겠어?" 하고 그가 하도 퉁명스럽게 대꾸하는 바람에, 더 이상 그에게 충고할 엄두를 내지 못했다.

그녀는 이런 변화에 대해 자신도 놀랄 만한 방식으로 태도를 정했다. 그녀에게 남편은 이제 낯선 자가 된 것이다. 그녀에게는 마음도 애정도 다 닫혀 버린 낯선 자가 된 것이다. 그처럼 만나서 사랑하고, 애정의 충동 속에서 결혼을 한 두 사람이, 나란히 잠자리를 같이한 적도 없는 것처럼 갑자기 서로 거의 모르는 사이처럼 된 것은 무슨 연유인가 하고 자문하면서, 그녀는 종종 사태를 곱씹어 보았다.

어째서 남편에게 버림받은 것에 대해 자신은 더욱더 괴로워하지 않는가? 인생이란 이런 것인가? 그들 두 사람은 속은 것인가? 자신에게 더 이상 미래는 없는 것인가?

만약 쥘리앵이 여전히 아름답고 말쑥하고 우아하고 매력적이었더라면 그녀는 많이 괴로웠을까?

설날이 지나면 신혼부부만 남고, 부모님은 루앙의 자기들 집으로 돌아가 몇 달 동안 지내기로 하셨다. 젊은이들은 그들의 일생을 보내게 될 이 장소에 완전히 정착해서, 익숙해지고 정을 붙이기 위해, 이번 겨울에는 푀플을 떠나지 않기로 했다. 그런 데다가 쥘리앵은 몇몇 이웃에게 아내를 소개해야 했다. 브리즈빌, 쿠틀리에, 푸르빌 집안 사람들이었다.

그러나 이 젊은 부부는 방문을 시작할 수 없었다. 왜냐하면 아직까지는 사륜마차의 문장(紋章)을 바꿀 화공(畵工)을 불러오는 것이 불가능했기 때문이다.

남작은 집안의 옛 마차를 사실상 사위에게 넘겨주었다. 그런데 쥘리앵은 마차에 드 라마르 가문이 르 페르튀 데 보 가문과 나란히 새겨지지 않은 상태로는 결코 이웃 귀족들의 성에 가려고 하지 않았다.

그런데 이 지방에서 가문 장식에 전문성이 있는 이는 단 한 명으로, 볼베크에 사는 바타유라는 화공이었다. 그 사람은 마차 문에 소중한 문장 장식을 달기 위해 노르망디 지방의 모든 성에 차례로 불려 다녔다.

마침내 12월의 어느 날 오전, 아침 식사가 끝날 무렵 어떤 사람이 울타리 문을 열고 곧은 길을 통해 다가오는 것이 보였다. 등에는 궤짝 하나를 메고 있었다. 그 사람이 바타유였다.

그는 식당으로 안내되어 신사처럼 식사 대접을 받았다. 그의 전문성, 그가 현(縣) 내 귀족 계급 전체와 끊임없이 맺고 있는 관계, 문장과 관용적 용어들과 상징도에 대한 그의 지식 등이 그를 가문의 대가로 만들어서, 귀족들도 그 사람과는 거리낌 없이 악수를 나누었다.

즉시 연필과 종이를 가져오게 해서, 화공이 식사를 하는 동안 남작과 쥘리앵이 양가의 방패 꼴 문장 초안을 그렸다. 이런 일에는 나서지 않고 못 배기는 남작 부인이 자기 의견을 말했다. 잔느마저도 마치 무슨 신비스러운 관심이 갑자기 일어난 듯 그 토론에 끼어들었다.

바타유는 식사를 하면서, 자기 견해를 말하기도 하고 때로는 연필을 들고 도안을 그리거나 예를 인용하고, 그 고장 영주들의 마차를 모두 그려 보이기도 했다. 그는 자신의 정신은 물론 목소리에까지도 일종의 귀족적 분위기를 담아 온 것처럼 보였다.

그는 머리가 희끗희끗하고 짧으며 체구가 작달막한 사람이었는데, 물감이 묻은 손에서는 기름 냄새가 났다. 전에는 그가 품행이 좋지 못하다는 소문이 있었다. 그러나 모든 귀족 가문 인사들이 그를 존중해 주었기 때문에 그런 흠은 오래전에 희석되었다.

커피를 마시고 나자 그는 창고로 안내되었고, 마차를 덮어 놓았던 밀랍 먹인 포장이 걷혔다. 바타유는 마차를 찬찬히 살피더니, 자기의 도안에 필요하다고 생각되는 크기에 대하여 엄숙하게 의견을 말했다. 그리고 다시 의견 교환을 한 다음 그는 일에 착수했다.

날씨가 추웠음에도, 남작 부인은 그가 일하는 것을 구경하기 위해 의자를 가져오게 했다. 그리고 발이 시리지 않게 각로(脚爐) 하나도 요청했다. 부인은 화공과 조용히 얘기를 나누기 시작했다. 그녀는 자기가 모르는 인척 관계, 별세한 사람들이나 새로운 출생 등에 대해서 그에게 물었고, 자신의 기억 속에 간직한 족보를 그런 정보로 보충했다.

쥘리앵은 의자에 걸터앉아 장모 곁에 머물렀다. 그는 파이프를 피우고 땅에 가래침을 뱉고 이야기에 귀를 기울이며, 자신의 귀족 신분이 채색되는 것을 눈으로 좇고 있었다.

삽을 메고 채소밭으로 가던 시몽 영감도 곧 발길을 멈추고 화공의 작업을 지켜보았다. 바타유가 도착했다는 소문이 두 농가에도 퍼져서, 소작농 아낙네들이 지체 없이 나타났다. 그 아낙네들은 남작 부인 양쪽에 서서 경탄한 나머지 이렇게 되풀이해서 말했다. "이걸 이렇게 공들여 그리는 건 보통 솜씨가 아냐."

마차 양쪽 문에 가문을 그리는 작업은 다음 날 11시쯤에야 끝날 수 있었다. 즉시 모든 사람이 모였다. 그리고 결과를 더 잘 감정하기 위해서 사륜마차를 밖으로 끌어냈다.

작업은 완벽했다. 찬사를 받은 바타유는 등에 궤짝을 걸머지고 떠났다. 그리고 남작과 남작 부인, 잔느와 쥘리앵은 화공이 대단한 재능을 지닌 사람이어서 상황만 허용되었다면 틀림없이 예술가가 되었으리란 점에 의견이 일치했다.

한데 쥘리앵은 절약의 방침에 따라 개혁을 수행했는데, 그것은 새로운 변경 사항들을 필요로 하는 조치였다.

늙은 마부는 정원사로 역할이 바뀌었다. 자작 자신이 마차를 몰기로 했고, 사료 값을 지출하지 않도록 마차를 끄는 말들도 팔아 버렸다.

다음으로 주인들이 마차에서 내릴 때 말을 잡고 있을 사람이 필요해서, 쥘리앵은 마리우스라는 소 치는 목동을 어린 하인으로 들였다.

마지막으로 말을 마련해야 했으므로 쥘리앵은 쿠야르 가와 마르탱 가의 임대차 계약에 특별 조항 하나를 도입했다. 두 소작농이 매월 한 번씩, 쥘리앵이 지정하는 날짜에 각자 말 한 필씩을 제공하고, 그 대신 가금(家禽)을 정기적으로 바치는 의무는 면제하는 조치였다.

그래서 쿠야르 가는 털이 노란 둔한 말을, 그리고 마르탱 가는 털이 긴 작은 흰색 말을 끌고 와서, 이 말 두 필을 나란히 마차에 맸다. 그리고 시몽 영감의 옛 제복에 푹 파묻힌 마리우스가 저택의 현관 층계 앞에 이 마차를 대령했다.

몸을 깨끗이 단장하고 허리를 쭉 편 쥘리앵은 지난날의 멋을 얼마간 되찾은 것 같았다. 그러나 긴 수염이 여전히 그를 평범해 보이게 했다.

그는 말과 마차와 어린 하인을 살펴보고 만족스럽게 생각했다. 그에게 중요한 것은 다시 그린 문장뿐이었다.

남편 팔에 기대어 방에서 내려온 남작 부인이 힘겹게 마차에 올라서, 쿠션 여러 개에 등을 기대고 자리에 앉았다. 뒤이어 잔느가 모습을 드러냈다. 그녀는 먼저 짝지은 말 두 필을 보고 웃었다. 그녀는 흰 말이 노란 말의 손자 같다고 말했다. 그다음 잔느는 마리우스의 모습을 보았다. 그 애는 술 장식이 달린 모자 속에 얼굴이 푹 파묻혀서, 흘러내리는 모자를 코로 떠받치고 있었다. 두 손은 소매에 깊이 파묻혀 보이지 않았고,

마부 제복의 헐렁한 옷자락에 감싸인 두 다리는 치마를 입은 것처럼 보였으며, 커다란 구두를 신은 두 발이 그 아래로 기이한 모습으로 삐져나와 있었다. 그 애는 무엇을 보려면 머리를 뒤로 젖혔고, 한 발자국만 떼려 해도 내를 건너뛰듯 무릎을 들어 올렸으며, 헐렁한 옷 속에 몸이 완전히 파묻혀서 명령에 따르기 위해 장님처럼 허둥거렸다. 그 꼴을 보고 잔느는 웃음을 참을 수 없어 끝없이 웃어 댔다.

남작이 고개를 돌려 얼이 빠져 있는 아이를 쳐다보더니, 딸에게 전염이 되어 바로 웃음을 터뜨렸다. 그는 제대로 말을 잇지 못하며 아내를 불렀다. "좀 보, 보라고, 마, 마, 마리우스를! 우습잖아! 정말로, 우, 우스꽝스럽군!"

그러자 남작 부인도 마차 문밖으로 몸을 내밀어 그 애의 모습을 보더니, 미친 듯이 웃어 대기 시작했다. 하도 요란하게 웃는 바람에 마차가 울퉁불퉁한 길에서 요동치는 것처럼 용수철 위에서 춤을 추었다.

그러나 쥘리앵은 얼굴이 파랗게 질려서 외쳤다. "뭐가 그렇게 우스운 거죠. 모두들 미친 것 같군요!"

잔느는 발작이 이는 것처럼 몸을 가누지 못하고, 진정할 수가 없어서 현관 계단 위에 주저앉았다. 남작도 역시 주저앉았다. 마차 안에서 나는 경련적인 재채기 소리, 계속 킥킥대는 소리가 남작 부인이 숨이 막힐 듯이 웃어 대고 있다는 것을 말해 주고 있었다. 그때 갑자기 마리우스의 프록코트가 꿈틀거리기 시작했다. 그 아이도 아마 사람들이 웃는 까닭을 알아챈 모양이었다. 그 역시 모자 아래서 맘껏 웃고 있었던 것이다.

그러자 쥘리앵이 불같이 화가 나서 돌진했다. 그가 냅다 따귀를 후려갈기자 아이 머리에서 커다란 모자가 떨어져 나가 잔디밭 위로 날아갔다. 그러고서 그는 장인을 향해 고개를 돌리고, 분노로 떨리는 목소리로 떠듬떠듬 말했다. "장인어른이 웃을 처지는 아닌 것 같은데요. 장인어른이 재산을 낭비해서 가진 것을 탕진하지 않았다면 우리가 이런 처지에 빠지진 않았겠죠. 장인어른이 파산한다면 누구 잘못이겠어요?"

쾌활했던 모든 분위기가 얼어붙듯 깨져 버렸다. 아무도 입도 벙긋하지 않았다. 잔느는 울음이 터질 것만 같아 소리 없이 마차 안 어머니 옆자리로 올라갔다. 놀라서 벙어리가 된 남작은 두 여인의 맞은편에 앉았다. 쥘리앵은 뺨이 부어올라 울먹거리는 아이를 자기 곁으로 끌어 올린 다음 자기도 마부석에 자리를 잡았다.

가는 길은 음울했고 길어 보였다. 마차 안에서는 모두 침묵을 지키고 있었다. 세 사람 모두 침울하고 거북해서, 자기들 마음을 사로잡고 있는 것을 털어놓고 싶지 않았다. 그 고통스러운 생각이 머리를 떠나지 않아서, 그들은 다른 어떤 화제도 꺼낼 수 없다는 것을 잘 느끼고 있었다. 그들은 그 괴로운 화제를 건드리느니 차라리 침울하게 침묵을 지키는 편이 나았던 것이다.

말 두 필이 균형을 잡지 못하고 종종걸음을 쳤고, 마차는 농가들 마당을 따라 나아갔다. 마차 소리에 놀란 까만 닭들이 큰 걸음을 치며 달아나 산울타리에 머리를 처박고 자취를 감추었다. 때로는 늑대같이 생긴 개가 마차를 쫓아오며 짖어 댔다.

개는 털을 곤추세우고 제집으로 돌아가더니, 다시 몸을 돌려 마차를 향해 짖어 댔다. 흙투성이 나막신을 신은 사내애가 두 손을 주머니에 찌르고 푸른 작업복의 등을 바람에 부풀린 채 무심한 태도로 성큼성큼 지나가다가, 옆으로 비켜서서 마차에 길을 터 주며 어색하게 모자를 벗었다. 그러자 머리통에 착 달라붙은 그의 곧은 머리칼이 드러나 보였다.

그리고 각 농가 사이로 또다시 벌판이 시작되고, 멀리 듬성듬성 또 다른 농가들이 나타났다.

마침내 도로에 연결된 넓은 전나무 가로수 길로 접어들었다. 진흙 속에 파인 깊은 마차 바퀴 자국 때문에 마차가 기우뚱하는 바람에 어머니가 비명을 질렀다. 가로수 길 끝의 하얀 울타리 문은 닫혀 있었다. 마리우스가 달려가서 그 문을 열었다. 마차는 넓은 잔디밭을 빙 돌아 둥그렇게 난 길을 따라가서, 덧창이 다 닫혀 있는 높고 드넓은 음울한 건물 앞에 다다랐다.

가운데 대문이 갑자기 열렸다. 반신불수의 늙은 하인이 뒤뚱거리며 비스듬히 걸어서 현관 계단을 내려왔다. 그는 검은 줄무늬가 있는 붉은 조끼를 입고 있었는데, 조끼는 부분적으로 앞치마에 가려 있었다. 그는 방문객들의 이름을 듣더니 넓은 거실로 그들을 안내했다. 그는 늘 닫혀 있는 거실 덧창을 힘겹게 열었다. 가구는 덮개로 덮여 있었고, 추시계와 샹들리에들은 흰 천에 싸여 있었다. 그리고 곰팡내 나는 공기가, 싸늘하고 축축한 옛 공기가 폐와 심장과 피부에 음산하게 스며드는 것 같았다.

일행은 자리에 앉아 기다렸다. 위층 복도에서 들리는 발자국 소리는 이례적인 서두름을 알려 주었다. 놀란 성주(城主)들이 황급히 옷을 갈아입고 있었다. 시간이 오래 걸렸다. 종소리가 여러 차례 울렸다. 층계를 오르내리는 다른 발자국 소리도 들렸다.

남작 부인은 스며드는 추위 때문에 연달아 재채기를 했다. 쥘리앵은 이리저리 거닐었다. 잔느는 침울해서 어머니 곁에 잠자코 앉아 있었다. 그리고 남작은 대리석 벽난로에 등을 기댄 채 이마를 숙이고 있었다.

이윽고 높다란 문 하나가 돌아가더니 드 브리즈빌 자작 부처가 모습을 드러냈다. 그들 두 사람은 모두 키가 작고 바짝 말랐으며 깡충깡충 뛰는 듯한 걸음걸이에 나이를 알아보기 힘든, 격식에 얽매여 부자연스러운 사람들이었다. 꽃가지 무늬 비단 드레스에, 늙은 여자들이 쓰는 리본 달린 작은 보닛을 쓴 부인은 날카로운 목소리에 말이 빨랐다.

화려한 프록코트를 꽉 조여 입은 남편은 무릎을 굽혀 인사했다. 그의 코, 눈, 뿌리까지 드러난 치아, 밀랍을 입힌 듯한 머리칼, 그리고 화려한 멋진 복상 등 모든 것이 정성 들여 간직한 물건들처럼 빛을 발하고 있었다.

첫 환영 인사와 이웃 간의 의례적인 말을 주고받은 후에는 아무도 더 이상 할 말을 찾지 못했다. 그래서 그들은 양편에서 서로 이유 없이 치하의 말을 했다. 이런 훌륭한 관계가 지속되어야 할 것이고, 양편이 다 그것을 희망한다고 말했다. 일 년 내내 시골에 파묻혀 지내는 처지에 서로 만나는 것은 삶의 좋은 방편이 될 것이었다.

그런데 거실의 차디찬 공기가 뼛속에 스며들어 목을 쉬게 했다. 남작 부인은 쉬지 않고 재채기를 해 대더니 이제는 기침까지 했다. 그래서 남작이 그만 떠나자는 신호를 보냈다. 브리즈빌 부부는 “왜요? 이렇게 빨리요? 좀 더 머물러 계세요.” 하고 만류했다. 그러나 잔느는 방문이 너무 짧다고 생각하는 쥘리앵이 눈치를 주었음에도 이미 자리에서 일어나 있었다.

마차를 대령하도록 하인을 부르는 종을 울리려 했다. 그러나 종이 작동하지 않았다. 집주인이 서둘러 나가더니 돌아와서 말이 마구간에 매여 있다고 알려 주었다.

어쩔 수 없이 기다려야만 했다. 각자 할 말과 구절을 골똘히 생각했다. 이번 겨울엔 비가 잦다는 것이 화제에 올랐다. 잔느는 왠지 모르게 불안에 떨면서, 주인 내외가 단둘이서 일 년 내내 무엇을 하면서 지내는지 물어보았다. 그러나 브리즈빌 부부는 그 질문에 의아해했다. 왜냐하면 그들은 프랑스 전국에 흩어져 있는 귀족 친척들에게 많은 편지를 쓰고, 낯선 사람을 대하듯 서로서로 격식을 차려 대하면서 사소한 일들에 파묻혀 나날을 보내고, 더없이 하찮은 일들에 관해서도 위엄을 갖춰 얘기를 나누면서 끊임없이 바쁘게 지내고 있었기 때문이다.

그러나 모든 가구가 천에 싸인 채 쓰이지 않는 넓은 거실의 검게 변한 높은 천장 아래 웅크리고 앉은, 그렇게도 작고, 그렇게도 깨끗하고, 그렇게도 단정한 남녀가 잔느에게는 귀족 계급의 통조림처럼 보였다.

마침내 짝이 맞지 않는 두 조랑말이 끄는 마차가 창문 앞을 지나갔다. 그러나 마리우스는 사라지고 없었다. 저녁때까지 일이 없을 줄 알고, 들판이나 돌아다니려고 나간 모양이었다.

잔뜩 화가 치민 쥘리앵은 마리우스를 걸려 보내 달라고 부탁했다. 양편에서 누누이 작별 인사를 건넨 다음, 일행은 푀플로 귀환 길에 올랐다.

일단 마차 안에 들어앉자 잔느와 그녀의 아버지는 쥘리앵의 난폭함 때문에 아직도 남아 있는 무거운 강박관념에도 불구하고, 브리즈빌 내외의 몸짓과 억양을 흉내 내면서 다시 웃기 시작했다. 남작은 남편 흉내를 내고, 잔느는 아내 흉내를 냈다. 그러나 귀족을 존중하는 남작 부인은 약간 기분이 상해서 말했다. "그렇게 조롱하면 못써요, 훌륭한 가문에 속한 아주 점잖은 사람들인데." 어머니의 기분을 거스르지 않으려고 그들은 입을 다물었다. 그러나 어쩔 수 없이 아버지와 잔느는 때때로 마주 쳐다보며 다시 시작하는 것이었다. 아버지가 격식을 차려 인사하고, 엄숙한 어조로 말했다. "댁의 푀플 성은 매우 춥겠습니다, 부인. 하루 종일 세찬 해풍이 불어오지 않습니까?" 잔느가 새침한 태도로, 물에 잠기는 오리처럼 머리를 까딱거리면서 선웃음을 지으며 말했다. "오! 여기서는, 남작님, 일 년 내내 무언가 바쁜 일이 많답니다. 그리고 저희에겐 편지를 써야 할 친척들이 하도 많아서요. 또 드 브리즈빌 씨는 모든 일을 저에게 맡기신답니다. 그분은 펠 신부님과 학문 연구에 몰두해 계셔서요. 함께 노르망디의 종교사를 연구하신답니다."

남작 부인도 어쩌지 못하고 너그럽게 미소를 지으며 되풀이해 말했다. "우리 계급 사람들을 그렇게 조롱하는 것은 좋지 않아요."

그런데 갑자기 마차가 멈춰 섰다. 쥘리앵이 뒤에 있는 누군가를 고함쳐 불렀다. 그래서 잔느와 남작이 마차 문밖으로 고개를 내밀고 쳐다보니, 그들을 향해 굴러오는 듯이 보이는 이상한 존재가 눈에 띄었다. 치마처럼 펄럭거리는 제복 속에 갇혀서 두 다리는 주체하지 못하고, 끊임없이 흘러내리는 모자 때문에 눈은 보이지 않고, 풍차 날개처럼 소매를 흔들어 대며 큰 물웅덩이를 허우적거리며 정신없이 건너뛰고 도로에 박힌 돌부리마다 걸려서 비틀거리며 진흙투성이가 되어 허우적거리고 펄쩍펄쩍 뛰기도 하면서, 마리우스가 있는 힘껏 전속력으로 마차를 따라오고 있었다.

그 아이가 손아귀에 닿자마자 쥘리앵은 멱살을 잡아 자기 옆으로 끌어 올리더니, 말고삐를 놓고서 연거푸 아이의 모자에 주먹질을 해 대기 시작했다. 모자는 북소리처럼 울리며 아이의 어깨까지 처졌다. 아이는 모자 속에서 울부짖으며, 자리에서 뛰어내려 도망치려고 했다. 그러나 주인은 한 손으로 아이를 그러잡고 다른 손으로 계속 후려쳤다.

잔느는 어쩔 줄 몰라 하며 "아버지…… 아! 아버지!" 하고 중얼거렸고, 남작 부인은 분노로 떨며 남편 팔을 움켜쥐고 말했다. "뭐해요, 빨리 말리지 않고, 자크." 그러자 남작이 앞창을 확 젖히더니 사위의 소매를 잡으며 떨리는 목소리로 외쳤다. "이제 그 아이를 그만 때리지 못하겠나?"

쥘리앵이 당황해서 돌아보며 대꾸했다. "이놈이 제복을 어떤 꼴로 만들어 놨는지 못 보셨어요?"

그러나 남작은 두 사람 사이로 머리를 내밀고서 말했다. "그게 뭐 대수야! 이렇게까지 난폭할 필요는 없잖아." 쥘리앵이 또다시 화를 냈다. "제발 좀 내버려 두세요, 이건 장인 소관이 아닙니다!" 그리고 그는 다시 손을 쳐들었다. 그러나 장인이 급히 그 손을 잡아 힘껏 내리누르는 바람에, 그는 마부석 판자에 손을 부딪히고 말았다. 남작이 맹렬하게 소리쳤다. "그만두지 않으면, 내가 내려가서 못 하게 하겠어, 내가 말이야!" 자작은 그 소리에 갑자기 수그러들었다. 그는 아무 대꾸 없이 어깨를 으쓱하더니, 말에 채찍질을 해서 급히 마차를 출발시켰다.

두 여자는 낯빛이 창백해져서 꼼짝 않고 앉아 있었다. 남작 부인의 심장이 무겁게 뛰는 소리가 분명히 들렸다.

저녁 식사 때 쥘리앵은 마치 아무 일도 없었다는 듯이 평소보다 더 곰살궂게 굴었다. 잔느와 그녀의 아버지와 아델라이드 부인은 그들의 온유한 호의로 낮의 일을 곧 잊어비리고, 상냥한 쥘리앵의 모습을 보자 마음이 누그러져서, 회복기 환자와 같은 안락감을 느끼며 쾌활한 분위기로 이끌려 들어갔다. 그리고 잔느가 브리즈빌 부부 얘기를 다시 꺼내자, 그녀의 남편까지도 농담을 했다. 그러나 그는 즉시 이렇게 덧붙였다. "그러나 어쨌든, 인품이 좋은 분들이오."

모두들 마리우스 문제가 되살아나는 것을 두려워한 탓에, 다른 집을 방문하지는 않았다. 가까운 이웃들에게는 연하장

만 보내고, 돌아오는 봄의 따뜻한 날씨를 기다려 그들을 방문하기로 결정했다.

크리스마스가 되었다. 신부와 면장 내외가 만찬에 초대되었다. 설날에도 다시 그들을 초대했다. 그것이 나날의 단조로운 연쇄를 끊는 유일한 기분 전환이었다.

아버지와 어머니는 1월 9일에 푀플을 떠나기로 했다. 잔느는 그들을 붙잡고 싶었으나, 쥘리앵은 별로 내키는 기색이 아니었다. 사위가 점점 냉랭해지는 것을 본 남작은 루앙에서 역마차를 불러왔다.

출발 전날, 짐을 다 싼 후에, 추웠지만 맑은 날씨였으므로 잔느와 아버지는 이포르까지 내려가 보기로 했다. 코르시카에서 돌아온 이후로 그들은 거기에 가 본 적이 없었다.

결혼식 날 잔느가 영원한 반려자가 된 남자와 얼싸안고 거닐었던 숲을 부녀는 함께 가로질러 갔다. 그녀가 관능적 사랑을 예감하면서 처음으로 전율에 소스라치며 첫 애무를 받았던 숲이었다. 잔느는 입에서 입으로 물을 건네주며 키스를 주고받던 야생의 오타 계곡 샘가에서 마침내 그 관능적 사랑을 경험할 수 있었다.

이제는 나뭇잎도 덩굴풀도 없고, 들리는 것은 앙상한 나뭇가지 흔들리는 소리, 헐벗은 덤불숲이 겨울이면 내는 메마른 소음뿐이었다.

부녀는 작은 마을로 들어섰다. 인적 없는 조용한 거리는 바다 냄새, 해초와 생선 냄새를 풍겼다. 거무스름한 넓은 그물이 문 앞에 걸리거나 자갈 위에 널린 채 말라 가고 있었다. 언제나처럼 거품이 일렁이는 차가운 회색빛 바다에 썰물이 시작되면서, 멀리 페캉 쪽으로, 절벽 아래 푸르스름한 바위가 모습을 드러냈다. 그리고 해변을 따라 옆구리를 드러내고 걸쳐진 커다란 배들은 거대한 죽은 물고기들처럼 보였다. 어둠이 내리고 어부들이 떼를 지어 자갈 덮인 해변으로 왔다. 그들은 목에 털목도리를 두르고, 한 손에는 1리터짜리 브랜디 병을, 다른 손에는 선박용 램프을 들고, 큼직한 선원 장화를 신고서 무겁게 걸어왔다. 그들은 오랫동안 기울어진 배 주위를 돌아보았다. 그리고 그들은 노르망디의 그 느릿느릿한 동작으로, 그들의 그물, 부표, 두꺼운 빵, 버터 단지, 컵과 36도짜리 술병을 배에 싣는 것이었다. 그런 다음 그들은 배를 세워 바다 쪽으로 밀고 갔다. 배는 큰 소리를 내며 자갈 위를 굴러 내려가서 거품을 가르고 파도 위에 떠서 잠시 동안 흔들거리더니, 갈색 돛을 펴고 돛대 끝에 작은 불빛을 깜빡거리며 어둠 속으로 사라져 갔다.

얇은 옷 속으로 억센 골격이 두드러져 보이는 키 큰 어부 아낙네들이 마지막 어부가 출발할 때까지 머물러 있다가, 왁자지껄하게 캄캄한 거리의 깊은 잠을 깨우면서, 괴괴한 마을로 돌아갔다.

남작과 잔느는 우두커니 서서 그 사람들이 어둠 속으로 멀어져 가는 것을 바라보고 있었다. 그들은 굶어 죽지 않기 위해 매일 밤 이렇게 죽음을 무릅쓰고 나가지만, 너무 가난해서 평생 고기도 먹어 보지 못하는 것이다.

대양을 마주하고 감동한 남작이 속삭였다. "바다는 무섭고 또 아름답구나. 어둠이 내리는 이 바다, 수많은 사람이 위험을 무릅쓰는 이 바다, 참으로 장엄하구나! 안 그러냐, 잔느?"

잔느는 쓸쓸한 미소를 띠고 대답했다. "하지만 지중해보다 못해요." 그러자 아버지가 분연히 대답했다. "뭐, 지중해라고! 기름투성이고, 설탕물에다가, 한 양동이 파란 세탁 물 같은 지중해 말이냐. 이 바다를 좀 봐라, 높은 물결과 더불어 얼마나 엄청난지! 그리고 저 위로 떠나가서, 벌써 자취도 보이지 않는 저 모든 사람들을 좀 생각해 봐라!"

잔느는 한숨을 내쉬며 동의했다. "그래요, 그럴 수 있죠." 그러나 그녀의 입술을 타고 흘러나온 '지중해'라는 말이 또다시 가슴을 파고들어, 자신의 꿈이 숨쉬는 먼 고장들을 향해 그녀의 모든 생각을 실어 갔다.

아버지와 딸은 숲을 통해 돌아오는 대신, 도로로 나와서 느린 걸음으로 언덕을 올라갔다. 그들은 다음 날의 이별로 울적해서 거의 말을 하지 않았다.

때때로 농가 사이 도랑을 따라가다 보면, 짓이겨진 사과 냄새, 이 계절이면 노르망디 농촌 전체에 떠다니는 것 같은 신선한 새 사과주 냄새가 얼굴에 확 끼쳐 왔다. 또 외양간의 퀴퀴한 냄새, 쇠똥 거름에서 발산되는 후끈한 악취가 풍기기도 했다. 불빛이 새어 나오는 작은 창 하나가 뜰 저편에 인가가 있음을 알려 주었다.

잔느는 자신의 마음이 넓어져서 보이지 않는 것들도 이해할 수 있을 것 같은 느낌이 들었다. 그리고 불현듯 들판에 흩어져 있는 작은 빛들이 모든 인간의 고립에 대한 생생한 감정을 그녀에게 불러일으켰다. 모든 것이 사람들을 흩뜨리고 분리하며 사랑하는 것으로부터 멀리 데려가는 듯 보였다.

이윽고 그녀는 체념한 목소리로 말했다. "인생이란 늘 즐거운 것이 못 되죠."

남작이 한숨을 쉬었다. "얘야, 어쩌겠니. 우리로선 어쩔 수 없는 것이란다."

다음 날 아버지와 어머니가 떠나자, 잔느와 쥘리앵만 남게 되었다.

7

그 무렵 젊은 부부의 생활에 카드놀이가 등장했다. 매일 점심 식사 후 쥘리앵은 파이프 담배를 피우고, 여섯 잔 내지 여덟 잔의 코냑을 조금씩 홀짝거리면서, 아내와 몇 차례씩 베지그 게임[26]을 했다. 게임이 끝나면 잔느는 자기 방으로 올라가, 창문을 두드리는 빗소리나 창문을 흔드는 바람 소리를 들으면서, 끈질기게 속치마 장식을 수놓았다. 이따금 피로해지면 그녀는 눈을 들어, 멀리 흰 물결이 이는 어두운 바다를 바라보았다. 그렇게 몇 분 동안 망연한 시선을 던진 다음, 그녀는 다시 일감으로 돌아가는 것이었다.

쥘리앵이 자신의 권위에 대한 욕구와 좀스러운 절약 욕심을 충족시키기 위해 집안일을 도맡았기 때문에, 잔느에겐 딱

26) 두서너 명이 하는 카드놀이의 일종.

히 다른 할 일도 없었다. 남편은 극심한 인색함을 보여, 결코 팁을 주는 법이 없었고, 먹는 것도 최소한으로 제한했다. 푀플로 돌아온 이후 잔느는 매일 아침 노르망디식 작은 케이크를 빵 장수에게 주문해 먹었는데, 남편은 그 지출도 없애고 구운 빵만 먹도록 조처했다.

잔느는 구차한 설명이나 논쟁이나 말다툼을 피하기 위해 아무 말도 하지 않았다. 그러나 남편의 노랑이짓이 새롭게 나타날 때마다 그녀는 바늘로 찔리는 듯한 아픔을 느꼈다. 돈이 아무것도 아닌 것으로 여겨지는 가정에서 자란 그녀는 그런 행위가 천하고 추하게 보였다. "돈이란 쓰라고 만들어진 것이란다."라는 엄마의 말을 그녀는 얼마나 자주 듣고 자랐던가. 그런데 이제 쥘리앵이 그녀에게 거듭 말하는 것이었다. "당신은 함부로 돈을 낭비하는 버릇을 고칠 수 없겠소?" 그리고 임금이나 상품 가격에서 돈 몇 푼을 깎을 때마다 그는 자기 주머니에 잔돈푼을 굴려 넣으면서 미소를 띠고 선언하듯 말했다. "작은 개울물이 큰 강을 이루는 법이거든."

그렇지만 잔느가 또다시 공상에 잠기는 날들이 있었다. 그녀는 천천히 하던 일을 멈추고 힘없이 손을 늘어뜨리고는 몽롱한 시선으로, 소녀 시절의 소설 하나를 다시 엮어 매혹적인 모험의 나라로 떠났다. 그러나 갑자기 시몽 영감에게 명령을 내리거나 하는 쥘리앵의 목소리가 그녀를 아련한 꿈나라에서 끌어내는 것이었다. 그러면 그녀는 "이 모든 게 이제는 끝났어." 하고 중얼거리며, 자신의 끈질긴 일거리로 되돌아갔다. 바늘을 놀리는 그녀의 손가락에 눈물 한 방울이 떨어졌다.

전에는 그처럼 쾌활하고 항상 노래를 읊조리던 로잘리도 변했다. 통통하던 두 볼은 발그레한 윤기를 잃고, 이제 거의 골이 패어서, 때로는 흙칠을 한 것처럼 보였다.

잔느는 자주 "얘, 너 어디 아프니?" 하고 로잘리에게 물어 보았다. 그러면 하녀 애는 언제나 "아뇨, 마님." 하고 대답하는 것이었다. 그리고 광대뼈를 살짝 붉히며 재빨리 도망쳤다.

로잘리는 전처럼 달음질치는 대신 힘겹게 발을 질질 끌고 다녔고, 더 이상 애교 있어 보이지도 않았다. 그녀는 행상들이 와서 비단 리본과 코르셋과 여러 가지 화장품을 꺼내 보여도 아무것도 사지 않았다.

음산한 큰 저택은 공허한 울림을 내는 분위기였고, 건물 정면은 비바람이 그려 놓은 기다란 잿빛 얼룩으로 더러워져 있었다.

1월 말에 눈이 왔다. 멀리 어두운 바다 위 북쪽에서 두터운 구름이 밀려오더니, 하얀 눈송이가 떨어지기 시작했다. 하룻밤 새에 온 들판이 눈으로 뒤덮였고, 아침이 되자 나무들은 얼음의 거품 속에 감싸인 것처럼 보였다.

쥘리앵은 목이 긴 장화를 신고 수염이 덥수룩한 모습으로, 숲 속의 황야가 바라보이는 도랑 뒤에 매복해서 철새를 노리며 시간을 보냈다. 때때로 한 방 총소리가 들판의 얼어붙은 고요함을 깼다. 검은 까마귀 떼가 놀라서 큰 나무에서 날아올라 공중을 선회했다.

잔느는 따분함을 못 이겨 이따금 현관 층계에까지 내려가 보았다. 희끄무레하게 눈이 덮인 음산한 평원의 잠든 정적 위로 아득히 멀리서 삶의 소음이 반향이 되어 왔다.

그다음에는 멀리 물결이 일렁이는 소리와 끊임없이 떨어져 내리는 차디찬 물보라의 계속되는 어렴풋한 속삭임 외에는 아무 소리도 들리지 않았다.

그리고 이 두텁고 가벼운 거품이 계속 떨어져 내리는 가운데, 눈의 층은 쉼 없이 높아져 갔다.

희끄무레한 어느 아침나절, 잔느는 자기 방 난롯불에 가만히 발을 쬐고, 나날이 변화가 더 심해지는 로잘리는 그동안 천천히 침대를 정리하고 있었다. 그런데 잔느가 갑자기 등 뒤에서 고통스러운 숨소리를 들었다. 그녀는 고개를 돌리지 않은 채 물었다. "그래, 무슨 일이냐?"

하녀는 언제나 그렇듯 "아무 일도 아니에요, 마님." 하고 대답했다. 그러나 그 목소리는 기진맥진해서 숨넘어가는 것 같았다.

잔느는 이미 다른 생각에 빠져 있었으나, 하녀의 기척이 들리지 않는 것을 알아차렸다. 그녀는 "로잘리!" 하고 불렀다. 아무런 움직임도 없었다. 그래서 하녀가 소리 없이 나간 것으로 생각하고 "로잘리!" 하고 더 크게 소리쳐 부르며, 초인종을 울리려고 팔을 뻗쳤다. 그때 바로 옆에서 깊은 신음 소리가 들려서, 잔느는 불안에 떨며 소스라쳐 일어났다.

얼굴이 하얗게 질리고 흉측하게 눈을 부릅뜬 어린 하녀가 두 다리를 길게 뻗고 등을 침대 판자에 기댄 채 바닥에 주저앉아 있었다.

잔느가 달려갔다. "무슨 일이냐, 무슨 일이야?"

로잘리는 한마디 말도, 조금의 움직임도 없었다. 그녀는 멍한 시선으로 여주인을 응시하며, 끔찍스러운 고통으로 온몸이 찢기는 듯 숨을 헐떡거렸다. 그러더니 갑자기 몸을 쭉 뻗고 등을 대고 미끄러져 누우면서, 이를 악물고 단말마의 비명을 삼켰다.

그러더니 짝 벌린 사타구니에 달라붙은 옷 아래에서 무언가가 꿈틀거렸다. 그리고 거기에서 곧 물이 찰랑거리는 소리 같기도 하고, 목 졸려 숨이 막히는 것 같기도 한 이상한 소리가 들려왔다. 그다음 갑작스럽게 고양이의 긴 울음소리 같은 것이 들렸다. 그것은 벌써 고통에 찬 가냘픈 탄식으로서, 인생에 끼어든 어린애 최초의 괴로움의 호소였던 것이다.

잔느는 불시에 사태를 깨닫고서 미친 듯이 층계를 뛰어 내려가며 "쥘리앵, 쥘리앵!" 하고 외쳤다.

그가 "무슨 일이야?" 하고 아래층에서 대답했다.

잔느는 가까스로 말을 꺼냈다. "글쎄…… 로잘리가 말예요……."

쥘리앵이 돌진해서, 층계를 두 계단씩 뛰어 올라가 불쑥 방안으로 들어갔다. 그는 계집애의 옷을 단번에 들어 올리고서, 발가벗은 두 다리 사이에서 팔딱거리는 흉측스러운 작은 살덩어리를 찾아냈다. 주름 잡혀 신음하고 있는, 잔뜩 찌푸린 끈적끈적한 살덩어리였다.

그는 몸을 일으키더니 오만상을 하고서, 제정신이 아닌 아내를 밖으로 밀어내며 소리쳤다. "당신이 상관할 일이 아니오. 나가서 뤼디빈과 시몽 영감이나 나한테 보내요."

잔느는 와들와들 떨며 부엌으로 내려갔다. 그러고는 더 이상 올라가 볼 용기가 나지 않아, 부모님이 떠난 후로는 불도 피우지 않는 거실로 들어가서 초조하게 소식을 기다렸다.

그녀는 곧 하인이 달음질쳐 나가는 것을 보았다. 오 분 후에 하인은 마을의 산파인 당퉈 과부와 함께 돌아왔다.

그러더니 층계에서 마치 부상자를 옮기는 것 같은 요란한 움직임이 일었다. 그리고 쥘리앵이 내려와서 잔느에게 그녀 방으로 올라가도 좋다고 말했다.

잔느는 불길한 사건을 보고 난 것처럼 몸을 떨었다. 그녀는 다시 불 앞에 앉아서 "그 아이는 어때요?" 하고 물었다.

쥘리앵은 무슨 생각에 빠져 안절부절못하며 방 안을 서성거렸다. 화가 치미는 모양이었다. 그는 처음에는 아무 대답도 없더니, 잠시 후 걸음을 멈추고서 말했다. "저 계집애를 어떻게 할 셈이오?"

그녀는 말뜻을 알아듣지 못하고 남편을 쳐다보았다. "뭐라고요? 무슨 뜻이에요? 나는 모르겠네요."

그러자 갑자기 격분한 것처럼 그가 소리쳤다. "우리 집 안에 사생아를 놔둘 순 없단 말이야."

잔느는 어쩔 줄 몰라 하며 한동안 입을 다물고 있다가 말했다. "아니, 여보. 유모에게 맡길 수도 있지 않겠어요?"

그가 아내의 말을 가로막았다. "비용은 누가 대고? 당신이 대겠소?"

그녀는 해결책을 찾으며 또다시 한참 생각에 잠겼다가, 이윽고 이렇게 말했다. "하지만 그 아이 아버지가 맡겠죠. 그리고 그 사람이 로잘리와 결혼하면 더 이상 어려움이 없겠죠."

쥘리앵이 참을 수 없다는 듯 불같이 화를 내며 대꾸했다. "아버지! ……아버지라고! ……당신이 그자를 알아? ……아버지를! 아니, 모르겠지? 그런데, 어쩌려고?"

잔느도 마음이 격해져서 열을 올렸다. "그렇지만 그 남자가 분명히 여자애를 이대로 내버려 두지는 않겠죠. 그렇다면 비겁한 작자죠! 우리가 그 사람 이름을 물어봐서, 그를 찾아낼 거예요. 그리고 그 사람이 전후 사정을 다 설명하게 해야죠."

쥘리앵이 좀 누그러져서 다시 서성거리기 시작했다. "여보, 그 애는 사내 이름을 말하려 들지 않을 거야. 그 애는 나에게도 당신에게도 발설하지 않을 거란 말이야. ……그리고 사내가 계집애를 원하지 않는다면 어쩌지? ……어쨌든 우리는 미혼모와 사생아를 우리와 한 지붕 밑에 둘 수는 없는 일이오, 알겠소?"

잔느가 고집스럽게 되풀이했다. "그러면 그 남자는 야비한 인간이죠. 우리가 그 사람을 알아내야 해요. 그리고 우리가 그 사람을 상대할 거예요."

쥘리앵은 얼굴이 벌겋게 달아올라, 또다시 화를 냈다. "그러면…… 그때까지는 어쩌고……?"

그녀는 어떻게 해야 할지 몰라 남편에게 물었다. "당신 생각은 어때요?"

그가 지체 없이 자기 의견을 말했다. "오! 나야 아주 간단하지. 돈을 몇 푼 쥐어 주고 새끼와 함께 쫓아내는 거지."

그러나 젊은 여인은 분개하여 반발했다. "그건 절대로 안 돼요. 저 아이는 내 젖동생이에요. 우리는 함께 자랐어요. 그 애가 잘못을 저질렀지만, 할 수 없는 일이죠. 그 때문에 그 애를 내쫓지는 않겠어요. 그리고 필요하다면 내가 아이를 키우겠어요."

그러자 쥘리앵이 분노를 터뜨렸다. "그러면 우리 평판이 꼴좋게 되겠군, 우리 이름과 우리 문벌이! 우리가 악덕을 감싸고 화냥년을 보호한다고 사방에서 떠들어 댈 판인데. 그리고 지체 있는 사람들은 우리 집에 발도 들여놓지 않을 거요. 당신은 정말로 무슨 생각을 하는 거요? 당신 정신이 나간 거야!"

잔느는 침착함을 유지했다. "나는 결코 로잘리를 내치도록 하지 않겠어요. 당신이 데리고 있기 싫다면, 우리 어머니가 그 애를 거둘 거예요. 그리고 우리는 결국 아이 아버지의 이름을 알아내야만 할 거예요."

그러자 쥘리앵은 격분해서 나가면서, 문을 쾅 때리며 고함쳤다. "도대체 여자들 생각이란 어리석기 짝이 없단 말이야!"

잔느는 오후에 산모 방에 올라가 보았다. 어린 하녀는 과부 당뒤의 간호를 받으며 눈을 뜬 채 침대에 가만히 누워 있었다. 그동안 산파가 갓난애를 품에 안아 재우고 있었다.

여주인을 얼핏 보자마자, 로잘리는 시트 속에 얼굴을 감추고 절망으로 몸을 뒤틀며 흐느껴 울기 시작했다. 잔느가 포옹해 주려고 했으나, 그녀는 얼굴을 가리고 피했다. 그래서 산파가 나서서 얼굴을 내놓게 했다. 로잘리는 하는 대로 몸을 맡겼으나, 여전히 조용한 울음을 멈추지는 않았다.

벽난로의 불기가 시원치 않았다. 방 안이 추웠다. 아기가 울었다. 잔느는 또 다른 발작을 불러일으킬까 봐 두려워서 아기 얘기를 꺼내지 못했다. 그녀는 하녀 손을 잡고서 "괜찮을 거야, 괜찮을 거야." 하고 기계적인 어조로 되풀이할 뿐이었다. 가엾은 하녀는 산파 쪽을 몰래 쳐다보며, 갓난쟁이의 울음소리에 몸을 떨었다. 그리고 남아 있는 슬픔이 목을 메게 하며 이따금씩 경련적인 오열로 터져 나왔다. 억지로 참은 눈물은 목구멍 속에서 물소리를 냈다.

잔느는 다시 그녀를 포옹하고, 귓전에 대고 낮게 속삭였다. "우리가 아기를 잘 보살펴 줄게. 걱정 마, 얘야." 그런데 또다시 발작적인 울음이 시작되어, 잔느는 재빨리 뛰쳐나왔다.

잔느는 매일 그녀의 방에 가 보았고, 로잘리는 매일 여주인 얼굴을 보면 오열을 터뜨렸다.

아이는 이웃집 유모에게 맡겼다.

그동안 쥘리앵은 아내와 거의 말을 하지 않았다. 그녀가 하녀를 내보내는 것을 거절한 이후로 그는 아내에게 큰 원한을 품은 것 같았다. 하루는 쥘리앵이 그 문제를 다시 꺼냈다. 그러자 잔느는 로잘리를 푀플에 그대로 두지 않으려면 즉시 자기에게 보내 달라는 내용이 적힌 남작 부인의 편지를 주머니에서 꺼내 보였다. 쥘리앵이 격분해서 소리쳤다. "당신 어머니도 당신처럼 정신이 나갔구려." 하지만 그는 더 이상 고집을 부리지는 않았다.

두 주일 후, 산모는 벌써 일어나서 다시 일을 시작할 수 있었다.

그래서 잔느는 어느 날 아침, 하녀를 앉혀 놓고 두 손을 꼭

잡고서 뚫어지게 쳐다보면서 말했다. "자, 얘야. 모두 터놓고 얘기해라."

로잘리는 덜덜 떨기 시작하더니 중얼거렸다.

"뭘 말씀예요, 마님?"

"누구 아이야, 그 아이가?"

그러자 어린 하녀는 또다시 무서운 절망에 사로잡혔다. 그리고 그녀는 한사코 두 손을 떼어 내 얼굴을 가리려고 들었다.

그러나 잔느는 억지로 그녀를 껴안으며 위로했다. "불운이었어. 어쩌겠니, 얘야. 네가 약했던 거지. 하지만 그런 일은 다른 많은 사람들에게도 일어난단다. 아기 아빠가 너와 결혼하면 더 이상 문제가 안 될 거야. 그리고 우리가 그 사람을 너와 함께 우리 집에서 일하게 할 수도 있어."

로잘리는 심한 고통을 당하는 것처럼 신음하며, 이따금씩 뿌리치고 도망가려고 몸을 뒤틀었다.

잔느가 다시 다독였다. "네가 부끄러워하는 것도 잘 이해해. 하지만 너도 보다시피 내가 화를 내는 것이 아니라 조용히 묻고 있지 않니. 그 사람 이름을 묻는 것도 다 너를 위한 거야. 그에게 버림받는다고 네가 슬퍼하는 것 같기에 그길 막자는 거야. 쥘리앵이 그 사람을 만날 거다, 알겠니? 그리고 우리가 그 사람이 너와 결혼하도록 하고 말겠다. 너희 둘 다 우리 집에 있게 될 테니까 그 사람이 너를 행복하게 해 주도록 하겠다."

이번에는 로잘리가 너무도 급작스럽게 힘을 써서 여주인의 손에서 제 손을 빼내고, 미친 여자처럼 도망쳤다.

저녁에 식사를 하면서 잔느가 쥘리앵에게 말했다. "유혹한 남자의 이름을 로잘리에게 고백시키려고 했는데 잘 되지 않았어요. 그러니 그 야비한 남자가 로잘리와 결혼하도록 당신도 힘 좀 써 보세요."

그러나 쥘리앵은 곧장 화부터 냈다. "아하! 나는 그따위 얘기는 듣고 싶지도 않소. 당신이 그 계집애를 데리고 있겠다고 했으니 그렇게 하구려. 그러나 그런 문제로 더 이상 나를 귀찮게 하지는 말라고."

출산 사건 이후로 쥘리앵은 더욱더 신경질적으로 변한 것 같았다. 그는 항상 화가 나 있는 것처럼 소리를 지르지 않고서는 아내와 말도 하지 않는 것이 습관이 되었다. 반면에 잔느는 목소리를 낮추고, 일체 언쟁을 피하기 위해 부드럽고 타협적으로 대했다. 그러나 그녀는 밤이면 자주 잠자리에서 눈물을 지었다.

늘 화가 나 있었음에도, 남편은 신혼여행에서 돌아온 이후로 잊고 있던 부부 생활의 습관을 되찾아서, 그가 아내의 방문턱을 넘지 않고 연속 사흘 밤을 보내는 일은 드물어졌다.

로잘리는 머지않아 완전히 치유되었다. 그녀는 무언가 알 수 없는 두려움에 쫓겨 얼이 빠진 것 같기는 했지만, 전보다는 덜 침울했다.

그러나 잔느가 다시 물어볼 때마다, 로잘리는 또 두 번이나 달아나 버렸다.

쥘리앵도 갑자기 좀 더 상냥해진 것같이 보였다. 그래서 젊은 여인은 막연한 희망에 매달리며 쾌활함을 되찾았다. 그러면서도 그녀는 때때로 이상한 불안감으로 괴로움을 느꼈지만, 그것을 아무에게도 얘기하지는 않았다. 아직 해빙은 오지 않았다. 벌써 다섯 주 가까이 낮에는 파란 수정처럼 맑고, 밤에는 서릿발 같은 별들이 총총한 하늘이었다. 광활한 공간이 혹심한 추위에 잠겨, 단단하게 굳어 반들거리는 평평한 눈벌판 위에 펼쳐져 있었다.

서리로 분칠을 한 듯한 큰 나무들의 장막 뒤로, 네모난 뜰 속에 외따로 서 있는 농가들은 하얀 속옷을 입고 잠들어 있는 것 같았다. 사람도 짐승도 바깥나들이를 하지 않았다. 초가 굴뚝들만이 얼어붙은 대기 속으로 똑바로 올라가는 가느다란 연기 줄기를 통해 숨겨진 삶을 나타내고 있었다.

벌판도 산울타리도 느릅나무 담장도 모두 추위로 죽어 버린 것 같았다. 나뭇가지들이 껍질 아래서 부러지는 듯, 이따금씩 나무에서 와지끈거리는 소리가 들렸다. 때때로 큰 가지가 줄기에서 떼어져 땅으로 떨어졌다. 극성스러운 추위가 수액을 얼어붙게 해서 나무의 섬유질을 끊어 놓는 것이었다.

잔느는 몸으로 스며드는 온갖 막연한 괴로움을 끔찍한 추위 탓으로 돌리면서, 훈풍이 다시 불어오기를 초조하게 기다렸다.

때로는 어떤 음식을 봐도 구역질이 나서 아무것도 먹을 수가 없었다. 때로는 그녀의 맥박이 미친 듯이 뛰기도 했다. 또 때로는 음식을 조금만 먹어도 소화 불량이 되어 속이 메슥거리는 것이었다. 그리고 긴장한 신경이 끊임없이 예민해져서, 그녀는 계속 견딜 수 없는 동요 가운데서 살아갔다.

온도가 더 내려간 어느 날 저녁, 쥘리앵은 식사를 마치자 몸을 떨고(장작을 아끼느라고 식당에 제대로 불을 피우는 일이 없었기 때문에) 손을 비비면서 중얼거렸다. "여보, 오늘 밤에는 둘이 자는 게 좋겠지, 안 그래?"

그가 예전처럼 호인같이 웃자, 잔느는 그의 목에 달려들었다. 그러나 그날 밤 그녀는 정말로 기분이 좋지 않았고 마음이 답답했으며 이상하게 신경이 들떠서, 남편의 입술에 키스하면서 혼자 자게 해 달라고 목소리를 낮춰 부탁했다. 그녀는 몇 마디 말로 자신의 불편함을 남편에게 설명했다. "부탁이에요, 여보. 정말로 몸이 좋지 않아요. 내일이면 아마 좋아지겠죠."

남편은 고집하지 않았다. "당신 좋을 대로 해, 여보. 몸이 아프면 보살펴야지."

그리고 그들은 화제를 바꾸었다.

그녀는 일찍 자리에 누웠다. 쥘리앵은 그날따라 예외적으로 자기 방에 불을 피우게 했다. "불이 잘 타고 있습니다."라고 알리자, 그는 아내 이마에 키스하고 나갔다.

집 전체가 추위에 시달리는 것 같았다. 추위가 스며든 벽은 오한이 난 것처럼 가벼운 신음 소리를 냈다. 잔느는 침대 속에서 오들오들 떨었다.

그녀는 두 번이나 일어나서 난로에 장작을 집어넣고, 드레스며 치마며 낡은 옷들을 찾아내어 침대 이불 위에 쌓았다. 그 어떤 것도 그녀의 몸을 덥혀 줄 수 없었다. 두 발이 추위로 곱아 왔고 장딴지며 넓적다리까지 덜덜 떨려서, 그녀는 끊임없이 엎치락뒤치락하며 신경이 극도로 곤두섰다.

곧 이가 딱딱 마주치고 손이 떨렸으며 가슴이 조여 오고 심장이 느리고 둔탁하게 고동치면서 때로는 멎어 버릴 것만 같았다. 그리고 목구멍은 더 이상 공기가 들어갈 수 없을 것처럼 헐떡거렸다.

참을 수 없는 추위가 뼛속까지 스며드는 것과 동시에 무서운 불안감이 그녀의 마음을 사로잡았다. 그녀는 이런 것을 겪어 본 적이 없었다. 곧 마지막 숨을 내쉬기라도 할 것처럼, 이렇게 그녀가 삶에서 버림받은 것같이 느껴 본 적은 일찍이 없었다.

그녀는 생각했다. "난 곧 죽을 거야…… 난 죽는다……."

극도의 공포에 사로잡혀 그녀는 침대에서 뛰쳐나가, 로잘리를 부르려고 초인종을 울리고 기다렸다. 또다시 초인종을 울리고, 얼어붙은 채 덜덜 떨면서 다시 기다렸다.

하녀는 오지 않았다. 그 애는 아마 어떤 것으로도 깨울 수 없는 곤한 첫잠을 자는 모양이었다. 그래서 잔느는 정신없이 맨발로 층계로 달려갔다.

그녀는 소리 없이 층계를 올라가 더듬더듬 문을 찾아 열고서 "로잘리!" 하고 불렀다. 그녀는 계속 앞으로 나가다 침대와 부딪혔고, 두 손을 침대 위로 더듬거려 보고는 침대가 비어 있는 것을 알았다. 침대는 비어 있었고, 아무도 거기 누운 적이 없는 것처럼 냉기가 돌았다.

그녀는 놀라서 혼자 생각했다. "어머나! 이런 날씨에 나돌아 다니다니!"

그런데 갑자기 가슴이 요란스럽게 뛰고, 숨이 막혔다. 그녀는 쥘리앵을 깨우려고, 다리를 후들거리며 층계를 내려갔다.

자신이 곧 죽을 것이라는 확실한 생각과 의식을 잃기 전에 남편을 보겠다는 욕구에 떠밀려, 그녀는 거침없이 그의 방으로 돌진했다.

희끄무레한 불빛 아래 그녀가 본 것은 남편과 나란히 베개를 베고 누워 있는 로잘리의 얼굴이었다.

잔느의 비명 소리에 두 사람 모두 벌떡 일어났다. 이 광경에 질겁한 잔느는 잠시 동안 꼼짝도 할 수 없었다. 그리고 그녀는 도망쳐서 자기 방으로 돌아갔다. 당황한 쥘리앵이 "잔느!" 하고 부르는 소리를 듣자, 그녀는 남편을 보고, 그의 목소리를 듣고, 그의 변명과 거짓말을 듣고, 그의 시선과 마주치는 것이 끔찍이 두렵게 느껴졌다. 그래서 그녀는 다시 층계로 뛰어나가 밑으로 내려갔다.

그녀는 계단에서 굴러서, 돌 난간에 부딪혀 사지가 부러질 위험 같은 것은 아랑곳하지 않고 어둠 속을 달렸다. 도망가서 더 이상 아무것도 알고 싶지 않고 아무도 만나고 싶지 않다는 절대적 필요성에 이끌려 그녀는 앞으로 내달렸다.

밑으로 내려온 그녀는 여전히 맨발에 속옷 차림으로 계단 위에 앉았다. 정신을 못 차리고 그 자리에 주저앉아 있었다.

쥘리앵은 침대에서 뛰어내려 서둘러 옷을 입었다. 잔느는 그의 움직임과 발걸음 소리를 들었다. 그에게서 도망치기 위해 그녀는 다시 일어섰다. 벌써 그는 층계를 내려오며 "잔느, 내 말 좀 들어 봐!" 하고 소리쳤다.

아니, 그녀는 듣고 싶지 않았고, 자기 몸에 손가락 끝 하나 닿게 하고 싶지 않았다. 그녀는 살인자를 피해 달리듯 식당 안으로 돌진했다. 그녀는 출구를, 숨을 곳을, 컴컴한 구석을, 그 작자를 피할 방법을 찾고 있었다. 그녀는 식탁 밑에 몸을 웅크리고 앉았다. 그러나 그가 벌써 문을 열고서, 손에 든 등불을 비추며 "잔느!" 하고 계속 불러 댔다. 그녀는 다시 토끼처럼 뛰쳐나가 부엌으로 달려가서, 쫓기는 짐승처럼 부엌을 두 바퀴나 돌았다. 그가 또다시 쫓아오자 잔느는 갑작스럽게 정원 문을 열고 들판으로 뛰어나갔다.

벌거벗은 다리가 때로는 무릎까지 빠지면서 눈과 차갑게 접촉하자, 잔느는 갑자기 필사적인 힘이 솟았다. 다 벗은 상태였지만 그녀는 추위를 느끼지 않았다. 정신의 발작이 육체를 마비시켜 더 이상 아무 감각이 없었다. 그녀는 대지처럼 하얗게 눈을 뒤집어쓴 채 달렸다.

그녀는 큰 가로수 길을 따라가서, 숲을 가로지르고, 도랑을 건너뛰어 광야로 내달렸다.

달도 없었다. 별들만이 캄캄한 하늘에 불씨를 뿌려 놓은 것처럼 반짝거렸다. 그러나 벌판은 얼어붙어 미동도 없는 상태로 무한한 고요 가운데 흐릿한 하얀 빛으로 밝아 보였다.

잔느는 아무것도 알지 못한 채, 아무런 생각도 없이 숨도 쉬지 않고 급히 앞으로 나아갔다. 그러다 갑자기 그녀는 절벽 가에 이르렀다. 그녀는 본능적으로 멈춰 서서 일체 생각도 의지도 없이 주저앉았다.

바로 앞의 어두운 구멍 속에서 눈에 보이지 않는 고요한 바다가 찝찔한 해초 냄새를 썰물에 발산하고 있었다.

그녀는 정신도 육체도 무기력한 상태로 오랫동안 거기에

그대로 머물러 있었다. 그러다가 돌연히 몸이 떨리기 시작했다. 바람에 요동치는 돛처럼 정신없이 떨리는 것이었다. 팔과 손과 발이 억제할 수 없는 힘에 충격을 받아 뒤흔들리며, 주체할 수 없이 뒤틀리고 와들와들 떨려 왔다. 그러더니 별안간 명료하고 비통한 의식이 그녀에게 되살아났다.

뒤이어 지난날의 환영이 눈앞을 스쳐 지나갔다. 라스티크 영감의 배로 쥘리앵과 함께 뱃놀이 갔던 일, 그와 주고받던 이야기, 싹트기 시작한 자신의 사랑, 작은 배의 명명식 등이었다. 그리고 추억은 자신이 푀플에 도착해 한껏 꿈에 부풀었던 밤까지 더 멀리 거슬러 올라갔다. 그런데 지금은! 지금은! 오! 그녀의 인생은 부서지고, 모든 기쁨은 끝장나고, 기대는 일절 불가능하게 되었다. 그리고 고통과 배반과 절망으로 가득 찬 무시무시한 미래가 그녀에게 나타났다. 차라리 죽는 편이 나으리라, 그러면 금방 끝나 버릴 테니까.

그런데 멀리 외치는 소리가 들려왔다. "여기야, 여기 발자국이 있어. 빨리, 빨리 이리로!" 그녀를 찾는 쥘리앵의 목소리였다.

오! 그녀는 그를 두 번 다시 보고 싶지 않았다. 그녀는 저기, 자신의 앞, 심연 속에서, 바위에 스치는 어렴풋한 바닷소리를 들었다.

그녀는 일어나서, 몸을 던지려고 이미 상체를 앞으로 기울인 채, 절망에 빠진 사람의 마지막 작별을 인생에 고했다. 그녀는 죽음을 앞둔 사람의 마지막 말, 전쟁터에서 배가 터져 죽어 가는 젊은 병사가 마지막으로 내뱉는 말인 "엄마!"를 신음

하듯 중얼거렸다.

갑자기 엄마 생각이 머리를 스쳤다. 흐느끼는 엄마 모습이 보이는 듯했다. 산산조각 난 자신의 시체 앞에 무릎 꿇고 있는 아버지의 모습도 보였다. 그녀는 절망에 빠진 부모님의 모든 고통을 단 한 순간에 느낄 수 있었다.

그때 잔느는 눈 속에 힘없이 쓰러졌다. 등불을 든 마리우스를 뒤따라 쥘리앵과 시몽 영감이 나타났을 때, 그녀는 달아나지 않았다. 그들이 잔느의 두 팔을 잡아서 뒤로 끌어냈다. 그녀는 절벽 가장자리에 그토록 가까이 다가가 있었던 것이다.

잔느가 더 이상 몸을 가눌 수 없었기 때문에, 그들은 그녀를 마음대로 다루었다. 그들이 그녀를 날라서 침대에 눕히고 뜨거운 헝겊으로 마찰하던 것까지는 그녀가 느낄 수 있었다. 그 다음에는 모든 기억이 지워지고, 의식도 모두 사라졌다.

뒤이어 악몽이(그게 과연 악몽이었던가?) 줄곧 그녀를 괴롭혔다. 그녀는 자기 방에 누워 있었다. 날이 밝았지만, 그녀는 일어날 수 없었다. 왜? 그녀는 전혀 까닭을 알 수 없었다. 그때 마룻바닥에서 작은 소리가 들렸다. 긁는 소리 같기도 했고, 스치는 소리 같기도 했다. 그러더니 갑자기 생쥐 한 마리가, 작은 잿빛 생쥐 한 마리가 시트 위를 재빨리 지나갔다. 곧바로 또 한 마리가 뒤따르더니, 이어서 세 번째 놈이 잰걸음으로 그녀의 가슴을 향해 다가왔다. 잔느는 무섭지 않았다. 그녀는 생쥐를 잡으려고 손을 뻗었지만 잡히지는 않았다.

그러자 다른 생쥐들이 열 마리, 스무 마리, 수백 마리, 수천 마리씩 사방에서 쏟아져 나왔다. 그것들은 기둥 위로 기어오르고, 장식 융단 위로 줄을 지어 돌아다니고, 잠자리 전체를 뒤덮었다. 그러고는 바로 이불 밑으로 기어들었다. 잔느는 생쥐들이 살갗 위로 미끄러지고, 다리를 간질이고, 온몸을 따라 오르내리는 것을 느낄 수 있었다. 그놈들은 침대 다리 밑에서 나타나 그녀의 목구멍 안으로 뚫고 들어오려고 했다. 그녀는 몸부림치며 생쥐를 잡으려고 손을 앞으로 뻗었지만, 손을 쥐면 언제나 빈손이었다.

그녀는 화가 치밀었고, 도망치고 싶어 고함을 지르기도 했다. 누군가 꼼짝 못하게 그녀를 잡고 있는 것 같았고, 억센 팔이 그녀를 휘감아 무력화하고 있는 것 같았다. 그러나 눈에는 아무도 보이지 않았다.

그녀에게는 시간관념이 없었다. 그런 상태가 오래, 아주 오래 계속되었음에 틀림없었다.

나중에 깨어났을 때, 잔느는 지치고 멍투성이였지만 마음은 평온했다. 그녀는 기운이 없고 허약한 느낌이 들었다. 그녀가 눈을 떴다. 방에 알지 못하는 뚱뚱한 남자와 엄마가 함께 앉아 있는 것을 보았지만 그녀는 놀라지 않았다.

그녀는 몇 살이었던가? 아무것도 알 수 없었다. 아주 어린 소녀라고 스스로 생각했다. 그녀에게는 더 이상 아무 기억도 없었다.

뚱뚱한 남자가 말했다. “자, 의식이 돌아오네요.” 그러자 엄마가 울기 시작했다. 그때 뚱뚱한 남자가 다시 말을 이었다. “좀 진정하십시오, 남작 부인. 이제 안심하셔도 좋습니다. 그렇지만 따님에게는 아무 말씀도 하지 마십시오. 자도록 놔두세요."

생각을 하려고 시도하자마자 다시 무거운 잠에 빠졌기 때문에, 잔느는 자신이 또다시 아주 오랫동안 혼수상태에 잠겨 있었던 것처럼 여겨졌다. 그녀는 머릿속에 되살아난 현실에 막연한 두려움을 느끼는 듯 무엇이든 더 이상 기억해 내려고 하지 않았다.

그런데 한번은 잠에서 깨어 보니 자기 곁에 혼자 앉아 있는 쥘리앵이 눈에 띄었다. 그러자 자신의 지나간 삶을 가리고 있던 장막이 걷히는 것처럼 갑자기 모든 것이 되살아났다.

그녀는 가슴에 끔찍한 고통을 느끼며 또다시 도망치려고 했다. 그녀는 시트를 밀치고 바닥으로 뛰어내렸으나, 두 다리를 지탱할 수 없어서 넘어지고 말았다.

쥘리앵이 그녀에게 달려들었다. 그러자 그가 자기에게 손대지 못하도록 그녀는 울부짖기 시작했다. 그녀는 몸을 비틀며 데굴데굴 굴렀다. 문이 열렸다. 리종 이모가 당튀 과부와 함께 달려왔고, 뒤이어 남작이 왔고, 마침내 엄마가 숨을 헐떡이며 정신없이 쫓아왔다.

잔느는 다시 침대에 눕혀졌다. 아무 말도 하지 않고 편안하게 생각에 잠기려고 그녀는 짐짓 눈을 감아 버렸다.

어머니와 이모가 그녀를 간호하고 온갖 정성을 다했으며, 어머니는 이것저것 물어보았다. "이제 우리 말이 들리니, 아가, 우리 잔느?"

그녀는 귀가 먹은 듯 아무 대답도 하지 않았다. 그리고 그녀는 낮이 지난 것을 분명히 알아보았다. 밤이 되었다. 산파가 그녀 곁에 자리 잡고 이따금씩 마실 것을 주었다.

그녀는 아무 말 없이 받아 마셨지만, 잠을 자고 있지는 않았다. 그녀의 기억력에 구멍이 숭숭 뚫린 듯, 사건이 전혀 기록되지 않은 하얗게 빈 커다란 자리들이 생긴 듯, 좀처럼 떠오르지 않는 일들을 힘겹게 추적하며 그녀는 갖가지 추리를 해 보았다.

긴 노력 끝에 그녀는 점차 모든 사실을 다시 알아차렸다.

그리고 그녀는 외곬으로 집요하게 그 일을 생각해 보았다.

엄마와 리종 이모와 남작이 온 것을 보니, 그녀의 병이 심했던 모양이다. 그런데 쥘리앵은? 그는 무슨 말을 했는가? 부모님은 알고 계신가? 그리고 로잘리는? 그 애는 어디 있는가? 그리고 어떻게 해야 하나? 어떻게 해야 하나? 한 가지 생각이 번쩍 떠올랐다. 전처럼 아버지 엄마와 함께 루앙으로 돌아가는 것이다. 그녀는 과부가 될 것이다. 그러면 다 해결된다.

그래서 그녀는 주위에서 주고받는 얘기에 귀 기울여, 내색하지 않으면서 얘기 내용을 잘 이해했고, 이성을 되찾은 것을 기뻐하면서 참을성 있고 엉큼하게 기다렸다.

마침내 저녁이 되어 남작 부인과 단둘만 있게 되자, 그녀는 나지막이 "엄마!" 하고 불렀다. 그녀는 자신의 목소리에 놀랐다. 목소리가 변한 것 같았다. 남작 부인이 딸의 두 손을 잡았다. "얘야, 사랑하는 잔느! 내 딸아, 나를 알아보겠니?"

"네, 엄마. 하지만 절대로 울지 마셔야 해요. 우리는 할 얘기가 많아요. 제가 왜 눈 속으로 달아났는지 쥘리앵이 말하던가요?"

"그래, 아가야. 너는 아주 위험한 열병에 걸렸었단다."

"그게 아녜요, 엄마. 열병에 걸린 건 그 후의 일이에요. 그런데 왜 제가 열병에 걸렸는지 왜 제가 달아났는지 그이가 얘기하던가요?"

"안 했단다, 얘야."

"그건 로잘리가 그이 침대에 있는 걸 보았기 때문이에요."

남작 부인은 딸이 또다시 헛소리를 하는 것으로 생각하고, 딸을 쓰다듬으며 말했다. "아가야, 자렴. 진정하고 좀 자도록 해라."

그러나 잔느는 집요하게 말을 이어 갔다. "저는 이제 정신이 멀쩡해요, 엄마. 지난 며칠간은 어땠을지 모르지만 지금 하는 말은 헛소리가 아니에요. 밤에 몸이 아파서 쥘리앵을 찾으러 갔었어요. 그런데 로잘리가 그이와 자고 있었어요. 저는 너무 고통스러워서 절벽에 몸을 던지려고 눈 속으로 정신없이 달아났던 거예요."

그러나 남작 부인은 이런 말만 되풀이했다. "그래, 아가야. 네가 많이 아팠어, 많이 아팠지."

"그게 아니고, 엄마, 로잘리가 쥘리앵 침대에 있는 것을 봤단 말이에요. 저는 이제 그 사람하고 살고 싶지 않아요. 예전처럼 저를 루앙으로 데려다 주세요."

어떤 일이 있어도 잔느의 비위를 거스르지 말라는 의사의 충고를 들은 남작 부인은 "그래, 아가." 하고 대답했을 뿐이다.

그러나 환자는 조바심이 났다. "엄마는 제 말을 믿지 않는군요. 가서 아빠를 데려와 주세요, 아빠는 제 말을 이해하실 거예요."

그래서 엄마는 힘들여 일어나서 지팡이 두 개를 짚고 발을 질질 끌며 나갔다가 몇 분 후 남작의 부축을 받으며 돌아왔다.

그들이 침대 앞에 앉자 잔느는 곧 이야기를 시작했다. 그녀는 조용히, 힘없는 목소리로, 그러나 분명하게 모든 것을 얘기했다. 쥘리앵의 괴상한 성격이며 냉혹함, 인색함, 그리고 그의 부정행위까지 남김없이 얘기했던 것이다.

잔느가 이야기를 마치자, 남작은 딸의 얘기가 헛소리가 아니라는 것을 잘 알 수 있었다. 그러나 그는 어떻게 생각하고 어떻게 해결해야 할지, 무슨 대답을 해야 할지 알 수 없었다.

그는 전에 옛날이야기를 들려주며 잠재울 때처럼, 다정하게 딸의 손을 잡고서 말했다. "내 말 좀 들어 봐라, 아가. 조심스럽게 행동해야 한다. 급히 서두르지 않도록 하자. 우리가 해결책을 찾을 때까지 네 남편을 참고 견디도록 해라…… 약속할 수 있겠니?" 잔느가 중얼거렸다. "그렇게 할게요, 하지만 몸이 회복되면 저는 여기 머물지 않겠어요."

그런 다음 그녀는 나지막이 덧붙여 말했다. "지금 로잘리는 어디에 있어요?"

남작이 대답했다. "너는 그 애를 다시 만나지 못할 거다." 그러나 잔느가 고집했다. "그 애가 어디 있어요? 알고 싶어요." 그러자 남작은 로잘리가 집을 떠나지는 않았다고 알려주었다. 그러나 그는 그 애가 곧 떠날 것이라고 확언했다.

화가 치밀었고, 또 아버지로서의 마음에 상처를 입은 남작은 환자의 방에서 나오는 길로 쥘리앵을 만나러 갔다. 그가 불쑥 사위에게 말했다. "이보시오, 나는 내 딸에 대한 당신 행위에 대해 해명을 요구하러 왔소. 당신은 하녀와 더불어 내 딸을 배신했소. 그건 이중으로 수치스러운 짓이오."

그러나 쥘리앵은 무고한 척하며 열렬히 부인하더니, 맹세하면서 하느님을 증인으로 내세웠다. 게다가 무슨 증거가 있는가? 잔느는 정신을 잃지 않았던가? 뇌에 열병을 앓지 않았던가? 발병 초기에 그녀는 정신 착란 발작을 일으켜 밤중에 눈 속으로 달아나지 않았던가? 그리고 거의 알몸으로 집 안을 뛰어다니던 바로 그 발작의 와중에 남편 침대에서 하녀를 보았다고 주장하는 것이다!

쥘리앵은 불같이 화를 냈다. 그는 고소하겠다고 위협했다. 그는 격렬하게 분개를 표시했다. 그러자 남작은 당황해서 사과하고, 용서를 청했다. 남작이 신의의 표시로 손을 내밀었으나 쥘리앵은 악수를 거부했다.

잔느가 남편의 응수를 알았을 때, 그녀는 전혀 화를 내지 않고 이렇게 대답했다. "그이가 거짓말하는 거예요, 아빠. 하지만 우리가 입증하고 말겠어요."

이틀 동안 잔느는 침묵을 지키며 명상에 잠겨 곰곰이 생각했다.

그 후 사흘째 되는 날 아침, 잔느는 로잘리를 보고자 했다. 남작은 하녀를 올려 보내지 않고, 그 애가 나가고 없다고 말했다. 잔느는 굽히지 않고 "그러면 사람을 보내서 그 애를 찾아오세요." 하고 거듭 말했다.

의사가 들어왔을 때 잔느는 이미 화가 나 있었다. 의사가 판

단할 수 있도록 그녀는 의사에게 모든 것을 얘기했다. 그러나 극도로 신경이 곤두선 잔느는 느닷없이 울음을 터뜨리며, 거의 외치다시피 되풀이해 말했다. "로잘리를 보고 싶어요. 그 애를 만나겠어요."

그러자 의사가 그녀의 손을 잡더니, 낮은 목소리로 달랬다. "진정하십시오, 부인. 흥분하시면 심각한 결과가 올 수도 있습니다. 부인께선 지금 임신 중이니까요."

그녀는 한 대 얻어맞은 듯 어안이 벙벙했다. 그리고 즉시 자기 몸 안에서 무언가가 움직이는 듯한 느낌을 받았다. 이어서 그녀는 사람들의 얘기도 듣지 않고, 자기 생각에 골똘히 빠져 잠자코 있었다. 아이가 이곳, 자기 배 속에 살고 있다는 그 새롭고도 신기한 생각에 정신이 말똥말똥해져, 그녀는 밤에도 잠을 이룰 수가 없었다. 그리고 그 아이가 쥘리앵의 자식이라고 생각하니 슬프고 괴로웠다. 또한 아이가 제 아버지를 닮지 않을까 두렵고 불안했다. 날이 밝자 그녀는 남작을 불렀다. "아빠, 제 결심은 섰어요. 저는 모든 걸 알고 싶어요, 무엇보다도 지금요. 아시겠죠, 꼭 그러고 싶어요. 제가 처한 상황에서 제 뜻을 어겨서는 안 된다는 걸 아빠는 아시겠죠. 잘 들으세요. 신부님을 모셔 오세요. 로잘리가 거짓말을 못 하도록 하기 위해 신부님이 필요해요. 그리고 신부님이 오시는 대로 로잘리를 올려 보내고, 아빠도 엄마와 함께 여기 계세요. 특히 쥘리앵이 눈치채지 못하게 조심하세요."

한 시간 후 사제가 들어왔다. 그는 더 살이 쪄서, 어머니만큼이나 숨을 헐떡였다. 그는 벌린 두 다리 사이로 배를 늘어뜨리고, 남작 부인 옆 안락의자에 앉았다. 그는 체크무늬 손수건을 습관적으로 이마에 갖다 대며 농담부터 시작했다. “한데 남작 부인, 우리는 살이 빠질 것 같지 않습니다. 제 생각에 우리 두 사람은 어울리는 한 쌍 같습니다.” 그러더니 환자의 침대를 향해 고개를 돌리며 말했다. “아하! 소문을 들었습니다, 젊은 마님. 머지않아 새로운 영세(領洗)가 있을 모양이지요? 아! 아! 아! 이번에는 배의 명명식이 아니겠죠.” 그러고서 그는 엄숙한 어조로 덧붙였다. “조국의 수호자가 될 것입니다.” 이어서 그는 잠시 생각에 잠기더니 “아니면 훌륭한 주부가 되거나요.” 하고는 남작 부인에게 고개를 숙이면서 “부인처럼 말씀입니다.” 하고 덧붙였다.

그때 방 안쪽 문이 열렸다. 로잘리가 정신없이 엉엉 울며 문틀에 매달려 들어오기를 거부했고, 남작은 그녀를 밀었다. 견디다 못한 남작이 그녀를 방 안으로 힘껏 떠다밀었다. 그러자 그녀는 두 손으로 얼굴을 가리고, 흐느끼며 서 있었다.

하녀를 보자마자 잔느는 벌떡 일어나서, 얼굴이 시트보다 더 하얗게 질려 침대 위에 걸터앉았다. 두방망이질 치는 심장의 고동으로 피부에 달라붙은 얇은 내의가 들썩거렸다. 거의 숨을 쉴 수 없을 정도로 목이 메어 그녀는 말을 할 수 없었다. 마침내, 흥분으로 떠듬거리는 목소리로, 그녀가 겨우 몇 마디를 토해 냈다. “나는…… 나는…… 너에게…… 물을…… 필요도…… 없어…… 네 그런 꼴만 봐도…… 내 앞에서…… 네가…… 부끄러워하는 꼴만 봐도…… 충분히…… 알 수 있단 말이다.”

숨이 막혀서 잠시 뜸을 들인 후, 그녀가 계속했다. "하지만 나는 전부 알고 싶다, 전부…… 전부를. 고해 성사처럼 하기 위해 신부님을 모셔 오게 했다, 알겠니."

꼼짝 않고 서 있는 로잘리는 부들부들 떠는 두 손 사이로 비명 같은 소리를 질렀다.

화가 치민 남작이 로잘리의 두 팔을 잡고는 난폭하게 얼굴에서 떼어 내며, 침대 곁에 무릎을 꿇렸다. "말해 봐라…… 대답해."

막달라 마리아의 모델들이 취하는 자세처럼, 보닛을 비스듬히 쓰고, 앞치마를 바닥에 대고, 마음대로 움직일 수 있게 된 두 손으로 다시 얼굴을 가리고서, 로잘리는 바닥에 주저앉아 있었다.

그때 신부가 그녀에게 말했다. "자, 얘야. 묻는 말을 잘 듣고 대답해라. 우리는 너를 해치고 싶지 않다. 무슨 일이 있었는지 알고 싶을 뿐이다."

잔느는 침대 가로 고개를 숙여 로잘리를 쳐다보면서 말했다. "내가 불시에 찾아갔을 때 네가 쥘리앵의 침대에 있었던 게 사실이지?"

로잘리가 두 손 사이로 신음하듯 말했다. "예, 마님."

그러자 갑자기 남작 부인이 숨 넘어가는 듯한 소리를 내며 울기 시작했다. 부인의 발작적인 흐느낌이 로잘리의 흐느낌을 뒤따랐다.

잔느가 하녀를 똑바로 쳐다보며 물었다.

"언제부터 그 일이 계속되었니?"

로잘리가 중얼중얼 대답했다. "오셨을 때부터요."

잔느는 이해하지 못했다. "그이가 왔을 때부터라…… 그렇다면…… 봄부터란 말이냐?"

"예, 마님."

그러자 잔느는 많은 질문거리에 마음이 짓눌린 듯, 다급한 목소리로 물었다.

"한데 그 일이 어떻게 일어났니? 그가 너에게 어떻게 요구하던? 어떻게 너를 차지했어? 그가 너에게 뭐라고 했니? 너는 어느 순간 어떻게 넘어갔어? 너는 어떻게 그 사람에게 몸을 맡길 수 있었어?"

이번에는 로잘리도 얼굴에서 두 손을 떼고, 대답할 필요를 느끼며 열성껏 대답했다.

"전들 알겠어요? 그분이 여기서 처음 저녁을 드시던 날 제 방으로 찾아오셨어요. 지붕 밑 방에 숨어 계셨던 거지요. 소동을 일으키지 않으려고 전 소리도 지르지 못했어요. 그분이 저와 잤어요. 전 그때 무슨 짓을 하고 있는지도 몰랐어요. 그분 마음대로 했죠. 전 아무 말도 하지 않았어요, 그분이 점잖은 분이라고 생각했으니까요."

그러자 잔느가 소리쳤다.

"그럼…… 네…… 네 아이는…… 그 사람 아이냐?"

로잘리가 흐느끼며 말했다.

"예, 마님."

그다음 두 사람 다 입을 다물었다.

로잘리와 남작 부인의 울음소리만 들려왔다.

낙담한 잔느는 자기 눈에서도 눈물이 흘러내리는 것을 느낄 수 있었다. 눈물방울이 소리 없이 그녀의 두 볼을 적셨다.

하녀의 아이와 자기 아이의 아버지가 같다니! 그녀의 분노는 사라졌다. 그녀는 이제 우울하고, 둔탁하고, 깊숙하고, 한없는 절망감이 온몸에 스며드는 느낌이었다.

마침내 잔느는 변한 목소리, 눈물에 젖은, 우는 여인의 목소리로 다시 물었다.

"우리가 저기…… 여행에서 돌아온 다음에는…… 그때는 언제부터 다시 시작되었니?"

하녀가 바닥에 무너지듯 주저앉으며 중얼거렸다.

"처음…… 첫날 밤부터 오셨어요."

말 한 마디 한 마디가 잔느의 심장을 비트는 소리였다. 그렇게, 첫날 밤, 푀플로 돌아온 첫날 밤부터 그 사람은 이 하녀 애와 자려고 그녀 곁을 떠났던 것이다. 바로 그 때문에 그녀를 혼자 자게 내버려 두었던 것이다!

그녀는 이제 충분히 사정을 알아서 더 이상 아무것도 듣고 싶지 않았다. "가거라, 가란 말이야!" 하고 잔느가 외쳤다. 로잘리가 움직이지 않자, 기진맥진한 잔느는 아버지를 불렀다. "얘를 데려가세요, 끌고 가세요." 아직 아무 말도 하지 않은 신부가 한마디 설교를 할 때가 되었다고 판단했다.

"얘야, 네가 한 짓은 아주 나빠, 아주 나쁜 짓이야. 하느님도 즉시 용서하시지 않을 거다. 네가 앞으로 올바르게 행동하지 않는다면 지옥이 기다리고 있다는 것을 명심해라. 이제 아이도 생겼으니 얌전하게 굴어야 한다. 남작 부인께서 너를 위해 무언가 해 주실 거다. 그리고 우리가 너에게 남편감을 구해 주겠다."

신부는 오래 얘기했을 것이다. 그러나 남작이 다시 로잘리의 어깨를 잡아 일으켜 문까지 끌고 가서, 짐짝처럼 복도에 내던지고 말았다.

남작이 딸보다도 더 창백한 얼굴로 돌아오자, 신부가 말을 계속했다. "그러니 어쩌겠습니까? 이 고장 계집애들은 다 이 모양이랍니다. 한심한 일이지만 별 뾰족한 수가 없습니다. 자연의 약점에 대해서는 좀 아량을 베풀 필요가 있지요. 이 고장 계집애들치고 임신하지 않고 결혼하는 애는 없답니다, 부인." 그러더니 그는 미소를 지으며 덧붙였다. "지역적 관습이라고나 할까요." 이어서 그는 분개한 어조로 말했다. "어린애들까지도 마찬가지입니다. 지난해에는 겨우 교리 문답 교육을 마친 어린 사내애와 계집애가 묘지에서 어울리는 것을 발견했지 뭡니까! 애들 부모에게 알렸지요. 그랬더니 부모들이 뭐라고 했는지 아십니까? '어쩌겠어요, 신부님. 우리가 애들에게 그런 추잡한 짓을 가르쳐 준 것도 아니고, 할 수 없는 일이죠.' 이러는 거 아니겠어요. 그러니 남작님, 댁의 하녀도 다른 애들처럼 한 것뿐입니다……."

그러나 잔뜩 흥분해서 몸을 떨고 있던 남작이 신부의 말을 가로막았다. "하녀요? 그건 상관없어요! 한데 참을 수 없는 건 쥘리앵이에요. 그자가 한 짓은 정말 치욕입니다! 나는 내 딸을 데려가겠어요."

격분한 남작은 여전히 흥분 상태로 방 안을 오락가락했다.

"내 딸을 이렇게 배반하다니 파렴치한 놈이야, 파렴치한 놈이고말고! 그놈은 불한당이고, 쌍놈이고, 짐승 같은 놈이야. 내 이놈에게 다 얘기하고, 따귀를 치고, 몽둥이로 때려죽이고 말겠다!"

그러나 울고 있는 남작 부인 곁에서 코담배를 한 줌 집어 천천히 들이마시며, 진정시키는 역할을 어떻게 수행해야 할지 궁리하던 신부가 다시 말을 꺼냈다. "자, 남작님. 우리끼리 얘기지만, 그 사람이 한 짓도 다른 사람들이나 마찬가지입니다. 충실한 남편이 어디 그리 흔하겠습니까?" 그러더니 장난기 섞인 천진스러운 태도로 덧붙였다. "모르면 몰라도 남작님 자신도 난봉 피우신 적이 있겠죠. 자, 가슴에 손을 대고 생각해 보십시오. 안 그렇습니까?" 머쓱해진 남작이 신부를 마주하고 걸음을 멈추었다. 신부가 계속했다. "그렇습니다, 남작님도 다른 사람들처럼 했을 겁니다. 저 아이같이 예쁜 하녀를 건드리지 않았다고 누가 장담하겠어요. 모두들 엇비슷하다는 뜻이지요. 그렇다고 해서 부인께서 덜 행복하시거나, 사랑을 덜 받으신 것도 아니지 않습니까?"

남작은 혼란스러워서 꼼짝 않고 서 있었다.

물론이다, 그도 그랬던 것이 사실이다. 더구나 빈번히, 가능한 기회가 올 때마다 그랬던 것이다. 부부가 사는 한 지붕 밑이라고 삼가지도 않았다. 예쁘기만 하면, 아내의 하녀들에 대해서도 결코 주저하지 않았다! 그렇다고 해서 그가 비열한 인간이었던가? 자신의 행실이 범죄라고는 꿈에도 생각해 본 적이 없으면서, 왜 쥘리앵의 행실에 대해서는 그렇게 엄격하게 판단하는 것인가?

남작 부인은 아직도 흐느끼느라고 숨을 헐떡이고 있었음에도, 남편의 바람기를 떠올리며 입가에 희미한 미소를 지었다. 그녀는 감상적이며 쉽게 감동하고, 아량에 넘치며 연애 사건을 삶의 일부로 간주하는 그런 부류의 여인이었던 것이다.

기진맥진한 잔느는 멍하니 눈을 뜬 채, 등을 대고 길게 누워서 팔을 늘어뜨리고, 고통스러운 생각에 빠져 있었다. 송곳처럼 가슴을 찌르며 마음에 상처를 준 로잘리의 말이 되살아났다. "전 아무 말도 하지 않았어요, 그분이 점잖은 분이라고 생각했으니까요."

잔느 역시 그 사람을 신사라고 생각했었다. 오직 그 이유 때문에, 그녀는 일생을 걸고 몸을 맡겼고 다른 모든 희망과 가능한 계획들, 그리고 미지의 미래를 포기했던 것이다. 디디고 올라설 가장자리도 없는 심연이라 할 이 결혼에 그녀가 떨어진 것은, 이 비참, 이 슬픔, 이 절망에 떨어진 것은 로잘리처럼 그녀도 그를 신사라고 생각했기 때문이다!

문이 난폭하게 떠밀리며 열렸다. 쥘리앵이 험상궂은 모습으로 나타났다. 그는 층계에서 울먹이고 있는 로잘리를 보고서, 무슨 일이 꾸며지고 있는 것이 아닌가, 어쩌면 하녀가 다 털어놓은 것이 아닌가 하는 의심이 들어, 사정을 알아보려고 온 것이었다. 신부를 보자 그는 못 박힌 듯 그 자리에 섰다.

그가 떨리는 목소리로, 그러나 침착하게 물었다. "왜 그러세요? 무슨 일입니까?" 조금 전까지만 해도 그렇게 격해 있던 남작은 아무 말도 하지 못했다. 신부의 논지를 생각하며, 사위가 자기의 예를 내세울까 봐 은근히 두려웠던 것이다. 어머니는 더 크게 훌쩍거렸다. 그러나 잔느는 두 손을 짚고 몸을 일으켜, 자신을 그렇게 잔인하게 괴롭히는 사내를 거칠게 숨을 내쉬며 똑바로 쳐다보았다. 그녀가 더듬더듬 말했다. "이제 우리는 낱낱이 알아요. 그날 이후…… 당신이 이 집에 들어온 날 이후로 당신이 저지른 모든 파렴치한 행동을…… 그 하녀의 애가 당신 애라는 것도…… 내 아이와 마찬가지로…… 내 아이처럼…… 걔들이 형제라니……." 그리고 두 아이가 형제라는 데 생각이 미치자 고통이 격화되어, 그녀는 시트 속에 무너지듯 쓰러져서 미친 듯이 울었다.

그는 무슨 말을 해야 할지 어떻게 행동해야 할지 몰라 입을 벌린 채 멍하니 서 있었다. 다시 신부가 끼어들었다.

"자, 보세요, 젊은 마님. 그렇게 슬퍼하지 마시고, 정신 좀 차리십시오." 그가 일어서서 침대로 다가가 절망한 여인의 이마에 따뜻한 손을 갖다 댔다. 이 단순한 접촉이 이상하게 그녀의 마음을 누그러뜨렸다. 죄를 사하는 몸짓과 위로하는 어루만짐에 습관이 든 시골 신부의 그 억센 손이 와 닿는 것이 신비스러운 진정 효과를 가져다주기라도 한 듯, 그녀는 곧 마음이 풀리는 느낌이 들었다.

사람 좋은 신부가 선 채로 계속해서 말했다. "부인, 항상 용서해야 합니다. 부인께 일어난 일은 큰 불행입니다만, 하느님께서는 긍휼하심으로 그 불행을 커다란 행복으로 보상해 주셨습니다. 부인이 머지않아 어머니가 되실 테니까요. 그 아기가 부인의 위안이 되어 줄 것입니다. 그 아기의 이름으로 부인께 간청합니다. 부디 쥘리앵 씨의 실수를 용서해 주시기 바랍니다. 아기가 두 분 사이의 새로운 끈이 되고, 앞으로 남편분 지조의 보증이 될 것입니다. 배 속에 아기를 품게 한 사람과 심정적으로 떨어질 수 있겠습니까?"

성내고 원한을 품을 힘조차 없이 슬픔과 고통에 짓눌려 기진맥진한 잔느는 아무 대답도 하지 않았다. 신경 줄이 늘어져 서서히 끊긴 것만 같았다. 그녀는 겨우 생명만 부지하고 있을 뿐이었다.

원한을 품는 것이 애초부터 불가능한 데다가 질질 끌며 뜸 들이는 것을 못 참는 남작 부인이 "그만, 잔느." 하고 중얼거렸다.

그때 신부가 젊은이의 손을 잡아 침대 가까이로 이끌더니, 아내의 손에 쥐여 주었다. 그는 두 손을 결정적으로 결합하려는 듯 그 위를 가볍게 두드렸다. 그러고는 직업적인 설교의 어조를 버리고, 만족스러운 태도로 말했다. "자, 이제 됐습니다. 내 말을 믿으십시오, 이러는 편이 낫지요."

잠시 합쳐졌던 두 손이 이내 떨어졌다. 쥘리앵은 감히 잔느에게는 키스하지 못하고, 내신 장모의 이마에 입을 맞추고서, 몸을 돌려 남작의 팔을 잡았다. 남작은 사태가 이렇게 타결된 것을 내심 다행스럽게 여기며 하는 대로 가만히 있었다. 두 사람은 시가를 피우려고 함께 밖으로 나갔다.

그때 지칠 대로 지친 환자는 잠이 들었고, 그동안 사제와 남작 부인은 낮은 소리로 가만가만 얘기를 나누었다.

사제가 자기 생각을 설명하고 주장하면서 얘기해 나갔고,

남작 부인은 계속 고개를 끄덕이며 동의를 표하고 있었다. 이윽고 사제가 결론을 지어 말했다. "그러면 결정됐습니다. 부인께서는 그 하녀 애한테 바르빌의 농장을 주시고, 제가 그 애 남편을 찾는 일을 맡겠습니다. 정직하고 얌전한 총각을 찾아야죠. 오! 재산 2만 프랑이라면 지원자들이 없지 않을 것입니다. 오히려 고르기가 어렵겠지요."

그제서야 남작 부인은 다행스러워하며 미소를 지었다. 그녀의 두 볼에는 두 줄기 눈물 자국이 남아 있었지만, 이미 축축한 흔적은 말라 있었다.

부인이 강조했다. "좋습니다, 바르빌은 줄잡아서 2만 프랑은 나갑니다. 하지만 그 재산을 아이 몫으로 해 두겠어요. 아이 부모들은 그 수익으로 일생 동안 살아갈 수 있을 거예요."

그리고 신부는 일어서서 부인과 악수를 하며 말했다. "일어나지 마십시오, 남작 부인. 움직이지 마십시오. 한 걸음 옮기기가 얼마나 힘드신지 잘 아니까요."

그는 나가는 길에, 환자를 보러 온 리종 이모와 마주쳤다. 그녀는 아무것도 눈치채지 못했다. 누구도 그녀에게는 아무 얘기도 해 주지 않았던 것이다. 언제나 그렇듯 그녀는 아무것도 몰랐다.

8

로잘리는 집을 떠났고, 잔느는 입덧으로 괴로움을 겪는 임신 기간의 끝 무렵을 보내고 있었다. 잔느는 어머니가 된다는 사실에 아무런 기쁨도 느끼지 못했다. 그녀는 너무 많은 슬픔에 짓눌려 있었던 것이다. 한없는 불행이 닥칠 것 같은 염려에 사로잡혀, 그녀는 아무 호기심도 없이 아이를 기다렸다.

슬그머니 봄이 왔다. 헐벗은 나무들이 아직도 차가운 미풍에 떨고 있었지만, 가을 낙엽이 썩고 있는 도랑의 축축한 풀 속에서 어느새 노란 앵초가 고개를 쳐들기 시작했다. 온 들판에서, 농가의 마당에서, 물에 잠긴 밭에서, 발효의 풍취와도 같은 습한 냄새가 피어올랐다. 그리고 무수히 많은 뾰족하고 작은 초록색 싹들이 갈색 대지에서 솟아나 햇빛에 반짝이고 있었다.

로잘리를 대신해서 성채처럼 우람한 뚱뚱한 여자가, 가로

수 길을 오가는 단조로운 산책에서 남작 부인을 부축했다. 그 길에는 부인의 무거운 발걸음이 남긴 질퍽한 자국이 계속 남아 있었다.

이제 몸이 무거워져서 항상 괴로워하는 잔느를 아버지가 팔로 부축해 주었다. 다가올 사건 때문에 불안해하며 마음이 분주한 리종 이모가 잔느의 다른 쪽 손을 잡고 다녔다. 리종 이모는 자신은 결코 경험하지 못할 출산의 신비로 몹시 들떠 있었다.

이들 세 사람이 별로 말도 않고 몇 시간이고 거니는 동안, 쥘리앵은 말을 타고 인근을 돌아다녔다. 그는 갑작스럽게 말 타는 새로운 취미에 빠져든 것 같았다.

그들의 음울한 생활을 흔들어 놓는 사건은 더 이상 일어나지 않았다. 남작 부처와 자작은 푸르빌 가를 방문했는데, 정확히 어떻게 알게 되었는지는 모르지만, 쥘리앵은 이미 그 사람들을 잘 아는 것처럼 보였다. 또 다른 의례적 방문을 브리즈빌 가와 나누었는데, 그 댁 사람들은 조는 듯한 그들의 저택에서 항상 숨어 지내듯이 살고 있었다.

어느 날 오후 4시쯤에 말을 탄 남녀가 성(城) 앞마딩에 밀을 달려 들어왔다. 그러자 매우 흥분한 쥘리앵이 잔느의 방으로 서둘러 들어섰다. “빨리, 빨리 좀 내려가 봐요. 푸르빌 가 사람들이 왔소. 그 사람들은 당신 몸 상태를 알고, 이웃으로서 그저 안부차 들른 것이오. 나는 외출 중인데 곧 돌아온다고 말하시오. 그동안 난 옷매무시를 좀 챙길 테니까.”

잔느가 엉겁결에 아래층으로 내려갔다. 고뇌 어린 얼굴, 열기 가득한 눈, 햇빛 한 줄기 쐬어 본 적 없는 것 같은 광택 없는 금발에 창백하고 예쁜, 젊은 여자가 조용히 자기 남편을 소개했다. 적갈색 콧수염이 무성한 도깨비 같은 거인이었다. 그러고 나서 그녀가 덧붙여 말했다. "우리는 몇 차례 드 라마르 씨를 만나 뵐 기회가 있었어요. 부인께서 얼마나 힘들어하시는지 그분에게 들어서 압니다. 그래서 더 이상 미룰 수 없어, 그저 격식 없이, 이웃으로서 부인을 뵈러 왔습니다. 게다가 아시다시피 말을 타고 왔습니다. 그 외에도, 전날에는 남작님 내외분께서 저희를 찾아 주시기까지 하셨죠."

그녀는 더할 나위 없이 편안하며, 친숙하고 품위 있는 태도로 얘기했다. 잔느는 매력을 느껴 바로 그녀를 좋아하게 되었다. "친구 하나가 생겼네." 하고 잔느는 생각했다.

반면에 드 푸르빌 백작은 거실에 들어온 한 마리 곰 같았다. 자리에 앉은 후, 그는 옆 의자 위에 모자를 놓더니, 손을 어떻게 해야 할지 몰라 잠시 망설였다. 그는 두 손을 무릎 위에 놓았다가, 의자 팔걸이 위에 얹었다가, 마침내는 기도하는 자세처럼 깍지 끼었다.

별안간 쥘리앵이 들어왔다. 어안이 벙벙해진 잔느는 그를 알아볼 수 없었다. 그는 면도를 한 모습이었다. 그는 아름답고 우아했으며, 약혼 시절처럼 매력적이었다. 쥘리앵은 그가 나타나자 생기를 되찾은 것 같은 백작의 털투성이 손을 잡아 흔든 다음, 백작 부인의 손에 키스했다. 그녀의 상아 같은 뺨이 발그스름해지고, 눈꺼풀이 가볍게 떨렸다.

쥘리앵이 입을 열었다. 그는 예전처럼 상냥했다. 사랑의 거울이라 할 그의 커다란 두 눈이 애무하듯 다시 다정한 빛을 띠었다. 조금 전까지 윤기 없이 뻿뻿하던 그의 머리칼은 빗질을 하고 향유를 발라 갑자기 부드럽게 빛나는 파동을 회복하고 있었다.

푸르빌 부부가 떠나려는 순간, 백작 부인이 쥘리앵을 향해 고개를 돌리더니 "친애하는 자작님, 목요일에 함께 승마라도 하시지 않겠습니까?" 하고 말했다.

"물론 좋습니다, 부인." 하고 중얼거리며 쥘리앵이 몸을 숙여 인사하는 동안, 그녀는 잔느의 손을 잡더니 애정 어린 미소를 짓고, 다정하고 감동적인 목소리로 말했다. "오! 부인께서 회복되시면, 우리 셋이서 함께 이 고장을 달려 보기로 해요. 아주 유쾌할 거예요. 같이하실 거죠?"

그녀는 승마복 자락을 자연스럽게 걷어 올리더니, 새처럼 날렵하게 말안장에 올랐다. 반면에 그녀의 남편은 어색하게 인사를 한 다음, 자신의 커다란 노르망디산 말에 올라타더니, 마치 켄타우로스[27]처럼 그 위에 똑바른 자세로 앉았다.

그들의 모습이 울타리 모퉁이로 사라지자, 쥘리앵이 황홀한 듯이 외쳤다. "참 매력적인 사람들이야! 사귀어 두면 우리에게 유익할 거야."

잔느도 까닭 없이 기분이 좋아져서 대꾸했다. "백작 부인은 매혹적이에요, 저도 부인은 좋아질 것 같아요. 하지만 남편분은 우악스러워 보여요. 그런데 당신은 어디서 그들을 알게 되

27) 그리스 신화에 나오는 반인반마(半人半馬) 괴물.

었어요?"

쥘리앵이 쾌활하게 두 손을 비비며 대답했다. "브리즈빌 댁에서 우연히 만났소. 남편이 좀 거칠어 보이지. 아주 광적인 사냥꾼이긴 하지만 그 사람은 진짜 귀족이오."

마치 숨어 있던 행복이 집 안에 들어오기라도 한 듯, 그날 저녁 식사는 즐거움에 가까운 분위기였다.

그리고 7월 말쯤까지는 어떤 새로운 일도 일어나지 않았다.

어느 화요일 저녁, 플라타너스 그늘 아래 작은 유리컵 두 개와 브랜디 한 병을 놓고 나무 탁자 주위에 식구들이 모여 있는데, 잔느가 갑자기 비명을 지르며 얼굴이 창백해져서 두 손으로 옆구리를 움켜잡았다. 날카로운 고통이 불시에 그녀의 온몸을 휘감더니, 이내 멎었다.

그러나 십 분 후, 또 다른 고통이 그녀에게 닥쳐왔다. 처음보다 덜 심하기는 했지만, 더 오래 지속되는 고통이었다. 아버지와 남편이 떠받치다시피 해서 그녀는 가까스로 집 안으로 들어갔다. 플라타너스에서부터 방까지의 짧은 거리가 그녀에게는 한없이 멀이 보였다. 배를 짓누르는 중압감을 견딜 수 없어, 앉게 해 달라거나 걸음을 멈추라고 조르면서 그녀는 무의식적으로 신음을 내뱉었다.

아직 해산달은 아니었다. 출산 예정일은 9월이었다. 그러나 만일의 사태를 염려해서, 시몽 영감에게 마차에 말을 매어 의사를 부르러 달려가게 했다.

자정쯤에 도착한 의사는 한눈에 조산 징후를 알아보았다.

침대에 눕자 고통은 좀 진정되었으나, 끔찍한 불안이 잔느의 가슴을 조여 왔다. 전(全) 존재의 절망적인 상실감, 예감과도 같은 어떤 것, 죽음과의 신비스러운 접촉 같은 불안이었다. 죽음이 바로 우리 곁을 스치고 지나가는 바람에 죽음의 숨결이 우리 심장을 얼어붙게 만드는 그런 순간들이 있는 것이다.

방에는 사람들이 가득 차 있었다. 어머니는 안락의자에 주저앉아 가쁜 숨을 몰아쉬고 있었다. 남작은 손을 덜덜 떨면서, 물건을 나르기도 하고, 의사에게 병세를 물어보기도 하며, 정신없이 사방을 오락가락하고 있었다. 쥘리앵은 이리저리 거닐고 있었는데, 얼굴은 분주한 표정이었으나 마음은 평정 상태였다. 그리고 과부 당퉈는 상황에 맞는 얼굴, 그 어떤 일에도 놀라지 않는 경험 많은 여자의 얼굴로 침대 발치에 서 있었다. 간병인이고, 산파이며, 죽은 사람들의 경야(經夜)를 해 주기도 하는 그 여자는 태어나는 아이들을 받아 내고 그들의 첫 울음소리를 거두며, 그들의 새로운 살을 처음으로 물에 씻겨 첫 배내옷에 감싸 주었으며, 또한 똑같이 태연한 마음으로 세상을 떠나는 사람들의 마지막 말, 마지막 숨소리, 마지막으로 전율하는 음성을 듣고, 그들의 마지막 화장을 해 주고, 그들의 마모된 육체를 식초로 닦아 주고, 그 육체를 마지막 천으로 싸 주었다. 그 여자는 출생과 죽음에 얽힌 모든 사건에 대해 변함없는 냉담함을 유지할 수 있었다.

식모 뤼디빈과 리종 이모는 조심스럽게 몸을 숨기고 출입문에 기대어 있었다.

그리고 산모는 때때로 약한 신음 소리를 냈다.

두 시간 동안은 출산이 오래 지체될 것처럼 보였다. 그러나 새벽녘에 고통이 갑자기 심하게 재발하더니, 곧 견딜 수 없이 격렬해졌다.

악문 이 사이로 무의식적인 비명을 지르면서도, 잔느는 줄곧 로잘리를 생각했다. 로잘리는 전혀 괴로워하지 않았고, 거의 신음 소리도 내지 않았으며, 사생아인 그녀의 아이는 괴로움도 고통도 없이 세상에 나왔던 것이다.

어수선하고 비참한 마음 가운데에서, 잔느는 로잘리와 자신을 끊임없이 비교해 보았다. 그리고 그녀는 전에는 공정하다고 믿었던 신을 저주했다. 그녀는 운명의 가증스러운 편애에 분개했고, 정직과 선을 설교하는 사람들의 사악한 거짓말에 분개했다.

때때로 발작이 너무 심해져서, 모든 생각이 그녀에게서 사라졌다. 힘과 생명과 의식은 오직 고통을 느끼기 위해서만 남아 있을 뿐이었다.

고통이 진정되는 순간이면 그녀는 쥘리앵에게서 눈을 뗄 수 없었다. 자신의 하녀가 가랑이 사이의 어린애와 함께 바로 이 침대 발치에 쓰러지던 날을 상기하노라면, 또 다른 고통, 마음의 고통이 그녀의 가슴을 죄는 것이었다. 그 아이는 지금 이토록 잔인하게 자신의 창자를 찢고 있는 작은 생명과 형제간인 것이다. 바닥에 널브러진 그 하녀 애 앞에서 보인 남편의 행동이며 시선이며 말을 그녀는 생생한 기억으로 떠올렸다. 그리고 마치 남편의 생각이 그의 움직임 속에 기록되어 있기라도 한 듯, 지금 그녀는 남편에게서 하녀에게 그랬던 것처럼 자기를 대하는 똑같은 귀찮음과 똑같은 무관심, 그리고 아버지가 되는 것에 화가 난 이기적인 사내의 똑같은 냉정함을 읽을 수 있었다.

그러다 무서운 경련이 그녀를 사로잡았다. 너무나 극심한 경련 중에 '난 이제 죽는구나, 난 죽는다!' 하고 그녀는 혼자 생각했다. 그러자 맹렬한 반항심이, 저주의 욕구가 그녀의 마음에 가득 차올랐다. 자신을 파멸시킨 이 남자와, 자신을 죽이고 나오려는 알지 못할 아이에 대한 격렬한 증오심이 솟구치는 것이었다.

그 무거운 짐을 떨쳐 버리기 위해 그녀는 최후의 안간힘으로 몸부림쳤다. 갑작스럽게 배 전체가 텅 빈 것 같았다. 그리고 고통이 진정되었다.

산파와 의사가 그녀 위로 고개를 숙이고, 그녀의 몸을 만졌다. 그들이 무언가를 들어 올렸다. 곧이어, 그녀가 전에 이미 들은 적 있었던 숨 막히는 듯한 소리가 들려 그녀는 소스라쳤다. 뒤이어 갓 태어난 아이의 그 고통스러운 작은 비명, 그 연약한 울음소리가 그녀의 마음에, 가슴에, 기진맥진한 가련한 온몸 속에 스며들었다. 그녀는 무의식적인 동작으로 두 팔을 뻗치려고 했다.

그것은 그녀의 몸을 뚫고 지나가는 환희의 빛이었고, 막 피어난 새로운 행복을 향한 도약이었다. 그녀는 순식간에 해방과 평온과 행복을 느꼈다. 그것은 그녀가 일찍이 경험해 보지 못한 행복이었다. 그녀의 마음과 그녀의 육체가 되살아났고, 그녀는 자신이 어머니가 되었음을 느꼈다!

그녀는 자신의 아이를 알고 싶었다! 너무 일찍 태어난 탓에, 아기는 머리칼도 자라지 않았고 손톱도 나지 않았다. 그러나 이 애벌레같이 작은 것이 움직이는 것을 보았을 때, 고것이 입을 벌리고 작은 울음소리를 내는 것을 보았을 때, 얼굴을 찡그리고 살아 숨 쉬는 이 주름투성이 조산아를 만져 보았을 때, 억제할 수 없는 기쁨이 그녀에게 파도처럼 밀려왔다. 그녀는 자신이 모든 절망으로부터 차단되어 구원받았으며, 다른 일에 정신을 팔 겨를 없이 오직 이 아이만 사랑하게 될 것임을 깨달았다.

그때부터 잔느에게는 한 가지 생각, 자기 아기 생각밖에 없었다. 그녀는 사랑에 환멸을 느끼고 희망에 속아 왔던 만큼, 더욱더 열성적인 극성 어머니로 갑작스럽게 변한 것이었다. 그녀는 아기의 요람을 항상 자기 침대 곁에 놓아두어야 했다. 그리고 일어설 수 있게 되자, 그녀는 창을 마주 보고 앉아 가벼운 아기 요람을 흔들며 종일토록 그 자리에 머물러 있었다.

그녀는 유모에게 질투를 느꼈다. 목이 마른 어린것이 파르스름한 정맥이 비치는 커다란 유방에 팔을 뻗어, 주름진 갈색 젖꼭지를 걸신들린 듯 입에 물 때면, 그녀는 얼굴이 하얗게 질려 몸을 떨면서, 천연덕스럽고 힘센 시골 여자를 흘겨보는 것이었다. 그녀는 그 여자에게서 자기 아들을 빼앗고, 아기가 탐욕스럽게 빨아 먹는 그 유방을 후려치고, 손톱으로 찢어발기고 싶은 욕구를 느꼈다.

그리고 아기를 우아하고 섬세한 옷차림으로 곱게 꾸미기 위해 그녀는 손수 수를 놓아 주고 싶어 했다. 아기를 레이스 장식으로 휘감고, 멋진 보닛을 씌웠다. 그녀는 아기 얘기밖에는 하지 않았다. 사람들의 대화를 끊어 버리고서 배내옷이나 턱받이나 잘 만든 리본에 감탄을 늘어놓거나, 주위에서 하는 얘기에는 전혀 귀 기울이지 않고 옷감 조각에 넋을 빼앗기기도 했다. 그녀는 옷감을 뒤집어 오래 보고, 더 잘 보려고 손을 쳐들어 다시 뒤집어 보다가는 "이걸 해 입히면 아기가 예쁠까요?" 하고 갑자기 묻기도 했다.

남작 부부는 이런 열광적인 애정에 미소를 지었지만, 쥘리앵은 밤낮 울어 대는 이 전능한 폭군의 출현으로 자신의 생활습관이 흔들리고 자신의 지배적 세력이 줄어들자, 집안에서 자기의 지위를 빼앗아 가는 이 작은 존재에 대해 무의식적으로 질투를 느꼈다. 그는 참을성 없이 화를 내며 "여편네는 애녀석한테만 정신이 팔려 있군!" 하고 되뇌었다.

잔느는 곧 아기 사랑에 너무 집착한 나머지 몇 날 밤이고 요람 곁에 앉아 아기가 잠자는 모습을 지켜보며 지냈다. 이렇게 열정적이고 병적으로 아기를 지켜보느라고 쉬지도 못하고 기력이 소진된 그녀는 점점 쇠약해지고, 몸이 야위어 가고, 기침도 하게 되었다. 그러자 의사가 그녀를 아들과 떼어 놓도록 처방을 내렸다.

그녀는 화를 내고 울고 애원했으나, 아무도 그녀의 탄원에 귀를 기울이지 않았다. 아기는 매일 밤을 유모 곁에서 지냈다. 어머니는 밤마다 자리에서 일어나 맨발로 방을 나가서 열쇠구멍에 귀를 대고, 아기가 잘 자는지 깨지는 않았는지 필요한 것은 없는지 살폈다.

한번은 푸르빌 가에서 저녁 식사를 하고 늦게 귀가하던 쥘리앵에게 그런 잔느의 모습이 발각되었다. 그 후부터 그녀는 열쇠로 방 안에 감금되어 억지로 침대에 누워 있어야 했다.

영세는 8월 말쯤에 있었다. 남작이 대부가 되고, 리종 이모가 대모가 되었다. 아기는 피에르 시몽 폴이라는 세례명을 받았는데, 평소에는 폴이라고 불렸다.

9월 초순에 리종 이모가 소리 없이 떠났다. 있을 때와 마찬가지로 그녀의 부재도 별로 사람들의 눈에 띄지 않았다.

어느 날 저녁, 식사 후에 신부가 찾아왔다. 그는 뭔가 비밀이라도 있는 듯 좀 난처한 기색을 보이더니, 잠시 잡담을 나눈 다음 남작 부부에게 따로 할 얘기가 있으니 잠깐 시간을 달라고 요청했다.

그들 세 사람은 큰 가로수 길 끝까지 천천히 걸어가며 활기차게 얘기를 나누었다. 그동안 잔느와 둘만 남게 된 쥘리앵은 놀라고 불안했으며, 그 비밀 회담에 화가 났다.

신부가 떠나려 하자 쥘리앵이 그를 배웅하겠다고 나섰다. 그들은 함께 밖으로 나가 저녁 기도의 종소리가 울리는 성당 쪽으로 향해 갔다.

거의 추울 정도로 서늘한 날씨였다. 남작 부부는 바로 거실로 들어갔다. 집안 사람들 모두가 졸음에 잠겨 있는데, 갑자기 얼굴이 시뻘개진 쥘리앵이 분개한 태도로 들어섰다.

잔느가 거기 있다는 것도 아랑곳하지 않고, 그는 문간에서부터 장인 장모를 향해 소리쳤다. "제기랄, 미쳤군요! 그 계집애한테 2만 프랑이나 내던지다니!"

너무나 놀라서 아무도 대꾸를 하지 못했다. 쥘리앵이 또다시 화가 북받쳐 울부짖었다. "그렇게 바보짓을 하다니. 우리에게는 한 푼도 안 남겨 줄 작정이죠!"

그러자 침착함을 회복한 남작이 그를 가로막았다. "닥치게나! 지금 자네 처 앞에서 말하고 있다는 걸 생각해 봐."

그러나 쥘리앵은 격분해서 발을 구르며 외쳤다. "그건 아무래도 상관없어요. 게다가 처도 이게 어떤 사태인지는 잘 알 거예요. 이건 처의 재산을 훔치는 짓이란 말입니다."

놀라움에 휩싸인 잔느는 영문도 모르고 앞을 쳐다보았다. 그녀가 중얼거렸다. "도대체 무슨 일인가요?"

그러자 쥘리앵은 아내 쪽으로 고개를 돌리고, 기대되던 유산을 횡령당한 동업자로서 아내를 증인으로 삼으려고 했다. 그는 거두절미하고 로잘리를 결혼시키기 위한 음모와, 적어도 2만 프랑의 값어치가 나가는 바르빌의 토지 증여 건에 대해 아내에게 얘기했다. 그가 거듭 말했다. "여보, 당신 부모는 미쳤어요, 단단히 미쳤다니까! 2만 프랑이라니! 자그마치 2만 프랑! 정신 나간 거지! 사생아에게 2만 프랑을 주다니!"

잔느는 아무 감흥도 분노도 없이 듣고 있었다. 이제 자기 아기 이외의 모든 것에 대해 무감각해진 자신의 평온함이 스스로도 놀라웠다.

남작은 기가 막혀서 뭔가 대답할 말을 찾지 못했다. 그러나 마침내 분노가 폭발해 발을 구르며 소리쳤다. "자네 지금 무슨 말을 하고 있는지 생각해 보라고, 정말로 불쾌하기 짝이 없구먼. 애를 낳은 그 계집애에게 지참금을 줘야 한다면 그게 누구 잘못인가? 그 애가 누구 애야? 이제 그 애를 버릴 작정인가!"

남작의 맹렬한 기세에 놀란 쥘리앵은 그를 뚫어지게 쳐다보았다. 쥘리앵이 좀 더 차분한 어조로 말을 이어 갔다. "그렇지만 1500프랑이면 충분하고도 남습니다. 계집애들은 모두 결혼하기 전에 애를 낳아요. 그러니 그게 누구 자식이건 별로 상관없는 일이라고요. 2만 프랑 가치가 있는 농장 하나를 준다면, 우리 내외가 입는 손해는 고사하고라도 세상 사람 모두에게 무슨 일이 일어났는지를 얘기해 주는 셈이라고요. 적어도 우리 가문과 우리 위치를 생각하셔야죠."

그는 자기 권리를 당당히 주장하고, 자기 이론의 논리를 확신하는 사내의 엄격한 목소리로 이야기했다. 이 예기치 못한 논법에 당황한 남작은 입이 벌어져서 그의 앞에 멍하니 서 있었다. 그러자 쥘리앵은 자신이 유리한 입장이라고 느끼며 결론을 제시했다. "다행히 아직 아무것도 이뤄지진 않았어요. 나는 그 계집애와 결혼하겠다는 사내애를 압니다. 착한 녀석이어서, 그 녀석이라면 잘 수습될 수 있을 겁니다. 제가 맡겠습니다."

그러더니 그는 논란이 계속되는 것이 두려웠던지 모두의 침묵을 다행스러워하며 불쑥 방을 나갔다. 그는 그 침묵을 승낙의 표시로 받아들였다.

그의 모습이 사라지자, 남작은 놀라움에 격분하여 몸을 덜덜 떨면서 소리쳤다. "오오, 이건 너무 심하구나, 너무 심해!"

그러나 잔느는 눈을 들어 아버지의 질겁한 얼굴을 쳐다보다가, 별안간 웃음을 터뜨렸다. 뭔가 우스꽝스러운 것을 볼 때면 터뜨리던 예전과 같은 티 없는 웃음이었다.

그녀가 되풀이해 말했다. "아빠, 아빠, 그이가 2만 프랑이란 말을 어떻게 발음하는지 들으셨죠?"

사위의 격노한 얼굴, 그의 분개한 외침, 제가 유혹한 계집애에게 제 것도 아닌 돈을 주는 것을 맹렬하게 거부하는 그의 태도를 떠올리며 눈물짓고 있던 남작 부인은, 눈물만큼이나 쾌활함도 빨라서, 잔느의 유쾌한 기분을 보자 자기도 기분이 좋아져서 숨을 헐떡이며 요절 복통했다. 그 바람에 부인의 눈은 눈물로 가득 찼다. 그러자 이번에는 남작도 전염되어 웃음을 터뜨리고 말았다. 그들 세 사람은 좋았던 지난 시절처럼 포복절도하며 즐거운 한때를 보냈다.

그들의 기분이 좀 차분해지자 잔느가 놀라움을 표시했다. "저는 아무렇지도 않으니 참 신기해요. 이젠 그 사람이 낯선 사람처럼 보여요. 제가 그 사람의 아내라는 생각이 들지 않아요. 보시다시피 저는 그이의…… 뭐랄까…… 그이의…… 그이의 야비함이 재미있다니까요."

그들 세 사람은 이유도 모른 채, 미소를 짓고 눈시울이 뜨거워져서 서로를 끌어안았다.

이틀 후, 아침 식사가 끝나고 쥘리앵이 말을 타고 외출하자, 스물서넛쯤 되어 보이는 키가 큰 사내애가, 주름이 빳빳하고 소매가 불룩하며 소맷부리에 단추가 달린 푸른색 새 작업복을 입고, 마치 아침부터 거기서 망을 보고 있었던 것처럼 슬쩍 울타리를 넘어 쿠야르 농가와의 사이에 있는 도랑을 따라 슬그머니 들어왔다. 그는 저택을 돌아서, 평소처럼 플라타너스 그늘 아래 앉아 있는 남작과 두 부인에게 수상쩍은 발걸음으로 다가왔다.

그는 세 사람의 모습을 보자 모자를 벗고 인사를 하더니 어색한 표정으로 접근해 왔다.

목소리가 들릴 만큼 가까이 오자, 그가 빠른 말투로 중얼거렸다. "소인 인사 올립니다, 남작님, 마님, 그리고 같이 계신 부인." 그러고서 아무도 대꾸를 않자 그가 자기소개를 했다. "저는 데지레 르코크라고 하는뎁쇼."

이름만으로는 아무것도 알 수 없어서 남작이 물었다. "용건이 뭐요?"

그 사내애는 자신의 입장을 설명해야 할 필요에 직면하자 당황해서 어쩔 줄 몰라 했다. 그는 손에 든 자신의 모자에서부터 성(城)의 지붕 꼭대기까지 눈을 내리떴다 치떴다 하면서 겨우 중얼거렸다. "신부님이 저한테 이 문제로 몇 말씀 하셨는뎁쇼……." 그러더니 너무 많이 털어놓아 자신의 이익을 해칠까 봐 두려운지 입을 다물었다.

남작은 이해할 수 없어서 다시 물었다. "무슨 문제 말인가? 나는 모르겠는데."

그러자 그 사람이 결심한 듯 목소리를 낮춰서 말했다. "댁의 하녀…… 로잘리 일로……."

잔느가 상황을 짐작하고서, 자리에서 일어나 아기를 품에 안고 멀리 가 버렸다. 그러자 남작이 "가까이 오게." 하고 말하며 딸이 앉았던 의자를 가리켰다.

그 농부는 "참 친절하시군요."라고 중얼거리며 바로 의자에 앉았다. 그런 다음 더 이상 할 말이 없는 것처럼 기다렸다. 상당히 오래 침묵을 지킨 끝에 그는 마침내 결심을 한 듯, 푸른 하늘을 향해 시선을 쳐들고 말했다. "이 계절치고는 좋은 날씨인뎁쇼. 벌써 씨 뿌린 땅은 날씨 덕을 좀 보겠죠."

남작은 답답해서 견딜 수가 없었다. 그는 약간 퉁명스러운 어조로 바로 본론으로 들어갔다. "그러니까 자네가 로잘리와 결혼하겠다는 건가?"

노르망디식 교활한 습관이 몸에 밴 그 남자는 혼란을 느끼며 곧 불안을 드러냈다. 그는 의심에 차서 좀 더 힘찬 목소리로 대답했다. "경우에 따라서 할 수도 안할 수도 있겠죠, 경우에 따라서 말이죠."

그러나 남작은 이런 어정쩡한 태도에 화가 치밀었다. "제기랄! 솔직히 대답하란 말이야. 자네가 온 건 그것 때문이잖은가, 할 건가, 말 건가? 그 애를 데려갈 거야, 말 거야?"

사내는 어쩔 줄 몰라 하며 제 발만 쳐다보고 있었다. "신부님 말씀대로면 데려가죠. 그러나 쥘리앵 씨 말대로면 나는 안 데려가요."

"쥘리앵 씨가 자네에게 뭐라고 했는데?"

"쥘리앵 씨는 제가 1500프랑을 받을 거라고 말했어요. 그런데 신부님은 2만 프랑을 받게 된다고 말했거든요. 2만 프랑이라면 좋지만, 1500프랑이라면 절대 싫어요."

그러자 안락의자에 깊숙이 파묻혀 있던 남작 부인이 그 시골뜨기의 안절부절못하는 태도를 보고 몸을 좀 흔들며 웃기 시작했다. 농부는 그 명랑함의 이유를 알 수 없어, 불만스러운 눈초리로 부인을 곁눈질하면서 하회를 기다렸다.

이런 흥정이 거북해진 남작이 딱 잘라 말했다. "자네 생전에는 자네가 바르빌 농장을 갖고, 나중에는 아이에게 농장이 돌아갈 거라고 나는 신부님에게 말씀드렸네. 농장은 2만 프랑은 나가지. 나는 약속은 지키네. 이제 됐으니 답이 가인가, 부인가?"

그 사내는 겸손하고 만족스러운 태도로 씩 웃더니, 갑자기 수다스러워졌다. "아! 그렇다면 아니라고 할 수는 없죠. 나를 가로막는 건 그 문제뿐이었으니께요. 신부님이 제게 그 말을 꺼냈을 때 저는 즉각 응하고 싶었죠, 아무렴요. 그런 데다가 저는 남작님 뜻에 따르는 게 마음에 좋았어요. 남작님이 보답해 줄 거라고 속으로 생각했죠. 안 그런가요. 사람들 사이에서, 서로 신세를 지면 나중에 꼭 만나게 되는 법이죠. 그리고 서로 보답을 하게 마련이고요. 그런데 쥘리앵 씨가 제게 왔어요. 글쎄 1500프랑밖에 줄 수 없다는 거예요. 저는 '알아봐야겠다.' 하고 생각하고서 이리 온 거고요. 말할 필요 없이 저는 믿고 있었지만, 그러나 알고 싶었던 거죠. 셈이 밝아야 좋은 친구가 된다는 말도 있죠. 안 그래요, 남작님……."

그의 말을 중단시켜야만 했다. 남작이 물었다.

"자네는 언제 결혼 계약을 맺기 바라나?"

그러자 그 남자는 갑자기 다시 머뭇거리며 몹시 난처해했다. 그는 주저주저하더니 마침내 이렇게 말했다. "먼저 작은 문서라도 만들어야 하지 않겠어요?"

이번에는 남작이 화를 냈다. "개뿔, 무슨 소리야! 자네는 혼인 계약서를 갖게 될 텐데. 그게 바로 최고의 문서지."

농부가 고집을 부렸다. "그때까지 아무튼 한 글자 적어 주십쇼. 그게 해가 되진 않을 텐데요."

남작이 벌떡 일어서서 결말을 지었다. "가타부타 즉시 대답하라고. 싫으면 싫다고 말해, 다른 구혼자도 있으니까."

그러자 교활한 노르망디 사내는 경쟁자에 대한 두려움에 혼비백산했다. 그는 결심을 하고, 소 한 마리를 산 다음에 하는 식으로 손을 내밀었다. "손을 치시죠, 남작님. 이젠 됐어요. 약속은 깨기 없기요."

남작은 손을 마주치고 "뤼디빈!" 하고 소리쳐 불렀다. 식모가 창문으로 얼굴을 내밀었다. "포도주를 한 병 가져오너라." 그들은 계약이 성립된 것을 축하하기 위해 건배했다. 그리고 그 사내는 올 때보다 한결 가벼워진 발걸음으로 떠났다.

이 방문에 대해서 쥘리앵에게는 아무 말도 하지 않았다. 계약은 비밀리에 준비되었고, 일단 혼인 공시가 있고 난 다음 어느 월요일 오전에 결혼식이 거행되었다.

이웃집 여자가 재산의 확실한 보증인 듯 아이를 안고서 신랑 신부를 뒤따라 성당으로 갔다. 그리고 그 고장에서는 아무도 놀라지 않았다. 모두들 데지레 르코크를 부러워할 따름이었다. 그놈이 복을 타고 났어 하고 사람들은 심술궂은 미소를 띠고 수군댔지만, 거기에 분개하는 기색은 전혀 없었다.

쥘리앵이 한바탕 법석을 떨었는데, 그 때문에 장인 장모는 푀플에 머무는 기간을 단축했다. 잔느는 부모님이 떠나는 것을 보고도 크게 슬퍼하지 않았다. 그녀에게는 폴이 행복의 무한한 원천이 되었던 것이다.

9

잔느가 산욕에서 완전히 회복되자, 푸르빌 가를 방문하고, 또 드 쿠틀리에 후작 댁에도 들르기로 결정되었다.

쥘리앵은 최근에 경매에서 새 마차 한 대를 구입했다. 말 한 필이 끄는 이인승 무개(無蓋) 사륜마차로, 그 덕분에 그는 월 두 차례씩 외출할 수 있었다.

12월의 어느 맑은 날, 말을 맨 마차는 노르망디 평원을 가로지르는 도로를 두 시간쯤 달린 다음 작은 골짜기로 내려가기 시작했다. 골짜기 양옆은 나무가 무성했고 바닥의 평지는 경작지로 이루어져 있었다.

씨를 뿌린 경작지에 이어서 목장이 나왔고, 목장이 끝나는 곳에는 겨울철의 마른 갈대로 가득 찬 늪이 펼쳐졌다. 길다란 갈대 잎사귀들은 노란 리본처럼 바람에 흔들리며 살랑대고 있었다.

계곡이 급히 꺾이더니, 라 브리예트 성이 갑자기 모습을 드러냈다. 성의 한쪽 면은 숲이 울창한 언덕을 등지고 있었고, 다른 쪽은 성의 거대한 벽면 전체가 큰 연못에 잠겨 있었다. 연못이 끝나는 곳 정면으로는 골짜기의 또 다른 경사면이 나타났고, 우람한 전나무들이 그 경사면을 따라 숲을 이루고 있었다.

안뜰로 들어가기 위해서는 고풍스러운 도개교(跳開橋)를 지나 루이 13세식의 드넓은 정문을 넘어가야만 했다. 뜰을 마주하고 역시 루이 13세 시대의 우아한 저택이 솟아 있었다. 정문의 문틀은 벽돌로 장식되어 있었고, 그 좌우에는 슬레이트 지붕을 얹은 작은 탑이 세워져 있었다.

쥘리앵은 그곳을 속속들이 아는 사람처럼 건물의 모든 부분에 대해 잔느에게 설명해 주었다. 그는 저택의 아름다움에 도취하여, 그것을 자랑스러워하는 것이었다. "이 정문을 좀 봐요! 참으로 웅장한 저택이지, 안 그렇소? 다른 쪽 정면은 전부 연못에 잠겨 있고, 물까지 내려가는 호사스러운 층계도 있다오. 계단 아래에는 배 네 척이 매여 있는데, 두 척은 백작, 두 척은 백작 부인을 위한 것이라오. 저기 오른쪽, 비루나무가 일렬로 늘어선 곳에서 연못이 끝나지. 거기서부터 시냇물이 시작되어 페캉까지 흘러간다오. 이 근처에는 물새들이 지천이라오. 백작은 여기서 사냥에 열중하고 있지. 이런 게 왈 진짜 귀족 저택인 거라."

현관문이 열리고, 얼굴이 창백한 백작 부인이 나타나서 방문객들을 맞았다. 그녀는 옛날의 성주 부인처럼 옷을 치렁치

렁 늘어뜨리고 미소를 짓고 서 있었다. 부인은 이 동화 속의 저택을 위해 태어난 호반의 아름다운 귀부인 같았다.

거실에는 창문이 여덟 개 나 있었는데, 그중 네 개는 연못에 면해 있어서, 언덕 위의 건물 정면에 솟아 있는 울창한 소나무 숲을 마주하고 있었다.

검푸른 녹음이 연못을 더욱더 깊고, 엄숙하고, 음산해 보이게 했다. 그리고 바람이 불어올 때마다 나무 숲에서 새어 나오는 구슬픈 신음 소리는 늪의 목소리 같았다.

백작 부인은 소꿉동무라도 되는 것처럼 잔느의 두 손을 잡아 자리에 앉힌 다음, 자기도 잔느 옆 나지막한 의자에 자리 잡았다. 잊고 지냈던 모든 우아함이 다섯 달 전부터 되살아나기 시작한 쥘리앵은 다정하고 친밀한 태도로 미소를 띠고 담소를 나누었다.

백작 부인과 쥘리앵은 함께 말을 타고 산책하던 얘기를 나누었다. 부인은 쥘리앵을 '비틀거리는 기사'라고 부르며 그의 말 타는 법을 좀 놀렸고, 쥘리앵은 그녀를 '아마존의 여왕'이라고 명명하며 웃었다. 창문 아래서 총성이 한 방 울려서 잔느는 작은 비명을 질렀다. 백작이 쇠오리 한 마리를 쏘아 맞힌 것이었다.

부인이 곧 백작을 불렀다. 노 젓는 소리와 돌층계에 배가 부딪히는 소리가 들리더니, 장화를 신은 거구의 백작이 물에 젖은 개 두 마리를 데리고 나타났다. 주인처럼 불그스름한 두 마리 개는 문 앞 양탄자 위에 드러누웠다.

백작은 자기 집에서는 좀 더 편안해 보였고, 손님 맞은 것을 기뻐하는 기색이었다. 그는 난로에 장작을 더 넣게 하고, 마디라 포도주와 비스킷을 가져오게 했다. 그러더니 그가 별안간 큰 소리로 말했다. "우리와 함께 저녁을 들고 가시죠, 괜찮으시겠죠." 잠시도 아기 생각을 놓지 않고 있던 잔느가 거절했다. 백작이 거듭 청하고 잔느가 고집스럽게 사양하자, 쥘리앵이 갑자기 조급한 태도를 보였다. 그러자 잔느는 걸핏하면 싸우기 좋아하는 그의 성마른 기질을 건드릴까 봐 은근히 걱정되었다. 그래서 이튿날까지 폴을 보지 못하리라는 생각에 몹시 괴로웠지만 수락하고 말았다.

오후 시간은 즐거웠다. 먼저 샘터를 보러 갔다. 샘물은 이끼 낀 바위 밑에서 솟아나, 끓는 물처럼 끊임없이 보글거리며, 맑은 샘 바닥 속으로 흘러들고 있었다. 그다음에는 마른 갈대숲 속에 난 뱃길로 배를 타고 한 바퀴 돌아보았다. 백작은 바람 부는 쪽으로 코를 내밀고 냄새를 맡는 두 마리 개 사이에 앉아 노를 저었다. 노가 움직일 때마다 커다란 배가 쳐들리며 앞으로 나아갔다. 잔느는 이따금 차가운 물에 손을 담그고, 손가락 끝에서 가슴으로 전해지는 얼음 같은 차가움을 즐겼다. 배의 맨 뒤쪽에는 숄을 겹겹이 두른 백작 부인과 쥘리앵이 앉아 미소 짓고 있었다. 아무 그늘 없는 행복에 잠긴 사람들의 그칠 줄 모르는 그런 미소였다.

차가운 긴 살랑임 소리와 더불어 저녁이 왔다. 북풍의 숨결이 시든 골풀 사이를 훑고 지나갔다. 태양은 전나무 숲 뒤로 가라앉았다. 기이하게 생긴 진홍빛 조각구름이 듬성듬성 박힌 채 붉게 노을 진 하늘은 쳐다보기만 해도 추웠다.

그들은 큰 불길이 활활 타오르는 넓은 거실로 들어갔다. 문간에 들어서자마자 훈훈하고 상쾌한 감각이 즐거움을 불러일으켰다. 그때 기분이 한껏 좋아진 백작이 장사같이 힘센 두 팔로 아내를 안고, 어린애 다루듯 아내를 자기 입 높이까지 들어올려, 양 볼에 번갈아 가며 힘껏 입을 맞추었다. 선량한 남자의 만족스러운 키스였다.

그러자 잔느는 콧수염만 보면 꼭 식인귀 같은 이 선량한 거인을 미소를 띠고 바라보았다. 그리고 생각하는 것이었다. '우리는 매일같이 모든 사람들에 대해 얼마나 잘못 생각하는가.' 그때 거의 무의식적으로 쥘리앵에게 눈길을 돌린 잔느는, 그가 문턱에 선 채 새파랗게 질린 흉측한 얼굴로 백작을 뚫어지게 쳐다보는 것을 보았다. 불안을 느낀 잔느가 남편에게 다가가서 나지막이 물었다. "어디 편찮으세요? 대체 무슨 일이에요?" 그가 성난 어조로 대답했다. "아무것도 아냐, 내버려 둬. 추웠던 거야."

일행이 식당으로 건너가자, 백작은 자기 개들도 식당에 들이도록 양해를 구했다. 개들이 곧 뒤따라 들어와 주인의 좌우에 섰다. 백작은 개들에게 계속해서 음식 넝어리를 주면서 비단같이 반들거리는 개의 긴 귀를 쓰다듬었다. 개들은 머리를 내밀고, 꼬리를 흔들며, 만족해서 몸을 떨었다.

저녁 식사가 끝난 후 잔느와 쥘리앵이 떠날 채비를 하자, 드푸르빌 씨는 횃불을 켜고 고기 잡는 것을 보여 주겠다며 그들을 붙잡았다.

백작은 두 사람을 백작 부인과 함께 연못으로 내려가는 층계에 세워 두었다. 그리고 그는 투망과 횃불을 든 하인 하나를 데리고 배에 올랐다. 하늘에 금빛 별이 반짝이는 맑고 차디찬 밤이었다.

횃불은 요동치는 이상한 불의 꼬리를 수면 위로 끌면서, 갈대숲에 춤추는 빛다발을 뿌리고, 거대한 전나무 무리를 환하게 비추고 있었다. 갑자기 배가 방향을 틀자, 환상적인 거대한 인간의 그림자가 불 밝혀진 숲 기슭에 우뚝 솟아올랐다. 그 거인의 머리는 나무들 위로 뻗어 나가 허공 속으로 사라졌고, 두 발은 연못 속으로 빠져 들어갔다. 뒤이어 그 엄청나게 큰 존재는 별을 따려는 듯이 두 팔을 쳐들었다. 거대한 두 팔이 갑자기 하늘로 솟구치더니, 조금 있다가 다시 땅으로 떨어졌다. 곧이어 물이 찰싹거리는 작은 소리가 들렸다.

그때 배가 또다시 조용히 방향을 바꾸었고, 그 거창한 유령은 숲을 따라 달리는 것처럼 보였다. 배가 방향을 바꾸면서 숲은 환한 빛을 받고 있었다. 그다음 그림자는 보이지 않는 수평선 속으로 빠지더니, 갑자기 다시 모습을 드러냈다. 기괴한 동작과 함께 성(城)의 정면에 비친 그 그림자는 먼저보다 크기는 작았지만 좀 더 분명했다.

그리고 백작이 굵은 목소리로 외치는 소리가 들렸다. "질베르트, 나 여덟 마리 잡았어!"

노가 물결에 부딪혔다. 거대한 그림자는 이제 움직이지 않고 가만히 서 있는 모습으로 벽에 비쳤으나, 그 키와 폭이 점차 줄어들고 있었다. 그의 머리는 밑으로 내려가고, 그의 몸집은 야위어 가는 것처럼 보였다. 드 푸르빌 씨가 횃불을 든 하인을 여전히 대동하고 돌층계 계단에 올라서자, 그림자는 그의 실제 크기만큼 줄어들었고, 그의 동작 하나하나를 그대로 재현해 보여 주었다.

그물 속에는 커다란 물고기 여덟 마리가 팔딱팔딱 뛰고 있었다.

잔느와 쥘리앵이 그들에게서 빌린 외투와 담요로 몸을 감싸고 길을 떠났을 때, 잔느가 거의 무의식적으로 말했다. "그 거인 참 호인이에요!" 그러자 마차를 몰던 쥘리앵이 대꾸했다. "그래, 하지만 사람들 앞에서 처신이 바르지 못할 때가 있단 말이야."

일주일 후 그들은 이 지방 최고의 귀족 가문으로 통하는 쿠틀리에 댁을 찾아갔다. 레미닐 소재의 그들 영지는 카니라는 큰 부락과 인접해 있었다. 루이 14세 치세에 지은 새 성은 담으로 둘러싸인 으리으리한 정원 속에 숨어 있었다. 언덕 위에는 옛 성의 폐허도 보였다. 제복을 차려입은 하인들이 방문객들을 위풍당당한 큰 방으로 안내했다. 방 한가운데에는 일종의 기둥이 거대한 세브르[28]제 컵을 받치고 있었고, 기둥 받침대에는 왕의 친필 서한이 수정 판 안에 보존되어 있었다. 레오폴드 에르베 조제프 제르메르 드 바르느빌, 드 롤르보스크 드 쿠틀리에 후작에게 국왕의 이 선물을 증정한다는 서한이었다.

잔느와 쥘리앵이 왕의 선물을 쳐다보고 있는데, 후작과 후

---

28) 도자기 제조로 유명한 파리 근교의 도시. 세브르 도자기 공장은 1760년에 왕립 공장으로 지정되었고, 현재는 국립 도자기 공장이다.

작 부인이 들어왔다. 부인은 분을 바르고 있었고, 일부러 친절과 겸양을 보이려고 하는 나머지 오히려 태도가 부자연스러웠다. 머리 위에 백발이 꼿꼿이 일어선 뚱뚱한 후작은 그의 거동, 그의 목소리, 그의 태도 전체에 자신의 지체를 표시하는 거만함을 드러내 보였다.

그들은 예의범절만 아는 사람들로서, 그들의 마음가짐과 감정과 언사에는 항상 우월감이 배어 있는 것 같았다.

그들은 무관심한 태도로 미소를 띠고, 상대방의 대답은 기다리지도 않고 자기들끼리 얘기를 나누었으며, 인근 소귀족들을 정중하게 맞이해야 한다는, 자기들 출생에 의해 부과된 임무를 기계적으로 수행하는 듯이 보였다.

잔느와 쥘리앵은 어쩔 줄 몰라 하면서도 그들의 비위를 맞추려고 애쓰고 있었다. 그들은 더 머물기 거북했으나, 그렇다고 얼른 자리에서 일어설 만한 재치도 없었다. 그러나 때마침 후작 부인이 하직을 허락하는 정중한 여왕처럼 적절히 대화를 중단함으로써 자연스럽고 간편하게 방문을 끝맺게 해 주었다.

돌아오는 길에 쥘리앵이 말했다. "당신만 좋다면 우리의 방문은 이걸로 그칩시다. 나는 푸르빌 가족만으로도 충분하니까." 잔느도 그와 같은 의견이었다.

일 년의 끝자락에 있는 어두운 구덩이 같은 캄캄한 달 12월이 천천히 흘러갔다. 작년과 마찬가지로 폐쇄된 생활이 다시 시작되었다. 하지만 항상 폴에게 정신이 팔려 있는 잔느는 전혀 따분하지 않았다. 쥘리앵은 불안하고 불만스러운 눈초리로 폴을 곁눈질했다.

잔느는 자주 아기를 품에 안고, 자기 자녀에 대한 여자들만의 그 열광적인 애정으로 아기를 쓰다듬어 주면서, 애아버지에게 아기를 내보이며 이렇게 말하곤 했다. "아기에게 입 좀 맞춰 주세요. 당신은 아기를 좋아하지 않는 것 같아요." 쥘리앵은 아기의 움켜쥔 꼬물거리는 작은 손과 닿지 않으려는 듯 온몸을 둥글게 구부려 뒤로 빼고는, 아기의 만질만질한 이마에 마지못해 입술 끝을 가볍게 스치는 것이었다. 그러고서 그는 불쑥 나가 버렸다. 마치 불쾌한 감정에 쫓기는 것만 같았다.

이따금씩 면장과 의사와 신부가 식사를 하러 왔다. 또 때로는 점점 더 사이가 가까워진 푸르빌 부부가 찾아오기도 했다.

백작은 폴을 아주 사랑하는 것처럼 보였다. 그는 방문하는 시간 내내, 심지어는 오후 내내 폴을 자기 무릎에 안고 지냈다. 그는 거인다운 큰 손으로 아주 섬세하게 아기를 다루었으며, 그의 긴 수염 끝으로 아기의 콧등을 간질이기도 했고, 어머니들처럼 열정적인 충동을 보이며 아기를 껴안기도 했다. 그는 자신의 결혼 생활에서 아기가 태어나지 않은 것을 항상 괴로워했다.

3월은 맑고, 건조하고, 거의 온화할 정도였다. 백작 부인 질베르트가 네 사람이 함께 승마 산책을 하자고 말을 꺼냈다. 긴 저녁나절, 긴 밤, 언제나 똑같은 단조로운 긴 낮에 얼마간 지쳐 있던 잔느는 그 제안에 몹시 기뻐하며 찬성했다. 그래서 일주일 동안 그녀는 즐겁게 자신의 승마복을 만들었다.

그 뒤에 그들은 소풍을 시작했다. 그들은 언제나 둘씩 짝을 지어 나아갔다. 백작 부인과 쥘리앵이 앞에 갔고, 백작과 잔느가 백 보쯤 뒤에서 따라갔다. 뒤의 두 사람은 친구 간처럼 조용히 얘기를 나누었다. 그들은 두 사람의 올곧은 마음과 소박한 감정의 어울림으로 친구 사이가 되었던 것이다. 앞의 두 사람은 자주 낮은 소리로 얘기를 나누었고, 때로는 요란한 웃음을 터뜨리기도 했으며, 그들의 입으로는 발설할 수 없는 것을 그들의 눈으로 주고받기라도 하듯 별안간 서로를 쳐다보기도 했다. 그리고 그들은 도망가고 싶은 욕망, 더 멀리, 아주 멀리 가 버리고 싶은 욕망에 이끌리듯 갑자기 말을 달려 나가기도 했다.

그런 다음에는 질베르트의 신경이 날카로워지는 모양이었다. 이따금 그녀의 날카로운 목소리가 미풍에 실려 뒤처진 두 승마자들 귀에까지 들려오는 것이었다. 그러면 백작은 미소를 짓고 잔느에게 말했다. "우리 집사람이 매일 기분 좋은 건 아니랍니다."

어느 날 저녁, 돌아오는 길에 백작 부인이 말에 박차를 가했다가 다시 다급하게 고삐를 잡아당기기를 되풀이해서 타고 있는 암말을 성나게 하는 일이 발생했다. 쥘리앵이 그녀에게 몇 번이고 되풀이 말하는 소리가 들려왔다. "조심하세요, 조심하라니까요, 그러다 어디로 끌려갈지 몰라요." 그녀가 대꾸했다. "할 수 없죠, 상관 마요." 너무나 또렷하고 너무나 냉혹한 어조여서, 그 분명한 말은 마치 공중에 걸린 것처럼 들판에 울려 퍼졌다.

말은 뒷발로 일어서서 발길질을 하며 거품을 내뿜었다. 불안해진 백작이 별안간 우렁찬 목소리로 "주의해, 질베르트!" 하고 외쳤다. 그러자 도전이라도 하듯, 그 어떤 것으로도 막을 수 없는 여자의 신경질을 부리며, 그녀는 말의 양미간을 채찍으로 난폭하게 후려쳤다. 노기등등한 말은 몸을 곧추세우고 두 앞다리로 허공을 걷어차더니, 다시 네 발로 땅을 딛고서 무시무시한 도약으로 다리 관절에 온 힘을 실어 들판으로 돌진해 달아났다.

그녀는 먼저 목장 울타리를 건너뛴 다음, 경작지를 통해 내달리더니 비옥한 습지에서 먼지를 일으키고 있었다. 어찌나 비호같이 달리는지 말과 사람이 잘 구별되지 않을 정도였다.

아연실색한 쥘리앵은 그 자리에 선 채 "부인, 부인!" 하고 절망적으로 부르기만 했다.

그러나 백작은 투덜거리더니 육중한 자기 말의 목덜미에 몸을 굽히고서 혼신의 힘을 다해 말을 앞으로 내몰았다. 그는 목소리와 동작과 박차를 사용해 말을 부추기고 이끌고 호령하면서 무서운 속도로 달리게 해서, 마치 거대한 기수가 자기 넓적다리 사이에 육중한 짐승을 끼고 날듯이 휘몰아 가는 것 같았다. 말과 사람은 믿을 수 없는 속도로 곧장 돌진해 갔다. 잔느는 저 멀리 계속 달아나면서, 작아지고, 흐려지고, 사라져 가는 부인과 남편의 두 실루엣을 보고 있었다. 마치 새 두 마리가 서로 쫓고 쫓기면서 지평선 너머로 사라져 자취를 감추는 모습을 보는 것 같았다.

그때 쥘리앵은 여전히 말을 천천히 몰며 다가오더니 "오늘 저 여자 정신이 나간 것 같군." 하고 화난 태도로 중얼거렸다.

그리고 두 사람은 이제 벌판의 기복 속에 잠겨 버린 친구들을 뒤쫓아 떠났다.

십오 분쯤 후에 그들은 되돌아오는 백작 부부를 발견하고, 곧 그들과 합류했다.

얼굴이 붉게 물들고, 땀에 흠뻑 젖은 백작은 만족하고 의기양양한 태도로 웃으며, 아내의 떨고 있는 말을 완강한 손아귀에 잡고 있었다. 부인은 창백했고, 고통스럽게 얼굴을 찡그리고 있었다. 그리고 금방 기절이라도 할 것처럼 남편의 어깨에 손을 대고 몸을 지탱하고 있었다.

그날 잔느는, 백작이 아내를 열정적으로 사랑한다는 것을 알아차렸다.

그다음 한 달 동안 백작 부인은 전에 없이 즐거워 보였다. 그녀는 더 자주 푀플에 왔고, 끊임없이 웃었으며, 애정이 넘치는 것처럼 잔느를 포옹했다. 어떤 신비스러운 황홀함이 그녀 삶에 깃든 것 같았다. 그녀의 남편 역시 아주 행복해서 아내에게서 눈길을 떼지 않았으며, 정열에 싸여 아내의 손이며 옷을 쉬지 않고 만지려고 했다.

어느 날 저녁, 백작이 잔느에게 말했다. "우리는 지금 행복에 빠져 있습니다. 질베르트가 이렇게 상냥한 적은 결코 없었어요. 그녀는 이제 기분이 나쁘지도 않고, 화도 내지 않거든요. 저는 아내가 저를 사랑한다고 느낍니다. 지금까지는 그걸 확신하지 못했죠."

쥘리앵도 사람이 변한 듯 초조해하지 않고 한결 쾌활해 보였다. 마치 양가의 우정이 각 가정에 평화와 기쁨을 가져오기라도 한 것 같았다.

봄이 유별나게 빨리 왔고 또 따뜻했다.

온화한 아침나절부터 조용하고 포근한 저녁나절까지 태양은 지표면 전체에 싹을 틔웠다. 그것은 모든 싹의 갑작스럽고도 힘찬 동시적인 부화(孵化)였고, 수액(樹液)의 억제할 수 없는 분출이었으며, 재생의 강렬한 열기로서 세상이 다시 젊어진다는 믿음을 불러일으킬 만한, 특별한 해에 이따금씩 자연이 보여 주는 현상이었다.

잔느는 이 생명력의 발효에 막연히 자신의 마음이 동요되는 느낌이었다. 그녀는 풀숲에 피어난 작은 꽃을 마주하고 갑작스럽게 몽롱함에 잠기고, 달콤한 우수에 빠지기도 했으며, 공상의 나른함 속에서 몇 시간을 보내기도 했다.

그리고 그녀에게 사랑이 처음 시작되던 시기의 감동 어린 추억이 스며드는 것 같은 느낌이 들었다. 그렇다고 쥘리앵에 대한 애정이 마음속에 되살아난 것은 아니었다. 그 애정은 끝나 버린 일, 영원히 아주 끝나 버린 일이었다. 그러나 미풍이 쓰다듬고 봄 내음이 스며들자, 그녀의 온몸은 어떤 보이지 않는 다정한 부름에 이끌리듯 혼란을 느꼈다.

그녀는 태양의 열기에 몸을 맡기고, 홀로 있는 것을 즐겼다. 그럴 때면 온갖 감각이며, 아무 생각도 일으키지 않는 막연하고 차분한 즐거움이 몸에 스며드는 느낌이었다.

어느 날 아침, 그녀가 이처럼 졸음에 겨워 있는데, 하나의 환영이 그녀의 머리를 스쳐 지나갔다. 에트르타 근처 작은 숲 속, 어두운 나뭇잎 사이로 햇빛 한 줄기가 비쳐들던 그 틈새의 짧은 환영이었다. 그곳은, 그때 자기를 사랑했던 청년 곁에서 처음으로 그녀의 육체가 전율하는 것을 느꼈던 장소였다. 그곳은 청년이 마음속의 수줍은 욕망을 처음으로 우물쭈물 털어놓던 장소였다. 그곳은 또한 그녀가 꿈꾸던 희망 속의 찬란한 미래가 갑자기 닥쳐왔다고 믿었던 장소이기도 했다.

그녀는 그 숲을 다시 보고, 거기서 일종의 감상적이고 미신적인 순례를 해 보고 싶었다. 마치 그 장소로 되돌아가면 자기 삶의 흐름에 무언가 변화가 일어나기라도 할 것처럼.

쥘리앵은 새벽부터 나가고 없었다. 잔느는 그가 어디 갔는지 알지 못했다. 그래서 그녀는 요즈음 때때로 이용하는 마르탱 집의 작은 백마에 안장을 얹게 했다. 그리고 그녀는 집을 떠났다.

너무도 고요한 낮이어서 사방 어디에도 아무런 움직임이 없었다. 풀 한 포기, 나뭇잎 하나 흔들리지 않았다. 바람이 죽어 버리기라도 한 듯 시간이 끝날 때까지 모든 것이 미동도 하지 않을 것처럼 보였다. 벌레들조차 자취를 감추어 버린 것 같았다.

타오르는 지고(至高)의 고요함이 황금빛 안개가 되어 태양으로부터 서서히 내리고 있었다. 잔느는 조랑말의 보조에 맞춰 가볍게 흔들리며 만족한 기분으로 나아갔다. 때때로 그녀는 눈을 들어 한 줌 목화송이 같은 작디작은 흰 구름, 파란 하늘 한가운데, 저 높이 홀로 잊힌 듯 걸려 있는 한 덩이 수증기를 쳐다보았다.

잔느는 에트르타의 문이라고 불리는 절벽의 큰 아치들 사이를 통해, 바다 쪽으로 뻗은 계곡으로 내려갔다. 그리고 그녀는 천천히 숲에 이르렀다. 아직은 연약한 녹음을 뚫고 햇빛이 비오듯 쏟아지고 있었다. 그녀는 그 장소를 찾아보았으나 발견하지 못하고, 작은 길들을 헤매고 다녔다.

긴 오솔길을 지나다가, 그녀는 길 끝에서 나무에 매여 있는 안장 달린 말 두 필을 언뜻 보았다. 그녀는 바로 말을 알아보았다. 질베르트와 쥘리앵의 말이었다. 고적함이 짐스럽게 느껴지기 시작하던 차에 그녀는 이 뜻하지 않은 만남이 반가웠다. 그녀는 말을 몰아 달려갔다.

그처럼 오래 머무는 데 습관이 든 듯, 참을성 있게 서 있는 말 두 필에 다가가자, 잔느는 그들을 소리쳐 불렀다. 아무 대답이 없었다.

여자 장갑 한 짝과 채찍 두 개가 밟힌 흔적이 있는 잔디 위에 놓여 있었다. 그러니까 그들은 거기 앉아 있다가, 말을 남겨 둔 채 멀리 가 버린 것이었다.

두 사람이 대체 무슨 일을 하는지 알 수 없어 의아해하면서 그녀는 십오 분, 이십 분 동안 기다렸다. 그녀가 말에서 내려 나무둥치에 몸을 기대고 가만히 서 있는데, 새 두 마리가 그녀를 보지 못하고 바로 곁의 풀숲에 내려앉았다. 그중 한 마리가 다른 놈 주위를 깡충거리며 맴돌더니, 날개를 펼쳐 들어 흔들고, 머리 숙여 인사하면서 짹짹거렸다. 그러더니 두 마리 새는 갑자기 짝짓기에 돌입했다.

마치 이런 일을 몰랐던 것처럼 잔느는 몹시 놀랐다. 그러고 나서 그녀는 생각했다. "그래, 맞아, 봄이 왔구나." 그다음 다른 한 가지 생각, 하나의 의혹이 그녀에게 떠올랐다. 그녀는 장갑과 채찍과 내버려 둔 말 두 필을 다시 쳐다보았다. 그리고 그녀는 달아나고 싶은 욕구를 억제할 수 없어 난폭하게 말안장에 뛰어올랐다.

그녀는 이제 푀플을 향해 말을 달렸다. 그녀는 머리를 짜내어 추론해 보고 사실을 연결해 보고 상황을 비교해 보았다. 어찌 좀 더 일찍 짐작하지 못했던가? 어찌 아무것도 알아채지 못했던가? 쥘리앵의 외출, 다시 시작된 그의 옛날 같은 멋 부리기, 차분해진 그의 기분 같은 걸 왜 진작 이해하지 못했던가? 잔느는 또 질베르트의 신경질적인 거친 행동, 그녀의 과장된 교태, 그리고 얼마 전부터 그녀가 빠져 있는 것 같은 일종의 행복한 상태를 상기해 보았다. 백작은 아내의 그런 상태를 몹시 기뻐했다.

빨리 달리는 것은 생각을 방해했기 때문에, 심각하게 생각해 볼 필요가 있는 잔느는 이제 말을 천천히 몰았다.

처음의 흥분 상태가 지나가자, 그녀 마음은 거의 평정을 되찾을 수 있었다. 질투심도 증오감도 없었고, 경멸감만 인 뿐이었다. 그녀는 쥘리앵 생각은 거의 하지 않았다. 그에 관해서라면 더 이상 놀랄 일이 아무것도 없었다. 그러나 친구같이 지낸 백작 부인의 이중 배반은 분노를 자아냈다. 그러니까 모든 사람이 배신자이고, 거짓말쟁이고, 위선자인 것이다. 그녀 눈에서 눈물이 흘러내렸다. 사람은 때때로 죽은 이들을 슬퍼하는 것만큼 환상에 대해서도 슬픔의 눈물을 흘리게 마련이다.

그렇지만 잔느는 아무것도 모르는 척하고서, 일상적 감정에는 마음을 닫아걸고, 폴과 부모님들만 사랑하며 지내기로 결심했다. 다른 사람들은 태연한 얼굴을 하고서 견뎌 내면 될 것이었다.

집으로 돌아오자마자 그녀는 아들에게로 달려가 자기 방으로 데리고 가서 한 시간 동안이나 쉬지 않고 미친 듯이 아기에게 키스를 퍼부었다.

쥘리앵은 저녁 식사를 위해 돌아왔다. 그는 매력적이었고, 미소를 띠고 있었으며, 친절한 의도로 가득 차 있는 것 같았다. 그는 "장인 장모님은 올해 안 오시는 건가?" 하고 묻기도 했다.

그런 친절함이 너무 고마워서, 그녀는 숲에서 발견한 행위를 거의 용서해 줄 정도였다. 그리고 폴 다음으로 사랑하는 두 분을 한시라도 빨리 보고 싶다는 강한 욕망에 갑자기 사로잡혀, 그녀는 저녁 내내 두 분의 내방을 재촉하는 편지를 썼다.

부모님은 5월 20일로 내방일을 알려 왔다. 편지를 받은 것은 5월 7일이었다.

잔느는 나날이 더 애가 타서 부모님을 기다렸다. 자식으로서의 정 외에도, 자신의 마음이 정직한 다른 마음과 접촉해야 할 새로운 필요성을 절감했던 것이다. 일생 동안 모든 행동, 모든 생각, 모든 욕망이 항상 곧았던 순수한 사람들, 일체의 치욕과는 무관한 사람들과 마음을 터놓고 얘기하고 싶은 욕구였다.

이제 그녀는 타락해 가는 모든 사람들의 양심 한가운데서 자신의 양심이 고립되어 있다는 느낌이 들었다. 비록 그녀가 자신의 감정을 갑자기 위장하는 기술을 배웠다 할지라도, 비록 그녀가 입가에 미소를 띠고 손을 내밀어 백작 부인을 맞았다 할지라도, 그녀는 공허감과 인간에 대한 경멸감이 점점 더 커져 자신을 휩싸는 것을 느꼈다. 그리고 매일같이 들려오는 그 고장의 하찮은 소문들은 그녀의 마음에 더 큰 혐오감과 인간에 대한 더 심한 경멸감을 불러일으켰다.

쿠야르 집 딸이 아이를 낳아 곧 결혼식을 치를 예정이었다. 마르탱 집의 고아 하녀가 임신을 했다. 열다섯 살밖에 안 된 이웃의 어린 계집애도 임신을 했다. 끔찍스럽게 불결해서 똥이라고 불리는 추한 절름발이 과부도 임신을 했다.

임신에 대한 새로운 소문이 끊임없이 돌았고, 처녀 애가, 농부의 아내가, 가정의 어머니가, 또는 존경받는 어떤 부유한 농장주가 바람났다는 소문이 줄을 이었다.

이 뜨거운 봄이 수목에게와 마찬가지로 인간에게도 생기를 격발한 것 같았다.

그런데 꺼져 버린 잔느의 관능은 더 이상 동요하지 않았고, 오직 상처받은 마음, 감상적인 영혼만이 따뜻하고 풍요로운 봄바람에 움직이는 것 같았다. 욕정 없이 들뜨고, 육체적 욕구는 죽어 버린 채 몽상에만 열정적이 되어 꿈속에 잠겨 있던 그녀는, 그런 더러운 동물적 속성에 대해서는 증오 섞인 혐오감으로 가득 차서 놀라워할 뿐이었다.

마치 남녀 간의 교접이 자연에 어긋나는 것처럼 이제 잔느에게 분개심을 일으키는 것이었다. 그녀가 질베르트를 원망하는 것은 자기에게서 남편을 빼어 갔기 때문이 아니라, 질베르트 역시 그런 보편적인 진창 속에 빠져 버렸다는 사실 때문이었다.

그 여자야말로 저속한 본능이 지배하는 저 촌것들 족속과는 달라야 한다. 어찌하여 그 여자가 저 짐승 같은 무리와 똑같이 몸을 망칠 수 있었단 말인가?

부모님이 도착할 예정인 바로 그날, 쥘리앵은 아주 자연스럽고 재미있는 일처럼 빵집 얘기를 유쾌하게 늘어놓음으로써 잔느의 혐오감에 불을 붙였다. 어제는 빵을 굽는 날이 아니었는데도 화덕 안에서 무슨 소리가 나기에 혹시 도둑고양이가 아닌가 하고 빵집 주인이 열어 보니, 자기 마누라가 들어 있더라는 것이었다. 마누라는 '빵을 넣고 있던 것이 아니었다.'

그리고 그는 덧붙여 말했다. "빵집 주인이 화덕 입구를 막아 버렸대. 남녀가 그 안에서 질식해 죽을 뻔했지. 어린 아들놈이 이웃 사람들한테 알렸다고 하더군. 제 어미가 대장장이하고 같이 화덕 안으로 들어가는 것을 보았던 거지."

그리고 쥘리앵은 웃으며 되풀이했다. "그 화상들이 우리에게 사랑의 빵을 먹이려는 모양이지. 진짜 라퐁텐 우화 같다니까."

잔느는 더 이상 빵에 손을 댈 수가 없었다.

역마차가 현관 층계 앞에 멎고, 남작의 즐거운 얼굴이 창유리에 비치자, 젊은 여인의 영혼과 가슴은 깊은 감동으로 차올랐다. 여태 그녀가 한 번도 느껴보지 못했던 격렬한 애정의 충동이었다.

그러나 어머니의 모습을 보았을 때, 그녀는 충격을 받아 정신을 잃을 지경이었다. 남작 부인은 금년 겨울이 지나는 육 개월 동안에 십 년은 늙어 버린 것 같았다. 물컹하게 늘어진 통통한 두 볼은 피가 부풀어 오른 것처럼 빨갛게 물들어 있었다. 눈은 꺼져 버린 것 같았다. 그리고 남작 부인은 양쪽 겨드랑이를 부축해 주어야만 겨우 움직일 수 있었다. 그녀의 괴로운 호흡은 휘파람 소리처럼 들렸고, 너무나 힘들어해서 그녀 곁에 있기만 해도 고통스럽고 답답한 느낌이 들었다.

남작은 매일같이 부인을 보기 때문에 이런 쇠락을 전혀 알아차리지 못하고 있었다. 부인이 계속 숨이 답답하고 점점 더 몸이 무거워진다고 불평하면, 그는 이렇게 대답하는 것이었다. "천만에, 여보, 늘 그랬던 걸 내가 잘 아는데."

부모님을 방에 모셔다 드린 후, 몹시 상심한 잔느는 혼자 자기 방에 가서 넋을 놓고 울었다. 그러고는 아버지를 만나러 가서 두 눈에 눈물이 그득해 아버지 품으로 뛰어들었다. "오오! 어머니가 참 많이 변하셨어요! 무슨 일이죠? 말씀해 보세요, 무슨 일이에요?" 아버지는 몹시 놀라서 대답했다. "그러냐? 무슨 소리야? 그럴 리 없어. 늘 붙어 있는 내가 보기엔 나빠지지 않았어, 항상 그대로지."

그날 저녁 쥘리앵이 아내에게 말했다. "당신 어머니 엉망이신데. 갈 데까지 가신 것 같아." 그러자 잔느가 오열을 터뜨렸다. 쥘리앵은 신경질을 부렸다. "아니, 왜 그래, 돌아가셨다는 말이 아니잖소. 당신은 늘 분별없이 극단적이군. 그저 변하셨다는 것뿐이야, 나이가 나이인 만큼."

일주일이 지나자, 어머니의 변한 모습에 익숙해진 잔느는 더 이상 그 생각을 하지 않았다. 일종의 이기적 본능이나, 마음의 평온을 바라는 자연스러운 욕구에 의해서, 사람들이 늘 두려움이나 절박한 걱정을 억누르고 물리치는 것처럼, 잔느도 자신의 근심을 억눌렀을 것이다.

걷기가 힘들어진 남작 부인은 매일 삼십 분씩 정도만 밖에 나갔다. 남작 부인이 한번 '그녀의' 산책길을 끝까지 걸어갔을 때 그녀는 더 이상 움직일 수가 없어서, '그녀의' 벤치에 앉혀 달라고 요구했다. 그리고 산책을 끝까지 이어 가는 것이 불가능하다고 느낄 때면, 부인은 이렇게 말하는 것이었다. "그만하자. 내 비만증 때문에 오늘은 다리가 끊어지는 것 같구나."

남작 부인은 거의 웃지 않았다. 지난해만 해도 온몸을 뒤틀며 웃어 댔을 일에도 그저 미소만 머금을 뿐이었다. 그러나 시력은 변함없이 좋아서, 『코린』이나 라마르틴이 쓴 『명상 시집』[29]을 다시 읽으며 나날을 보내는 것이었다. 또 남작 부인은 '추억'의 서랍을 가져오라고 요구하기도 했다. 그녀는 다정한 추억의 편지들을 무릎 위에 꺼내 놓고, 자신의 그 '유물' 하나하나를 천천히 다시 읽은 다음, 옆 의자 위에 놔둔 서랍 안에 차곡차곡 다시 담았다. 그리고 주위에 아무도 없이 혼자만 있을 때면 사랑했던 고인의 머리카락에 은밀히 키스하듯, 그 편지 중 몇 통에 입을 맞추었다.

이따금 잔느는 불쑥 어머니 방에 들어갔다가 어머니가 울

29) 프랑스 낭만주의 시인 라마르틴(1790~1869)의 첫 시집으로, 프랑스 낭만주의 문학의 개화에 지대한 영향을 미쳤다.

고 있는 것을, 슬픔의 눈물을 흘리고 있는 것을 보았다. 잔느가 소리쳤다. "무슨 일이에요, 엄마?" 남작 부인은 긴 한숨을 내쉬고는 대답했다. "내 유물들이 이렇게 눈물을 자아내는구나. 이제는 끝나 버린 너무도 좋았던 일들이 되살아나는구나! 그리고 거의 생각나지 않던 사람들이 갑자기 떠오른다. 그들의 모습이 보이는 것 같고, 그들의 목소리가 들리는 것 같고, 그런 일들이 마음을 쓰라리게 한다. 너도 나중에 나이 들면 알게 될 거야."

부인이 이렇게 우수에 잠겨 있을 때, 불시에 나타난 남작이 나지막하게 말했다. "얘, 잔느, 내 말 잘 들어라. 네가 가진 편지들을, 엄마 편지든 내 편지든 모두 태워 버려라. 늙은 다음에 젊은 시절을 되돌아보는 것만큼 무서운 일은 없단다." 그러나 잔느도 편지들을 간직해, 자신의 '유물 상자'를 준비하고 있었다. 비록 그녀는 어머니와 모든 점에서 다르기는 했지만, 공상적인 감상적 기질만은 유전적인 본능으로서 거역할 수 없었던 것이다.

며칠 후, 남작은 집을 비울 일이 생겨서 외출했다.

아름다운 계절이었다. 별이 총총한 온화한 밤이 고요한 저녁나절을 뒤따르고, 청명한 저녁이 찬란한 낮을 뒤따르고, 찬란한 낮은 빛나는 새벽을 뒤따라왔다. 어머니도 곧 건강이 나아졌다. 쥘리앵의 난봉과 질베르트의 배신을 잊고, 잔느는 거의 완전한 행복감을 느꼈다. 들판에는 온통 꽃이 만발하고 향기가 넘쳤다. 그리고 변함없이 평화로운 대양은 아침부터 저녁까지 태양 아래서 빛을 반짝이고 있었다.

어느 날 오후, 잔느는 폴을 품에 안고 들로 나갔다. 길을 따라 꽃이 지천으로 피어 있는 풀숲과 자기 아들을 번갈아 쳐다보며, 그녀는 한없는 행복감으로 마음이 부풀어 올랐다. 순간순간 그녀는 아기에게 입을 맞추며, 아기를 품에 꼭 끌어안았다. 들판의 향긋한 냄새가 코끝을 스치자, 그녀는 무한한 안락감에 넋이 나가 정신이 아득해지는 느낌이었다. 그리고 그녀는 폴의 장래를 상상해 보았다. 그는 무엇이 될 것인가? 때로 그녀는 아들이 유명하고 권세 있는 위대한 인물이 되기를 바랐다. 또 때로는 항상 팔을 벌려 엄마를 맞아 주는, 효성 넘치는 다정한 아들로서 자기 곁에 평범하게 머물러 주는 편이 좋을 것 같기도 했다. 어머니의 이기적인 마음으로 사랑할 때면, 그녀는 폴이 자기 아들, 오직 자기 아들로만 머물러 주기를 바랐다. 그러나 강렬한 이성(理性)으로 사랑할 때면, 그녀는 아들이 세계적 인물이 되었으면 좋겠다는 야망을 품었다.

그녀는 도랑가에 앉아, 아기를 새삼스럽게 쳐다보기 시작했다. 일찍이 아기를 본 적이 없는 것만 같았다. 이 어린것이 커서 당당한 걸음걸이로 걷고, 턱에 수염을 기르고, 우렁찬 목소리로 말할 것을 생각하니 갑자기 놀라운 느낌이 들었다.

멀리서 누군가가 그녀를 부르고 있었다. 그녀가 고개를 들었다. 마리우스가 달려오고 있었다. 방문객이 찾아와 자기를 기다리는 것이라고 생각하고, 방해받은 것을 못마땅해하면서 그녀는 마지못해 자리에서 일어섰다. 그러나 아이는 허둥지둥 달려오더니, 가까이 다가오자 "마님, 남작 부인께서 많이 편찮으세요." 하고 소리쳤다.

찬 물줄기가 등을 타고 흘러내리는 느낌이었다. 그녀는 혼비백산해서 서둘러 출발했다.

멀리 플라타너스 아래 사람들이 떼 지어 있는 것이 보였다. 그녀가 달려가니, 사람들이 길을 비켜 주었다. 베개 두 개에 머리를 받치고 땅바닥에 누워 있는 어머니의 모습이 눈에 들어왔다. 얼굴은 새까맣고, 눈은 감겨 있었으며, 이십 년 전부터 헐떡거려 왔던 가슴은 더 이상 움직이지 않았다. 유모가 젊은 부인의 품에서 아기를 받아 데리고 갔다.

잔느가 질겁해서 물었다. "무슨 일이 있었어요? 엄마가 어떻게 넘어지셨어요? 빨리 의사를 부르러 보내요." 그러고 고개를 돌리니 어떻게 알고 왔는지 신부의 모습이 눈에 띄었다. 신부는 법의 소맷자락을 걷어 올리고, 자기가 할 수 있는 조치를 취했다. 그러나 식초 요법도, 오 드 콜로뉴를 맡게 해도, 마사지도 아무 효과가 없었다. "옷을 벗기고, 자리에 눕혀 드려야겠습니다." 하고 신부가 말했다.

소작인 조제프 쿠야르가 시몽 영감과 뤼디빈과 함께 거기에 있었다. 그들은 피코 사제의 도움을 받아 남작 부인을 옮기려고 했다. 그러나 그들이 부인을 들어 올리자, 부인의 머리는 뒤로 축 늘어졌고, 그들이 잡은 옷자락이 찢어졌다. 부인의 뚱뚱한 몸은 그만큼 무겁고 움직이기가 힘들었다. 그러자 잔느가 두려움으로 울부짖기 시작했다. 사람들은 축 처진 육중한 체구를 다시 바닥에 내려놓았다.

거실의 안락의자를 가져와야만 했다. 부인을 안락의자에 앉히자, 마침내 들어 올릴 수 있었다. 그들은 한 걸음 한 걸음

현관 층계와 실내 계단을 올라가서, 마침내 방에 이르러 침대에 부인을 내려놓았다.

식모가 부인의 옷을 다 벗기지 못해 허둥대고 있는데, 때마침 과부 당튀가 나타났다. 하인들 말에 따르면, 그녀는 신부와 마찬가지로 '죽음의 냄새를 맡고' 별안간 찾아온 것이었다.

조제프 쿠야르가 의사에게 알리려고 전속력으로 말을 몰아 떠났다. 신부가 성유(聖油)를 가지러 가려고 하는데, 과부 당튀가 그의 귀에 대고 속삭였다. "신부님, 괜히 가실 필요 없어요. 저는 알아요, 부인은 이미 돌아가셨어요."

잔느는 얼이 빠져서, 무엇을 해야 할지 어떤 시도를 해 봐야 할지 무슨 약을 써야 할지 몰라, 울며 탄식할 뿐이었다. 신부는 어찌되었든 죄의 사면을 선언했다.

사람들은 두 시간 동안 생명 없는 그 자색 몸뚱이 곁에서 기다렸다. 잔느는 이제 무릎을 꿇고 앉아 불안과 고통에 시달리며 흐느껴 울고 있었다.

문이 열리고 의사가 나타났을 때, 잔느는 마치 구원과 위안과 희망의 등장을 보는 것만 같았다. 그녀는 의사를 향해 달려가서, 사건에 대해 자기가 아는 모든 것을 더듬더듬 말했다. "어머니는 매일 하시듯 산책을 하셨어요…… 어머니는 건강이 좋으셨어요…… 아주 좋은 편이셨죠…… 점심에는 수프와 달걀 두 개를 드셨죠…… 그런데 갑자기 쓰러지셨어요…… 보시는 것처럼 새까매지셔 가지고…… 그러고는 움직이질 못하시는 거예요…… 깨어나시게 하려고 저희는 모든 방법을 다 써 봤어요…… 모든 방법을요……." 과부가 의사에게 이제 모든 것이 끝났다는 의미의 표시를 노골적으로 하자, 망연해진 잔느는 입을 다물었다. 그러나 그 의미를 애써 부인하며, 잔느는 계속 걱정스럽게 물었다. "위독하세요? 위독하다고 생각하세요?"

의사가 결국 입을 열었다. "죄송합니다만…… 운명하신 것 같습니다……. 용기를 내십시오, 용기를 내셔야 합니다."

그러자 잔느는 두 팔을 벌리고 어머니에게 몸을 던졌다.

쥘리앵이 들어왔다. 그는 고통의 외침도 절망의 기색도 없이, 눈에 띄게 어색해하며 멍하니 서 있었다. 뜻하지 않게 너무 돌연히 일어난 일이어서, 자리에 어울리는 얼굴 표정과 태도를 단번에 꾸밀 수 없었던 것이다. 그가 중얼거렸다. "이럴 줄 알았어, 돌아가시리라는 느낌이 들더라니까." 그러고 나서 그는 손수건을 꺼내 눈을 닦더니, 무릎을 꿇고 성호를 그으며 뭐라고 웅얼거렸다. 그리고 자리에서 일어서더니, 아내도 일으키려고 했다. 그러나 잔느는 어머니 위에 눕다시피 하고 두 팔을 벌려 시신을 끌어안고서 키스를 퍼부었다. 억지로 그녀를 떼어 놓아야 했다. 잔느는 정신이 나가 버린 것 같았다.

한 시간 후에 그녀는 어머니 곁으로 돌아올 수 있었다. 어떤 희망도 남아 있지 않았다. 방은 이제 빈소로 꾸며져 있었다. 쥘리앵과 사제가 창가에서 나지막하게 얘기를 나누고 있었다. 죽음이 찾아온 집을 자기 집처럼 느끼며, 밤샘에는 길이 든 여자답게, 과부 당퀴는 안락의자에 편안한 자세로 앉아 벌써 조는 것처럼 보였다.

어둠이 내리고 있었다. 신부가 잔느에게 다가와 두 손을 잡고서, 그녀의 비통한 마음에 성직자로서 은근한 위로의 말을 쏟으며 용기를 북돋아 주었다. 그는 고인에 대해 언급하면서 성직자의 용어로 고인을 칭송하고 사체를 은혜롭게 여기는 사제의 그 의례적인 슬픔을 보이면서, 자기도 시신 곁에서 기도하며 밤을 보내겠다고 제의했다.

그러나 잔느는 발작적으로 눈물을 흘리며 이를 거절했다. 그녀는 이 이별의 밤을 혼자, 오직 혼자서만 보내고 싶었던 것이다. 쥘리앵이 다가와서 말했다. "하지만 그건 안 될 일이오, 우리 둘이 함께 있읍시다." 그녀는 더 이상 말을 할 수가 없어서 고갯짓으로만 아니라는 표시를 하다가, 이윽고 이렇게 말할 수 있었다. "내 어머니, 나만의 어머니예요. 나 혼자 밤샘을 하고 싶어요." 의사가 나지막이 말했다. "부인 뜻대로 하시게 합시다, 간병인이 옆방에 있으면 되니까요."

신부와 쥘리앵은 자기들 침대를 생각하며 이에 동의했다. 그다음 피코 신부는 무릎을 꿇고 기도를 하더니, "주께서 그대와 함께 하시기를." 하고 말하는 것과 똑같은 어조로 "성자 같은 분이셨습니다." 하고 덧붙이며 일어나서 밖으로 나갔다.

그때 자작이 평소처럼 신상한 목소리로 물었다. "뭘 좀 들지 않겠소?" 잔느는 자기에게 하는 소리인지 모르고 아무 대답도 하지 않았다. 그가 되풀이했다. "기운 차리려면 좀 먹어두는 것이 좋을 거요." 잔느가 넋 나간 태도로 대꾸했다. "당장 사람을 보내 아빠를 모셔 오세요." 그러자 쥘리앵은 말을 태워 루앙에 사람을 보내기 위해 방을 나갔다.

마치 솟아오르는 절망적 회한의 물결에 자신을 내맡기기

위해 마지막으로 어머니와 둘이서만 대면하는 시간을 기다려 온 듯이, 잔느는 요지부동의 고통 속에 빠져들었다.

어둠이 방 안으로 스며들어 시신을 캄캄하게 가렸다. 과부 당뒤가 가벼운 발걸음으로 돌아다니며, 간병인다운 조용한 동작으로 눈에 띄지 않는 물건들을 찾아서 필요한 자리에 배열했다. 그녀는 초 두 자루에 불을 붙여서, 흰 냅킨을 씌워 침대 머리맡에 놓아둔 탁자 위에 가만히 올려놓았다.

잔느는 아무것도 보지 못하고, 아무것도 느끼지 못하고, 아무것도 이해하지 못하는 것 같았다. 그녀는 혼자 있는 시간을 기다리고 있었다. 쥘리앵이 돌아왔다. 그는 저녁을 먹고 온 것이었다. 그가 또다시 물었다. "당신은 아무것도 먹고 싶지 않은 거요?" 아내는 고개를 저어 먹고 싶지 않다는 표시를 했다.

그는 슬프기보다는 체념한 태도로 앉아 말없이 머물러 있었다.

그들 세 사람은 각자 멀찌감치 떨어져서 미동도 않고 자기 자리에 앉아 있었다.

이따금 간병인이 졸면서 가볍게 코를 골다가, 갑자기 깨어나곤 했다.

마침내 쥘리앵이 자리에서 일어서더니, 잔느에게 다가가며 말했다. "이제 혼자 있고 싶소?" 그녀는 무의식적으로 남편의 손을 잡고 "아, 예, 혼자 있게 해 주세요." 하고 말했다.

그는 잔느의 이마에 키스하고 "내가 때때로 와 보겠소." 하고 중얼거렸다. 그리고 그는 과부 당뒤와 함께 나갔다. 당뒤는 앉아 있던 안락의자를 옆방으로 밀고 갔다.

잔느는 방문을 닫고, 창문 두 개를 활짝 열었다. 건초 말리는 계절의 훈훈한 저녁 미풍이 얼굴 가득히 불어왔다. 전날 베어 놓은 잔디밭의 건초가 밝은 달빛 아래 널려 있었다.

밤의 이 부드러운 감각도 그녀를 아프게 했고, 일종의 아이러니처럼 비탄을 자아냈다.

잔느는 침대 곁으로 돌아가서, 움직이지 않는 차디찬 손을 잡고 어머니를 바라보기 시작했다.

어머니는 쓰러지셨을 때에 비해서는 부기가 빠져 있었다. 이제는 그 어느 때보다도 더 평화롭게 주무시는 것같이 보였다. 가벼운 바람에 흔들리는 촛불의 희미한 불꽃이 얼굴의 그림자를 순간순간 이동시켜서, 마치 어머니가 살아서 움직이는 것 같았다.

잔느는 주린 듯이 어머니를 쳐다보았다. 먼먼 어린 소녀 시절의 밑바닥에서부터 추억이 떼를 지어 몰려왔다.

수녀원 면회실로 어머니가 찾아오시던 일들, 과자가 가득 든 종이 봉지를 내미시던 어머니의 모습, 수많은 자질구레한 일들과 사소한 사실들, 정다운 애정 표현, 말씨, 억양, 친숙한 몸짓, 웃으실 때 눈가의 주름살, 자리에 앉고 난 다음의 헐떡이는 큰 숨소리 등 모든 것이 잔느의 기억 속에 떠올랐다.

그녀는 자리에 앉아 물끄러미 어머니를 쳐다보며 몽롱한 정신 상태에서 "엄마가 돌아가셨다." 하고 되뇌었다. 그 말의 모든 무서움이 오롯이 되살아났다.

여기에 누워 있는 여자, 엄마, 어머니, 아델라이드 부인은 정녕 죽은 것인가? 어머니는 이제 움직이지도 못하고, 말도 못하고, 웃지도 못하고, 아버지와 마주 앉아 식사도 못 할 것이다. 어머니는 이제 "안녕, 자네트."라고도 말하지 못할 것이다. 어머니는 돌아가신 것이다!

사람들이 어머니를 관에 넣어 못질하고 땅속에 묻을 것이다, 그러면 끝장일 것이다. 더 이상 어머니를 보지 못할 것이다. 그게 있을 수 있는 일인가? 어떻게? 자기에게는 더 이상 어머니가 없는 걸까? 눈을 뜬 순간부터 보아 왔고, 팔을 벌린 순간부터 사랑했던, 그처럼 익숙한 소중한 얼굴, 애정의 크나큰 배출구, 그 유일한 존재, 세상의 나머지 모든 사람보다 마음에 더 중요한 어머니, 그 어머니가 사라진 것이다. 어머니의 얼굴, 움직임도 생각도 없는 이 얼굴을 쳐다보는 것도 이제 몇 시간밖에 남지 않았다. 그다음에는 아무것도, 더 이상 아무것도 없는 것이다. 하나의 추억밖에는.

그녀는 절망의 무서운 발작을 일으키며 무릎을 꿇고 주저앉았다. 경련 이는 두 손으로 침대 자락을 잡아 비틀며, 침대 위에 입을 대고 시트와 이불을 둘러쓰고 목소리를 틀어막으면서, 그녀는 비통하게 울부짖었다. "오오! 엄마, 불쌍한 우리 엄마, 엄마!"

눈 속을 뚫고 미친 듯이 도망치던 그날 밤같이 정신이 혼몽해지는 느낌이 들어, 잔느는 자리에서 일어나 창문으로 달려갔다. 이 침대의 공기, 이 죽음의 공기가 아닌 신선한 공기를 마시고 머리를 식히기 위해서였다.

깎아 놓은 잔디밭, 나무들, 황야, 저 먼 곳의 바다가 부드러운 달빛의 매력에 사로잡혀 잠든 듯, 고요한 평화 가운데 쉬고 있었다. 마음을 가라앉혀 주는 이런 온화한 기운이 잔느의 가슴에 얼마간 스며들자, 그녀는 가만히 울기 시작했다.

잔느는 다시 침대 곁으로 와서, 아픈 엄마를 밤새 간호했을 때처럼 엄마의 손을 꼭 쥐고 자리에 앉았다.

커다란 벌레 한 마리가 촛불에 이끌려 방 안으로 들어왔다. 벌레는 공처럼 벽에 부딪히며, 방의 이 끝 저 끝으로 헤맸다. 윙윙대며 벌레가 내는 소리에 정신이 산만해진 잔느는 벌레를 보려고 눈길을 들었다. 그러나 그녀의 눈에는 하얀 천장 바닥을 배회하는 벌레의 그림자밖에는 들어오지 않았다.

이제 벌레 소리도 들리지 않았다. 그러자 괘종시계가 가볍게 똑딱거리는 소리와 또 다른 작은 소리, 아니 차라리 거의 분간되지 않는 미세하게 살랑이는 소리가 들려왔다. 그것은 침대 발치에 놓인 의자 위에 던져 놓은 옷 속에 잊힌 채 들어 있던 엄마의 회중시계가 계속 움직이는 소리였다. 그리고 불현듯 잠시도 멈추지 않는 이 기계 장치와 어머니의 죽음이 막연히 비교되면서, 잔느의 마음에 날카로운 고통의 감정이 되살아났다.

그녀는 시계를 보았다. 이제 겨우 10시 30분이었다. 잔느는 여기서 보내야 할 이 긴 밤이 몹시 두려워졌다.

다른 추억들이 그녀에게 되살아났다. 로잘리며 질베르트며 마음에 쓰라린 환멸을 일으킨 자기 삶의 추억들이었다. 그러니까 비참, 슬픔, 불행, 죽음만이 전부인 것이다. 모든 것이 속임수이고, 모든 것이 거짓이며, 모든 것이 쓰라림과 눈물을 자아낼 뿐이다. 약간의 휴식과 기쁨을 발견할 곳은 어디인가?

어쩌면 저승에서나! 영혼이 지상의 시련으로부터 해방될 때에. 영혼이라! 그녀는 영혼이라는 그 측정할 수 없는 신비에 대해 상상하기 시작했다. 갑자기 어떤 시적(詩的) 확신에 다다르는 듯하다가 마찬가지로 모호한 다른 가정에 의해 그것이 즉각 뒤집히기도 하면서 그녀는 상상을 이어 갔다. 도대체 지금 어머니의 영혼은 어디에 있는가? 움직이지 않는 이 차가운 시체의 영혼은? 어쩌면 아주 먼 곳에 있을 것이다. 공간 어딘가에 있는가? 하지만 어느 곳에? 마른 꽃잎의 향기처럼 날아갔는가? 아니면 새장을 빠져나간 보이지 않는 새처럼 방황하고 있는가?

신에게로 불려 갔는가? 아니면 새로운 창조의 우연성에 흩뿌려져, 막 부화하려는 배아에 섞여 들었는가?

어쩌면 아주 가까이에 있는 것이 아닐까? 이 방 안, 그것이 떠나온 이 생명 없는 육체의 주위에! 그러자 갑자기 잔느는 어떤 영(靈)이 와 닿는 것처럼, 숨결 같은 것이 자신을 스쳐가는 느낌을 받았다. 그녀는 덜컥 겁이 났다. 너무나 지독하고 강렬한 두려움이어서 감히 움직일 수도, 숨을 쉴 수도, 뒤를 쳐다보려고 고개를 돌릴 수도 없었다. 그녀의 가슴이 격렬한 공포 속에서 두방망이질 쳤다.

보이지 않던 벌레가 갑자기 다시 날기 시작했고, 선회하면서 다시 사방의 벽에 부딪혔다. 잔느는 발끝에서 머리끝까지 소름이 끼쳤으나, 그것이 날벌레가 윙윙거리는 소리임을 알고서 곧 안심한 후, 자리에서 일어나 고개를 돌려 보았다. 그녀의 시선이 스핑크스 머리 장식이 달린 책상, 즉 유물이 간직된 가구에 멎었다.

그러자 애정 어린 기묘한 생각이 그녀의 머리에 떠올랐다. 이 마지막 철야의 기회에, 마치 성스러운 책을 읽듯, 고인에게 소중했던 옛 편지들을 한번 읽어 보자는 생각이었다. 그렇게 함으로써 미묘하고도 신성한 의무, 진정으로 효성스러운 행위를 수행하고, 따라서 저세상에 가신 엄마를 기쁘게 해 드릴 수 있을 것처럼 생각되었다.

잔느가 뵌 적이 없는 할아버지와 할머니의 옛 편지들이 있었다. 잔느는 그분들 따님의 시신 너머로 조부모님께 팔을 뻗어, 그분들 역시 슬퍼하실 이 초상의 밤에 그분들을 향해 나아가고 싶었다. 그리고 예전에 돌아가신 조부모님, 이제 막 차례가 되어 숨을 거두신 어머니, 아직 지상에 남아 있는 자기 자신 사이에 어떤 신비스러운 애정의 사슬을 엮고자 했다.

잔느는 일어나서 책상 뚜껑을 열고, 차례차례 묶어서 나란히 정돈해 놓은 노랗게 바랜 작은 종이 뭉치 십여 개를 아래쪽 서랍에서 꺼냈다.

잔느는 일종의 감상적인 의식을 행하듯, 그 편지 묶음 모두를 침대 위, 남작 부인의 양팔 사이에 올려놓고, 하나씩 읽어 나가기 시작했다.

가문의 고풍스러운 책상들 속에서 발견되는 예스러운 서간문들, 지난 세기의 냄새를 풍기는 서간문들이었다.

첫 번째 편지는 "내 사랑하는 아가"로 시작되었다. 다른 편지는 "내 예쁜 어린 딸"로, 다음 것은 "내 사랑하는 어린것"으로 시작되고, 이어서 "내 귀여운 아이", "사랑하는 나의 딸",

“내 소중한 자식”도 있었고, “나의 소중한 아델라이드”, “나의 소중한 딸”이란 표현도 있었다. 어린 소녀, 처녀, 그리고 나중에는 젊은 부인에게 편지를 보내는 데 따라 호칭이 다양하게 쓰이고 있었다.

그 모든 편지는 열렬하고도 유치한 애정으로 가득 차 있었으며, 수많은 내밀하고 사소한 일들, 그리고 관계없는 사람들에게는 너무나 시시해 보일 것 같은 가정 내 대소사로 채워져 있었다. ‘아버지가 감기 걸리셨다, 하녀 오르탕스가 손가락을 데었다, 고양이 크로크라가 죽었다, 울타리 오른쪽 전나무를 베었다, 어머니가 성당에서 돌아오는 길에 미사 책을 잃어버렸는데 어머니는 도둑맞은 걸로 생각한다.’ 이런 등등의 얘기였다.

거기에는 잔느가 모르는 사람들도 언급되어 있었다. 하지만 예전 어린 시절에 그들의 이름을 들었던 기억이 막연히 떠오르기도 했다.

그녀는 이런 작은 일들에 감동했고, 그것들이 새로운 발견처럼 여겨졌다. 마치 엄마의 비밀스러운 과거의 삶 전체, 엄마의 마음속 삶 속으로 갑자기 뛰어든 것 같은 느낌이었다. 잔느는 누워 있는 시신을 바라보았다. 그러고는 별안간 고인의 영혼을 달래고 위로해 주기 위해서인 듯, 고인을 위해 아주 큰 소리로 편지를 읽기 시작했다.

그러자 움직임이 없는 시신도 행복한 것처럼 보였다.

잔느는 편지를 하나씩 하나씩 침대 발치에 던졌다. 그리고 관 속에 꽃을 놓듯 편지들을 관 속에 넣어야겠다고 생각했다.

그녀는 다른 편지 묶음을 풀었다. 새로운 필적이었다. 그녀는 읽기 시작했다. "나는 이제 당신의 애무 없이는 지낼 수 없습니다. 나는 미치도록 당신을 사랑합니다."

더 이상 아무것도 없었다. 이름도 쓰여 있지 않았다.

잔느는 이해할 수 없어서 편지를 뒤집어 보았다. 주소는 분명히 '르 페르튀 데 보 남작 부인' 앞으로 되어 있었다.

그녀는 다음 편지를 펴 보았다. "오늘 저녁 그가 떠나는 대로 오시오. 우리는 한 시간을 함께 지낼 수 있을 거요. 당신을 열렬히 사랑하오."

다른 편지에는 이렇게 적혀 있었다. "나는 당신을 헛되이 욕망하며 착란의 하룻밤을 보냈소. 내 품 안에는 당신의 육체가, 내 입술에는 당신의 입술이, 내 눈 앞에는 당신의 눈이 있소. 그리고 이 시간에도 당신이 그의 곁에서 자고 있고, 그가 제 마음대로 당신을 소유한다고 생각하니, 창밖으로 몸을 던지고 싶은 광기가 도는 걸 느끼오."

잔느는 어리둥절해서 도무지 이해할 수가 없었다.

이건 무엇을 뜻하는가? 이 사랑의 사연은 누가, 누구를 위해, 누구에게 쓴 것인가?

그녀는 계속 읽어 갔다. 여전히 열렬한 사랑의 고백이 들어 있었고, 조심하라는 권고와 더불어 밀회의 약속이 되풀이되었다. 그리고 항상 말미에는 "특히 이 편지를 태워 버리시오."라는 말이 덧붙어 있었다.

그녀는 마침내 만찬 초대를 수락한다는 단순한 내용의 평범한 쪽지 하나를 펴 보았다. 거기에는 동일한 필적으로 "폴

데느마르"라고 서명되어 있었다. 남작이 그에 관해 얘기할 때면 아직도 "가련한 친구 폴"이라고 부르는 사람이었다. 그의 부인은 남작 부인과 둘도 없는 친구 사이였다.

그때 잔느에게 갑자기 한 가지 의혹이 일었고, 이내 확신으로 변했다. 어머니가 그 사람을 애인으로 삼았던 것이다.

갑자기 정신이 아득해진 잔느는 몸에 기어오른 독충을 털어 버리듯 그 치욕의 종이 뭉치를 홱 집어 던지고, 창가로 달려가서 저도 모르게 목청이 찢어져라 울부짖기 시작했다. 그리고 온몸에 맥이 빠져서 벽 아래로 털썩 주저앉고 말았다. 그녀는 비탄의 외침이 새 나가지 않도록 커튼 자락으로 얼굴을 가리고 한없는 절망에 빠져 흐느꼈다.

어쩌면 그녀는 그렇게 밤을 지새웠을지도 모른다. 그러나 옆방에서 들리는 발자국 소리가 그녀를 벌떡 일어나게 했다. 혹시 아버지가 오신 건 아닐까? 모든 편지가 침대 위와 방바닥에 널브러져 있었다. 편지 한 통만 펴 보아도 충분할 것이다! 그러면 다 알게 될 것이다! 바로 아버지가!

그녀는 돌진해서 노랗게 바랜 낡은 종이 뭉치들, 조부모님의 편지, 애인의 편지, 펴 보지도 않은 편지, 그리고 끈에 묶인 채 아직도 책상 서랍에 놓여 있는 편지 가릴 것 없이 모두 움켜쥐고 난로 속에 무더기로 집어 던졌다. 그리고 침대 옆 탁자 위에서 타고 있는 초 하나를 집어 그 편지 뭉치에 불을 붙였다. 커다란 불꽃이 일며 방과 침대와 시체를 환하게 비추었다. 춤추듯 활활 타오르는 불길에, 경직된 얼굴의 가볍게 떨리는 윤곽과 시트에 싸인 육중한 신체의 선이, 침대 뒤의 하얀 커튼에 검게 그려졌다.

난로 바닥에 잿더미만 남자, 잔느는 고인 곁에는 더 이상 머물 수 없기라도 한 듯이, 열린 창가로 되돌아가서 앉았다. 그리고 두 손에 얼굴을 파묻고 다시 울기 시작했다. 그녀는 비탄에 잠겨 신음하며, 씁쓸한 탄식을 쏟았다. "오! 가련한 엄마. 오! 가련한 엄마!"

그때 잔인한 상념이 그녀에게 떠올랐다. 만약 엄마가 혹시라도 돌아가신 게 아니라면, 만약 엄마가 혼수상태에 빠져 있는 거라면, 그래서 엄마가 갑자기 일어나 말을 하신다면? 끔찍한 비밀을 알게 된 것 때문에 자식으로서의 사랑이 줄어들지는 않았을까? 전처럼 효성스러운 입술로 엄마에게 키스할 수 있을까? 전처럼 신성한 애정으로 엄마를 사랑할 수 있을까? 아니, 불가능한 일이었다! 그런 생각이 그녀의 가슴을 찢어 놓았다.

밤이 기울고 있었다. 별빛이 희미해져 갔다. 여명에 앞선 서늘한 시간이었다. 달이 해수면을 진줏빛으로 물들이며 바닷속으로 가라앉으려 하고 있었다.

푀플에 도착했을 때 창가에서 보냈던 밤의 기억이 잔느에게 떠올랐다. 얼마나 먼 과거의 일인가, 모든 게 얼마나 변했으며, 미래가 지금과는 얼마나 달라 보였던가!

어느새 하늘이 장밋빛으로 물들었다. 즐겁고 사랑스럽고 매혹적인 장밋빛이었다. 잔느는 이제 무슨 기현상이라도 대하듯 놀라서 이 찬란한 빛의 개화를 바라보았다. 이와 같은 새벽빛이 솟아오르는 땅 위에, 기쁨도 행복도 없다는 게 과연 가능할까 하고 그녀는 의아해했다.

노크 소리에 그녀는 소스라치게 놀랐다. 쥘리앵이었다. 그가 물었다. "그래, 많이 피곤하지 않소?"

혼자 있지 않게 된 것을 다행스러워하며 "아뇨." 하고 잔느가 대꾸했다. "이제 가서 좀 쉬구려." 하고 그가 말했다. 잔느는 어머니에게 천천히 괴롭고 침통한 키스를 한 다음 자기 방으로 돌아갔다.

죽음이 요구하는 슬픈 일들이 진행되는 가운데 하루가 지나갔다. 남작은 저녁 무렵에 도착했다. 그는 많이 울었다.

매장은 다음 날 거행되었다.

잔느는 어머니의 차디찬 이마에 마지막 키스를 하고, 마지막 화장을 해 드리고, 관에 시신을 안치하고 못질하는 것을 본 다음 자리에서 물러 나왔다. 조문객들이 올 시간이었다.

질베르트가 맨 먼저 도착해서 잔느의 품에 몸을 던지고 흐느껴 울었다.

마차들이 울타리를 돌아서 달려오는 것이 창문을 통해 보였다. 커다란 현관에서 사람들의 목소리가 웅성거렸다. 상복을 입은 부인들이 점차 방 안으로 몰려들었다. 잔느가 전혀 모르는 부인들이었다. 드 쿠틀리에 후작 부인과 드 브리즈빌 자작 부인이 잔느를 포옹했다.

잔느는 리종 이모가 뒤에서 슬그머니 들어오는 것을 문득 알아보았다. 잔느는 이모를 정답게 꼭 끌어안았는데 이 뜻밖의 포옹에 노처녀는 거의 기절할 지경이었다.

쥘리앵이 검은 상복을 멋지게 차려입고, 조문객들이 쇄도

하는 데 만족해서 분주한 태도로 들어왔다. 그가 부인에게 조언을 청하듯 나지막이 말했다. 그러고는 밀담을 하는 것처럼 덧붙였다. "귀족들이 모두 다 왔소, 아주 좋은 일이오." 그는 귀부인들에게 엄숙하게 고개 숙여 인사하고 방을 나갔다.

리종 이모와 백작 부인 질베르트만이 장례식이 거행되는 동안 잔느 곁에 머물러 있었다. 백작 부인은 끊임없이 잔느를 포옹하며 되풀이했다. "가엾은 친구, 가엾은 친구!"

드 푸르빌 백작이 자기 아내를 찾으러 돌아왔을 때는, 백작 자신도 마치 자기 친어머니가 돌아가신 것처럼 울고 있었다.

10

뒤이어 온 나날은 몹시 서글픈 시간이었다. 영원히 사라진 정다운 사람의 부재 탓에 텅 빈 듯이 보이는 집 안에서의 음울한 나날이었다. 고인이 늘 사용하던 물건들을 대할 때마다 쓰라림이 점철되는 나날이었다. 순간순간 추억이 되살아나 가슴을 멍들게 했다. 그분의 안락의자, 현관에 놔둔 그분의 양산, 하녀가 미처 챙기지 못한 그분의 컵이 여기 있는 것이다! 그리고 방마다 잡다한 물건들이 돌아다니고 있다. 그분의 가위, 장갑 한 짝, 그분의 무딘 손가락에 갈피가 닳은 책 등 수많은 사소한 일들을 상기시킴으로써 마음 아픈 의미를 띠는 수많은 하찮은 것들.

그리고 그분의 목소리가 귀에 쟁쟁했다. 그 목소리가 지금도 들리는 것 같았다. 유령이 출몰하는 이 집에서 벗어나 어디로든 도망치고 싶었다. 그러나 다른 사람들도 그대로 남아 고통을 감수하기 때문에 머무르는 수밖에 없었다.

게다가 잔느는 자기가 발견한 것의 무게에 짓눌려 있었다. 그 생각이 가슴을 죄었다. 상처받은 가슴은 좀체 나을 줄을 몰랐다. 현재 그녀의 고독은 그 무서운 비밀 탓에 더 깊어졌다. 어머니에 대한 마지막 신뢰가 깨어진 동시에 그녀는 더 이상 아무도 믿을 수 없게 된 것이다.

얼마 후 아버지는 떠나가셨다. 장소를 옮기고 공기를 바꿔서, 점점 더 깊이 빠져드는 암울한 슬픔에서 벗어날 필요가 있었던 것이다.

이처럼 이따금씩 주인들 중 하나가 자취를 감추는 것을 보아 온 대저택은 다시 고요한 규칙적인 삶으로 돌아갔다.

그다음에는 폴이 병이 났다. 그 때문에 잔느는 제정신이 아니었다. 그녀는 십이 일 동안 잠을 자지 않았고, 거의 먹지도 않고 지냈다.

어린아이는 병이 나았다. 그러나 잔느는 그 아이가 죽을 수도 있다는 생각으로 공포에 사로잡혔다. 그런 일이 생긴다면 그녀는 어떻게 할 것인가? 그녀는 어찌 될 것인가? 그러자 다른 아이를 하나 더 갖고 싶다는 막연한 욕구가 그녀 마음속에 서서히 스며들었다. 그녀는 이내 자기 주위에 아들 하나와 딸 하나, 두 어린것을 두고 싶다는 옛날의 욕망에 완전히 사로잡혀 그것을 꿈꾸었다. 그리고 그것은 하나의 집념이 되었다.

그러나 로잘리 사건 이후로 그녀는 쥘리앵과 떨어져 지내 왔다. 두 사람이 처한 상황으로 보아 다시 가까워진다는 것은 불가능하게까지 보였다. 쥘리앵의 사랑은 다른 곳에 가 있었고, 잔느도 그것을 알고 있었다. 그리고 다시 그의 애무를 받는다는 생각만으로도 그녀는 혐오감에 몸이 떨리는 것이었다.

그렇지만 그녀는 참고 견딜 것이다. 다시 어머니가 되고 싶다는 욕망이 그만큼 치열하게 그녀의 마음을 파고들었다. 그러나 자기들의 키스가 어떻게 다시 시작될 수 있을지 그녀는 자문해 보았다. 자기 의도를 남편에게 암시한다는 것은 창피해서 죽을 노릇이었다. 그리고 쥘리앵도 더 이상 그녀를 생각하지 않는 것처럼 보였다.

잔느는 포기할 생각도 해 보았다. 그러나 매일 밤 그녀는 딸의 모습을 꿈꾸는 것이었다. 플라타너스 아래에서 폴과 더불어 노는 딸의 모습이 눈에 보이는 것 같았다. 때때로 그녀는 일어나서, 아무 말 없이 남편 방에 가서 그를 만나고 싶다는 묘한 충동을 느끼기도 했다. 두 번이나 남편 방 문 앞까지 슬그머니 가 본 적도 있었다. 그러나 그녀는 부끄러움으로 가슴을 두근거리며 황급히 되돌아왔다.

남작은 떠나고 없었다. 엄마는 돌아가셨다. 이제 잔느에게는 의논할 수 있는 사람이 남아 있지 않았다. 마음의 비밀을 털어놓을 수 있는 사람이 아무도 없었다.

그래서 잔느는 피코 신부를 만나러 가서 고해 형식을 빌려 자신의 어려운 계획을 얘기해 보기로 결심했다.

잔느가 도착했을 때 신부는 과실수를 심은 자신의 작은 정원에서 기도서를 읽고 있었다.

몇 분 동안 이런저런 한담을 한 다음, 잔느가 얼굴을 붉히며 우물우물 말했다. "신부님, 고해를 하고 싶습니다."

신부는 어리둥절해서, 안경을 치켜 쓰고 잔느를 찬찬히 살펴보았다. 그러더니 웃으면서 말했다. "부인께서 양심에 무슨 큰 죄를 지었을 리가 없을 텐데요." 그녀가 몹시 당황해하며 대꾸했다. "그렇지는 않지만, 신부님께 조언을 청하고 싶어서요…… 이 자리에서 말씀드리기는 너무…… 너무…… 힘들어서 말씀이죠."

신부는 즉시 호인다운 모습을 버리고, 성직자로서의 태도를 취했다. "그렇다면, 부인, 고해실로 가서 듣기로 합시다."

그러나 잔느는 주저하며 신부를 붙들었다. 텅 빈 교회의 경건함 가운데서 부끄러운 그런 얘기를 한다는 것에 대해 갑자기 거리낌 같은 것을 느꼈기 때문이다.

"아니면…… 신부님…… 신부님께서 좋으시다면…… 여기서 제가 온 연유를 말씀드릴 수도 있겠네요. 자, 저기 작은 정자 아래에 가서 앉도록 하시지요."

두 사람은 천천히 그리로 갔다. 잔느는 어떻게 자기 의사를 전해야 할지, 어떻게 말을 시작해야 할지 궁리하고 있었다. 그들은 자리에 앉았다.

잔느는 고해를 하듯이 말을 시작했다. "교부님……." 뒤이어 그녀는 주저하다가, 다시 반복했다. "교부님……." 그리고 완전히 당황해서 입을 다물었다.

신부는 자기 배 위에 두 손을 깍지 끼고 앉아 기다렸다. 잔느가 난처해하는 것을 보자, 그가 격려했다. "이보세요, 말하기 어려운 모양이군요. 자, 용기를 내십시오."

위험 속으로 돌진하는 겁쟁이처럼 잔느가 마침내 결심을

했다. "교부님, 저는 아이를 하나 더 갖고 싶습니다." 신부는 영문을 몰라서 아무 대답도 하지 않았다. 그러자 당황한 잔느가 중언부언 설명을 해 나갔다.

"저는 지금 세상에 혼자뿐입니다. 저의 부친과 남편은 거의 뜻이 맞지 않고, 어머니는 돌아가셨고요. 그리고…… 또……." 그녀는 몸을 떨면서 아주 낮은 소리로 덧붙였다. "얼마 전 저는 아들을 잃을 뻔했습니다! 그러면 전 어떻게 되었겠어요?"

그녀는 입을 다물었다. 신부는 어리둥절해서 그녀를 쳐다보고 있었다.

"자, 사실을 말씀하시죠."

그녀가 한 번 더 말했다. "아이를 하나 더 갖고 싶습니다."

그러자 성직자 앞에서도 별로 개의치 않는 농부들의 걸쭉한 농담에 익숙한 신부는 미소를 띠고서, 짓궂게 머리를 끄덕이며 대답했다.

"그렇다면, 오로지 부인에게 달린 문제인 것 같은데요."

잔느는 순진한 눈으로 신부를 쳐다보며, 혼란에 빠져 더듬거리며 말했다. "하지만…… 하지만…… 신부님도 아시잖아요…… 그 이후로…… 그 하녀 사건 이후로…… 제 남편과 저는…… 저희는 완전히 떨어져 지내고 있어요."

시골의 난잡한 풍속과 남녀 관계의 혼란에 익숙한 신부에게는 이런 새로운 사실이 놀라웠다. 뒤이어 그는 갑자기 젊은 부인의 진정한 욕망을 짐작할 수 있다고 생각했다. 그는 젊은 부인의 비탄에 대해 호의와 동정으로 가득 차서, 은근한 눈길로 그녀를 쳐다보며 말했다. "예, 잘 알겠습니다. 독수공방이 얼마나 힘든지 이해합니다. 이렇듯 젊고 건강하신데. 아무렴요, 그건 당연합니다, 당연하다마다요."

그는 시골 사제의 외설스러운 기질에 휩쓸려 또다시 빙긋빙긋 웃기 시작했다. 그리고 그는 잔느의 손등을 가만가만 두드렸다. "그건 부인에게 허용되어 있습니다, 계율에 의해서도 분명히 허용되어 있습니다. '육체의 일은 오직 결혼 안에서만 원할지어다.' 부인은 결혼하셨어요, 안 그렇습니까? 그게 무를 심기 위한 건 아니니까요."

이번에는 잔느가 신부의 암시적인 말을 이해하지 못했다. 그러나 그 뜻을 알아차리게 되자마자, 잔느는 충격을 받고, 얼굴이 새빨개져서 눈에 눈물을 글썽거렸다.

"오! 신부님, 무슨 말씀을 하세요? 무슨 생각을 하시는 거예요? 맹세컨대…… 맹세컨대……." 잔느는 흐느낌으로 숨이 막혔다.

신부는 놀랐다. 그가 잔느를 위로했다. "진정하세요, 부인을 괴롭힐 생각이 아니었습니다. 좀 농담을 했던 것뿐입니다. 뭐 웬만한 농담이야 할 수 있는 것 아니겠어요. 어쨌든 저를 믿으십시오. 저를 믿으셔도 됩니다. 제가 쥘리앵 씨를 만나 보겠습니다."

잔느는 더 이상 뭐라고 말해야 좋을지 몰랐다. 이제 그의 개입이 서툴고 위험할 것 같아서 거절하고 싶었으나, 감히 그러지 못했다. 그녀는 "신부님, 감사했습니다." 하고 중얼거린 다음 도망치듯 자리를 피했다.

일주일이 지나갔다. 잔느는 불안의 번민 가운데 나날을 보냈다.

어느 날 저녁, 식사 자리에서 쥘리앵이 입술에 웃음기 머금은 주름을 지으며 야릇한 태도로 아내를 쳐다보았다. 그가 빈정거릴 때 짓는 표정이라는 것을 잔느는 익히 알고 있었다. 그는 아내에 대해 약간 조롱 섞인 일종의 친절마저 보여 주었다. 그리고 그다음 그들이 어머니가 거닐던 큰 가로수 길을 함께 산책할 때, 쥘리앵이 그녀의 귀에 대고 속삭였다. "우리는 이제 화해하게 된 것 같소."

잔느는 아무 대답도 하지 않았다. 그녀는 풀이 자라나, 이제 거의 눈에 보이지 않게 된 직선 같은 것을 땅바닥에서 보고 있었다. 추억이 지워지듯 지워져 가는 남작 부인의 발자취였다. 돌연히 슬픔에 빠진 잔느는 가슴이 죄어 오는 느낌이었다. 모든 사람들과 멀리멀리 떨어져서, 인생에서 자기 혼자 길을 잃은 듯한 느낌이 그녀에게 밀려왔다.

쥘리앵이 말을 이었다. "나는 더 이상 바랄 게 없소. 난 당신 기분을 거스를까 봐 그게 걱정이었소."

해가 지고 있었고, 대기는 온화했다. 실컷 울고 싶은 욕구가 잔느의 가슴을 짓눌렀다. 친구의 가슴을 향해 마음의 문을 활짝 열고, 고통을 속삭이며, 부둥켜안고 싶은 욕구였다. 오열이 목구멍까지 차올랐다. 잔느는 두 팔을 벌리고 쥘리앵의 품으로 쓰러졌다.

그리고 그녀는 울었다. 놀란 쥘리앵은 그녀의 머리털을 쳐다보았다. 얼굴은 그의 가슴에 파묻혀 보이지 않았다. 그는 아내가 아직도 자기를 사랑한다고 생각하고서, 그녀의 틀어 올린 머리에 너그럽게 키스했다.

그러고 나서 두 사람은 아무 말 없이 집으로 돌아갔다. 쥘리앵은 침실로 잔느를 따라가서 그녀와 함께 밤을 보냈다.

그들의 옛 관계가 다시 시작되었다. 쥘리앵은 자신도 싫지 않은 의무처럼 그 관계를 이행했다. 잔느는 다시 임신한 것을 느끼게 되자마자 관계를 영원히 중단하겠다는 결심을 하고서, 역겹고 고통스러운 필요로서 감내했다.

그러나 잔느는 남편의 애무가 이전과 다른 것을 곧 알아차렸다. 그 애무가 더 세련된 것 같기는 했지만, 덜 완전했다. 그는 확실한 배우자로서가 아니라, 신중한 애인처럼 잔느를 대했다.

잔느가 놀라서 자세히 살펴보니, 남편의 모든 행위는 수태가 이루어지기 전에 중단된다는 것을 곧 알 수 있었다.

그래서 어느 날 밤, 잔느는 그와 입을 맞대고서 속삭였다.
"왜 이제는 예전처럼 나에게 온전히 내주지 않는 거예요?"

그가 비웃기 시작했다. "그야 물론 당신을 임신시키지 않기 위해서지."

잔느는 살이 떨렸다. "도대체 왜 아이를 원하지 않죠?"

그는 놀라서 제정신이 아닌 것 같았다. "아니, 뭐라고? 당신 미쳤어? 또 다른 아이라니? 아아! 천만의 말씀이지! 빽빽 울어 쌓고 모두를 바쁘게 만들고 돈이 무진장 드는데, 하나도 너무 많아. 아이를 또 갖는다고! 맙소사!"

잔느는 남편을 품 안에 껴안고, 키스를 퍼붓고, 애무로 감싸면서 나지막이 속삭였다. "오! 제발 부탁이에요, 저를 다시 한 번 어머니로 만들어 주세요."

그러나 쥘리앵은 아내에게 모욕이라도 당한 것처럼 화를 냈다. "이거야 정말, 당신 정신이 나갔군. 제발이지 당신, 어리석은 짓은 그만두구려."

잔느는 입을 다물었지만, 책략을 써서라도 자신이 꿈꾸는 행복을 실현하고 말겠다고 속으로 다짐했다.

그러자 잔느는 착란적인 열정의 연극도 하고, 흥분한 척 꾸미고 경련하는 두 팔로 그를 끌어안으면서, 교접의 시간을 끌어 보려고 애썼다. 그녀는 모든 술책을 다 써 보았다. 그러나 그는 언제나 자제심을 잃지 않았다. 한 번도 자신의 이익을 망각하는 적이 없었다.

그러자, 집요한 욕망에 점점 더 사로잡혀 극단적이 된 그녀는 무엇이라도 무릅쓰고, 어떤 일이라도 감행할 태세가 되어, 다시 한 번 피코 신부에게로 갔다.

신부는 점심 식사를 마쳐 가는 참이었다. 식사 후에는 항상 가슴이 두근거리는 증상이 있어, 신부는 안색이 몹시 붉었다. 마침 자신의 협상 결과가 궁금하던 차에 잔느가 들어오는 것을 보자, 신부는 "어쩐 일이세요?" 하고 외쳤다.

이제 결심이 확고하고 순진한 소심함도 떨쳐 버린 잔느가 단도직입적으로 대답했다. "남편은 더 이상 아이를 원치 않아요." 잔뜩 흥미가 동한 신부가 그녀를 향해 고개를 돌렸다. 그는 고해실을 재미있게 만들어 주는 그런 침대의 비밀을 사제의 호기심으로 파헤쳐 볼 심산이었다. "어째서 그렇지요?" 하고 신부가 물었다. 그러자 결심했음에도, 잔느는 설명을 하자니 당황스러웠다. “한데 그…… 그이가…… 그이가 저를 어머니로 만들어 주기를 거부해요.”

신부는 바로 이해했다. 그는 이런 일을 잘 알고 있었던 것이다. 신부는 단식한 사람이 식탐하듯 정확하고 세세한 사항을 묻기 시작했다.

그러고 나서 신부는 잠시 생각에 잠기더니, 마치 올해 수확이 좋다는 얘기를 하는 것처럼 조용한 목소리로, 모든 상황을 일일이 짚어 가며, 교묘한 행동 지침을 지시해 주었다. “부인, 당신 수단은 하나밖에 없습니다. 부인이 임신했다고 남편에게 믿게 하는 겁니다. 그러면 그 양반도 자기 지침을 지키지 않을 겁니다. 그리고 부인은 정말로 임신하게 될 테고요.”

잔느의 얼굴이 홍당무가 되었다. 그러나 모든 결심을 한 터라, 그녀는 끈질기게 계속했다. “한데…… 그이가 안 믿으면 어떡하죠?”

신부는 사람들을 이끌고 부여잡는 수단을 잘 알고 있었다. “부인의 임신을 모든 사람에게 알리세요, 사방에 소문을 내세요. 남편도 결국은 믿게 될 겁니다.”

그리고 마치 이 계략의 죄를 사하기라도 하듯이 신부는 덧붙여 말했다. “그건 당신의 권리입니다. 교회는 남녀 간의 관계를 생식의 목적을 위해서만 허용합니다.”

잔느는 그 교활한 충고를 따라서, 보름 후에는 자기가 임신한 것 같다고 쥘리앵에게 알렸다. 그는 펄쩍 뛰었다. “그럴 리 없어! 사실이 아닐 거야.”

잔느는 곧 의심이 드는 이유를 얘기했다. 그러자 쥘리앵은 안심했다. "체! 좀 기다려 보라고. 곧 알게 되겠지."

이제 쥘리앵이 매일 아침 물었다. "그래, 어때?" 그러면 잔느는 늘 이렇게 대답했다. "아니, 아직 몰라요. 임신이 아니라면 제가 잘못 생각한 거겠죠."

이번에는 쥘리앵이 불안해했다. 그는 놀란 것만큼이나 화를 내고 또 유감스러워했다. 그는 되풀이해 말하는 것이었다. "전혀 모르겠어, 전혀 모르겠단 말이야. 일이 어찌 그리되었는지 알 수만 있다면! 목이라도 맸으면 좋겠어."

한 달 후 잔느는 사방에 소문을 퍼뜨렸다. 복잡하고 미묘한 수치심 때문에, 백작 부인 질베르트에게만은 알리지 않았다.

처음 불안을 느끼게 된 이후부터 쥘리앵은 아내에게 더 이상 접근하지 않았다. 그러더니 화를 내면서 마침내 작심을 하고, 이렇게 선언했다. "바라지도 않는 아이가 생겨 버렸어." 그리고 그는 다시 아내의 침실에 드나들기 시작했다.

신부가 예견했던 일이 완전히 실현되었다. 잔느는 임신을 했다.

그러자 미칠 듯한 환희에 빠져, 잔느는 저녁마다 자기 방의 문을 걸어 잠그고, 막연히 경배하는 신을 향한 감사의 열정 가운데서, 영원히 순결을 지키겠노라고 맹세했다.

잔느는 다시 자신이 거의 행복해졌다는 기분이 들었으며, 어머니가 돌아가신 후 쓰라림이 그렇게 신속히 가라앉는 것에 놀랐다. 그녀는 위로받을 길 없는 슬픔이라고 생각했었다. 그런데 겨우 두 달 만에 그 생생한 상처가 아물어 가고 있었다. 지금 그녀에게 남아 있는 것은, 자신의 인생에 던져진 비애의 베일과도 같은, 부드러운 우수(憂愁)뿐이었다. 더 이상 어떤 사건도 그녀에게 일어나지 않을 것만 같았다. 자기 자식들이 자라서 자기를 사랑할 것이다. 그녀는 남편에게 신경 쓰지 않고, 조용히 만족스럽게 늙어 갈 것이다.

9월 말 피코 사제는 갈아입은 지 일주일밖에 안 돼 별로 때가 타지 않은 새 법의를 걸치고, 의례적인 방문을 했다. 그리고 그는 자신의 후임자인 톨비악 사제를 소개했다. 깡마르고, 키가 무척 작고, 과장적으로 말하는 아주 젊은 신부였다. 둘레에 검은 무리가 진 움푹 파인 두 눈은 과격한 성격을 드러내고 있었다.

노사제는 고데르빌의 수석 사제로 임명받았던 것이다.

잔느는 그가 떠나는 것을 진정으로 섭섭하게 느꼈다. 그 호인의 얼굴은 젊은 부인의 모든 추억과 연결되어 있었다. 피코 신부는 그녀의 결혼을 집전했고, 폴에게 영세를 해 주었으며, 남작 부인의 장례도 치러 주었다. 그녀는 농가의 마당을 따라 지나가는 피코 신부의 뚱뚱한 배를 생각하지 않고서는 에투방 마을을 상상할 수 없었다. 그리고 명랑하고 자연스러운 성격의 그 신부를 잔느는 좋아했다.

승진을 했음에도, 피코 신부는 즐거운 기색이 아니었다. 그가 말했다. "서운합니다, 서운해요, 백작 부인. 제가 여기 온 지 십팔 년이 됐습니다. 오! 이 마을은 소득이 별로 없고, 큰 가치도 없습니다. 이제 남자들에겐 합당한 신심이 없고, 여자들은 아시다시피, 행실이 좋지 못하지요. 처녀들은 배가 불룩

해지고 나서야 결혼하려고 교회에 들릅니다. 이 고장에서는 순결을 상징하는 오렌지 꽃을 별로 소중하게 여기지 않습니다. 할 수 없는 일이죠. 그래도 나는 이 마을을 사랑했습니다."

새로 온 신부는 못 참겠다는 몸짓을 취하며, 얼굴이 벌겋게 달아올랐다. 그가 불쑥 말했다. "내가 있는 이상 그런 건 모두 바뀌어야만 할 겁니다." 이미 낡은 법의를 깨끗이 차려입은 젊은 신부는 허약하고 깡마른, 성난 아이 같은 모습이었다.

피코 신부는 즐거울 때면 하는 버릇처럼, 젊은 신부를 흘끗 곁눈질하며 말했다. "이봐요, 신부. 그런 걸 막으려면, 교구민들을 사슬로 비끄러매야 할 거요. 그래도 아무 소용 없겠지만."

어린 신부가 퉁명스러운 어조로 대꾸했다. "두고 보십시오." 노사제는 코담배를 들이마시며 빙그레 웃었다. "나이가 들면 마음이 차분해질 거요, 신부. 그리고 경험도 필요하겠지. 잘못하면 당신은 당신의 마지막 신자들을 교회로부터 멀어지게 할 뿐이오. 이 고장 사람들은 믿음이 없는 건 아니지만, 머리가 텅 비었거든. 어쨌든 조심하시오. 나는 좀 뚱뚱해 보이는 처녀가 주일 강론에 나타나는 것을 보면 '서 처녀 교구민 하나를 더 데려오는구먼.' 하고 생각했소. 그리고 그 처녀를 결혼시키려고 애썼지. 당신은 그 애들의 과오를 막을 수 없을 거요, 아시겠소. 하지만 사내를 찾아내서 애 엄마를 버리지 않게 할 수는 있소. 그들을 결혼시키시오, 신부, 결혼시키라고. 그 밖의 일은 괘념치 마시오."

새로 온 신부가 거칠게 대답했다. "우리는 생각이 다르군요. 자꾸 말씀해도 소용없습니다." 그러자 피코 신부는 또다시 이 마을에 대한 애석함을 떠올렸다. 사제관 창문으로 보이던 바다며, 기도서를 암송하러 가서 멀리 지나가는 배를 바라보곤 하던 움푹 팬 작은 골짜기가 새삼 그리워지는 것이었다.

두 사제는 작별 인사를 했다. 노사제가 포옹하자, 잔느는 눈물을 쏟을 뻔했다.

일주일 후, 톨비악 사제가 다시 찾아왔다. 그는 한 왕국을 차지한 군주가 하는 식으로 자신이 수행할 개혁안에 대해 얘기를 늘어놓았다. 그러더니 자작 부인에게 주일 미사에 절대로 빠지지 말고, 모든 축일에는 꼭 영성체를 하도록 부탁했다. 그는 이렇게 말하는 것이었다. "부인과 제가 이 고장의 머리입니다. 우리는 이 고장을 다스리고, 늘 뒤따를 모범을 보여주어야만 합니다. 강한 힘을 발휘하고 존경받기 위해서는 우리가 연합해야 합니다. 교회와 성(城)이 손을 잡으면, 초가는 우리를 두려워하고 우리에게 복종할 겁니다."

잔느의 종교는 전적으로 감정적인 것이었다. 그녀는 여자라면 누구나 간직하고 있는 몽상적인 믿음을 지녔을 뿐이다. 그녀가 종교적 의무를 대충 이행하는 것은 무엇보다도 수녀원에서 지키던 습관 때문이었다. 그녀의 종교적 확신은 이미 오래전에 남작의 비판 철학에 의해 무너졌던 것이다.

피코 사제는 그녀가 수행할 수 있는 신앙생활 약간으로 만족하며 결코 그녀를 책망하는 일이 없었다. 그러나 그의 후임자는 지난 일요일 미사에 그녀의 모습이 보이지 않자, 대뜸 걱정스러운 심각한 얼굴로 달려왔다.

처음 몇 주 동안 인사치레로 교회에 계속 얼굴을 내밀면 되겠거니 생각하며, 잔느는 사제관과 등지고 싶지 않아서 미사를 거르지 않겠다고 약속했다.

그러나 잔느는 점차로 교회의 습관에 길들어 갔고, 강직하고 위압적인 그 허약한 신부의 영향을 받게 되었다. 광신적인 신부는 그의 열광과 격정 때문에 그녀 마음에 들었다. 신부는 모든 여인의 영혼 속에 깃든 종교적 시의 현(弦)을 잔느의 내부에서 떨게 만들었던 것이다. 타협을 모르는 엄격성, 세속과 육체적 쾌락에 대한 경멸, 인간적 집착에 대한 염오, 신에 대한 사랑, 젊은이다운 다듬어지지 않은 미숙함, 딱딱한 말투, 굽힐 줄 모르는 의지, 그의 이런 면모가 잔느에게 순교자는 이래야 한다는 인상을 각인해 주었다. 그리하여 이미 환상에서 벗어나 고통 받는 여인인 잔느는 하늘의 사도인 그 어린애의 준엄한 광신에 유혹당했다.

신부는 종교의 경건한 기쁨이 어떻게 그녀의 모든 괴로움을 진정시켜 줄 수 있는지 보여 주면서, 잔느를 위안자 그리스도에게로 인도했다. 그리고 잔느는 열다섯 살로밖에 보이지 않는 이 신부 앞에서 자신이 작고 연약한 존재라는 겸허한 느낌을 품고 고해실에서 무릎을 꿇었다.

그러나 신부는 곧 이 시골 전체에서 증오의 대상이 되었다.

자기 자신에 대해 비타협적인 엄격성을 지닌 그는 타인들에게도 무자비한 불관용의 태도를 보였다. 특히 한 가지 일이 그에게 분노와 분개심을 자아냈는데, 그것은 애욕이었다. 그는 강론에서 성직자의 관행에 따라, 노골적인 언사로, 격분해서 그에 대해 언급했다. 시골뜨기 청중을 향해 육욕을 단죄하는 벼락 같은 연설을 퍼부었던 것이다. 그는 격분한 가운데 떠올린 영상에 사로잡혀 분노로 몸을 떨고 발을 굴렀다.

큰 사내애들과 계집애들은 교회 여기저기에서 비웃음 섞인 시선을 은밀히 주고받았다. 그리고 항상 그런 일에 대해 농담하기를 좋아하는 늙은 농부들은 미사가 끝나고 푸른 작업복을 입은 아들과 짧은 검정 외투를 걸친 아내를 데리고 농가로 돌아가는 길에 어린 사제의 속좁음을 비난했다. 고장 전체가 들끓었던 것이다.

사람들은 고해실에서 신부가 보이는 엄격함과 그가 부과하는 심한 속죄 행위에 대해 수군거렸다. 그리고 순결을 훼손당한 여자애들의 사면을 신부가 완강히 거부하자, 야유가 끼어들었다. 축제 대미사 때 젊은이들이 다른 사람들과 함께 나가서 성체 배령을 하지 않고 자리에 그대로 앉아 있는 것을 보고 사람들은 웃음을 지었다.

신부는 곧 밀렵자들을 추적하는 산림 감시인처럼 밀회를 막기 위해 연애하는 남녀를 염탐했다. 달밤이면 도랑가에서, 헛간 뒤에서, 그리고 작은 언덕 비탈의 갈대 수풀에서 신부는 그들을 몰아냈다.

한번은 그가 다가가도 서로 떨어지지 않는 남녀를 신부가 발견했다. 그들은 서로 허리를 껴안고 키스하면서 자갈투성이 골짜기를 걷고 있었다.

신부가 소리쳤다. "고만두지 못하겠어, 버르장머리 없는 것들."

그러자 사내애가 뒤돌아보며 대꾸했다. "괜히 참견 마세요, 신부님. 신부님과 상관없는 일이라고요."

그러자 신부는 돌을 집어 개에게 던지듯이 그들을 향해 던졌다.

그들은 둘 다 웃으면서 달아났다. 그러자 다음 일요일, 신부는 교회의 신자들 앞에서 그들을 거명하며 고발했다.

이 고장의 남자애들은 모두 미사에 나가는 것을 중단했다.

신부는 매주 목요일마다 성의 저녁 식사에 초대받았으며, 자신의 고해자와 얘기하기 위해 다른 평일에도 자주 찾아왔다. 잔느도 신부처럼 감정이 고양되어 정신적 문제들에 대해 토론을 벌이고, 옛날부터 내려오는 복잡한 종교적 논쟁의 온갖 쟁점을 끄집어냈다.

그들 두 사람은 남작 부인의 산책로를 따라 거닐며, 마치 잘 아는 사람들에 대해 얘기하듯, 그리스도며 사도들이며 동정녀 마리아며 교회의 교부들에 대해 얘기를 주고받았다. 때때로 그들은 걸음을 멈추고서 서로 심오한 문제들을 제기하고는 자기들도 알 수 없는 모호한 대화를 주고받기도 했다. 잔느는 불꽃처럼 하늘로 올라가는 시적 이론 속을 헤매고, 그녀보다는 정확한 신부는, 해결 불가능한 문제를 수학적으로 증명하려는 편집광적 소송 대리인처럼 논증을 늘어놓는 것이었다.

쥘리앵은 새로 온 신부를 큰 존경심을 품고 대하면서 끊임없이 되풀이해 말했다. "그 신부는 마음에 들어, 타협하는 법이 없거든." 그리고 그는 고해도 하고 기꺼이 영성체도 함으로써 타의 모범이 되었다.

쥘리앵은 이제 거의 매일같이 푸르빌 댁에 갔다. 쥘리앵 없이는 지낼 수 없게 되다시피 한 백작과는 사냥을 했으며, 백작 부인과는 비가 오나 바람이 부나 함께 승마를 했다. "저 사람들은 승마에 미친 것 같군, 하지만 승마가 집사람 건강에는 좋지." 하고 백작은 말했다.

남작이 11월 중순쯤에 돌아왔다. 그는 변해 있었다. 늙었고, 생기가 없었으며, 마음속 깊이까지 암울한 슬픔에 잠겨 있었다. 그러나 그가 오자마자 딸과 연결된 애정의 끈은 더 강해진 것처럼 보였다. 몇 달 동안의 침울한 고독이 애정과 신뢰와 다정함에 대한 갈망을 고조한 것 같았다.

잔느는 자신의 새로운 생각과 톨비악 사제와의 친밀한 관계, 그리고 자신의 종교적 열정을 아버지에게는 털어놓지 않았다. 그러나 사제를 처음 보자마자, 남작은 그에게 격렬한 반감을 느꼈다.

그날 저녁 잔느가 "신부를 어떻게 생각하세요?" 하고 아버지에게 묻자, 그는 이렇게 대답했다. "그 사람은 꼭 종교 재판관 같더라! 아주 위험한 사람이야."

뒤이어 남작이 친하게 지내는 농부들로부터 젊은 사제의 엄격성, 그의 난폭함, 자연법칙과 인간의 본능에 대해 그가 행하는 일종의 박해에 대해 전해 들었을 때, 남작의 마음에는 증오심이 솟아났다.

두 마리 동물이 교접하는 것만 보아도 감동하는 식으로 자연을 예찬하는 옛 철학자들 계열에 속하는 남작은, 범신론적

신 앞에서는 무릎을 꿇지만, 부르주아적 의도나 예수회식 분노나 폭군의 복수욕을 지닌 가톨릭적 개념의 신 앞에서는 반발심을 느끼는 사람이었다. 그가 보기에 가톨릭의 신은 운명적이고, 무한하고, 전능한 창조, 그런 알 수 없는 창조를 왜소하게 만드는 존재였다. 그가 생각하는 창조란 생명, 빛, 대지, 사상, 초목, 바위, 인간, 대기, 짐승, 별, 신(神), 또 동시에 곤충의 창조로서, 의지보다 더 강하고, 이론보다 더 광대하기 때문에 이루어지는 창조였다. 그것은 우연이 만들어 내는 필연성에 따라서, 그리고 세계를 덥혀 주는 태양의 근접 정도에 따라서, 목적도 이유도 끝도 없이 무한한 공간에서 모든 방향으로, 모든 형태로 산출되는 창조였다.

창조란 모든 싹을 내포하고 있어서, 생각도 생명도 나무 위 꽃과 열매처럼 그 창조 안에서 전개되는 것이었다.

그러므로 그에게는 번식이 일반적인 거대 법칙으로서, 보편적 존재의 이해할 수 없는 항구적 의지를 수행하는 신성하고 숭고하고 거룩한 행위였다. 그래서 그는 생명을 박해하는 비관용적 사제에 맞서 농가마다 돌아다니며 열렬한 캠페인을 시작했다.

잔느는 슬픔에 잠겨 주님께 기도하고, 아버지에게 간청했지만, 돌아오는 대답은 한결같았다. "그런 사람들과는 싸워야 한다. 그게 우리 권리고 또 우리 의무다. 그런 자들은 인간이 아냐." 남작은 긴 백발을 흔들며 되풀이하는 것이었다. "그들은 인간이 아냐. 그들은 아무것도 모른다. 쥐뿔도 모른단 말이야. 그들은 파멸의 꿈속에서 행동하고 있어. 그들은 자연에 반하는 자들이다.” 그러고는 저주를 퍼붓듯이 “자연에 반하는 자들!” 하고 소리쳤다.

신부는 적을 잘 의식하고 있었지만 성(城)과 젊은 부인의 지배자로 남기를 열망했으므로, 최후의 승리를 확신하며 기회를 엿보았다.

뒤이어 한 가지 고착 관념이 그의 머리를 떠나지 않았다. 그는 우연히 쥘리앵과 질베르트의 정사를 알게 되었는데, 그 관계를 어떻게 해서든지 중단시키고 싶었다.

하루는 신부가 잔느를 만나러 와서, 종교에 관한 긴 면담을 한 후 자기와 힘을 합쳐 싸울 것을 요구했다. 그녀 자신의 가정에 침투한 악을 쳐부수고, 위험에 처한 두 영혼을 구하자는 제의였다.

잔느는 이해할 수 없어서 설명을 요구했다. “아직 시간이 되지 않았습니다, 곧 다시 뵈러 오겠습니다.” 하고 그가 대답했다. 그러고는 돌연히 가 버렸다.

겨울이 끝 무렵에 이르러 있었다. 축축하고 미적지근한, 들판에서 얘기하는 이른바 썩은 겨울이었다.

신부는 며칠 뒤에 다시 찾아와서, 모범적이어야 할 사람들 사이의 부적절한 관계에 대해서 애매한 말투로 얘기를 꺼냈다. 모든 수단을 강구해서 그것을 막는 것이 그런 사실을 아는 사람들의 의무라고 그는 말했다. 이어서 그는 고담준론을 늘어놓더니 잔느의 손을 잡고, 눈을 떠서 사태를 이해하고 자기를 도와 달라고 그녀에게 요청했다.

이번에는 잔느도 무슨 얘기인지 이해할 수 있었다. 그러나 이제 조용해진 집안에 일어날지도 모를 고통스러운 모든 일에 생각이 미치자 겁이 나서 그녀는 입을 다물었다. 그리고 그녀는 신부의 말뜻을 짐짓 모르는 척했다. 그러자 신부가 더 이상 주저하지 않고 분명하게 얘기했다.

"백작 부인, 이제부터 제가 수행하려는 것은 괴로운 의무입니다만 저는 달리 어쩔 도리가 없습니다. 제가 행하는 성직은 제게 명령하기를, 부인께서 막으실 수 있는 일을 부인이 모르시게 방임하지 말라고 합니다. 남편께서 푸르빌 부인과 불륜 관계라는 사실을 아셔야 합니다."

잔느는 힘없이 체념하며 고개를 숙였다.

신부가 말을 이었다. "이제 어쩔 작정이십니까?"

그러자 잔느가 우물쭈물 말했다. "신부님, 제가 어떻게 했으면 좋겠습니까?"

신부가 격렬하게 대꾸했다. "이 사련(邪戀)을 막기 위해 몸을 던지십시오."

잔느는 울기 시작했다. 그리고 비탄에 잠긴 목소리로 말했다. "하지만 그이는 이미 하녀와 함께 저를 배신한 적이 있습니다. 그이는 제 말에 귀를 기울이지 않아요. 저를 더 이상 사랑하지도 않아요. 자기 비위에 거슬리는 말을 하자마자 그이는 제게 난폭하게 군답니다. 그러니 제가 무슨 일을 할 수 있겠어요?"

신부는 그에 대해 직접 대답은 않으면서 소리를 높였다. "그렇다면 부인은 굴복하시는 겁니다! 체념하시는 거예요! 승인하시는 거예요! 간통이 댁의 지붕 아래서 벌어지고 있습니다. 그런데 부인은 그걸 묵인하시는 겁니다! 죄악이 부인 눈 앞에서 이루어지는데, 부인은 눈을 돌리십니까? 그러고도 당신은 아내입니까? 기독교인인가요? 어머니인가요?"

잔느는 흐느껴 울었다. "제가 어떻게 했으면 좋겠습니까?"

신부가 대꾸했다. "이런 치욕을 용인하느니 무슨 짓이든 하십시오. 무슨 짓이라도 좋습니다. 그를 떠나세요. 이 더러워진 집에서 달아나세요."

잔느가 말했다. "하지만 신부님, 제겐 돈이 없습니다. 그리고 이젠 용기도 없습니다. 게다가 증거도 없이 어떻게 떠나요? 제겐 그럴 권리도 없어요."

신부가 분연히 일어나 떨면서 말했다. "부인, 참으로 비겁하군요. 나는 부인이 그럴 줄 몰랐습니다. 당신은 신의 자비를 받을 가치가 없습니다."

잔느는 털썩 무릎을 꿇었다. "오오! 제발, 저를 버리지 말고 충고해 주세요!"

신부가 무뚝뚝한 목소리로 말했다. "드 푸르빌 씨의 눈을 뜨게 하십시오. 이런 관계를 끊는 것은 그의 몫입니다."

그 생각을 하자 잔느는 격심한 불안에 사로잡혔다. "하지만 그분은 두 사람을 죽일 거예요! 신부님! 그리고 제가 밀고를 자행하다뇨! 오! 안 돼요, 절대로 안 돼요!"

그러자 신부는 분격해서, 잔느를 저주하려는 듯 손을 쳐들고 말했다. "당신의 수치와 죄악 속에 머무시오. 당신은 그들보다 더 죄를 짓는 것이오. 당신은 참 너그러운 배우자군요! 나는 여기서 더 이상 할 일이 아무것도 없습니다."

그리고 사제는 너무나 격분해서 온몸을 떨면서 돌아갔다.

잔느는 사제에게 굴복할 생각으로, 약속의 말을 꺼내면서 정신없이 그를 뒤따라갔다. 그러나 그는 계속 분노로 몸을 떨며, 거의 자기 키만 한 커다란 푸른 우산을 미친 듯이 흔들면서 성큼성큼 걸어갔다.

그는 가지치기 일을 지시하며 울타리 옆에 서 있는 쥘리앵의 모습을 보았다. 그러자 그는 쿠야르의 소작지를 가로질러 갈 생각으로 왼편으로 돌아섰다. 그리고 그는 "내버려 두십시오, 부인. 저는 더 이상 당신에게 할 말이 없습니다." 하고 또 다시 말했다.

바로 사제가 지나는 길의 마당 한가운데에, 그 집 아이들과 이웃 아이들이 떼를 지어, 암캐 미르자의 개집 주위에 모여 서서 말없이 주의 깊게 무언가를 호기심에 차서 바라보고 있었다. 그 아이들 가운데에 남작이 뒷짐을 지고 서서 역시 호기심을 품고 바라보고 있었다. 그는 마치 초등학교 선생님 같았다. 그러나 멀리서 사제를 보자, 남작은 그를 만나 인사하고 얘기하는 것을 피하기 위해 자리를 떴다.

잔느가 애원하며 말했다. "며칠만 여유를 주세요, 신부님. 그러고 성에 들러 주세요. 그때 제가 할 수 있는 일과 준비할 일을 말씀드리겠어요. 그리고 함께 상의해 보지요."

그때 두 사람은 아이들 무리 곁에 이르렀다. 신부는 아이들이 무엇에 그리 흥미를 느끼는지 보려고 아이들에게 다가갔다. 개가 새끼를 낳고 있었다. 개집 앞에는 이미 강아지 다섯 마리가 어미 개 주위에 우글거리고 있었으며, 힘없이 모로 누워 있는 어미 개가 새끼들을 다정하게 핥아 주고 있었다. 신부가 고개를 숙여 보는 순간, 어미 개가 경련하며 몸을 뻗쳤고, 여섯 번째 작은 새끼가 나왔다. 그러자 개구쟁이들이 기쁨에 넘쳐 손뼉을 치며 외치기 시작했다. "또 한 마리 나왔다, 또 한 마리 나왔어!" 아이들에게 그것은 하나의 놀이였다. 불순한 요소가 전혀 없는 자연스러운 놀이였던 것이다. 그 애들은 사과가 떨어지는 것을 바라보듯 강아지의 출생을 응시했던 것이다.

톨비악 사제는 처음에는 어리둥절한 채 서 있다가, 뒤이어 견딜 수 없는 분노에 사로잡혀 자신의 커다란 우산을 들어 올려 아이들 머리를 힘껏 후려치기 시작했다. 개구쟁이들은 기겁해서 걸음아 날 살려라 하고 도망쳤다. 그러자 갑자기 신부는 새끼를 낳고 있는 암캐와 정면으로 마주하게 되었다. 그 개는 일어서려고 애쓰고 있었다. 그러나 신부는 개가 발을 딛고 일어설 틈도 주지 않고, 정신없이 있는 힘을 다해 개를 때려눕히기 시작했다. 사슬에 매여 있어 도망칠 수도 없는 개는 매를 맞으면서 몸부림치며 무서운 신음 소리를 냈다. 그의 우산이 부러졌다. 그러자 빈손이 된 신부는 개의 위로 올라가서, 미친 듯이 짓밟고, 뭉개고, 짓이겼다. 그가 그처럼 짓누르는 바람에 마지막 새끼 한 마리가 개의 몸 밖으로 튀어나왔다. 눈도 뜨지 못하고 몸을 가누지 못하면서도 벌써 젖꼭지를 찾으며 울어대는 새끼들 사이에서 아직 꿈틀대는 피투성이 어미 개를 신부는 광포한 발뒤꿈치로 밟아 죽였다.

잔느는 도망쳤다. 그때 신부는 돌연히 누가 목을 잡는 것을 느꼈고, 따귀를 한 대 얻어맞는 바람에 그의 삼각모가 날아갔다. 격노한 남작이 울타리까지 신부를 끌고 가서 길바닥에 내동댕이쳤다.

르 페르튀 씨가 돌아오니, 자기 딸이 무릎을 꿇고 강아지들 가운데 앉아 흐느끼며, 강아지들을 치마폭에 주워 담는 모습이 눈에 들어왔다. 그는 딸을 향해 성큼성큼 다가가서, 손짓을 하며 외쳤다. "그 작자 봤지, 법의를 걸쳤다는 인간이 하는 짓을! 이제 너도 그자를 똑똑히 알겠지?"

농부들이 달려왔고, 모두들 배가 터진 짐승을 쳐다보았다. 이윽고 쿠야르 어멈이 선언하듯 말했다. "어쩜 이렇게 잔인할 수 있을까!"

잔느는 일곱 마리 어린 새끼를 주워 담더니, 직접 기르겠다고 주장했다.

잔느가 강아지에게 우유를 먹이려고 시도해 보았다. 그다음 날로 세 마리가 죽었다. 그러자 시몽 영감이 젖을 줄 수 있는 암캐를 찾아 온 마을을 뛰어다녔다. 그는 암캐를 발견하지 못했으나, 암고양이 한 마리를 데려와서는 안성맞춤이라고 단언했다. 강아지 세 마리가 또 죽어서, 마지막 한 마리를 이 다른 종족의 유모에게 맡기게 되었다. 고양이는 즉시 강아지를 받아들여, 옆으로 누워서 강아지에게 젖꼭지를 내밀었다.

양어미를 기진맥진하지 않게 하려고, 두 주 후에는 강아지의 젖을 떼고, 잔느 자신이 젖병을 써서 강아지 기르는 일을 맡았다. 그녀는 강아지 이름을 토토라고 지었다. 남작이 권위적으로 강아지 이름을 바꿔서, 학살이라는 의미의 '마사크르'

라고 불렀다.

신부는 다시 찾아오지 않았다. 그러나 다음 일요일 그는 설교단에 서서 상처는 인두를 달구어 지져야만 한다고 말하면서, 푀플 성에 대해 저주와 욕설과 협박을 퍼부었다. 그는 남작을 맹렬히 비난했는데, 남작은 그것을 재미있어할 뿐이었다. 그리고 쥘리앵의 새로운 정사에 관하여 그는 아직은 소극적인 자세로 어렴풋한 암시를 던졌다. 자작은 격분했지만, 끔찍한 추문이 일 것이 두려워 분을 삭였다.

설교가 거듭될수록, 신부는 계속 복수를 예고하고, 하느님의 시간이 다가오고 있으니, 자기의 모든 적들은 죄를 받을 것이라고 예언했다.

쥘리앵이 대주교에게 정중하면서도 강력한 편지를 써 보냈다. 톨비악 사제는 면직당할 위험에 처하게 되었다. 그러자 그는 입을 다물었다.

이제 사제가 혼자서 열에 들뜬 모습으로 터덜터덜 오랜 시간 산책하는 것이 눈에 띄곤 했다. 질베르트와 쥘리앵은 승마 산책을 할 때면 언제나 그를 볼 수 있었다. 때로는 멀리 들판 끝이나 절벽가에서 하나의 까만 점처럼 보이기도 했고, 또 때로는 그들이 들어가려는 좁은 골짜기에서 기도서를 읽는 모습이 눈에 들어오기도 했다. 그럴 때면 그들은 그의 곁을 지나지 않기 위해 말고삐를 돌렸다.

봄이 왔고 그들의 사랑에도 생기가 돋아나 두 사람은 여기저기, 승마가 그들을 이끌어 가는 안전한 곳 어디에서나, 매일같이 서로의 품 안에 몸을 던졌다.

나뭇잎이 아직 성겼고 풀숲은 축축했으므로, 그들은 한여름처럼 잡목림 깊숙이 들어갈 수 없어서, 자기들의 포옹을 숨기기 위해 목동의 이동식 오두막을 빈번히 이용했다. 그 오두막은 지난가을부터 보코트[30] 언덕 꼭대기에 방치되어 있었다.

오두막은 절벽 500미터 지점, 바로 골짜기의 급한 내리막이 시작되는 자리에, 바퀴를 달고 홀로 우뚝 서 있었다. 그 안에서는 멀리 벌판을 굽어볼 수 있었기 때문에, 그들은 남의 눈에 들킬 염려가 없었다. 끌채에 매여 있는 말들은 그들이 정사에 지칠 때까지 기다리고 있었다.

그러던 어느 날 그 은신처를 막 떠나려는 순간, 그들은 언덕 갈대숲에 거의 몸을 숨기고 앉아 있는 톨비악 사제의 모습을 보았다. "우리 말을 협곡에 놔둬야만 하겠소. 말 때문에 멀리서도 우리 있는 곳이 드러날 수 있겠어요." 하고 쥘리앵이 말했다. 그래서 그들은 가시덤불이 우거진 골짜기 구석진 곳에 말을 매 두는 습관을 갖게 되었다.

어느 날 저녁, 백작과 저녁 식사를 하기로 되어 있어 브리예트로 돌아가는 길에, 그들은 성(城)에서 나오던 에투방 마을의 사제와 마주쳤다. 사제는 그들에게 길을 내주기 위해 옆으로 비켜서며, 눈길을 피한 채 고개를 꾸벅했다.

그들은 순간 불안감에 사로잡혔지만 그 불안감은 곧 사라졌다.

바람이 심하게 부는 어느 날 오후(5월 초순이었다.) 잔느가

30) Vaucotte. 이포르에서 서쪽으로 3킬로미터 떨어져 있는 작은 마을.

난롯가에서 책을 읽는데, 갑자기 드 푸르빌 백작이 걸어오는 것이 보였다. 그가 하도 황급히 오고 있어서, 잔느는 무슨 불행한 일이 일어나지 않았나 하는 생각이 들었다.

잔느가 그를 맞으러 서둘러 내려갔다. 그를 마주 대하자, 그가 제정신이 아닌 것 같다는 생각이 들었다. 그는 집 안에서만 쓰던 모피를 덧댄 챙 달린 큰 모자를 쓰고, 사냥복을 입고 있었다. 얼굴이 너무 창백해서, 평소에는 불그레한 그의 혈색과 잘 구분되지 않던 적갈색 콧수염이 그 순간에는 불꽃같이 보였다. 그는 험상궂은 눈동자를 정신없이 사방으로 굴렸다.

그가 중얼거렸다. "제 집사람이 여기 와 있죠?" 잔느가 당황하며 대답했다. "아녜요, 오늘은 뵙지 못했어요."

그러자 그는 마치 두 다리가 부러진 것처럼 털썩 주저앉았다. 그는 모자를 벗더니, 손수건을 꺼내 기계적으로 몇 차례 이마를 닦았다. 그러더니 벌떡 일어나서 젊은 부인에게로 다가갔다. 두 손을 앞으로 내밀고, 입을 벌리고, 무슨 끔찍한 괴로움을 그녀에게 털어놓으려는 듯 말을 꺼낼 태세였다. 그러더니 그는 멈춰 서서, 잔느를 뚫어지게 쳐다보며 헛소리처럼 몇 마디 내뱉었다. "한데 당신 남편이…… 당신도 역시……." 그리고 그는 바다 쪽으로 달아났다.

잔느는 그를 소리쳐 부르고, 애원하면서, 그를 막으려고 뒤쫓아 달려갔다. 그녀는 두려움으로 가슴을 떨며 생각했다. "그가 다 알고 있구나! 어떻게 하려는 걸까? 오! 두 사람을 발견하지 않으면 좋으련만!"

그러나 잔느는 그를 따라갈 수 없었고, 그는 그녀 말을 듣지 않았다. 자신의 목표를 확신하는 그는 주저 없이 곧장 앞으로 내달렸다. 그는 도랑을 건너뛰고, 거인다운 발걸음으로 갈대숲을 성큼성큼 지나 절벽에 다다랐다.

잔느는 나무들이 자라는 비탈에 서서, 오랫동안 그를 눈길로 뒤쫓았다. 이윽고 그가 시야에서 사라지자 그녀는 번뇌로 가슴을 죄며 집으로 돌아왔다.

그는 오른쪽으로 방향을 튼 다음 날리기 시작했다. 넘실기리는 바다에서 파도가 요동치고 있었다. 두터운 먹구름이 미친 듯한 속도로 다가와서 지나가고, 또 다른 구름이 뒤쫓아 오곤 했다. 그 구름 하나하나가 해변에 맹렬한 기세로 소나기를 퍼부었다. 바람은 휘파람 소리를 내며 신음했고, 풀잎을 쓰러뜨리고, 어린 작물을 눕혔으며, 거품 덩어리 같아 보이는 하얀 큰 새들을 내륙 멀리까지 휩쓸어 갔다.

계속 쏟아지는 소나기가 백작의 얼굴을 때렸고, 흠뻑 젖은 그의 두 볼과 콧수염에서는 물이 줄줄 흘렀으며, 그의 귀는 요란한 빗소리로 가득 찼고, 그의 가슴은 두방망이질 쳤다.

그의 앞 저 멀리에, 보코트의 깊은 협곡이 드러나 보였다. 거기에 이르기까지, 텅 빈 양(羊) 목장 곁에 서 있는 목동의 오두막집 외에는 아무것도 없었다. 말 두 필이 이동식 집 끌채에 매여 있었다. 이런 폭풍우 속에서 남의 눈을 염려할 까닭이 있겠는가?

말들을 보자마자 백작은 땅바닥에 엎드려 두 손과 무릎으로 기었다. 짐승 털 모자를 쓴 그의 진흙투성이 거구는 괴물과도 흡사했다. 외딴 오두막까지 기어간 그는 판자 틈을 통해 들키지 않기 위해 오두막 아래로 몸을 숨겼다.

그를 보자 말들이 동요했다. 그는 손에 펴 들고 있던 칼로 말고삐를 천천히 잘랐다. 그때 갑자기 돌풍이 불었고, 바퀴 위의 오두막이 흔들리며, 그 통나무집의 비스듬한 지붕에서 쏟아져 내리는 우박에 얻어맞은 말들이 도망쳤다.

그러자 백작은 무릎은 꿇은 채 상체를 일으켜 문 아래쪽에 눈을 바짝 대고 안을 들여다보았다.

그는 움직이지 않았다. 기다리는 것 같았다. 꽤 긴 시간이 흘렀다. 그러더니 머리끝에서 발끝까지 진흙투성이인 그가 갑자기 몸을 일으켰다. 미치광이 같은 동작으로 그는 밖에서 덧창을 잠그는 빗장을 지르고는, 끌채를 그러잡고서 박살이라도 내려는 듯이 그 오두막을 흔들어 대기 시작했다. 그러더니 그는 별안간 끌채를 둘러메고, 큰 키를 숙여서 혼신의 힘을 다해 소처럼 오두막을 끌어당기면서 숨을 헐떡였다. 그는 이동식 오두막과 그 안에 갇혀 있는 사람들을 가파른 비탈 쪽으로 끌고 갔다.

안에 있는 사람들은 무슨 일이 일어나고 있는지도 모른 채, 주먹으로 판자벽을 두드리며 울부짖었다.

비탈 꼭대기에 이르러 백작이 손을 떼자, 가벼운 오두막은 경사진 언덕을 구르기 시작했다.

그 오두막은 미친 듯이 휩쓸리며 굴러떨어졌다. 점점 더 가속도가 붙어 튀어 오르고, 짐승처럼 비틀거리고, 끌채가 땅에 부딪히기도 했다.

도랑에 웅크리고 있던 늙은 거지가 그것이 제 머리 위로 튕겨 지나가는 것을 보았다. 그리고 그는 그 나무 궤짝 안에서 질러 대는 끔찍스러운 비명 소리도 들었다.

갑자기 바퀴 하나가 부딪혀 떨어져 나가자, 오두막은 옆으로 넘어지더니, 마치 기초가 무너진 집이 산꼭대기로부터 굴러떨어지듯 공처럼 다시 구르기 시작했다. 마지막 협곡의 가장자리에 이르자, 오두막은 곡선을 그리며 튀어 오르더니 바닥에 떨어져 달걀처럼 산산조각 났다.

오두막이 돌바닥 위에 내동댕이쳐져 부서지자마자, 그것이 굴러가는 광경을 보았던 늙은 거지가 가시덤불을 헤치고 더듬더듬 내려갔다. 그는 촌사람다운 조심성으로 행동해서, 박살 난 궤짝에는 감히 접근하지 못하고, 가까운 농가로 가서 그 사건을 알렸다.

사람들이 달려왔다. 그들이 잔해를 들어 올리니, 시체 두 구가 보였다. 시체는 상처투성이에, 으깨지고, 피투성이였다. 남자는 이마가 깨지고 얼굴 전체가 으스러져 있었다. 여자는 충격으로 턱이 떨어져서 늘어져 있었다. 부러진 그들의 사지는 살 아래에 뼈가 없는 것처럼 물컹거렸다.

그렇지만 그들이 누군지는 알아볼 수 있었다. 사람들은 그 불행의 원인에 대해 오래 논란을 벌였다.

"그 오막살이에서 뭘 하고 있었을까?" 하고 한 여자가 말했다. 그러자 늙은 거지가 두 사람은 아마 돌풍을 피하기 위해 그 안에 피신해 있었을 것이며, 미친 듯한 바람이 오두막을 뒤집어엎어 굴러떨어지게 했을 것이라고 얘기했다. 그리고 그는 자기도 거기에 가서 피신하려고 했는데, 끌채에 말이 매여 있는 것을 보고는, 벌써 누군가가 오두막을 차지한 것을 알았다고 설명했다.

그가 만족스러운 태도로 덧붙였다. "그러지 않았다면 내가 죽었을 거야." 누군가가 "그 편이 낫지 않았을까?" 하고 끼어들었다. 그러자 거지 영감이 무섭게 화를 냈다. "왜 그 편이 낫다는 거야? 나는 가난하고, 그자들은 부자라서! 지금 저들 꼴을 보라고……." 누더기를 걸친 채, 수염은 얼크러지고 밑 빠진 모자 밖으로 긴 머리카락이 흘러내리는 더러운 꼴을 한 거지는, 빗물을 줄줄 흘리고 덜덜 떨면서 갈고리처럼 굽은 그의 지팡이 끝으로 두 사람의 시체를 가리키며 선언했다. "죽음 앞에서는 우리 모두 평등하다고."

다른 농부들이 또 왔고, 그들은 불안하고 음험하고 겁먹은 눈초리, 이기적이며 비겁한 눈초리로 시체를 흘끔거렸다. 뒤이어 그들은 어떻게 할 것인지 논의에 들어갔다. 보상이 있으리라는 기대 속에, 시체를 성(城)으로 옮기기로 결정했다. 마차 두 대에 말을 맸다. 그러나 새로운 난점이 생겼다. 어떤 사람들은 마차 바닥에 단순히 짚만 깔자고 했고, 다른 사람들은 예의상 매트리스를 깔자는 의견을 냈다.

조금 전에 참견했던 여자가 소리쳤다. "하지만 매트리스가 피범벅이 될 텐데. 비눗물로 여러 번 빨아도 어려울 거예요."

그러자 즐거운 표정의 뚱뚱한 농부가 대꾸했다. "값을 치를 텐데 뭐. 제값보다 비싸게 치를 거구먼." 그 논거가 결정적이었다.

용수철이 달리지 않은 바퀴 위에 높다랗게 걸친 마차 두 대가 한 대는 오른쪽으로, 다른 한 대는 왼쪽으로 달려갔다. 얼마 전까지 서로 부둥켜안고 있었으나 이제는 다시 만나지 못할 두 사람의 유해는 커다란 수레바퀴 자국에 부딪혀 마차가 덜컹거릴 때마다 흔들리며 요동쳤다.

백작은 오두막이 가파른 비탈을 굴러 내리는 것을 보자마자, 비바람을 뚫고 전속력을 다해 도망쳤다. 그는 도로를 가로지르고, 비탈을 건너뛰고, 울타리를 뚫고서 몇 시간 동안 내쳐 달렸다. 그리고 그는 어떻게 왔는지도 모른 채, 해 질 무렵에 자기 집으로 돌아왔다.

겁에 질린 하인들이 그를 기다리고 있다가, 말 두 마리가 사람을 태우지 않은 채 조금 전에 집으로 돌아왔다고 알렸다. 쥘리앵의 말도 백작 부인의 말을 따라왔던 것이다.

그 말을 듣고서 드 푸르빌 씨는 몸을 휘청거리며, 더듬더듬 말했다. "이 험한 날씨에 그들에게 무슨 사고가 일어난 모양이다. 모두들 나가서 그들을 찾아보도록."

백작 자신도 다시 나갔다. 그러나 사람들의 시선에서 벗어나자마자 그는 가시덤불 속에 몸을 숨기고서, 자기가 아직도 거친 열정을 품고서 사랑하는 여자가 죽었거나, 죽어 가거나, 아니면 불구가 되어 영영 흉측할 몰골로 돌아올 길목을 살폈다.

그러자 머지않아 마차 한 대가 무언가 이상한 것을 싣고 그의 앞을 지나갔다.

마차는 성 앞에 멈추더니, 안으로 들어갔다. 그거였다, 그렇다, 바로 그 여자였다. 그러나 무서운 불안에 그는 제자리에서 못 박힌 듯 움직이지 못했다. 아는 것이 끔찍하게 두려웠고, 진실이 더없이 무서웠다. 그는 조그만 소리에도 몸을 덜덜 떨며 토끼처럼 잔뜩 웅크린 채 더 이상 움직이지 못했다.

그는 한 시간, 어쩌면 두 시간은 기다렸을 것이다. 마차는 나오지 않았다. 그는 아내가 숨이 넘어가고 있을지도 모른다고 생각했다. 그러자 그녀를 만나 그녀의 시선과 마주친다는 생각이 너무나 그를 두렵게 했으므로, 그는 갑자기 자기가 숨은 곳이 발각되어 아내의 임종을 지켜보기 위해 집으로 돌아가야 할 상황에 더럭 겁이 났다. 그래서 그는 다시 숲 한가운데로 도망쳤다. 그런데 불현듯 아내는 어쩌면 도움이 필요할 것이며, 아무도 그녀를 돌봐 줄 수 없으리란 생각이 떠올랐다. 그래서 그는 정신없이 달음질쳐 돌아왔다.

도중에 정원사와 마주치자 그가 소리쳤다. "그래, 어떻게 됐어?" 정원사는 감히 대답을 못 했다. 그러자 드 푸르빌 씨가 울부짖듯이 물었다. "죽었는가?" 하인이 "예, 백작님." 하고 중얼거렸다.

그는 적이 마음이 놓이는 느낌이었다. 그의 피와 떨리는 근육 속에 갑자기 평온이 스며들었다. 그는 정면 현관 층계의 계단을 힘찬 걸음으로 올라갔다.

다른 마차는 푀플에 도착했다. 잔느는 멀리서 마차가 오는 것을 보고, 거기에 매트리스가 깔려 있는 것을 발견하자, 그 위에 시체가 놓여 있으리라고 짐작했고, 모든 사태를 알아차렸다. 충격이 너무나 심해서 그녀는 의식을 잃고 쓰러졌다.

잔느의 의식이 돌아왔을 때는, 아버지가 그녀의 머리를 받치고 식초로 관자놀이를 적셔 주고 있었다. 아버지가 망설이면서 물었다. "너는 알고 있었니?" 그녀는 중얼중얼 대답했다. "예, 아버지……." 그녀는 일어서려고 했으나, 너무나 아파서 그럴 수가 없었다.

바로 그날 저녁 잔느는 사산을 했다. 딸아이였다.

그녀는 쥘리앵의 매장에 대해서는 아무것도 보지 못했다. 따라서 아무것도 알지 못했다. 하룬지 이틀 후에 리종 이모가 와 있는 것을 알아차렸을 뿐이다. 열에 들뜬 악몽에 계속 시달리면서, 잔느는 그 노처녀가 푀플을 언제부터 떠나 있었는지, 어느 시기, 어떤 상황에서 푀플을 떠났던 것인지 기억하려고 무진 애를 썼다. 그러나 그녀는 정신이 돌아왔을 때조차도 기억할 수 없었다. 어머니가 돌아가신 후에 이모를 보았다는 사실만 확실히 떠오를 뿐이었다.

11

잔느는 석 달 동안 방 안에 틀어박혀 있었다. 그녀가 너무나 허약하고 파리해져서 사람들은 이제 가망이 없다고 생각했고, 또 그렇게 말하기도 했다. 그러더니 그녀는 조금씩 생기를 회복해 갔다. 아버지와 리종 이모는 두 사람 다 푀플에 자리 잡고, 그녀 곁을 떠나지 않았다. 잔느는 이번의 충격 탓에 일종의 신경병을 얻게 되었다. 조그만 소리에도 기절하는가 하면, 아주 사소한 원인으로 오래 실신 상태에 빠지기도 했다.

잔느는 쥘리앵의 죽음에 대해 결코 상세한 것을 묻지 않았다. 그녀에게 뭐가 중요하겠는가? 그녀는 충분히 알지 않는가? 모두들 사고라고 믿었지만, 그녀는 속지 않았다. 그녀는 자기 마음을 괴롭히는 비밀을 가슴속에 묻어 두고 있었다. 간통 사실의 인지, 백작의 그 갑작스럽고 무서웠던 방문, 바로 그날 닥친 재난 등.

지금 그녀의 마음에는 감동적이고 달콤하고 우수에 찬 추억들, 전에 남편에게서 받았던 덧없는 사랑의 기쁨 같은 것이 스며들어 있었다. 그녀는 뜻하지 않게 남편의 기억이 되살아날 때마다 몸을 부르르 떨었다. 약혼 시절의 남편 모습, 코르시카의 작열하는 태양 아래 유일하게 자신의 열정이 꽃피었던 시기에 사랑했던 남편의 모습이 떠오르는 것이었다. 모든 결점은 줄어들고, 모든 몰인정함은 사라지고, 거듭된 불충실까지도 닫힌 무덤이 점점 더 멀어짐에 따라 이제는 희미해져 갔다. 그리고 한때 자신을 품 안에 안아 주었던 그 남자에 대해 사후에 어떤 막연한 감사의 염(念)을 느끼게 된 잔느는 지나간 고통을 용서하고, 행복했던 순간만을 생각했다. 게다가 끊임없이 시간이 흐르고, 한 달 한 달 세월이 쌓여 감에 따라, 모든 어렴풋한 추억과 괴로움은 켜켜이 쌓이는 먼지처럼 망각의 먼지로 덮여 갔다. 그리하여 잔느는 아들에게만 모든 것을 바쳤다.

아들은 그를 둘러싸고 있는 세 사람의 우상이며, 유일한 관심사가 되었다. 그래서 그 아이는 폭군으로 군림했다. 그가 거느린 세 노예 사이에 일종의 질투심마저 생겨났다. 무릎 위에서 말타기 놀이를 해 준 다음 남작이 듬뿍 뽀뽀를 받는 것을 잔느는 신경질적인 눈초리로 쳐다보기도 했다. 그리고 항상 모든 사람에게서 당했던 것처럼 그 아이에게서도 경시당하고, 아직 말도 잘 못하는 그 주인에게 이따금 하녀 취급까지 받는 리종 이모는 아이어머니와 할아버지가 받는 포옹과 자기가 구걸하다시피 해서 겨우 얻는 하찮은 애무를 비교하면서 자기 방에 가서 혼자 울곤 했다.

아무런 사건도 없는 평온한 이 년의 세월이 아이에 대한 부단한 관심 속에서 흘러갔다. 세 번째 겨울이 시작될 무렵, 식구들은 봄이 될 때까지 루앙에 가서 지내기로 결정했다. 그래서 온 가족이 그리로 옮겨 갔다. 그러나 비워 두었던 습기 찬 옛집에 도착하자마자 폴이 기관지염에 걸렸고, 증세가 너무 심해서 늑막염이 되지 않을까 염려되었다. 그래서 경황이 없던 세 어른은 아이가 푀플의 공기 없이는 지낼 수 없다고 결론 내렸다. 병이 낫자마자 아이는 다시 푀플로 돌아오게 되었다.

그 후 단조롭고 평온한 여러 해의 세월이 시작되었다.

때로는 아이 방에서, 때로는 넓은 거실에서, 또 때로는 정원에서, 항상 아이 주위에 모여 식구들은 그 애의 더듬거리는 말과 이상스러운 표현과 일거수일투족에 황홀해하는 것이었다.

어머니는 아들을 폴레라는 애칭으로 불렀는데, 아이는 그 단어를 발음하지 못해서, 병아리를 뜻하는 풀레라고 발음했다. 그 발음이 끝없이 웃음을 자아냈다. 그래서 풀레라는 별명이 남게 되었다. 이제 아무도 그를 별명 말고 달리 부르지 않았다.

아이의 키가 빨리 자랐기 때문에, 남작이 '세 어머니'라고 부르는 어른 세 명의 열성적인 업무 가운데 하나는 그 아이의 키를 재는 일이었다.

거실 문의 판자 위에 그 아이의 성장을 표시하는 일련의 작은 금을 달마다 주머니칼로 표시해 나갔다. '풀레의 눈금'이라고 이름 붙은 이 눈금은 식구 모두의 삶에서 중요한 자리를 차지하게 되었다.

그다음에는 새로운 존재가 가정생활에서 중요한 역할을 하게 되었는데, 그동안 오직 아들에게 전념하느라고 잔느가 등한시했던 개 '마사크르'였다. 개는 뤼디빈에게 밥을 얻어먹고 마구간 앞 낡은 통 속에서 잠을 자며 항상 사슬에 매여 외롭게 지내 왔다.

어느 날 아침 폴이 개를 보더니, 가서 안아 보겠다고 보채기 시작했다. 어른들은 몹시 겁을 내며 폴을 개에게 데려갔다. 개가 아이를 대단히 반겼고, 둘을 떼어 놓으려 하자 아이가 큰 소리로 울어 댔다. 그래서 마사크르는 사슬에서 풀려나 집 안에서 살게 되었다.

개는 폴과 떨어질 수 없는 사이가 되었고, 항상 붙어 지내는 단짝 친구가 되었다. 그들은 함께 뒹굴고, 양탄자 위에 나란히 누워 잠을 잤다. 머지않아 마사크르는 잠시도 곁을 떠나지 못하게 하는 제 친구의 침대에서 자게 되었다. 잔느는 가끔 개벼룩 때문에 난감해했다. 그리고 리종 이모는 아이의 애정에서 너무 큰 몫을 차지하는 개를 원망했다. 자신이 그렇게 갈망하는 애정을 그 짐승에게 도둑맞은 것처럼 생각했던 것이다.

브리즈빌 가 및 쿠틀리에 가가 서로 방문하는 일은 아주 드물어졌다. 면장과 의사만이 규칙적으로 찾아와서 옛 저택의 고적함을 깼다. 암캐 살해 사건 이후로, 그리고 백작 부인과 쥘리앵의 끔찍한 죽음이 사제로 말미암은 것이라는 의혹을 품게 된 이후로, 잔느는 그런 성직자를 거느릴 수 있는 신에게 화가 나서, 더 이상 교회에 발을 들여놓지 않았다.

톨비악 사제는 잔느가 사는 성을 악령이, 영원한 반역의 유령이, 과오와 거짓의 유령이, 불공정의 유령이, 타락과 부정(不淨)의 유령이 출몰하는 집이라고 직접적으로 암시하며 거세게 비난했다. 그는 남작을 그런 식으로 지칭했던 것이다.

이제 그의 교회에는 인적이 드물었다. 그가 들판을 지나갈 때면, 농부들이 쟁기질하던 일손을 멈추고 그에게 말을 걸거나 뒤돌아보며 그에게 인사를 건네는 일조차 없었다. 게다가 그 사제는 마법사로도 통했다. 그가 귀신 들린 여자에게서 악령을 쫓아냈기 때문이다. 그의 말에 따르자면 사탄의 장난에 불과하다고 하는 저주를 푸는 신비스러운 말도 그는 알고 있다는 소문이었다. 그가 암소에게 손을 갖다 대면 암소가 푸른 젖을 내거나 꼬리를 둥글게 만다고 했고, 그의 알 수 없는 몇 마디 말이 잃어버린 물건을 찾게 해 준다는 소문도 있었다.

편협하고 광신적인 신부는 지상에서의 악마의 출현, 악마가 지닌 힘의 여러 가지 발현, 불가사의하고 다양한 악마의 영향력, 악마가 지닌 온갖 능력, 악마가 부리는 술수의 통상적인 기교 같은 얘기를 이야기하는 종교 서적 연구에 몰입해 있었다. 그리고 그는 이런 불가사의하고 치명적인 세력과 싸우도록 자기가 특별한 소명을 받았다고 믿었기 때문에 성직자의 교본에 기재된 마귀 쫓는 주문을 전부 외우고 있었다.

그는 악령이 어둠 속을 배회하고 있음을 끊임없이 느꼈다. 그래서 그는 Sicut leo rugiens circuit quaerens quem devoret.(너의 대적 마귀가 우는 사자같이 두루 다니며 삼킬 자를 찾나니.)[31]라는

31) 신약 「베드로전서」 5장 8절에 나오는 구절.

라틴어 구절을 항상 입에 달고 살았다.

그래서 그 사제의 감춰진 힘에 대한 두려움과 공포심이 퍼졌다. 그의 동료 사제들, 즉 바알세불[32]조차 신앙의 대상으로 삼고, 악의 세력이 발현될 경우에 어떤 의식을 행해야 하는지 세밀한 처방을 몰라서 종교와 주술을 혼동하기에 이르는 무식한 시골 사제들은 톨비악 사제를 어느 정도 마법사로 여겼다. 그리고 그 시골 사제들은 톨비악 사제의 빈틈없는 엄격한 생활에 대해서와 마찬가지로 그에게 있다고 추측되는 신비한 힘에 대해서도 존경심을 품고 있었다.

신부는 잔느와 마주쳐도 인사조차 하지 않았다.

이런 상황은 리종 이모를 불안하고 슬프게 했다. 노처녀의 겁약한 마음으로, 그녀는 식구들이 교회에 가지 않는 것을 전혀 이해할 수 없었다. 그녀는 물론 신심이 깊어서 고해도 하고 영성체도 했다. 그러나 아무도 그것을 알지 못했고, 알려고도 하지 않았다.

리종 이모가 폴과 단둘이서 있게 될 때면, 그녀는 나지막한 소리로 폴에게 하느님 얘기를 해 주었다. 태초의 기적에 관한 얘기를 들려줄 때면, 폴은 거의 귀 기울여 들었다. 그러나 하느님을 많이 많이 사랑해야 한다고 그에게 얘기하면, 아이는 이따금 "그이는 어디 있어, 할머니?" 하고 대꾸하는 것이었다. 그러면 그녀는 손가락으로 하늘을 가리키며 "저 위에, 폴

32) 신약 「마태복음」 12장 24절에 언급되는 악마의 이름. 민간 신앙에서는 건초의 신 또는 지옥의 신으로 숭배되기도 한다.

레, 하지만 그 말을 해서는 안 된다." 하고 타일렀다. 그녀는 남작이 두려웠던 것이다.

그런데 하루는 풀레가 그녀에게 분명하게 말했다. "하느님은 어디에나 있어, 그렇지만 교회에는 없어." 폴이 리종 이모에게서 들은 신비스러운 계시 얘기를 할아버지에게 했던 것이다.

아이가 열 살이 되었다. 아이어머니는 마흔 살은 되어 보였다. 아이는 힘이 세고 소란스럽고 나무에도 기어오를 만큼 대담했지만, 별로 아는 것은 없었다. 공부에 싫증을 내서, 조금 하다가는 중단하곤 했다. 그리고 남작이 아이를 좀 오랫동안 책 앞에 붙들어 두면, 그때마다 잔느가 쪼르르 달려와서 말하는 것이었다. "이제 좀 놀리시죠. 지치게 하면 안 돼요, 너무 어린걸요." 어머니에게는 아들이 언제나 여섯 달 아니면 한 살밖에 안 된 아기 같았다. 그가 작은 어른처럼 걷고, 뛰고, 말하는 것도 어머니는 거의 알아차리지 못하는 모양이었다. 아들이 넘어지지 않을까, 춥지 않을까, 움직이느라고 덥지는 않을까, 소화 능력에 비해 과식하지는 않을까, 또는 너무 적게 먹어 자라는 데 지장은 없을까 하는 끊임없는 걱정 가운데 어머니는 살고 있었다.

폴이 열두 살이 되었을 때 큰 문제 하나가 생겼다. 첫 영성체 문제였다.

어느 날 아침 리즈가 잔느에게 와서, 종교 교육도 시키지 않고 첫 종교적 의무도 수행하지 않은 채 아이를 더 오래 내버려 둘 수 없지 않겠느냐는 의견을 제시했다. 수많은 이유, 무엇보다도 자주 만나는 사람들의 견해를 내세우면서, 그녀는 갖가지 방식으로 논거를 댔다. 아이 어머니는 혼란에 빠져 결정하지 못하고 망설이다가, 아직 좀 더 기다려 보는 것이 좋겠다는 의견을 말했다.

그러나 한 달 후 잔느가 드 브리즈빌 자작 부인을 방문했을 때, 그 부인이 우연히 그녀에게 물었다. "댁의 폴이 첫 영성체를 하게 되는 때가 아마 올해죠." 그러자 불시에 뜻하지 않은 질문을 당한 잔느가 "그렇습니다, 부인." 하고 대답했다. 이 단순한 말이 잔느에게 결심을 하게 해서, 그녀는 아버지에게는 아무 얘기도 않고, 리즈에게 부탁해서 아들을 교리 문답에 데리고 가도록 했다.

한 달 동안은 모든 것이 잘 진행되었다. 그런데 어느 날 저녁 풀레가 목이 쉬어서 돌아왔다. 그리고 다음 날에는 기침을 했다. 어머니가 질겁해서 아이에게 물어본 결과, 폴이 뭔가 잘못했다는 이유로 신부가 수업이 끝날 때까지 그를 바람이 부는 교회 현관 앞 문간에 세워 두었다는 것을 알게 되었다.

그래서 잔느는 아이를 집에 두고, 그녀 자신이 종교의 기초를 가르쳤다. 그러나 톨비악 사제는 리종이 아무리 애원을 해도, 배움이 부족하다는 이유로 영성체를 하는 아이들 사이에 그를 받아들여 주지 않았다.

다음 해에도 마찬가지였다. 그러자 격분한 남작은 아이가 신사가 되기 위해서는 그런 어리석은 짓, 화체(化體) 같은 그런 유치한 상징을 믿을 필요는 없다고 단언했다. 그리고 폴을 기독교인으로는 키우겠지만, 교회에 충실한 가톨릭 신자로는 키우지 않기로 결정했다. 또한 성인이 되면 그가 자유롭게 자기 마음에 드는 쪽을 선택하면 될 것이었다.

잔느는 얼마 후 브리즈빌 가를 방문했으나, 답방을 받지 못했다. 그 가문 사람들의 세심한 예절을 잘 아는 잔느는 놀라웠다. 그런데 드 쿠틀리에 후작 부인이 잔느에게 그 결례의 이유를 거만하게 밝혔다.

남편의 위치와 확실한 혈통 귀족의 작위와 막대한 재산 때문에 자신을 노르망디 귀족의 여왕이라도 되는 것처럼 생각하는 후작 부인은 진짜 여왕처럼 군림하며 거리낌 없이 말했고, 경우에 따라서 상냥하거나 냉랭한 태도를 보였으며, 되는 대로 훈계도 하고, 꾸짖기도 하고, 칭찬도 했다. 잔느가 그녀의 집을 방문하자, 그 귀부인은 몇 마디 쌀쌀한 인사말을 건넨 다음 무뚝뚝한 어조로 선언했다. "사회는 두 계급으로 나뉩니다. 하느님을 믿는 사람들과 믿지 않는 사람들이죠. 전자는 아무리 비천해도 우리의 친구요 동등한 사람이지만, 후자는 우리에게 무가치한 존재죠."

잔느는 공격을 당한 것을 느끼고 이렇게 대꾸했다. "하지만 교회에 나가지 않고도 신을 믿을 수 있지 않습니까?"

후작 부인이 대답했다. "그렇지 않아요, 부인. 사람을 만나러 그가 사는 집으로 가는 것과 마찬가지로, 신자는 하느님께 기도하러 교회에 갑니다."

잔느가 기분이 상해서 대꾸했다. "신은 어디에나 있습니다, 부인. 마음속 깊이 신의 선의를 믿는 저로서는, 신과 저 사이에 어떤 사제들이 개입할 때 더 이상 신의 현전(現前)을 느끼지 못합니다."

후작 부인이 자리에서 일어났다. "사제는 교회의 기수입니다, 부인. 누구든 깃발을 따르지 않는 자는 사제의 적이며 또한 우리의 적입니다."

잔느도 몸을 떨며 일어섰다. "부인, 부인이 믿는 신은 한 당파의 신입니다. 저로 말하자면 올바른 사람들의 신을 믿습니다."

잔느는 인사를 하고 나왔다.

농부들 역시 풀레에게 첫 영성체를 해 주지 않는 데 대해 자기들끼리 잔느를 비난했다. 그들은 미사에 나가지 않고, 성사(聖事)에도 참여하지 않았으며, 기껏해야 가톨릭의 공식적 규정에 따라 부활절에만 성사를 받는 정도였다. 그러나 자식들에 관한 한 문제가 달랐다. 자식을 공통 법칙을 벗어나서 키운다는 대담성 앞에서는 모두들 뒷걸음질을 쳤다. 종교는 역시 종교였기 때문이다.

잔느는 이런 비난을 잘 알고 있었다. 그리고 그녀는 마음속으로 이런 모든 타협, 이런 양심의 절충, 모든 것에 대해 사람들이 보편적으로 지닌 두려움, 모든 사람들의 마음속 깊이 도사리고 있으면서도 겉으로 드러날 때는 근사한 가면으로 치장되는 인간의 크나큰 비겁함에 분개했다.

남작이 폴의 공부 지도를 맡아 그에게 라틴어를 가르쳤다. 어머니는 "무엇보다 아이를 피로하게 하지 마세요."라는 단 한 가지 부탁밖에 없었다. 그리고 그녀는 불안에 싸여 공부방 근처를 배회했다. 그녀가 "발 시렵지 않니, 풀레?"라든가 "머리 아프지 않니, 풀레?"라고 물어 대는 바람에 공부가 끊임없이 중단되어서, 아버지가 딸에게 공부방 출입을 금지했기 때문이다. 그녀는 또 "말을 너무 많이 시키지 마세요, 아이 목이 피로할 거예요." 하고 말하면서 선생님의 수업을 중단시키기도 했다.

공부가 끝나자마자 아이는 공부방에서 내려와 어머니, 이모할머니와 함께 정원을 가꿨다. 그들은 이제 땅에 식물을 재배하는 데 큰 취미를 붙이게 되었다. 세 사람은 봄이면 묘목을 심고, 씨를 뿌렸으며, 발아와 성장에 열성을 기울였다. 그들은 가지치기도 하고, 꽃을 꺾어 꽃다발을 만들기도 했다.

아이의 가장 큰 관심사는 채소를 재배하는 일이었다. 그는 커다란 정사각형 채마밭 네 군데를 가꾸며 거기서 상추, 양상추, 치커리, 꽃상추, 루아얄 등 알려져 있는 온갖 잎채소를 정성을 다해 길렀다. 날품팔이 여자처럼 부리는 두 어머니의 도움을 받아 그는 땅을 파고, 물을 주고, 잡초를 뽑고, 모종을 옮겨 심는 일을 했다. 두 여자가 몇 시간씩 땅바닥에 무릎을 꿇고 앉아, 손과 옷이 흙투성이가 되어 한 손가락으로 땅에 곧게 핀 구멍에 모종 뿌리를 꽂는 모습이 눈에 띄곤 했다.

풀레가 자라서 열다섯 살이 되었다. 거실의 눈금은 1미터 58센티미터를 나타냈다. 그러나 두 여자의 치마폭과 시대에 뒤떨어진 다정한 노인 사이에서 숨 막히게 자라 온 그 아이는 아는 것도 없고 어리석은 정신적 유아로 머물러 있었다.

이윽고 어느 날 저녁 남작이 중학교 얘기를 꺼냈다. 그러자 잔느는 즉시 흐느끼기 시작했다. 리종 이모는 겁에 질려서 어두운 구석에 처박혀 있었다.

어머니가 대답했다. "그 애가 많이 알 필요가 뭐 있겠어요. 우리가 그 애를 시골 사람으로, 시골 귀족으로 만들면 되죠. 그 애도 많은 귀족들처럼 제 토지를 경작하면 되겠죠. 그 애는 우리가 그 애에 앞서서 살아왔고, 또 죽게 될 이 집에서 행복하게 살면서 늙어 갈 거예요. 그 이상 뭘 더 바라겠어요?"

그러나 남작은 고개를 저었다. "그 아이가 스물다섯 살이 되어 이렇게 말한다면 너는 뭐라고 대답하겠니? '엄마의 잘못, 엄마의 이기적인 모성애 때문에, 나는 아무것도 못 됐고 아무것도 몰라요. 나는 일할 능력도 없고 중요한 사람이 될 수도 없다고 느껴요. 그렇지만 나는 미미하고, 비천하고, 못 견디게 쓸쓸하게 살기 위해 태어난 게 아니에요. 앞을 내다보지 못한 어머니의 애정이 나에게 이런 인생을 강요한 거예요.'"

잔느는 계속 울면서 아들에게 애원하다시피 했다. "얘, 풀레, 너를 지나치게 사랑했다고 나를 나무라지는 않겠지, 안 그러니?"

그러자 키만 훌쩍 큰 아이가 놀라서 약속했다. "안 그럴게요, 엄마."

"너 맹세하지?"

"예, 엄마."

"너 집에 그대로 있고 싶지, 그렇지?"

"그래요, 엄마."

그러자 남작이 언성을 높여 단호하게 말했다. "잔느, 너는 그 애 인생을 마음대로 처분할 권리가 없다. 네가 그렇게 하는 건 비겁하고 죄에 가까운 거야. 너는 너 개인의 행복을 위해 자식을 희생하는 거야."

잔느는 두 손으로 얼굴을 가리고, 오열을 터뜨리며, 눈물 젖은 목소리로 중얼거렸다. "저는 너무 불행했어요…… 너무 불행했죠! 이제 아들과 조용히 지낼 만하니까, 아들을 뺏어 가는군요…… 저는 어떻게 해요…… 혼자서…… 이제는……?"

아버지가 일어나서 그녀 곁에 가 앉으며, 딸을 품 안에 꼭 끌어안고 말했다. "내가 있지 않느냐, 잔느?" 잔느가 갑자기 아버지의 목을 그러잡고 강하게 포옹하면서, 목멘 소리로 떠듬떠듬 말했다. "예, 아버지 말씀이 옳아요…… 그럴 거예요…… 아버지. 제가 정신이 나갔어요, 하지만 저는 너무 괴로웠어요. 이제 그 애가 학교에 가기를 바라요."

그러자 이번에는 풀레가 저를 어떻게 하려는지 잘 알지도 못하면서 훌쩍훌쩍 울기 시작했다.

그래서 세 어머니가 그를 포옹하고 쓰다듬으며 용기를 북돋아 주었다. 각자 방으로 올라가 잠자리에 들었지만, 모두들 가슴이 미어져 침대에서 울었다. 그때까지 참았던 남작도 마찬가지였다.

개학에 맞춰 아이를 르아브르의 중학교에 보내기로 결정되었다. 그래서 여름 내내 가족은 그를 전보다 더 애지중지 대했다.

아이 어머니는 이별을 생각하며 자주 비탄의 눈물을 흘렸다. 그녀는 아들이 십 년간 다닐 여행을 계획하기라도 하는 듯 옷가지를 준비했다. 그리고 10월의 어느 날 아침, 불면의 밤을 지새운 다음, 두 여자와 남작은 폴과 함께 사륜마차에 올랐다. 마차는 말 두 필에 끌려 빠른 속도로 달렸다.

앞서 학교에 한 번 가서, 기숙사와 교실에 폴의 자리를 미리 정해 놓았다. 잔느는 리종 이모의 도움을 받으며 작은 서랍장에 옷을 정리하는 데 하루 종일을 보냈다. 가져온 옷의 4분의 1도 서랍장에 들어가지 않자, 잔느는 교장을 찾아가서 장 하나를 더 달라고 부탁했다. 사무원이 불려 왔다. 그는 그렇게 많은 내의와 의복은 다 쓰지도 못하고 거추장스러울 뿐이라고 설명했다. 그리고 규정을 내세워서, 서랍장 하나를 더 내주는 것을 거절했다. 난감해진 어머니는 가까운 작은 호텔에 방 하나를 빌리기로 결정했다. 그리고 아이가 말만 하면 필요로 하는 것은 무엇이든 즉시 호텔 주인이 풀레에게 직접 가져다주도록 신신당부해 놓았다.

그런 다음 그들 일행은 배가 드나드는 것을 보기 위해 부두를 한 바퀴 돌아보았다.

쓸쓸한 어둠이 내리는 도시에 차츰 불이 밝혀지기 시작했다. 일행은 저녁 식사를 하러 식당에 들어갔다. 아무도 시장기를 느끼지 않았다. 요리 접시가 그들 앞에 연이어 나왔다가 거의 그대로 나가는 동안, 그들은 물기 어린 눈으로 서로를 바라보고 있었다.

뒤이어 그들은 학교를 향해 천천히 걷기 시작했다. 크고 작은 아이들이 가족이나 하인들에게 이끌려 사방에서 모여들었다. 많은 아이들이 울고 있었다. 불빛이 희미하게 비치는 넓은 학교 마당에서 아이들이 훌쩍거리는 소리가 들려왔다.

잔느와 풀레는 오래도록 포옹했다. 리종 이모는 식구들에게 완전히 잊힌 채, 손수건으로 얼굴을 가리고 뒷전에 서 있었다. 남작은 그 자신도 감상에 젖어 있었음에도, 작별 장면을 빨리 끝내기 위해 딸을 끌고 갔다. 마차가 교문 앞에서 기다리고 있었다. 세 사람은 그 안에 올라타고, 밤중에 푀플을 향해 돌아갔다.

때때로 크게 흐느끼는 소리가 어둠 속을 뚫고 지나갔다.

다음 날 잔느는 저녁때까지 울었다. 그다음 날 그녀는 무개마차에 말을 매게 해서 르아브르를 향해 떠났다. 풀레는 이미 떨어져 지낼 마음이 되어 있는 것 같았다. 난생처음으로 그는 친구들을 갖게 되었던 것이다. 면회실 의자에 앉아서도 그는 놀고 싶은 욕심에 안절부절못했다.

잔느는 이렇게 이틀마다 학교에 갔고, 일요일에는 아들을 데리고 외출하려고 갔다. 휴식 시간 사이의 수업 중에는 뭘 해야 할지 몰랐고 학교에서 떠나 있을 힘도 용기도 없어서, 면회실에 그대로 앉아 있었다. 교장이 교장실로 올라오라고 그녀를 부르더니 너무 자주 오지 말라고 당부했다. 그녀는 이 권고를 존중하지 않았다.

그러자 교장은 쉬는 시간에 아이가 노는 것을 계속해서 방해하고, 끊임없이 아이의 마음을 흔들어 공부를 못 하게 한다면, 아이를 퇴교시킬 수밖에 없다고 경고했다. 그리고 남작에게도 경고가 전해졌다. 그래서 잔느는 죄수처럼 푀플에서 감시를 받고 지냈다.

어머니가 아이보다 더 애타게 방학을 기다렸다.

끊임없는 불안감이 그녀의 마음을 뒤흔들었다. 그녀는 공허감 속에서 공상에 잠겨 하루 종일 개 마사크르만 데리고 이리저리 떠돌며 인근을 배회하기 시작했다. 어떤 때는 절벽 꼭대기에 앉아 오후 내내 바다만 쳐다보기도 했다. 또 어떤 때는 숲을 지나서 이포르까지 내려가, 아직도 추억이 떠나지 않는 산책 길을 다시 걸어 보기도 했다. 처녀 시절, 꿈에 도취해 바로 이 고장을 떠돌던 때는 이제 아득한 먼 과거처럼 여겨졌다.

아들을 다시 만날 때마다 잔느에게는 그들이 십 년은 떨어져 있었던 것처럼 생각되었다. 아들은 다달이 어른이 되어 갔고, 어머니는 다달이 노파가 되어 갔다. 아버지가 그녀의 오빠 같이 보였고, 스물다섯 살에 이미 시들어 버린 채 더 늙지 않은 리종 이모는 그녀의 언니 같아 보였다.

풀레는 거의 공부를 하지 않았다. 그는 4학년에 유급을 했다. 3학년은 그럭저럭 통과했으나, 2학년을 또다시 시작해야만 했다. 그래서 스무 살이 되어서야 그는 수사 학급[33]에 들어갈 수 있었다.

그는 벌써 구레나룻이 무성하고 콧수염도 나기 시작한, 키 큰 금발 청년이 되었다. 이제 그가 일요일마다 푀플로 왔나. 그는 오래전부터 승마 교습을 받아서, 말만 빌려 타고 두 시간 만에 집에까지 올 수 있었다.

아침부터 잔느는 이모와 남작과 함께 그를 마중하러 나갔

---

33) 프랑스 학교의 학년은 우리 제도와는 반대로 숫자가 높을수록 저학년이며, 수사 학급은 옛 학교 제도에서 최고 학년을 가리킨다.

다. 남작은 차츰 허리가 굽어서 마치 코방아를 찧지 않으려는 듯 뒷짐을 지고 키가 작은 노인처럼 걸었다.

그들은 가끔 도랑에 앉기도 하고 말 탄 사람이 보이는지 멀리 쳐다보기도 하면서, 천천히 길을 따라 나아갔다. 그의 모습이 하얀 지평선 위에 까만 점처럼 나타나자마자 세 어른은 손수건을 흔들어 댔다. 그러면 풀레는 질풍같이 말을 달려 왔고, 잔느와 리종은 두려움으로 가슴이 두근거렸으며, 할아버지는 흥분해서 '브라보'를 외쳤다. 신체가 불편한 노인이 내는 감격의 표시였다.

폴이 어머니보다 머리 하나는 더 컸음에도, 어머니는 여전히 그를 어린애 취급해서, 아직도 "얘, 풀레, 너 발 시렵지 않니?" 하고 묻는 것이었다. 그리고 점심 식사 후에 그가 담배를 피우며 현관 층계 앞을 산책할 때면, 그녀는 창문을 열고 아들에게 소리치기도 했다. "제발, 모자도 쓰지 않고 나가지 마라. 감기 들까 무섭다."

그리고 아들이 밤에 말을 타고 떠날 때면, 그녀는 불안해서 전전긍긍했다. "무엇보다 너무 빨리 달리지 마라, 내 귀여운 풀레. 조심해라. 만약 네게 무슨 일이 생기면 절망에 빠질 불쌍한 엄마를 생각해야지."

그러던 어느 토요일 오전, 그녀는 폴에게서 편지 한 통을 받았다. 친구들이 준비한 파티에 초대를 받아서 다음 날 집에 오지 못한다는 내용이었다.

잔느는 일요일 하루 종일 어떤 불행이 닥쳐오기라도 한 것처럼 불안감으로 고통을 겪었다. 그리고 목요일이 되자 그녀는 더 이상 견디지 못하고 르아브르를 향해 떠났다.

어머니가 보기에 아들은 뭔지 모르게 변한 것 같았다. 그는 활기차 보였고, 더 사내다운 목소리로 말하는 것이었다. 그가 별안간 아주 당연한 얘기인 듯이 그녀에게 말했다. "한데 엄마. 엄마가 오늘 오셨으니까, 다음 일요일에도 푀플에 못 가겠어요. 우리들의 축제가 또 있거든요."

잔느는 아들이 신대륙으로 떠난다는 말을 듣기라도 한 것처럼 숨이 막히고 어안이 벙벙했다. 한참 후에야 말문이 열려, "오! 풀레, 무슨 일이냐? 말해 봐라, 대체 무슨 일이야?" 하고 말했다. 폴이 웃음을 터뜨리더니, 엄마를 포옹하며 말했다. "엄마, 아무 일도 없어요. 친구들과 어울려 놀려는 거예요, 저도 이제 그럴 나이잖아요."

그녀는 아무 대꾸할 말을 찾지 못했고, 마차 안에 혼자 있게 되었을 때에야, 이상한 생각이 엄습해 오는 것을 느꼈다. 그녀는 폴에게서 자기 아들 풀레, 예전의 그 어린 풀레의 모습을 찾아볼 수 없었다. 그가 이제 컸다는 것, 더 이상 자기 소유가 아니라는 것, 늙은이들에게 개의치 않고 제 식으로 살아가려 한다는 것을 잔느는 처음으로 알아차렸다. 잔느에게는 아들이 하루 만에 변한 것처럼 보였다. 뭐라고! 이 아이, 의지가 뚜렷해진 수염 난 이 건장한 사내애가 자기 아들, 예전에 채소 모종을 옮겨 심어 달라던 그 귀여운 어린애라니!

이후 세 달 동안 폴은 이따금씩만 집안 어른들을 만나러 왔고, 집에 와서도 언제나 빨리 떠나고 싶은 기색이 역력해서 저녁때만 되면 한시라도 서둘러 가려고 했다. 잔느는 두려움을 느꼈다. 그러면 남작은 "내버려 두어라, 그 애도 이제 스무 살이다."라고 거듭 말하면서 부단히 딸을 위로했다.

그러던 어느 날 아침, 허술한 차림의 늙은이가 와서 독일인 투의 프랑스 말로 '자작 부인' 뵙기를 청했다. 그는 의례적인 인사말을 장황하게 늘어놓은 다음, 주머니에서 더러운 지갑을 꺼내더니 "보여 드릴 서류가 하나 있습니다." 하고 말했다. 그는 기름때가 묻은 종이쪽지를 펴서 내밀었다. 잔느는 읽고 또 읽고, 그 유대인을 쳐다보고 나서 또다시 읽은 다음, 그에게 물었다. "이게 무엇을 뜻하는 겁니까?"

그 남자가 비굴한 태도로 설명했다. "예, 말씀드리죠. 아드님이 돈이 좀 필요하게 돼서, 좋은 어머니가 계시다는 걸 알고, 제가 아드님께 필요한 돈을 좀 빌려 드렸습죠."

그녀는 몸이 떨리는 것을 느끼며 "그런데 그 애가 왜 나에게 돈을 달라지 않았을까?" 하고 중얼거렸다. 그러자 유대인이 길게 설명을 늘어놓았다. 다음 날 정오까지 지불해야 할 도박 빚이 있었는데, 폴이 아직 성년이 되지 않은 관계로 아무도 그에게 돈을 빌려 주지 않아서, 자기가 젊은이에게 "작은 친절"을 베풀지 않았더라면 그의 "명예가 손상되었을" 것이라는 얘기였다.

잔느는 남작을 부르려고 했으나 일어설 수가 없었다. 충격이 너무나 커서 몸이 마비되었던 것이다. 결국 그녀는 고리대금업자에게 "초인종을 좀 울려 주시겠어요?" 하고 말했다.

그는 무슨 계략이 있나 두려워서 망설였다. "방해가 된다면, 다시 오겠습니다." 하고 그가 중얼거렸다. 잔느는 고개를 저어 아니라는 뜻을 표시했다. 그가 초인종을 울렸다. 그리고 두 사람은 서로 마주 보고 말없이 기다렸다.

남작은 오자마자 즉시 상황을 알아차렸다. 쪽지에 적힌 금액은 1500프랑이었다. 남작은 1000프랑을 지불하고, 그 사내를 노려보면서 "두 번 다시 오지 마시오." 하고 말했다. 그 작자는 고맙다고 인사하더니 꽁무니를 뺐다.

할아버지와 어머니는 바로 르아브르로 떠났다. 그러나 학교에 도착하자, 그들은 폴이 한 달 전부터 학교에 전혀 나오지 않았다는 사실을 알게 되었다. 교장은 잔느의 서명이 있는 편지 네 통을 받았는데, 폴의 몸이 불편하다는 내용과 이어서 그의 소식을 전하는 편지들이었다. 편지 각각에는 의사의 진단서가 첨부되어 있었는데, 물론 다 가짜였다. 두 사람은 망연자실해서, 서로 얼굴만 쳐다보며 그 자리에 머물러 있었다.

난처해진 교장이 그들을 경찰서장에게 안내했다. 두 사람은 호텔에서 잤다.

젊은이는 이튿날 그 도시의 창녀 집에서 발견되었다. 할아버지와 어머니는 그를 푀플로 데리고 왔는데, 오는 내내 그들은 한마디 말도 나누지 않았다. 잔느는 손수건에 얼굴을 파묻고 울었다. 폴은 무관심한 태도로 들판을 바라보고 있었다.

일주일 뒤에, 폴이 지난 세 달 동안 진 빚이 1만 5000프랑이라는 사실이 드러났다. 채권자들은 그가 곧 성년이 된다는 사정을 알고, 당장은 얼굴을 비치지 않았다.

어떤 해명도 필요하지 않았다. 식구들은 다정하게 대해서 그의 마음을 돌리고자 했다. 그에게 맛있는 음식을 해 먹이고,

그를 애지중지 귀여워할 뿐이었다. 봄이 되었다. 잔느가 두려워했음에도, 그가 마음대로 뱃놀이를 할 수 있도록 이포르에서 배 한 척을 빌려 오게 되었다.

그가 르아브르로 달아날까 봐 염려되어, 그에게 말은 절대로 맡기지 않았다.

할 일이 없어진 그는 성질을 부렸고, 때로는 난폭하게 굴기도 했다. 남작은 그의 학업이 중단된 것을 걱정했다. 잔느는 그와 헤어질 생각만 하면 미칠 것 같았지만, 앞으로 아들을 어떻게 해야 할지 곰곰이 생각했다.

어느 날 저녁 폴이 돌아오지 않았다. 그가 선원 두 사람과 함께 배를 타고 나갔다는 것을 알게 되었다. 그의 어머니가 밤중에 머리에 아무것도 쓰지 않고 이포르까지 정신없이 내려갔다.

몇 사람이 해변에서 보트가 돌아오기를 기다리고 있었다.

멀리 작은 불빛이 나타났다. 불빛이 흔들리면서 다가왔다. 폴은 그 배 안에 없었다. 르아브르로 달아나 버렸던 것이다.

경찰의 수색도 허사여서, 잔느는 다시 그를 찾아낼 수 없었다. 처음에 그를 숨겨 주었던 여자도 가구를 팔고, 집세를 치른 뒤 흔적 없이 사라지고 난 후였다. 푀플의 폴 방에서는 그와 사랑에 빠진 듯이 보이는 그 여자애의 편지 두 통이 발견되었다. 필요한 자금이 마련되었으니, 영국으로 여행을 가자는 내용이 적혀 있었다.

성(城)의 세 주민은 정신적 고통의 우중충한 지옥 속에서 말없이 음울한 나날을 보냈다. 이미 희끗희끗하던 잔느의 머리는 백발이 되었다. 그녀는 왜 운명이 이다지도 가혹하게 자기를 후려치는지 순진하게 자문하고 있었다.

잔느는 톨비악 사제로부터 편지 한 통을 받았다.

> 부인, 신의 손이 당신을 무겁게 짓누르고 있습니다. 당신은 그분께 당신의 아들을 바치기를 거부했습니다. 이번에는 신이 당신에게서 아들을 빼앗아 창녀에게 던져 주었습니다. 당신은 하늘의 이런 가르침에도 눈을 뜨지 않겠습니까? 주님의 자비는 무한합니다. 주님 앞에 돌아와 무릎을 꿇는다면, 주님은 아마 당신을 용서하실 것입니다. 주님의 미천한 종인 저는, 당신이 와서 두드릴 때 그분이 거하시는 집의 문을 당신에게 열어 드리겠습니다.

잔느는 이 편지를 무릎 위에 놓은 채 오랫동안 잠자코 있었다. 이 사제의 말이 어쩌면 사실일 것이다. 그러자 종교적인 모든 불안감이 그녀의 의식을 쥐어뜯기 시작했다. 신도 인간과 마찬가지로 복수심을 품고 질투에 사로잡힐 수 있는가? 만약 신이 질투하는 것으로 비치시 않는다면, 아무도 그를 두려워하지 않고 아무도 그를 경배하지 않을 것이다. 우리에게 자신의 존재를 더 잘 인식시키기 위해, 신은 어쩌면 바로 그 인간의 감정을 빌어 인간에게 현현(顯現)하는 것인지도 모른다. 그러자 주저하는 자들, 동요하는 자들을 교회로 떠미는 비겁한 의혹이 그녀에게 스며들어, 그녀는 어느 날 저녁 어둠이 내릴 무렵, 은밀하게 사제관까지 달려갔다. 그녀는 깡마른 사제의 발치에 무릎을 꿇고 사죄를 간청했다.

사제는 그녀에게 반만 용서할 것을 약속했다. 남작 같은 인간을 숨기고 있는 집에 신이 모든 은총을 다 베풀 수는 없기 때문이었다. "부인은 머지않아 하느님의 관용의 결과를 느끼게 될 것입니다." 하고 사제가 단언했다.

과연 그녀는 이틀 후에 아들의 편지 한 통을 받았다. 고통의 시련 속을 헤매던 그녀는 그 편지를 사제가 약속한 위안의 시초로 여겼다.

사랑하는 엄마, 걱정하지 마세요. 저는 런던에 와 있는데, 건강하지만 돈이 몹시 필요합니다. 저희는 이제 한 푼도 없어서 매일같이 먹지도 못합니다. 저와 함께 있고 제가 진정으로 사랑하는 여자는 저를 떠나지 않기 위해 가진 돈을 모두 다 써 버렸습니다. 5000프랑을 쓴 것입니다. 우선 그 금액을 변제하는 데 저의 명예가 걸려 있다는 것을 이해해 주시리라 믿습니다. 제가 곧 성년이 되니, 아빠의 상속분에서 1만 5000프랑 정도를 앞당겨 주시면 좋겠습니다. 그러면 큰 곤경에서 벗어날 수 있을 것입니다.

안녕히 계세요, 사랑하는 엄마. 엄마, 할아버지, 리종 이모할머니께 저의 모든 마음을 담아 키스를 보냅니다. 곧 다시 뵙기를 바라며.

아들,

폴 드 라마르 자작

그가 그녀에게 편지를 썼다! 그러니까 그는 어머니를 잊지 않았던 것이다. 잔느는 아들이 돈을 요구했다는 것을 전혀 생각하지 않았다. 그에게 돈이 떨어졌으니 돈을 보내 줄 것이다. 돈이 무슨 상관이란 말인가! 아들이 자기에게 편지를 썼는데!

그녀는 그 편지를 들고 울면서 남작에게 달려갔다. 리종 이모도 불렀다. 그들은 그의 사연이 담긴 이 편지를 한 자 한 자 읽고, 또 읽었다. 한 마디 한 마디에 대해서 서로 얘기를 나누었다.

완전한 절망 상태에서 일종의 희망의 도취로 비약한 잔느는 폴을 옹호했다.

"그 애는 돌아올 거예요, 편지를 썼으니 곧 올 거예요."

좀 더 차분한 남작이 분명하게 말했다. "마찬가지야. 그 애는 그 계집애 때문에 우리를 떠났어. 서슴없이 그런 짓을 한 걸 보면, 우리보다 그 계집애를 더 사랑하는 거지."

무시무시한 고통이 돌연히 잔느의 가슴을 뚫고 지나갔다. 그리고 자기에게서 아들을 훔쳐 간 그 정부에 대한 증오심이 즉시 불타올랐다. 누그러뜨릴 수 없는 야만적인 증오심, 질투하는 어머니의 증오심이었다. 그때까지 그녀의 생각은 모두 폴에 대한 것뿐이었다. 아들의 탈선이 못된 계집년 때문이라는 생각은 거의 해 보지 않았던 것이다. 그런데 별안간 남작의 생각이 그 경쟁자를 환기했고, 그 여자의 치명적인 힘을 잔느에게 드러내 보였다. 잔느는 그 여자와 자기 사이에 악착같은 싸움이 시작되었음을 느꼈으며, 또한 아들을 타인과 공유하느니 차라리 아들을 잃는 편이 낫다는 느낌이 들었다.

그래서 그녀의 기쁨은 모두 허물어지고 말았다.

그들은 1만 5000프랑을 보냈고, 그 후 다섯 달 동안 아무 소식도 받지 못했다.

그 뒤에 쥘리앵의 유산 상속에 관한 세부 사항을 처리하기 위해 대리인이 나타났다. 잔느와 남작은 아무 이의 없이 청산해 주었으며, 모친의 당연한 권리인 용익권(用益權)마저 포기했다. 파리로 돌아온 폴은 12만 프랑을 수령했다. 그리고 그는 육 개월 동안 편지 네 통을 썼는데, 간결한 투로 제 소식을 전하고, 상투적인 애정의 인사로 끝을 맺는 편지였다. "저는 일을 하고 있습니다. 증권 거래소에 자리를 얻었습니다. 근간 푀플에 들러 사랑하는 어른들을 뵙게 되기를 바랍니다." 그는 이렇게 썼다.

그는 제 정부에 대해서는 한마디 말도 없었다. 이 침묵은 여러 페이지에 걸쳐 그 여자 얘기를 늘어놓는 것 이상을 의미했다. 잔느는 이 차가운 편지 속에 무자비한 여자, 어머니들의 영원한 적인 창부가 매복해 있음을 느꼈다.

고독한 세 사람은 폴을 구하기 위해 취할 수 있는 방도에 대해 논의해 보았으나, 아무것도 찾아내지 못했다. 파리에 가 본다? 그게 무슨 소용이겠는가?

남작이 말하곤 했다. "그 애의 열정이 식게 내버려 두어야 한다. 그 애 스스로 우리에게 돌아올 거야."

한데 그들의 삶은 애처로웠다.

잔느와 리종은 남작 몰래 함께 교회에 다녔다.

꽤 오랜 시간이 아무런 소식 없이 흘러갔다. 그러던 어느 날 아침 절망적인 편지 한 통이 그들을 공포 속으로 몰아넣었다.

가엾은 엄마, 저는 망했습니다. 엄마가 구해 주시지 않으면, 저는 총으로 머리를 쏴 버리는 수밖에 없습니다. 성공이 확실해 보이던 투자가 실패로 끝났습니다. 그래서 저는 8만 5000프랑을 빚졌습니다. 빚을 갚지 못하면 수치와 파멸에 봉착해서 앞으로는 아무것도 할 수 없을 것입니다. 저는 망했습니다. 거듭 말씀드리거니와, 이 치욕을 겪으며 살아남기보다는 차라리 총으로 머리를 쏘겠습니다. 전혀 말씀드린 적이 없지만 저의 구세주나 다름없는 한 여자의 격려가 없었다면 저는 이미 머리를 쏴 버렸을 것입니다.

사랑하는 엄마, 마음속으로부터 엄마께 키스를 보냅니다. 어쩌면 마지막일지도 모릅니다. 안녕히 계세요.

폴

이 편지에 동봉한 서류 뭉치들이 파산에 대한 자세한 설명을 해 주었다.

남작은 숙고해 보겠다는 답상을 바로 보냈다. 뒤이어 그는 사정을 알아보기 위해 르아브르로 떠났다. 그리고 토지를 저당 잡혀서 마련한 돈을 폴에게 보냈다.

그 젊은이는 열광적인 감사와 열렬한 애정이 담긴 편지 세 통을 보내면서, 즉시 와서 사랑하는 가족을 만나겠다고 했다.

그는 오지 않았다.

꼬박 일 년이 흘러갔다.

잔느와 남작이 파리에 가 그를 찾아내서 마지막 노력을 해 보려고 궁리할 무렵 간단한 편지가 와서, 폴이 다시 런던에 갔으며, '드 라마르 상사'라는 상호로 증기선 회사를 세웠다는 사실을 알게 되었다. 그는 이렇게 썼다.

저에게 확실한 행운의 기회이며, 아마 저는 부자가 될 겁니다. 그리고 아무런 위험도 없습니다. 이제부터는 좋은 일들만 보시게 될 겁니다. 다시 뵙게 될 때는 제가 세상에서 멋진 지위를 차지하고 있을 겁니다. 오늘날 곤경에서 벗어나기 위해서는 사업밖에 없습니다.

세 달 후 선박 회사는 파산했고, 사장은 회계 장부의 부정으로 기소되었다. 잔느는 신경 발작을 일으켰고, 증세는 몇 시간 동안이나 계속되었다. 그 뒤 그녀는 병상에 누웠다.

남작은 다시 르아브르에 가서 조사하고 변호사, 사업가, 소송 대리인, 집달리들을 만나 본 후 드 라마르 상사의 결손이 23만 5000프랑에 이른다는 것을 확인했다. 그는 또다시 재산을 저당 잡혔다. 금액이 막대했으므로 푀플 성과 성에 딸린 두 농장도 저당에 들어갔다.

어느 날 저녁, 한 사업가의 사무실에서 마지막 서류 수속을 마치던 중에, 남작은 뇌졸중을 일으켜 마룻바닥에 굴러 넘어졌다.

말을 타고 온 사람이 잔느에게 이 사실을 알려 주었다. 그녀가 도착했을 때는 이미 남작이 숨을 거둔 뒤였다.

잔느는 시신을 푀플로 모셔 왔는데, 너무나 기진맥진해서 그녀의 고통은 절망보다 오히려 마비 상태에 가까웠다.

두 여자가 애원하고 매달렸음에도, 톨비악 사제는 시신의 교회 안치를 거부했다. 남작은 아무런 의식 절차 없이 저녁 무렵에 매장되었다.

폴은 자신의 파산 청산인 한 사람으로부터 이 소식을 전해 들었다. 그는 아직 영국에 숨어 있었다. 그는 이 불행한 일을 너무 늦게 알게 되어 올 수 없었다는 사과의 편지를 보내왔다. "사랑하는 엄마, 여하튼 이제 엄마가 저를 궁지에서 벗어나게 해 주셨으니, 프랑스로 돌아가 곧 엄마를 뵙겠습니다."

잔느는 극심히 의기소침한 상태에 빠져, 더 이상 아무것도 이해하지 못하는 것처럼 보였다.

그런데 겨울이 끝나 갈 무렵, 이제 예순여덟 살이 된 리종 이모가 걸린 기관지염이 폐렴으로 악화되었다. 그녀는 "가련한 잔느, 불쌍히 여기시라고 하느님께 기도드리마." 하고 중얼거리면서 조용히 숨을 거두었다.

잔느는 묘지까지 이모를 따라가서, 관 위에 흙이 덮이는 것을 보았다. 더 이상 고통 받고 싶지 않고, 더 이상 생각도 하고 싶지 않고, 자기 역시 죽고 싶다고 느끼며 주저앉아 있는데, 건장한 농부 아낙이 그녀를 품 안에 끌어안더니 어린애 다루듯이 데리고 갔다.

성으로 돌아온 잔느는 노처녀의 임종을 지키느라고 닷새 밤을 지새웠기 때문에, 다정하면서도 단호하게 자기를 다루는 그 낯선 시골 여자에게 이끌려 아무 저항 없이 침대에 누웠다. 그녀는 피로와 괴로움에 짓눌려 기진맥진한 상태로 곯아 떨어졌다.

잔느는 한밤중에 잠이 깼다. 벽난로 위에서 야등(夜燈)이 타고 있었다. 한 여자가 안락의자에서 자고 있었다. 저 여자가 누구인가? 잔느는 그 여자를 알아볼 수 없었다. 유리잔 속의 기름 위에 떠 있는 심지에서 가물거리는 불빛 아래 그 여자의 모습을 잘 보기 위해, 잔느는 침대 가장자리로 몸을 굽혀 살펴보았다.

한데 그 얼굴은 본 적이 있는 것 같았다. 그러나 언제? 어디에서? 그 여자는 머리를 어깨 위로 기울이고 보닛을 바닥에 떨어트린 채 평화롭게 자고 있었다. 마흔 아니면 마흔다섯 살쯤 되어 보였다. 체격이 건장하고, 혈색이 좋고, 어깨가 딱 벌어진, 힘센 여자였다. 널찍한 두 손이 의자 양옆으로 늘어져 있었다. 머리는 반백이 되어 가고 있었다. 큰 불행에 뒤따르는 열병 같은 잠에서 깨어났을 때의 뒤숭숭한 정신 상태 가운데에서 잔느는 그 여자를 고집스럽게 쳐다보았다.

분명히 본 적이 있는 얼굴이었다! 예전에 보았던가? 최근에 보았던가? 전혀 알 수 없었다. 그런데 이 강박 관념이 그녀의 마음을 뒤흔들고, 안달이 나게 했다. 잠든 여자를 좀 더 가까이 보기 위해 그녀는 가만히 일어나서 발끝을 세우고 다가갔다. 그 여자는 묘지에서 잔느를 일으키고, 자리에 눕혀 준 여자였다. 그 사실은 흐릿하게 기억에 떠올랐다.

그런데 자기 일생 동안 다른 곳에서, 또 다른 시기에 이 여자와 마주친 적이 있었던가? 아니면 단지 어제의 희미한 기억

가운데에서 그 여자를 알았던 것처럼 믿는 것인가? 그런 데다가 어떻게 이 여자가 자기 방에 와 있는가? 그리고 왜?

그 여자는 눈을 치뜨더니, 잔느를 알아보고 급히 몸을 일으켰다. 두 여자는 마주 보고 섰는데, 너무 가까이 있어서 가슴이 서로 스쳤다. 낯선 여자가 투덜거리듯 말했다. "아니, 왜 일어나셨어요? 이 새벽에 감기 들려고요. 다시 누우셔야 해요."

잔느가 물었다. "누구시죠?"

그러나 그 여자는 팔을 벌려 잔느를 안아서 들어 올리더니, 남자 같은 힘으로 다시 침대로 데려갔다. 그러고는 침대 시트 위에 가만히 잔느를 눕히더니, 잔느 위에 거의 눕다시피 몸을 기울이고서 잔느의 두 볼과 머리와 눈에 정신없이 키스를 퍼부으며 울기 시작했다. 잔느의 얼굴을 눈물로 흠뻑 적시면서 그 여자가 중얼거렸다. "불쌍한 주인님, 잔느 아씨. 가여운 마님, 저를 못 알아보시겠어요?"

그러자 잔느가 "로잘리, 너로구나." 하고 소리쳤다. 잔느는 로잘리의 목을 두 팔로 감싸고 키스하며 꼭 끌어안았다. 두 여자는 서로 얼싸안고 흐느끼며, 눈물범벅이 되어 팔을 풀 줄 몰랐다.

로잘리가 먼저 정신을 차리고서 "자, 고정하세요, 감기 들면 안 돼요." 하고 말했다. 그리고 그녀는 이불을 챙겨서 침대 가장자리에 다시 집어넣고, 베개를 옛 여주인의 머리 밑에 놓아 주었다. 잔느는 마음속에 떠오른 옛 추억에 전율하며 계속 흐느껴 울었다.

잔느가 이윽고 "그래, 어떻게 다시 왔어, 가엾은 애야?" 하고 물었다.

로잘리가 대답했다. "아무러면 지금 마님을 이처럼 혼자 내버려 둘 수 있겠어요."

잔느가 말을 이었다. "너를 잘 볼 수 있게 촛불을 켜 봐." 로잘리가 촛불을 켜서 침대 옆 테이블로 가져오자, 두 여자는 오랫동안 말없이 서로를 쳐다보았다. 그런 다음 잔느가 옛 하녀에게 손을 내밀며 속삭였다. "얘, 네가 하도 변해서 너를 못 알아볼 뻔했어. 하지만 나만큼은 변하지 않았지."

헤어질 때는 젊고 아름답고 싱싱했는데, 이제 메마르고 시들어 버린 이 백발 여자를 바라보며, 로잘리가 대답했다. "잔느 마님, 정말 변하셨어요, 엄청나게 변하셨어요. 그러나 서로 만나 보지 못한 지 이십사 년이나 되었다는 걸 생각해 보세요."

두 여자는 또다시 상념에 잠겨 입을 다물었다. 마침내 잔느가 떠듬떠듬 물었다. "그래도 너는 행복하게 살았니?"

로잘리는 너무나 괴로운 어떤 추억을 되살리는 것이 두려워 주저하다가, 머뭇거리며 대답했다. "예…… 그렇죠, 뭐…… 마님. 크게 한탄할 정도는 아니고, 마님보다는 행복한 편이었죠…… 분명히. 늘 마음 아팠던 한 가지 일은, 여기에 남아 있지 못했던 거죠……." 그러더니 미처 생각 없이 그 일을 건드린 것에 마음이 쓰여, 그녀는 갑자기 입을 다물었다. 그러자 잔느가 다정하게 말을 꺼냈다. "어쩌겠니, 얘야, 뜻대로 안 되는 게 인생사지. 너도 과부가 됐지?" 그러고는 번뇌가 그녀의 목소리를 떨게 했다. 그녀가 계속해서 물었다. "다른 애들이 또 있니?"

"아뇨, 마님."

"그런데 그 애, 네 아들 말이야…… 그 애는 어떻게 됐어? 잘 자랐니?"

"예, 마님, 열심히 일하는 착한 애예요. 여섯 달 전에 장가갔고요. 제가 마님 곁으로 돌아왔으니, 이제 걔가 제 농장을 맡게 됐지요."

잔느가 감동해서 몸을 떨면서 중얼거렸다. "그렇다면 내 곁을 떠나지 않을 거야?"

그러자 로잘리가 무뚝뚝하게 대답했다. "물론이죠, 마님. 그래서 제 일은 다 정리해 놓았어요."

그러고 나서 두 사람은 잠시 동안 말이 없었다.

잔느는 본의 아니게 자기들의 삶을 비교해 보기 시작했다. 그러나 이제 운명의 불공평한 잔인함에 체념한 만큼 마음에 쓰라림은 없었다. 잔느가 물었다.

"네 남편은 너에게 어떤 사람이었니?"

"바른 사람이었어요, 마님. 게으르지 않고, 재산도 모을 줄 알았죠. 폐병으로 죽고 말았지만요."

그러자 잔느는 좀 더 알고 싶은 마음에 침대 위에서 일어나 앉으며 말했다. "자, 나한테 다 얘기해 봐, 얘. 살아온 내력 전부를. 그러면 나에게 오늘 위안이 될 거야."

로잘리는 의자를 끌어당겨서 앉더니, 자기 자신은 물론 자기 집과 일하는 사람들에 대해서 얘기하기 시작했다. 시골 사람들이 즐기는 자질구레한 세부 얘기까지 들어가서, 자기 집

마당을 묘사하고, 때로는 지나간 좋은 시절을 상기시키는 옛 일들을 쾌활하게 떠올리면서, 그녀는 사람들을 부리는 데 익숙한 농장 여주인답게 점차 언성을 높여 가면서 얘기했다. 그러고 그녀는 이렇게 말을 맺는 것이었다. "한데 제게는 이제 토지 재산이 있습니다. 그래서 아무 걱정이 없지요." 그러더니 좀 난처해하면서 목소리를 낮춰 말했다. "어쨌든 이건 다 마님 덕분입니다. 그러니 제가 품삯을 바라지 않는다는 걸 아시겠죠. 그럼요, 그렇고말고요! 그렇지만 마님이 원하시지 않으면, 저는 가겠어요."

잔느가 대꾸했다. "네가 나를 거저 도와주겠다는 것이냐?"

"물론이죠, 마님. 돈이라뇨! 마님이 제게 돈을 주시다뇨! 저한테도 거의 마님만큼 있답니다. 저당 잡히고 빌린 것들, 그리고 치르지 않아서 기한이 될 때마다 불어나는 이자를 제하고 마님한테 얼마나 남는지나 아세요? 아시냐고요? 모르시죠? 분명히 말씀드리지만, 연 수입 1만 리브르가 넘지 않을 거예요. 아시겠어요, 1만 리브르도 안 된다고요. 하지만 제가 다 처리해 드리겠어요, 아주 빨리요."

로잘리는 이자를 내버려 두어, 파산의 위협이 닥치게 된 데 흥분하고 화가 나서, 다시 언성을 높이기 시작했다. 여주인의 얼굴에 감상적인 애매한 미소가 스치자, 울화가 치민 로잘리가 소리쳤다.

"웃을 일이 아니에요, 마님. 돈이 없으면 천민 신세랍니다."

잔느가 로잘리의 손을 잡더니 한동안 꼭 쥐었다. 그러고 나서 그녀는 언제나 자신을 뒤쫓는 고착 관념에 사로잡혀 천천히 말했다. "아아, 내겐 운이 없었어. 뭐 하나 되는 일이 없었어. 운명이 일생 동안 악착같이 괴롭혔지."

그러나 로잘리는 고개를 가로저었다. "그런 말씀 마세요, 마님, 그런 말씀 마시라고요. 마님은 결혼을 잘못하셨어요, 그뿐이죠. 구혼자가 어떤 사람인지도 모른 채 그렇게 혼인하는 게 아닌데요."

그리고 두 여자는 옛 친구들처럼 계속해서 신세타령을 나누었다.

아직도 얘기가 계속되는 가운데 해가 떠올랐다.

12

로잘리는 일주일 만에 푀플 성 사람들과 여러 가지 일에 대해 절대적인 통제권을 행사하게 되었다. 체념한 잔느는 수동적으로 로잘리의 뜻에 따랐다. 쇠약해진 잔느는 예전에 어머니가 그랬던 것처럼 다리를 질질 끌고, 하녀의 부축을 받고서 밖에 나가 느릿느릿 산책을 했으며, 하녀는 잔느를 병든 아이처럼 다루면서, 때로는 거친 말로 또 때로는 다정한 말로 그녀에게 훈계도 하고, 격려도 했다.

두 여자는 늘 옛날 일을 얘기했다. 잔느는 눈물로 목이 멘 채로, 로잘리는 무감각한 농부들의 태연한 어조로 얘기하는 것이었다. 늙은 하녀는 미해결 이자 문제로 몇 번이나 말머리를 돌렸다. 그리고 그녀는 사무적인 일에 무지한 잔느가 아들에 대한 부끄러움 때문에 감추고 있는 서류들을 자기에게 넘기도록 강력히 요구했다.

그러고서 로잘리는 일주일 동안 매일같이 페캉에 가서 잘 아는 공증인에게 사무 처리에 대한 설명을 들었다.

그 뒤 어느 날 저녁, 여주인을 침대에 눕힌 다음 로잘리는 그녀 머리맡에 앉아 불쑥 말을 꺼냈다. "이제 자리에 누우셨으니, 마님, 얘기 좀 하죠."

그러고 로잘리는 상황을 설명했다.

모든 청산이 이루어지고 나면, 7000~8000프랑 정도 연 수입이 남을 것이다. 그것뿐이었다.

잔느가 대답했다. "뭘 더 바라겠어? 나는 오래 살 것 같지도 않아. 그거면 되겠지."

그러자 로잘리가 화를 냈다. "마님, 마님은 될지도 모르죠. 그러나 폴 씨에게는 한 푼도 안 남겨 주시겠어요?"

잔느가 몸을 부르르 떨었다. "제발 그 애 얘기는 하지 마. 그 생각만 하면 너무 괴롭거든."

"저는 반대로 그 얘기를 해야겠습니다. 마님 말씀은 옳지 않아요, 생각 좀 해 보세요, 잔느 마님. 그이가 지금은 난봉을 피우지만 언제나 그렇지는 않겠죠. 나중에는 결혼을 할 테고 아이들도 낳겠죠. 아이들을 키우자면 돈이 필요할 거예요. 제 말을 들어 보세요. 푀플을 파세요!"

잔느가 벌떡 일어나 침대 위에 앉았다. "푀플을 팔다니! 그게 말이 돼? 오! 천만에, 그것만은 안 돼!"

그러나 로잘리는 침착함을 잃지 않았다. "그래야만 하기 때문에, 저는 팔라고 말씀드리는 거예요, 마님."

그리고 그녀는 자기의 계산, 자기의 계획, 자기의 논리를 설명했다.

일단 푀플과 부속 농장 두 곳을 자기가 찾아낸 구매자에게 매각하면, 생레오나르에 있는 농장 네 곳은 건질 수 있을 것이다. 그 농장들은 모든 저당에서 풀려, 연 소득 8300프랑을 가져다줄 것이다. 1300프랑은 농장 수리와 관리비로 떼어 놓고, 나머지 7000프랑 가운데 5000프랑은 연간 소비에 충당하고 2000프랑은 앞날을 위해 저축하도록 할 것이다.

그녀가 덧붙여 말했다. "그 나머지는 모두 먹혀서, 다 끝났어요. 그리고 열쇠는 제가 간수하겠어요, 아시겠죠. 그리고 폴 씨에게는 아무것도 주지 않겠어요, 조금도요. 그렇지 않으면 마님에게서 마지막 한 푼까지 빼어 갈 테니까요."

잔느가 소리 없이 울면서 중얼거렸다.

"하지만 그 애가 먹을 것이 없으면 어쩌지?"

"배가 고프면, 먹기 위해서라도 집에 오겠죠. 그를 위한 잠자리와 먹을거리는 항상 준비될 거예요. 아예 초장에 한 푼도 주지 않았다면 그가 그런 모든 어리석은 짓을 했을 거라고 생각하세요?"

"그렇지만 그 애는 빚을 졌었어, 치욕을 당할 뻔했지."

"마님에게 한 푼도 안 남게 되면, 그의 어리석은 짓을 막을 수 있을까요? 마님은 빚을 갚아 주셨어요, 잘하셨어요. 하지만 더 이상은 갚아 주지 마세요. 제가 분명히 말씀드립니다. 이제 주무세요, 마님."

그리고 로잘리는 나가 버렸다.

잔느는 푀플을 판다는 생각, 자신의 생애 전부가 결부된 그

집을 떠난다는 생각에 정신이 산란해져서, 조금도 잠을 이루지 못했다.

다음 날 로잘리가 자기 방에 들어오는 것을 보자, 잔느가 그녀에게 말했다. "이봐, 나는 도무지 여기서 떠난다는 결심이 서질 않아."

그러나 하녀는 화를 냈다. "그래도 그렇게 해야만 해요, 마님. 공증인이 곧 성을 원하는 사람과 함께 올 거예요. 그렇게 하지 않으면 사 년 후에는 한 푼도 안 남게 될 거예요."

잔느는 아연실색해서 거듭 말했다. "나는 그럴 수 없어. 도저히 그럴 수 없어."

한 시간 후, 우체부가 또다시 1만 프랑을 요구하는 폴의 편지를 전해 주었다. 어떻게 한담? 얼이 빠진 잔느는 로잘리와 상의했다. 로잘리가 두 팔을 쳐들고 말했다. "마님, 제가 뭐라고 말씀드렸죠? 아! 제가 오지 않았더라면, 두 분 다 빈털터리가 되셨겠네요!" 잔느는 하녀의 의지에 굴복해서, 젊은이에게 이렇게 답장을 써 보냈다.

사랑하는 아들아, 나는 이제 너를 위해 아무것도 할 수 없다. 너는 나를 파산시켰어. 나는 푀플마저 팔아야 할 처지가 되었다. 그러나 너로 인해 고통 받은 늙은 어미 곁으로 피신해 오고자 한다면, 나는 언제고 안식처를 마련해 둘 거라는 점을 잊지 말기 바란다.

잔느

공증인이 제당(製糖) 업자였던 조프랭 씨와 함께 찾아오자, 잔느는 몸소 그들을 맞아 집을 샅샅이 돌아보도록 안내했다.

한 달 후 그녀는 매매 계약서에 서명했다. 그리고 동시에 고데르빌 근처, 바트빌 마을에 있는 몽티빌리에 도로에 면한 작은 평민 집 한 채를 샀다.

잔느는 가슴이 찢어지는 듯한 슬픔과 고뇌에 잠겨 어머니의 산책로를 저녁때까지 혼자서 거닐었다. 지평선에, 나무들에, 플라타너스 아래 벌레 먹은 벤치에, 자신의 눈과 마음속에 박힌 것처럼 너무나 익숙한 그 모든 사물에, 작은 숲에, 그녀가 자주 와서 앉았던, 그리고 쥘리앵이 죽던 그 무서운 날 드 푸르빌 백작이 바다를 향해 달려가는 모습을 바라보았던 황야 앞 비탈에, 자기가 자주 몸을 기댔던 윗부분이 잘려 나간 느릅나무에, 그리고 친숙한 그 정원의 모든 것에 잔느는 절망적인 흐느낌의 이별을 고했다.

로잘리가 와서 그녀의 팔을 부축해 억지로 집 안으로 데리고 들어갔다.

스물다섯쯤 된 키 큰 농부가 문 앞에서 그녀를 기다리고 있었다. 그는 오래전부터 잔느를 잘 알던 것처럼 다정하게 인사했다. "안녕하세요, 잔느 마님, 건강이 어떠세요? 어머니가 이사를 도우러 오라고 하셨어요. 가지고 가실 것들을 알려 주세요. 그러면 밭일에 지장이 없도록 틈틈이 옮기겠습니다."

그는 로잘리의 아들이며 쥘리앵의 아들이고 폴의 형제였다.

잔느는 심장이 멎을 것만 같았다. 그렇지만 또 그녀는 그 청년을 끌어안고 싶기도 했다.

그녀는 그가 자기 남편과 닮았는지, 자기 아들과 닮았는지 뜯어보았다. 그는 혈색이 붉고 건장했으며 자기 어머니처럼 금발에 푸른 눈이었다. 그렇지만 그는 쥘리앵과도 닮아 보였다. 어떤 점이? 어떻게? 그녀는 잘 알 수 없었지만, 전체적인 용모에 무언가 그를 연상시키는 점이 있었다.

청년이 다시 말했다. "바로 알려 주시면 감사하겠습니다."

그러나 잔느는 새로 산 집이 아주 작아서, 무엇을 가져가야 할지 아직 알 수 없었다. 그래서 그녀는 주말에 다시 오라고 그에게 부탁했다.

이사 문제가 그녀의 마음을 사로잡게 되었다. 그것은 아무 기대도 없는 침울한 삶에 슬픈 기분 전환이 되었다.

그녀는 여러 가지 사건을 상기시키는 가구들을 찾아 이 방 저 방을 돌아다녔다. 어렸을 때부터 익히 알고 있어 우리 생활의 일부, 거의 우리 존재의 일부가 된 친밀한 가구들로, 거기에는 기쁨이나 슬픔의 추억이 결부되어 있고, 우리 역사의 연대가 기록되어 있는 것이다. 즐거웠거나 우울했던 우리들 시간의 말 없는 동반자였던 가구들은 우리 곁에서 늙고 낡아서, 천은 여기저기 뜯기고 안은 찢어졌으며, 이음새는 흔들거리고, 색은 바랬다.

잔느는 중대한 결정을 하기 전처럼 동요하며 자주 망설이면서 가구를 하나하나 골랐다. 그녀는 매 순간 결정한 것을 재고하고, 안락의자 두 개나 낡은 책상의 가치를 옛 작업 테이블과 비교하며 저울질해 보는 것이었다.

그녀는 서랍들을 열어 보고, 기억을 되살려 보았다. 그러고 나서 '그래, 이건 가져가겠어.' 하고 마음먹으면, 그 물건을 식당으로 내려보냈다.

그녀는 자기 침대, 장식 융단, 벽시계 등 자기 침실의 가구는 모두 간직하고자 했다.

그녀는 거실의 의자 몇 개도 가져가기로 했다. 여우와 황새, 여우와 까마귀, 매미와 개미, 우수에 찬 왜가리 같은 어린 시절부터 좋아했던 그림이 그려진 의자들이었다.

그런 다음 잔느는 버리고 떠날 이 집의 구석구석을 배회하다가 하루는 다락방에 올라가 보았다.

잔느는 놀라움에 사로잡혀 그 자리에 멈춰 섰다. 온갖 물건이 뒤죽박죽으로 쌓여 있었다. 부서진 물건들, 단지 더러워진 물건들, 또 왜 거기에 올려다 놓았는지 모를 물건들이 쌓여 있었다. 아마 더 이상 마음에 들지 않았거나, 다른 것으로 대치되었기 때문에 그리 옮겼을 것이다. 예전엔 잘 알았으나, 갑자기 사라져 버려 생각나지도 않던 수많은 고물들이 눈에 띄었다. 자기 손으로 만졌던 하찮은 물건들, 십오 년 동안 자기 곁에서 굴러다녔으나 매일같이 눈에 띄어도 눈여겨보지 않았던 보잘것없는 낡은 잡동사니들이었다. 그것들이 갑자기 그곳 다락방에서, 그녀가 처음 이 집에 도착했을 때 어디에 있었는지 분명히 기억하는 더 오래된 다른 물건들 곁에서 다시 발견된 것이다. 그러자 그 하찮은 물건들이 잊었던 증인이나 되찾은 친구들처럼 별안간 중요한 의미를 띠는 것이었다. 그것들은 잔느에게 오랜 세월을 가깝게 지내면서도 서로 마음을 터놓지 못하던 사람들이 어느 날 저녁 갑자기 사소한 일로 한없이 수다를 늘어놓다가, 서로 의심하지 않고 마음을 모두 내보이는 것과 같은 인상을 주었다.

그녀는 가슴을 두근거리며 물건 하나하나를 둘러보았다. 그리고 생각하는 것이었다. '그렇지, 이 중국제 찻잔에 금을 낸 건 나였어. 결혼하기 며칠 전 저녁이었지. 아! 여기 엄마의 초롱과 빗물에 불은 나무 울타리를 열다가 부러뜨린 아빠의 지팡이가 있구나.'

그 안에는 그녀가 알지 못하고, 아무 기억도 없는 물건도 많았다. 그녀의 조부모나 증조부모 때부터 내려온 것들이었다. 자기 시대가 아닌 다른 시대로 추방된 듯한 이 먼지투성이 고물들은 버림받아서 슬픈 듯이 보였다. 아무도 그 내력과 운명을 모르고, 아무도 그것을 골라서 사고 소유하고 사랑한 사람들을 본 적이 없으며, 아무도 그것을 친숙하게 만진 손과 즐겨 바라본 눈을 알지 못하는 물건들이었다.

잔느는 켜켜이 쌓인 먼지에 손가락 자국을 내면서, 그 물건들을 만져 보고, 뒤집어 보고 했다. 그리고 지붕에 끼워 넣은 작은 창유리 몇 개를 통해 비치는 흐릿한 햇빛 아래 그녀는 그곳 고물들 가운데 한동안 머물러 있었다.

그녀는 무언가 추억을 떠올릴 만한 것이 없나 찾아보면서, 다리가 세 개만 남은 의자들, 침대를 덥히는 동제(銅製) 기구, 어디서 본 적이 있는 것 같은 밑바닥이 망가진 발 보온기, 그리고 쓸모없게 된 부엌세간 더미를 찬찬히 살펴보았다.

그다음 그녀는 가지고 가고 싶은 물건들을 챙겨 놓고 아래로 내려와서 로잘리를 보내 가져오게 했다. 하녀는 화가 나서

'그 고물딱지들'을 가지고 내려 오기를 거부했다. 그러나 어떤 의지도 없는 잔느였지만 이번만은 고집을 부려서, 로잘리는 복종하지 않을 수 없었다.

어느 날 아침 쥘리앵의 아들인 젊은 농부 드니 르코크가 첫 번째 이삿짐을 나르기 위해 마차를 가져왔다. 로잘리는 짐 부리는 것을 살펴보고, 가구를 적당한 자리에 배치하기 위해 아들과 함께 떠났다.

혼자 남게 된 잔느는 절망의 무서운 발작에 사로잡혀 성(城)의 이 방 저 방을 배회하기 시작했다. 그녀는 자기와 함께 가져갈 수 없는 모든 것들, 즉 거실의 장식 융단에 수놓인 하얀 큰 새들, 옛 샹들리에들, 그 밖에 눈에 띄는 모든 것을 열광적인 애정의 충동을 느끼며 끌어안았다. 그녀는 두 눈에 눈물을 철철 흘리며, 미친 듯이 이 방 저 방을 오갔다. 그런 다음 그녀는 바다에 '작별 인사'를 하기 위해 밖으로 나갔다.

9월 말쯤이었다. 낮은 잿빛 하늘이 세상을 짓누르고 있는 듯이 보였다. 누르스름한 쓸쓸한 물결이 까마득히 펼쳐져 있었다. 가슴에 사무치는 괴로운 상념에 빠져, 그녀는 오래도록 절벽 위에 서 있었다. 그리고 어둠이 내릴 무렵, 그날 하루 동안 그 어느 때보다도 큰 슬픔을 겪은 그녀는 집으로 돌아왔다.

로잘리가 돌아와서 그녀를 기다리고 있었다. 로잘리는 도로변에 면하지도 않은 이 커다란 상자 같은 건물보다 새집이 훨씬 좋다고 말하면서, 새집을 마음에 들어 했다.

잔느는 저녁 내내 울었다.

성이 팔린 것을 알게 된 후부터, 소작인들은 잔느에게 필요한 최소한의 존중심만 보였으며, 별 이유도 없이 그들끼리 그녀를 '미친 여자'라고 불렀다. 아마도 그들이 그들 특유의 동물적 본능으로, 잔느의 점점 심해지는 병적 감상, 들뜬 망상, 불행으로 충격을 받은 가련한 영혼의 모든 혼란을 감지했기 때문일 것이다.

떠나기 전날, 그녀는 우연히 마구간에 들어가 보았다. 으르렁거리는 소리에 그녀는 소스라치게 놀랐다. 여러 달 전부터 거의 생각이 미치지 않았던 마사크르였다. 개로서는 거의 수명이 다해, 눈이 멀고 사지가 마비된 그 개는 짚 바닥 위에서 아직 생명을 유지하고 있었다. 뤼디빈이 잊지 않고 개를 돌봐주고 있었다. 잔느는 개를 품에 안아 입을 맞추고는 집 안으로 데리고 들어왔다. 통처럼 큰 그 개는 뻣뻣한 다리를 쭉 벌려 질질 끌면서, 어린애들의 장난감용 목제 개처럼 짖고 있었다.

마침내 마지막 날이 밝았다. 잔느는 자기 방의 가구를 다 치웠기 때문에 전에 쥘리앵이 기거하던 방에서 잠을 잤다.

그녀는 장거리 경주를 한 것처럼 숨을 헐떡이며 기진맥진해서 침대에서 나왔다. 짐 가방 몇 개와 나머지 가구를 실은 마차가 벌써 마당에 대기하고 있었다. 그 뒤에 또 이륜 포장마차 한 대가 말에 매여 있었는데, 여주인과 하녀를 싣고 갈 마차였다.

시몽 영감과 뤼디빈만 남아 새 소유주가 올 때까지 집을 지키기로 했다. 그다음 그들은 잔느가 준 연금 약간을 챙겨서 친척 집에 가서 살 예정이었다. 그들에겐 또 따로 모아 둔 돈이 있었다. 이제 둘 다 너무 늙어서, 쓸모없고 잔소리만 많은 하인들이었다. 마리우스는 아내를 얻어 집을 떠난 지 오래였다.

8시쯤 비가 내리기 시작했다. 약한 바닷바람이 몰고 오는 차가운 이슬비였다. 짐마차 위에 포장을 씌워야 했다. 나무에서는 벌써 낙엽이 날리고 있었다.

부엌 식탁 위에 놓인 밀크 커피 잔에서 김이 올랐다. 잔느가 자기 잔 앞에 앉아 한 모금씩 홀짝거린 다음, 자리에서 일어나며 "자, 가지!" 하고 말했다.

그녀는 모자를 쓰고 숄을 두른 다음, 로잘리가 고무장화를 신겨 주는 동안 목멘 소리로 말했다. "얘, 우리가 루앙을 떠나 이리로 올 때 비가 얼마나 많이 왔는지 기억하지……?"

잔느는 경련을 일으키며, 두 손을 가슴에 얹고서, 의식을 잃은 채 뒤로 쓰러졌다.

한 시간 이상 그녀는 죽은 듯이 누워 있었다. 그러고 나서 그녀는 눈을 떴다. 그러자 눈물이 펑펑 쏟아지면서 온몸이 부들부들 떨렸다.

좀 진정되었을 때는, 너무나 힘이 빠져 그녀는 일어설 수가 없었다. 출발을 늦췄다가 또다시 발작이 일어날까 겁이 난 로잘리가 아들을 찾으러 갔다. 두 사람은 잔느를 들어 올려 마차로 데려가서, 밀랍 입힌 가죽을 깐 나무 의자 위에 앉혔다. 늙은 하녀는 잔느의 옆으로 올라가서 그녀의 다리를 감싸 주고 어깨를 두터운 외투로 덮어 준 다음, 머리 위로 우산을 펼쳐들고 소리쳤다. "얘, 드니, 빨리 떠나자."

젊은이는 어머니 옆으로 기어 올라가서, 자리가 좁은 탓에 엉덩이를 반만 걸치고 앉아 급히 말을 몰았다. 말이 불규칙하게 빨리 달리는 바람에 두 여자는 자리에서 튀어 오르곤 했다.

마차가 마을 모퉁이를 돌았을 때, 길 위를 오락가락하는 어떤 사람이 눈에 띄었다. 이들이 떠나는 길목을 지키고 있는 것 같은 톨비악 사제였다.

그는 마차가 지나갈 수 있도록 걸음을 멈추었다. 그는 길바닥의 물이 튈까 봐서 법의 자락을 한 손으로 들어 올리고 있었는데, 그래서 검은 양말을 신은 깡마른 그의 다리 끝에 흙투성이가 된 커다란 구두가 드러나 보였다.

잔느는 그와 시선을 마주치지 않기 위해 눈을 내리깔았다. 사정을 모르지 않는 로잘리는 격분했다. 그녀는 "못된 놈, 흉악한 놈!" 하고 중얼거리더니, 아들의 손을 잡고서 "채찍으로 한 대 후려쳐라." 하고 말했다.

젊은이는 사제 앞을 지나는 순간, 마차를 전속력으로 몰면서 별안간 마차 바퀴를 웅덩이에 빠뜨려 버렸다. 그러자 진흙탕 물이 튀어 올라, 발끝에서 머리끝까지 성직자의 온몸을 뒤집어씌웠다.

흡족한 로잘리가 몸을 돌려 그에게 주먹질을 해 대는 동안, 사제는 커다란 손수건을 꺼내 얼굴을 닦고 있었다.

그들이 오 분쯤 갔을 때, 갑자기 잔느가 소리를 질렀다. "마사크르를 잊고 왔구나!"

마차를 멈추어야 했다. 드니가 마차에서 내려 개를 찾으러 달려갔고, 그동안 로잘리가 고삐를 잡고 있었다.

마침내 젊은이가 털이 빠져 흉한 꼴의 커다란 개를 품에 안고 나타나서, 두 여자의 치마폭 사이에 내려놓았다.

13

마차는 두 시간 뒤, 대로변에 위치한, 방추형으로 전지된 배나무 과수원 한가운데 지어진 작은 벽돌집 앞에 멈춰 섰다.

인동덩굴과 참으아리에 덮인 격자형 정자 넷이 정원의 네 귀퉁이를 이루고 있었는데, 정원은 작은 사각형 채소밭들로 꾸며져 있었고, 채소밭 사이에는 과일나무를 가장자리에 심은 좁은 길이 나 있었다.

아주 높이 솟은 산울타리가 이 소유지를 사방으로 둘러싸고 있었고, 이웃 농가와의 사이에는 밭이 있었다. 도로변 백 보 앞쪽에 대장간이 하나 있었다. 가장 가까운 다른 집들은 1킬로미터쯤 떨어져 있었다.

코 지방의 평원 위로 주위 풍경이 전개되었다. 사과나무를 심은 뜰을 감싸며 두 줄로 늘어선 커다란 나무들에 사방이 둘러싸인 농가들이 여기저기 흩어져 있었다.

잔느는 도착하자 바로 누워서 쉬고 싶어 했으나, 또다시 공상에 빠질까 봐 걱정한 로잘리가 허용하지 않았다.

고데르빌의 목수가 설비 작업을 위해 먼저 와 있었다. 머지않아 도착할 마지막 마차를 기다리는 동안, 일행은 미리 실어 온 가구들을 즉시 배열하기 시작했다.

깊이 생각해 보고 많이 따져 보아야 하는 벅찬 작업이었다.

한 시간 후에 짐마차가 울타리 앞에 나타나서, 비를 맞으며 짐을 내려야 했다.

날이 어두워졌을 때, 집 안은 제멋대로 쌓인 짐들로 가득 차서 어수선하기 짝이 없었다. 지쳐 빠진 잔느는 침대에 등을 붙이자마자 잠이 들었다.

다음 며칠 동안 잔느는 일에 몰려서 애상에 젖을 시간도 없었다. 그녀는 자신의 새로운 거처를 예쁘게 꾸미는 데 얼마간 즐거움마저 느꼈다. 아들이 언젠가 이 집에 돌아오리라는 생각이 그녀의 뇌리를 떠나지 않았다. 전에 그녀의 침실에 걸려 있던 장식 융단은 거실을 겸한 식당에 쳐 놓았다. 그녀는 이층의 두 방 중 하나를 특별히 정성을 기울여 꾸몄는데, 그 방은 그녀 마음속에서 '풀레의 방'이란 이름을 달고 있었다.

잔느는 두 번째 방을 쓰기로 했고, 로잘리는 그 위의 다락방 옆으로 거처를 정했다.

정성껏 정돈해 놓으니 그 작은 집은 아늑했다. 무언지 모르게 결핍된 것이 있기는 했지만, 잔느는 처음 얼마 동안 그 집이 마음에 들었다.

어느 날 아침 페캉에 있는 공증인 서기가 잔느에게 3600프랑을 가져왔다. 푀플에 남겨 두고 온 가구를 가구상이 감정한 금액이었다. 그녀는 이 돈을 받고 기쁨으로 몸이 떨리는 것을 느꼈다. 그 서기가 떠나자마자, 그녀는 서둘러 모자를 쓰고, 뜻하지 않은 그 돈을 폴에게 보내기 위해 고데르빌을 향해 걸음을 재촉했다.

그러나 그녀가 대로를 서둘러 걷고 있을 때, 장을 보고 돌아오는 로잘리와 마주쳤다. 하녀는 곧바로 진상을 알아채지는 못했지만, 의심을 품었다. 잔느는 이제 로잘리에게 아무것도 숨길 수 없는 입장이었으므로, 곧 진상이 밝혀지자 로잘리는 바구니를 땅바닥에 내려놓고 실컷 화를 냈다.

로잘리는 양쪽 허리에 주먹을 대고 서서, 소리를 질렀다. 그러더니 그녀는 오른팔로는 여주인을 잡고, 왼팔로는 바구니를 들고, 화를 풀지 않은 채 집을 향해 다시 걷기 시작했다.

집에 돌아오자마자 하녀는 돈을 넘기라고 요구했다. 잔느는 600프랑을 남기고 나머지를 그녀에게 주었다. 그러나 잔느의 계략은 의심을 품은 하녀에게 곧 발각되어, 결국 전액을 넘겨주어야만 했다.

그렇지만 로잘리는 그 600프랑을 젊은이에게 보내는 데에는 동의했다.

며칠 후 폴에게서 감사의 편지가 왔다. "사랑하는 엄마, 저희는 몹시 궁핍한 처지에 빠져 있었는데, 엄마가 큰 도움을 주셨어요."

잔느는 그동안 바트빌에 잘 적응이 되지 않았다. 그녀는 전처럼 숨을 쉴 수 없는 것 같고, 더욱더 외롭고, 더 버림받고 몰락한 듯한 느낌에 끊임없이 시달렸다. 그녀는 바람을 쐬러 나가서, 베르뇌유 마을까지 갔다가 트루아마르를 거쳐 돌아오곤 했다. 그리고 일단 돌아오면, 마치 꼭 들러야 했던 곳 또는 산책하고 싶었던 곳을 잊기라도 한 것처럼 다시 나가고 싶은 마음으로 집에 부접 못하고 또 자리에서 일어서는 것이었다.

그런 이상한 욕구의 이유를 알지 못한 채, 매일같이 그런 일이 되풀이되었다. 그런데 어느 날 저녁, 부지불식간에 튀어나온 한마디가 그녀에게 그 불안의 비밀을 드러내 주었다. 저녁을 먹으려고 자리에 앉으면서 "오오! 이렇게 바다가 보고 싶을 수가!" 하고 그녀는 말했던 것이다.

그처럼 간절하게 그리웠던 것은 바로 바다였다. 이십오 년 전부터 거대한 이웃이었던 바다, 소금기 머금은 대기와 성난 파도와 일렁이는 소리와 세찬 바람을 가진 바다, 매일 아침 푀플의 제 방 창문을 통해 바라보던 바다, 밤낮으로 호흡하던 바다, 자기 곁에서 느끼던 바다, 한 사람을 사랑하듯 자기도 모르는 사이에 사랑하기 시작했던 바다, 그 바다가 그리웠던 것이다.

마사크르 역시 극심한 불안 속에서 살고 있었다. 그 개는 도착하던 날 저녁부터 부엌 찬장 아래에 자리를 잡더니, 그곳을 떠날 줄 몰랐다. 희미하게 으르렁거리며 이따금 몸을 뒤척일 뿐, 낮 동안은 내내 거의 움직이지 않고 그 자리에 머물렀다.

그러나 밤이 되자마자, 개는 자리에서 일어나 몸을 벽에 부딪혀 가며 정원의 문 쪽으로 몸을 질질 끌고 갔다. 그러고는 집 밖에서 잠시 동안 지내다가 다시 집 안으로 들어와, 아직 따뜻한 화덕 앞에 엉덩이를 디밀고 주저앉아 두 여주인이 잠자러 들어가자마자 요란하게 짖기 시작하는 것이었다.

개는 밤새도록 구슬프고 애처로운 소리로 짖어 댔다. 이따금 한 시간가량 멈췄다가는 더 비통한 소리로 울어 대는 것이었다. 개를 집 앞의 빈 통 속에 묶어 놓아 보았다. 그러자 창문 밑에서 짖어 댔다. 불구에 죽을 날이 멀지 않은 개는 다시 부엌으로 들어오게 되었다.

늙은 짐승이 새로 이사 온 집이 제 집이 아니라는 것을 알고, 거기에 어떻게든 적응해 보려고 끊임없이 끙끙거리며 긁어 대는 바람에 잔느는 잠을 이룰 수 없었다.

어떻게 해도 개를 진정시킬 수가 없었다. 모든 생명체가 살아 움직이는 낮 동안에는 보이지 않는 두 눈과 자신의 불구에 대한 의식이 움직임을 방해라도 하는 듯이 내내 졸다가도, 밤이 되자마자 마치 모든 생명체를 장님으로 만드는 어둠 속에서만 살아서 움직일 수 있는 것처럼 개는 쉼 없이 배회하기 시작했다.

어느 날 아침 개가 죽어 있었다. 주인은 한결 안도를 느꼈다.

겨울이 다가오고 있었다. 잔느는 주체할 수 없는 절망감이 엄습하는 느낌이 들었다. 마음을 뒤트는 날카로운 고통이 아니라, 맥 빠지고 음산한 슬픔이었다.

어떤 기분 전환도 그녀의 사기를 일깨우지 못했다. 아무도 그녀에게 마음을 쓰지 않았다. 문 앞 대로는 오른쪽으로나 왼쪽으로나 거의 언제나 텅 빈 채로 뻗어 있었다. 얼굴이 불그레한 사내가 모는 이륜 경마차가 이따금씩 빠른 속도로 지나가는 일이 있었다. 그의 윗도리는 바람에 부풀어 파란 풍선처럼 보였다. 때로는 짐마차가 느릿느릿 지나가기도 했고, 또는 멀리서 농부 남녀 두 명이 오는 모습이 눈에 띄기도 했다. 그들은 멀리 지평선에서는 아주 작게 보이다가, 점점 커졌고, 집을 지나면서 다시 작아지기 시작해서 저 멀리 까마득히 뻗어 있는 하얀 선 끝에서는 곤충 두 마리만 한 크기가 되어, 땅의 완만한 기복에 따라 오르락내리락하며 멀어져 갔다.

풀이 다시 자라기 시작하자, 짧은 치마를 입은 계집애가 길가 도랑을 따라 풀을 뜯는 마른 암소 두 마리를 몰고, 매일 아침 울타리 앞을 지나갔다. 그 아이는 저녁에도 역시 조는 듯한 발걸음으로, 십 분마다 한 발자국씩 떼며 소 뒤를 따라 돌아오고 있었다.

잔느는 매일 밤 아직도 푀플에 사는 꿈을 꾸었다.

그녀는 예전과 마찬가지로 아버지 엄마와 함께, 또 때로는 리종 이모와도 함께 푀플에 살고 있었다. 가로수 길을 산책하는 아델라이드 부인을 부축하는 상상을 하는 등 잔느는 잊히고 끝난 일들을 되풀이하고 있었다. 그리고 잠이 깨면 언제나 눈물에 젖어 있었다.

그녀는 항상 폴을 생각하며 스스로에게 묻는 것이었다. '그 아이는 무얼 하고 있을까? 지금 어떻게 지내고 있을까? 그 아이는 이따금 내 생각을 할까?' 농가들 사이에 움푹 들어간 길을 천천히 산책하며, 그녀는 자신을 괴롭히는 온갖 상념을 머릿속에 떠올렸다. 특히 그녀를 고통스럽게 하는 것은 자기에게서 아들을 빼앗아 간 낯모르는 여자에 대한 가라앉힐 길 없는 질투였다. 이 증오심만이 그녀를 붙들어서, 행동하는 것을, 아들을 찾아나서는 것을, 그의 집에 쳐들어가는 것을 막고 있었다. 아들의 정부가 문간에 서서 "무슨 일로 오셨죠, 부인?" 하고 묻는 모습이 눈에 선했다. 어머니로서의 자존심 때문에 그녀는 그런 식의 만남에 대해 거부감을 느꼈다. 어떠한 과실(過失)도 오점도 없이 항상 순결을 지켜 왔던 여자의 오연한 자존심 때문에 그녀는 영혼 자체까지 비열하게 만드는 추잡한 음욕 행위에 사로잡힌 인간의 온갖 비열함에 점점 더 격분하게 되었다. 관능의 모든 불결한 비밀, 사람을 타락시키는 애무, 떼어 놓을 수 없는 남녀 관계에서 예상되는 모든 의혹을 생각할 때, 그녀에게는 인간성이 불순한 것처럼 여겨졌다.

또다시 봄과 여름이 지나갔다.

지루한 비와 회색빛 하늘과 침침한 구름과 더불어 다시 가을이 오자, 심한 삶의 권태에 사로잡힌 잔느는 자기 아들 풀레를 되찾기 위한 일대 노력을 기울여 보기로 결심했다.

젊은이의 사랑도 이제는 아마 식었을 것이다.

그녀는 아들에게 애절한 편지를 썼다.

사랑하는 아들아, 이제 내 곁으로 돌아오기를 간절히 바란다. 나도 늙고 병들어서, 일 년 내내 하녀 하나와 외롭게 살고 있다는 것을 생각해 봐라. 나는 이제 도로변 작은 집에서 살고 있다. 아주 쓸쓸하단다. 그러나 너만 여기 있다면 나에게는 모든 사정이 변하겠지. 나에게는 이 세상에 너밖에 없다. 그런데 너를 못 본 지 칠 년이 되었구나! 내가 그간 얼마나 불행했는지,

마음속으로 얼마나 너를 생각했는지 너는 결코 모를 것이다. 너는 나의 생명이고, 나의 꿈이고, 나의 유일한 희망이며, 나의 유일한 사랑이다. 그런데 나에게 네가 없구나. 너는 나를 버렸다!

오! 돌아와라, 내 사랑하는 풀레야, 돌아와서 나를 포옹해 다오. 너에게 절망적인 두 팔을 내밀고 있는 네 늙은 어미 곁으로 돌아와 다오.

잔느

며칠 뒤 폴이 답장을 보내왔다.

사랑하는 엄마, 저도 가서 엄마를 뵙고 싶은 마음은 간절하지만, 한 푼도 가진 것이 없습니다. 돈을 얼마간 보내 주시면 가겠습니다. 저도 엄마가 제게 기대시하는 것을 실현할 수 있을 어떤 계획을 말씀드리려고 엄마를 찾아뵐 생각을 하던 차였습니다.

제가 겪고 있는 고난의 나날 가운데, 함께 있는 여자가 제게 쏟는 헌신과 애정은 끝이 없습니다. 그처럼 충실한 그녀의 사랑과 희생을 너 오랫동안 공식적으로 인정하지 않고 지낼 수는 없습니다. 그런 데다가 엄마도 평가하시게 되겠지만, 그녀는 행동거지 또한 반듯합니다. 학식도 있고 책도 많이 읽습니다. 요컨대 그 여자가 저에게 항상 어떤 존재였는지 엄마는 짐작도 못하실 것입니다. 제 감사의 마음을 그녀에게 증명해 보이지 못한다면 저는 짐승만도 못할 겁니다. 그러니 그 여자와 결혼하도록 허락해 주시기를 간청합니다. 엄마가 저의 가출을 용서해 주시고, 우리 모두 함께 엄마의 새집에서 살게 되기를 바랍니다.

엄마가 그녀를 알게 되시면, 곧 결혼에 동의하시리라 믿습니다. 그녀는 나무랄 데 없는 아주 훌륭한 여자라고 확신합니다. 엄마도 분명히 그녀를 좋아하실 거예요. 저로 말하자면, 그 여자 없이는 살아갈 수 없습니다.

사랑하는 엄마, 답장을 애타게 기다리며, 저희는 엄마께 진심으로 키스를 보냅니다.

엄마의 아들,
폴 드 라마르 자작

잔느는 망연자실했다. 그녀는 무릎 위에 편지를 놓은 채 꼼짝하지 않았다. 단 한 번도 집에 오지 못하게 아들을 계속 붙들어 놓고서, 제 시간이 도래하기를, 즉 절망에 빠진 늙은 어머니가 아들을 껴안고 싶은 욕망에 더 이상 저항할 수 없이 나약해져서 모든 것을 허용할 시간을 기다려 온 그 계집의 간계를 잔느는 짐작할 수 있었다.

그리고 그 매춘부에 대한 폴의 끈질긴 애착을 생각하며 잔느의 가슴은 고통으로 찢어지는 것 같았다. "그 애는 나를 사랑하지 않아. 그 애는 나를 사랑하지 않아." 하고 그녀는 되풀이했다.

로잘리가 들어왔다. 잔느가 중얼거렸다. "그 애는 이제 그 여자와 결혼하겠다는군."

하녀는 펄쩍 뛰었다. "오! 마님, 허락하시면 안 돼요. 폴 도련님이 그런 창녀를 데려오다니 말도 안 돼요."

잔느는 녹초가 되어 있었지만, 격분해서 대꾸했다. "그건 어림도 없다. 그 애가 오지 않겠다면 내가 그 애를 찾으러 갈 거야. 그 계집과 나 둘 중에서 누가 이기나 볼 거야."

그녀는 즉시 자신이 가는 것을 알리고, 그 매춘부가 사는 집이 아닌 다른 곳에서 만나자는 편지를 폴에게 썼다.

그런 다음 답장을 기다리는 동안 잔느는 떠날 준비를 했다. 로잘리는 여주인의 속옷가지와 여행 용품으로 낡은 가방을 채우기 시작했다. 로잘리가 케케묵은 시골 옷을 개면서 큰 소리로 말했다. "마님 몸에 걸칠 옷이 하나도 없네요. 이렇게 가시게 할 수는 없어요. 모두들 흉보겠어요. 파리의 귀부인들이 마님을 하녀 취급하겠어요."

잔느는 하녀가 하는 대로 따랐다. 두 여자는 함께 고데르빌에 가서, 초록색 체크무늬 천을 사 가지고 읍내 양장점에서 옷을 맞추었다. 그런 다음 두 사람은 정보를 얻기 위해, 매년 두 주씩 파리에 가서 체류하는 공증인 루셀 씨 집을 찾아갔다. 잔느가 파리에 가 본 지는 이십팔 년이나 되었기 때문이다.

공증인은 마차를 피하는 방법과 도둑맞지 않는 방법 등 많은 조언을 해 주었으며, 돈은 당장 필요한 만큼만 주머니에 넣고, 나머지는 옷 안침에 넣어 꿰매 두라고 충고했다. 그는 값이 비싸지 않은 음식점들에 대해 길게 설명했고, 여자들이 잘 가는 두세 군데 음식점도 알려 주었다. 그리고 자기가 자주 묵는 기차역 근처 노르망디 호텔도 일러 주었다. 자기 이름을 대고 묵으면 좋을 것이라고 했다.

도처에서 화제가 되고 있는 철도는 육 년 전부터 파리와 르아브르 간을 운행하고 있었다. 그러나 슬픔에 사로잡혀 있던 잔느는 이 고장 전체를 변혁한 그 증기 기관차를 아직 본 적이 없었다.

그동안 폴에게서는 답장이 없었다.

잔느는 매일 아침 길에 나가 우체부를 마중하며, 꼬박 일주일, 이 주일을 기다렸다. 우체부가 가까이 오면 "말랑댕 영감님, 나에게 온 것은 없나요?" 하고 그녀는 떨리는 목소리로 물었다. 그러면 우체부는 언제나 계절의 악천후 때문에 감기 든 목소리로 대답하는 것이었다. "이번에도 없네요, 부인."

폴이 답장하지 못하게 막고 있는 것은 분명코 그 여자였다!

그래서 잔느는 즉시 떠나기로 결심했다. 잔느는 로잘리를 데려가고 싶었지만 하녀는 여행 비용을 아끼려고 따라가지 않겠다고 했다.

게다가 로잘리는 여주인이 300프랑 이상 가져가는 것을 허용하지 않았다. "돈이 더 필요하면 저에게 편지를 쓰세요. 제가 공증인에게 가서 그 사람을 통해 마님께 보내 드리겠어요. 지금 더 많이 드리면 폴 도련님이 가져가 버릴 거예요."

12월 어느 날 아침, 잔느는 여주인을 전송하려는 로잘리와 함께, 역까지 태워 주기 위해 찾아온 드니 르코크의 마차에 올랐다.

두 여자는 우선 기차표 값을 알아보고 나서 짐 가방을 탁송하고 모든 수속을 마친 다음, 철로 앞에 서서 기다렸다. 두 사람은 그 신비스러운 기계가 어떻게 작동하는지에만 정신이 팔린 나머지 여행의 서글픈 이유도 잊고 있었다.

마침내 멀리서 기적 소리가 울리자 두 여자는 그쪽으로 고개를 돌렸다. 점점 커지는 검은 기계가 눈에 들어왔다. 그것은 무시무시한 소리를 내며 다가오더니, 구르는 작은 집들을 매단 긴 사슬을 끌며 그녀들 앞을 지나갔다. 역무원이 문을 열자, 잔느는 울면서 로잘리와 포옹하고 한 찻간에 올라탔다.

로잘리가 울먹이며 소리쳤다.

"안녕히 다녀오세요, 마님. 여행 잘 하시고, 빨리 오세요!"

"잘 있어, 로잘리."

또다시 기적이 울리자, 차량 사슬 전체가 처음에는 천천히, 다음에는 좀 더 빨리, 그다음에는 무서운 속도로 굴러가기 시작했다.

잔느가 탄 칸에는 남자 둘이 구석에 등을 기댄 채 잠들어 있었다.

잔느는 기차의 빠른 속도에 놀라서, 들판과 나무들, 농가와 마을 들이 휙휙 지나가는 것을 바라보고 있었다. 그녀는 새로운 삶 속에 휩쓸려, 젊은 시절의 평온함이나 단조로운 현재 일상과는 전혀 다른 신세계로 이끌려 가는 듯한 느낌이 들었다.

기차가 파리에 낭도한 것은 저녁 무렵이있다.

짐꾼이 잔느의 트렁크를 들었다. 혼잡한 군중 속을 지나가는 데 능숙지 못한 잔느는, 사람들에게 떠밀리며, 짐꾼을 놓칠까 봐 겁나서 거의 뛰다시피 하면서 그의 뒤를 따라갔다.

호텔 접수대에 다다르자 잔느는 "저는 루셀 씨 소개로 왔는데요." 하고 서둘러 말했다.

엄숙한 표정의 육중한 여주인이 책상에 앉은 채로 "루셀 씨가 누구죠?" 하고 물었다.

잔느가 당황해서 대꾸했다. "매년 댁의 호텔에 와서 투숙하는 고데르빌의 공증인인데요."

뚱뚱한 여자가 말했다. "그렇군요. 나는 그분을 잘 모르겠어요. 방이 필요하세요?"

"예, 부인."

보이가 그녀의 짐을 들고 잔느보다 앞서 계단을 올라갔다.

잔느는 가슴이 죄어드는 것같이 느꼈다. 그녀는 작은 테이블 앞에 앉아 닭 날개 하나와 수프를 가져다 달라고 주문했다. 그녀는 새벽부터 아무것도 먹지 않았던 것이다.

잔느는 수많은 상념에 사로잡혀, 촛불 아래서 쓸쓸하게 식사를 했다. 그녀는 신혼여행에서 돌아오는 길에 이 도시에 들렀던 일과, 그 파리 체류 기간 동안에 처음 드러나던 쥘리앵 본성의 징후를 떠올렸다. 하지만 그때 그녀는 젊고, 자신감이 있고, 꿋꿋했다. 지금 그녀는 자신이 늙고, 부자유스럽고, 겁약하기까지 하며, 조그만 일에도 흔들린다는 것을 잘 느끼고 있었다. 식사가 끝나자, 그녀는 창가로 가서 사람들로 가득 찬 거리를 바라보았다. 그녀는 밖에 나가 보고 싶었으나 용기가 나지 않았다. 틀림없이 길을 잃게 될 것이라는 생각이 들었다. 그녀는 자리에 누워 불을 껐다.

그러나 소음과 낯선 도시에 대한 이질감과 여행의 동요 탓에 그녀는 잠을 이룰 수 없었다. 시간이 흘러갔다. 바깥 소음은 점차 잦아들었으나, 대도시 특유의 반(半)휴식 상태에 신경이 들떠서, 그녀는 좀체 잠을 이루지 못했다. 그녀는 사람이든 짐승이든 수목이든 모든 것을 마비시켜 버리는 전원의 그 고요하고 깊은 잠에 길들어 있었던 것이다. 그런데 지금 그녀는 주위에 알 수 없는 소요가 가득 차 있는 것을 느꼈다. 거의 지각할 수 없는 목소리들이 마치 호텔 벽을 타고 스며들듯이 그녀에게까지 이르는 것이었다. 때때로 마룻바닥이 삐걱대고, 문이 닫히고, 초인종이 울렸다.

새벽 2시쯤 잔느가 겨우 잠이 들려고 하는데, 갑자기 옆방에서 웬 여자가 고함을 질렀다. 잔느는 소스라쳐 일어나 침대에 앉았다. 뒤이어 남자의 웃음소리가 들리는 것 같았다.

새벽이 다가옴에 따라 폴 생각이 몰려왔다. 어스름한 빛이 보이자마자 잔느는 옷을 차려입었다.

폴은 시테 섬의 소바주 거리에 살고 있었다. 잔느는 돈을 아껴 쓰라는 로잘리의 권고에 따르기 위해 걸어서 거기에 가기로 했다. 날씨는 좋았다. 차가운 공기가 살을 파고들었다. 바쁜 사람들이 보도 위를 달음질치고 있었다. 그녀는 어떤 사람이 가르쳐 준 길을 따라 되도록 빨리 걸어갔다. 그 길 끝에 이르면 오른쪽으로 돌고, 다시 왼쪽으로 돈 다음, 광장에 이르거든 다시 길을 물어보라고 그 사람은 일러 주었다. 잔느는 광장을 발견하지 못해서 빵 가게 주인에게 물어보았는데, 그는 다른 길을 가르쳐 주었다. 그녀는 다시 그 길을 따라가다가 방향을 잃고 헤맸고, 또다시 물어보고 하다가 완전히 길을 잃고 말았다.

그녀는 이제 정신없이 거의 되는대로 걸었다. 할 수 없이 마차를 부르기로 마음먹고 있는데, 센 강이 눈에 들어왔다. 그래서 그녀는 강가를 따라서 걸었다.

약 한 시간쯤 후에 그녀는 컴컴한 골목길인 소바주 가에 들어섰다. 그녀는 문 앞에 멈춰 섰는데, 너무나 흥분한 나머지 더 이상 한 발자국도 떼어 놓을 수가 없었다.

여기, 이 집 안에, 풀레가 있는 것이다.

잔느는 무릎과 손이 떨려 옴을 느꼈다. 이윽고 그녀는 집 안으로 들어가 복도를 따라가서 수위실을 보고는, 은화 한 닢을 내밀며 부탁했다. "폴 드 라마르 씨에게 올라가서 그의 어머니 친구인 늙은 부인이 밑에서 기다린다고 좀 전해 주실 수 있겠습니까?"

문지기가 대답했다. "그분은 이제 여기에 살지 않습니다, 부인."

심한 전율이 온몸을 훑고 지나갔다. 그녀가 더듬거리며 물었다. "아! 그럼 지금 어디…… 어디에 사나요?"

"알 수 없습니다."

그녀는 정신이 아찔해서 쓰러질 것만 같았다. 아무 말도 나오지 않아 한동안 가만히 있었다. 이윽고 억지로 정신을 차리고 "떠난 지 얼마나 되었나요?" 하고 나지막이 물었다.

그 남자는 많은 것을 그녀에게 알려 주었다. "이 주쯤 됐습니다. 그들은 어느 날 저녁 홀연히 떠나더니, 돌아오지 않고 있어요. 그들은 이 동네 여기저기에 빚을 졌어요. 그러니 주소를 남겨 놓았을 리 없지요."

마치 그녀의 눈앞에서 총이라도 발사된 듯이 섬광이, 큰 불꽃이 번쩍이는 것 같았다. 그러나 고정 관념 하나가 그녀를 지탱해 주었다. 그녀는 겉으로는 평온한 것처럼 생각에 잠긴 채, 서서 버텼다. 그녀는 풀레에 대해 알고 싶었고, 그를 되찾고 싶었다.

"그러면 나가면서 아무 말도 없었나요?"

"전혀 없었어요, 빚을 못 갚아 도망친 거니까요, 뭐."

"하지만 누군가 시켜 편지라도 찾으러 보내겠지요."

"내가 편지를 줄 턱이 없지요. 게다가 그들에게 오는 편지라야 일 년에 열 통도 안 돼요. 하지만 그들이 떠나기 이틀 전에 한 통 올려다 주었지요."

그것은 아마 그녀의 편지였을 것이다. 잔느가 황급히 말했다. "실은 내가 그 사람 어머니입니다. 그를 찾으러 왔어요. 이거 10프랑인데 받아 주세요. 그에 관한 무슨 소식이나 정보가 있으면 르아브르 가 노르망디 호텔에 묵고 있는 저에게 바로 알려 주세요, 후사하겠습니다."

"염려 마십시오, 부인." 하고 그가 대답했다.

잔느는 도망치듯 그 자리를 떠났다.

잔느는 행선지도 생각지 않고 무작정 다시 걷기 시작했다. 무슨 중요한 용무에 쫓기기라도 하듯 그녀는 서둘러 걸었다. 그녀는 벽을 따라 걸음을 재촉하다 짐을 든 사람들과 부딪히기도 했고, 마차가 오는 것을 보지 않고 길을 건너다가 마부들에게 욕설을 듣기도 했다. 그녀는 주의하지 않고 보도 계단에 부딪혀 비틀거리기도 하며, 정신없이 앞만 보고 달음질쳤다.

어느새 그녀는 공원에 와 있었는데, 피로가 너무 심해서 벤치에 주저앉았다. 자신도 모르는 사이에 울면서 아주 오랫동안 그 자리에 머물렀던 모양이었다. 행인들이 걸음을 멈추고 그녀를 쳐다보고 있었던 것이다. 그녀는 몹시 추운 느낌이 들었다. 그녀는 다시 걸으려고 자리에서 일어났으나, 다리를 지탱하기가 힘들었다. 그만큼 그녀는 지치고 힘이 없었다.

잔느는 식당에 들어가 수프라도 들고 싶었으나, 자신의 슬픔이 남의 눈에 띌 것 같아 부끄럽고 두렵고 창피해서 들어갈 용기가 나지 않았다. 그녀는 식당 문 앞에 멈춰 서서, 안을 들여다보았다. 식탁 앞에 앉아 음식을 먹고 있는 사람들을 보자, 그녀는 겁이 나서 달아나면서 '다음 음식점에 들어가지.' 하고 생각했다. 그러나 다음 음식점에는 더욱더 들어갈 수 없었다.

그녀는 결국 빵집에서 작은 달 모양 빵 하나를 사서 걸어가면서 씹어 먹기 시작했다. 그녀는 목이 몹시 말랐지만, 어디 가야 마실 것이 있는지 몰라 그냥 참고 견뎠다.

그녀는 천장이 둥근 통로를 건너서 아케이드로 둘러싸인 다른 공원에 이르렀다. 그녀는 그곳이 팔레 루아얄임을 알아보았다.

햇볕을 받으며 걷느라고 몸이 좀 더워진 그녀는 또다시 한두 시간을 그곳에 앉아 있었다.

사람들이 떼 지어 몰려왔다. 잡담하며 웃고 인사를 나누는 우아한 사람들의 무리, 여자들은 아름답고 남자들은 부유하며, 모두들 몸치장과 향락만을 위해 살아가는 행복한 사람들의 무리였다.

잔느는 이런 화려한 군중 틈에 끼어 있는 것에 질겁해서, 도망치려고 자리에서 일어섰다. 그러나 이 장소에서 폴을 만날

지도 모르겠다는 생각이 불쑥 그녀에게 떠올랐다. 그래서 그녀는 끊임없이 오가는 사람들의 얼굴을 유심히 살피면서, 조심스러우면서도 빠른 걸음으로, 공원의 한쪽 끝에서 다른 쪽 끝까지 배회하기 시작했다.

어떤 사람들은 고개를 돌려 그녀를 쳐다보았고, 또 웃으며 그녀를 손가락질하는 사람들도 있었다. 그녀는 그 사실을 알아채고 달아났다. 로잘리가 고른 초록색 체크무늬 옷감으로 로잘리의 주문에 따라 고데르빌의 양장점에서 맞춘 드레스와 잔느의 행색이 사람들의 비웃음을 사는 것 같았다.

그녀는 행인들에게 길을 물어볼 엄두도 나지 않았다. 그렇지만 용기를 내 길을 물어 마침내 묵는 호텔을 찾아냈다.

잔느는 그날의 나머지 시간을 침대 발치 의자에 앉아 꼼짝도 않고 보냈다. 그리고 저녁은 전날과 마찬가지로 수프와 고기 약간으로 때웠다. 그러고 나서 그녀는 잠자리에 들었는데, 그런 행동 하나하나를 습관대로 기계적으로 할 뿐이었다.

다음 날 그녀는 경찰청에 가서 자기 아들을 찾아 달라고 부탁했다. 아무 약속도 할 수 없지만, 알아보겠다는 대답이었다.

그 뒤 그녀는 여전히 아들을 만날까 하는 희망을 품고 거리를 쏘다녔다. 그녀는 인적 없는 시골 들판에서보다 이 소란한 군중 속에서 더 외롭고, 더 고적하고, 더 비참한 느낌이었다.

그녀가 저녁에 호텔로 돌아오자, 한 직원이 폴 씨 대신에 잔느를 만나러 온 남자가 있었으며, 다음 날 그가 다시 올 것이라고 전해 주었다. 그녀의 심장에 피가 용솟음쳤으며, 밤새 눈을 붙일 수 없었다. 만약 그 아이라면? 비록 전달된 세부 내용으로 미루어보면 그 애 같지는 않았지만, 그래도 아들이 틀림 없을 것 같았다.

아침 9시쯤에 누가 그녀의 방을 노크했다. 그녀는 두 팔을 벌리고 달려 나갈 태세를 취하며 "들어오세요!" 하고 외쳤다. 낯모르는 사람이 나타났다. 그가 방해해서 미안하다고 말하며, 자기 용건, 즉 폴이 진 빚을 받으러 왔다고 설명하는 동안 잔느는 눈물이 쏟아질 것만 같았다. 상대방에게 보이고 싶지 않아, 눈물이 눈가로 흘러내리려고 할 때마다 그녀는 손가락 끝으로 눈물을 훔쳐 냈다.

그 남자는 소바주 거리의 문지기를 통해 잔느가 온 것을 알게 되었고, 젊은이를 만날 수 없어 어머니에게 대신 청구하는 것이라고 얘기했다. 그가 서류를 내밀자 잔느는 아무 생각 없이 그것을 받아들었다. 그녀는 90프랑이라는 숫자를 읽고는 돈을 꺼내 지불했다.

잔느는 그날은 외출하지 않았다.

다음 날은 다른 빚쟁이들이 나타났다. 잔느는 20여 프랑만 남기고, 남은 돈 전부를 주었다. 그리고 그녀는 로잘리에게 편지를 써서 자신의 상황을 알렸다.

그녀는 하녀의 답장을 기다리며 하루하루를 방황 속에서 보냈다. 그녀는 무엇을 해야 할지, 끝없이 계속되는 암담한 시간을 어디서 때워야 할지 몰랐다. 다정한 말 한마디 나눌 사람도 없었고, 자신의 비참한 처지를 아는 사람도 없었다. 지금으로서는 빨리 떠나서, 호젓한 도로변의 작은 자기 집, 거기로 되돌아가고 싶다는 생각에만 사로잡혀, 그녀는 되는대로 쏘

다녔다.

며칠 전만 해도 그녀는 슬픔에 짓눌린 나머지 그 시골에서 삶을 영위할 수 없을 것만 같았는데, 이제는 반대로 자신의 음울한 습관이 뿌리박힌 그곳이 아니면 살 수 없을 것 같은 느낌이 들었다.

마침내 어느 날 저녁, 잔느는 편지와 돈 200프랑을 받았다. 로잘리는 이렇게 썼다.

> 잔느 마님, 빨리 돌아오세요. 돈은 더 이상 보내 드릴 수 없습니다. 폴 도련님은 소식을 알게 되는 대로 제가 찾으러 가겠습니다.
>
> 몸조심하세요.
>
> 마님의 하녀,
>
> 로잘리

눈 내리는 몹시 추운 어느 아침, 잔느는 다시 바트빌을 향해 떠났다.

14

잔느는 더 이상 밖에 나가지도 않고, 움직이지도 않았다. 그녀는 매일 아침 같은 시각에 일어나, 창밖 날씨가 어떤지 보고는 아래층으로 내려가 거실 난롯불 앞에 앉았다.

그녀는 눈길을 불길에 고정한 채 하루 종일 꼼짝 않고 그 자리에 앉아, 되는대로 비통한 상념에 자신을 내맡기고 자신의 비참한 삶이 줄지어 이어지는 서글픈 환영(幻影)을 따라가는 것이었다. 난롯불에 장작을 집어넣는 것 이외에는 그녀는 움직이지 않았고, 어둠이 점차로 작은 방에 스며들었다. 그럴 때면 로잘리가 등불을 들고 와서 소리쳤다. "자, 잔느 마님. 몸을 좀 움직이셔야 해요. 안 그러면 오늘 저녁에도 입맛이 없을 텐데요."

그녀는 머리를 떠나지 않는 고착 관념에 자주 쫓기고, 하찮은 걱정에 시달렸으며, 아무리 사소한 일이라도 그녀의 병든 머릿속에서는 극도로 중요성을 띠는 것이었다.

그녀는 특히 과거 속에서, 아주 오랜 과거 속에서 다시 살고 있어서, 자기 생애의 초기와 저 멀리 코르시카로 신혼여행 갔던 기억이 머리를 떠나지 않았다. 오래전에 잊었던 그 섬의 풍경이 벽난로의 깜부기불 속에서 홀연히 그녀 앞에 다시 떠오르는 것이었다. 온갖 세부적인 것들, 갖가지 사소한 사실들, 거기서 만났던 모든 얼굴들이 기억에 되살아났다. 안내인 장 라볼리의 얼굴이 그녀의 뇌리를 떠나지 않았으며, 때로는 그의 목소리가 들리는 것 같기도 했다.

그다음엔 즐거웠던 폴의 유년 시절, 폴이 채소 모종을 옮겨 심게 하던 때가 생각났다. 그때 잔느는 리종 이모와 나란히 끈끈한 땅에 무릎을 꿇고 앉아, 어린아이를 즐겁게 하기 위해, 누가 더 솜씨 좋게 모종을 옮겨 심어 더 잘 자라게 하는지 이모와 경쟁하며 정성을 기울였었다.

잔느의 입술이 마치 폴을 마주 보고 얘기하듯이, "풀레, 내 귀여운 풀레." 하고 나지막이 속삭였다. 그녀의 공상이 이 단어에서 멎으면, 그녀는 때때로 손가락을 뻗어, 그 이름을 이루는 철자들을 허공에 써 보려고 몇 시간씩 애쓰는 것이었다. 난롯불 앞에서 천천히 철자를 그려 가다 보면, 그것이 눈에 보이는 것만 같았다. 그러다가 도중에 틀렸다는 생각이 들면, 그녀는 그 이름을 끝까지 쓰려고 무진 애를 쓰며, 피로해서 떨리는 팔로 P 자를 다시 쓰기 시작했다. 이름 쓰기가 끝나면 그녀는 다시 시작하는 것이었다.

종내는 더 이상 할 수 없게 되어, 모든 것이 뒤섞이고, 다른 단어들이 그려지면, 그녀는 미칠 듯이 짜증이 났다.

잔느는 외톨이들의 갖가지 기벽에 사로잡혔다. 아무리 사소한 것이라도 위치가 바뀌면 화를 냈다.

로잘리는 자주 잔느를 도로로 데리고 나가 억지로 걷게 했다. 그러나 잔느는 이십 분도 안 돼서 "이봐, 난 더 걸을 수 없어."라고 말하며 도랑가에 주저앉아 버렸다.

곧 모든 움직임이 지겨워져서, 그녀는 가능한 한 늦게까지 침대에 누워서 지냈다.

유년 시절부터 단 한 가지 습관만이 변하지 않고 잔느에게 끈덕지게 남아 있었는데, 밀크 커피를 마시고 나면 즉시 자리에서 일어나는 습관이었다. 게다가 그녀는 이 음료에 과도하게 집착해서, 밀크 커피가 없다면 다른 무엇이 없는 것보다 그녀에게 더 심각한 영향을 미쳤을 것이다. 잔느는 매일 아침 거의 신경질적인 초조함을 보이며 로잘리가 오기를 기다렸다. 그리고 가득 찬 잔이 침대 옆 탁자 위에 놓이자마자, 그녀는 자리에서 일어나 앉아 게걸스러울 정도로 빨리 잔을 비웠다. 그러고서 그녀는 침대 시트를 걷어치우고 옷을 입기 시작하는 것이었다.

그러나 커피 잔을 접시에 올려놓은 후에도 잠시 동안 몽상에 빠지는 것이 점차 그녀의 습관이 되어 갔다. 그러고 나서 그녀는 다시 침대에 몸을 눕혔다. 그리고 이런 게으름이 하루하루 늘어 가서, 결국은 로잘리가 화를 내며 다시 와서, 거의 억지로 옷을 입혀 주게까지 되었다.

그런 데다가 그녀에겐 더 이상 의지라고는 없는 것 같았다.

하녀가 조언을 청하거나, 질문을 하거나, 의견을 물어볼 때마다, 잔느는 "이봐, 좋을 대로 해."라고 대답하는 것이었다.

악착같은 불운에 철저히 쫓기고 있다고 믿는 나머지, 그녀는 동양인처럼 운명론자가 되어 갔다. 꿈이 사라지고 희망이 무너지는 것을 습관적으로 보아 온 그녀는 그 어떤 것도 시도할 용기가 없었고, 자기는 항상 불운의 길로 빠지고 일을 망칠 것이라고 생각해서, 아무리 단순한 일이라도 실행하기 전에 며칠씩 망설였다.

잔느는 순간순간 되뇌는 것이었다. "나는 평생 운이 없었어." 그러면 로잘리가 소리쳤다. "도대체 무슨 말씀을 하시는 거예요? 생계를 위해 일을 해야 했다면, 품팔이를 하러 가려고 매일 아침 6시에 일어나야 했다면 어쩔 뻔했어요! 그럴 수밖에 없는 사람들도 많이 있어요. 그런 사람들은 너무 늙어 일을 못 하면, 비참하게 죽는답니다."

잔느는 이렇게 대꾸했다. "내가 아들에게 버림받아, 혼자뿐이라는 걸 좀 생각해 봐." 그러자 로잘리가 무섭게 화를 내며 말했다. "그게 뭐 대단한 일이라고요! 생각해 보세요! 군대에 간 자식들도 있고, 미국에 가서 사는 자식들도 있어요."

로잘리에게 미국은 사람들이 큰돈을 벌러 가서 다시는 돌아오지 못하는 막연한 나라를 뜻했다.

로잘리는 계속해서 말했다. "언제나 헤어져야 할 때가 있는 법이죠. 늙은이와 젊은이는 영원히 함께하게 되어 있지 않으니까요." 그리고 그녀는 가차 없는 어조로 결론을 내렸다. "그래, 만약 아드님이 돌아가시기라도 했다면 어쩌셨겠어요?"

그러자 잔느는 더 이상 대답을 못 했다.

초봄이 되어 대기가 좀 부드러워지자, 잔느는 원기를 약간 회복했다. 그러나 그녀는 회복된 기력을 점점 더 어두운 상념에 빠지는 데 쓸 뿐이었다.

어느 날 아침 뭔가를 찾으러 다락방에 올라갔다가, 잔느는 낡은 달력으로 가득 찬 상자를 우연히 열어 보게 되었다. 시골 사람들의 흔한 습관에 따라 달력이 보관되어 있었던 것이다.

잔느는 흘러간 세월 자체를 되찾은 것 같았다. 그녀는 이 사각형 종이 더미를 앞에 놓고 기이하고 혼란스러운 감회에 사로잡혔다.

잔느는 달력을 들고 아래층 거실로 내려갔다. 크고 작은 여러 모양 달력들이 있었다. 그녀는 테이블 위에 연도별로 달력을 배열하기 시작했다. 그녀가 푀플로 가지고 왔던 첫 번째 달력이 갑자기 눈에 띄었다.

잔느는 오래도록 그것을 바라보았다. 수녀원을 나온 다음 날, 즉 루앙을 떠나던 날 아침에 자기 손으로 지웠던 날짜들이 거기 그대로 남아 있었다. 그녀는 눈물을 흘렸다. 천천히 흐르는 서글픈 눈물, 자기 앞 테이블 위에 펼쳐진 비참한 생애를 마주하고 흘리는 노파의 가련한 눈물이었다.

한 가지 생각이 떠올라 그녀를 사로잡더니, 그것은 곧 무섭고 끈질기고 악착같은 집념으로 바뀌었다. 그녀는 자기가 지내 온 것을 날짜 단위로 되짚어 보고 싶었다.

잔느는 벽의 장식 융단 위에 노랗게 바랜 달력 종이를 차례대로 핀으로 꽂아 놓고 하나하나 마주 보면서, '이 달에는 내게 무슨 일이 있었지?' 하고 생각하며 몇 시간씩 보내곤 했다.

그녀는 먼저 자기 생애의 기억할 만한 날짜에 줄을 쳐 갔다. 그러고서 중요한 사건 전후에 있었던 자질구레한 사실들 모두를 하나하나 재구성하고 분류하고 차례로 연결하다 보니, 때로는 한 달 전체를 온전히 기억하는 데 이르기도 했다.

끈질기게 주의를 기울이고, 기억하려고 부단히 노력하며 의지를 집중한 덕분에, 잔느는 푀플에서 지낸 처음 이 년을 거의 완전하게 되살리는 데 성공했다. 자기 생의 아득한 추억이 부조(浮彫)처럼 이상할 정도로 수월하게 떠오르는 것이었다.

그러나 그다음 세월은 뒤섞이고 서로 얽혀서, 안개 속으로 사라지는 것 같았다. 그녀는 이따금씩 달력 한 장에 머리를 기울이고서 옛날로 정신을 집중한 채, 무한정 시간을 보내기도 했으나, 어떤 추억이 바로 그 장에 기입된 시기에 일어난 것인지조차 기억할 수 없었다.

그리스도가 걸었던 십자가의 길을 그린 판화들처럼, 흘러간 세월의 그 달력 그림들에 둘러싸인 거실 주위를 잔느는 이 그림에서 저 그림으로 오락가락했다. 그리고 그녀는 돌연히 한두 그림 앞에 의자를 갖다 놓고 앉아, 기억을 되찾으려고 골똘히 생각에 잠겨, 그림을 바라보며 밤까지 꼼짝 않고 머물기도 했다.

그 후 돌연히 태양의 열기 아래 수액이 깨어나고, 밭에는 곡식 씨앗이 자라고 나무가 푸르러지기 시작했으며, 마당의 사과나무들이 붉은 공 같은 꽃을 활짝 피우고 들에 향기를 내뿜게 되었을 때, 잔느는 커다란 흥분에 사로잡혔다.

잔느는 더 이상 한 자리에 가만히 있질 못했다. 그녀는 오락가락했고, 하루에도 여러 차례씩 들락날락했으며, 때로는 아쉬움의 열기 같은 것에 들떠서, 멀리 농가들을 따라 배회하기도 했다.

풀숲에 웅크리고 있는 데이지 꽃, 나뭇잎 사이로 스며드는 한 줄기 햇빛, 푸른 하늘을 비추고 있는 수레바퀴 자국 속의 작은 물웅덩이, 이런 풍경이 잔느의 마음을 뒤흔들고, 감동시키고, 동요시키면서, 들판에서 몽상에 잠기던 처녀 시절 감정의 메아리인 양 그녀의 머나먼 옛 감각을 되살리는 것이었다.

미래를 기대하던 시절, 포근한 봄날이면 빠져들던 그 달콤함과 어지러운 도취를 다시 맛보면서, 잔느는 그때와 똑같은 흥분으로 몸을 떨었다. 미래가 닫혀 버린 지금 그녀는 그 모든 것을 되찾은 것이었다. 그녀는 마음속으로 그것을 아직도 향유하고 있었다. 그러나 동시에 그녀는 그 때문에 고통스러워했다. 마치 되살아난 이 세계의 영원한 기쁨이란 것도 그녀의 메마른 피부, 그녀의 차가워진 피, 그녀의 짓눌린 영혼 속으로 스며들면서, 거기에는 허약하고 비통한 매력밖에 투사할 수 없는 것 같았다.

또한 그녀 주위의 도처에서 무언가 좀 변한 것 같은 느낌도 들었다. 태양은 그녀의 젊은 시절보다 얼마간 덜 뜨겁고, 하늘은 좀 덜 파랗고, 풀 역시 덜 푸르른 것 같았다. 꽃들은 색이 더 희미해지고 향기도 약해져서, 전만큼 사람을 완전히 취하게 하지 못하는 것 같았다.

그렇지만 어떤 날에는 안락한 삶의 느낌이 그녀의 마음속에도 침투하여, 그녀는 또다시 꿈꾸고, 희망하고, 기대하기 시작했다. 운명의 집요한 가혹함에도, 인간이란 언제나 날씨가 화창할 때면 희망을 품기 마련 아니겠는가?

마음속에 어떤 자극을 받아 내몰리듯, 그녀는 몇 시간씩 무턱대고 앞으로 앞으로 걸어 나갔다. 그리고 때로는 갑자기 걸음을 멈추고, 길가에 앉아서 서글픈 상념에 빠져들었다. 왜 자기는 다른 사람들처럼 사랑을 받지 못했던가? 왜 자기는 평범한 삶의 단순한 행복조차 누릴 수 없었던가?

또 때때로 그녀는 자기가 늙었다는 것, 자기 앞에는 음울하고 고독한 몇 해 세월 말고는 더 이상 기대할 게 없다는 것, 자기의 길은 이제 다 걸어왔다는 것을 망각하는 순간이 있었다. 그럴 때면 그녀는 옛 이팔청춘 시절처럼 마음속으로 달콤한 계획들을 세워 보고, 매혹적인 미래의 조각들을 맞춰 보기도 하는 것이었다. 뒤이어 냉혹한 현실감이 그녀를 덮쳐 왔다. 그러면 무거운 물건이 떨어져 허리를 부러뜨리기라도 한 듯, 그녀는 욱신거리는 사지를 일으켜서 올 때보다 더 천천히 집을 향해 걸으면서 "오, 미친 노파! 미친 노파!" 하고 중얼거렸다.

로잘리는 이제 틈만 나면 잔느에게 말했다. "마님, 좀 가만히 계세요. 왜 그렇게 안절부절못하세요?"

그러면 잔느는 쓸쓸하게 대답하는 것이었다. "어쩌겠어, 나는 죽기 전의 마사크르와 같은걸."

어느 날 아침, 하녀는 평소보다 일찍 잔느의 방에 들어오더니, 침대 옆 탁자 위에 밀크 커피 잔을 올려놓으며 말했다. "자, 빨리 들이키세요. 드니가 문 앞에서 우리를 기다리고 있어요. 제가 푀플에 볼일이 있는데, 같이 가시죠."

잔느는 너무 감동해서 기절할 것만 같았다. 그녀는 그리운 자기 집을 다시 본다는 생각에 겁도 나고 기운이 빠져서, 흥분으로 몸을 떨며 옷을 챙겨 입었다.

찬란한 하늘이 세상 위에 펼쳐져 있었다. 조랑말도 신명이 나서 때때로 속력을 내어 달렸다. 에투방 면에 들어서자, 잔느는 가슴이 두방망이질 쳐서 숨을 쉴 수 없을 것만 같았다. 울타리의 두 벽돌 기둥이 눈에 들어오자, 그녀는 마음에 격변을 불러일으키는 무엇을 대한 듯 자신도 모르게 "오! 오! 오!" 하고 두세 번 낮은 목소리로 중얼거렸다.

쿠야르 집에 이르러 마차에서 말을 풀었다. 로잘리와 그녀의 아들이 볼일을 보러 간 동안, 농부들은 마침 주인이 부재중이니 성을 한 바퀴 돌아보라면서 잔느에게 열쇠를 건네주었다.

잔느는 혼자 나가서, 바다 쪽으로 면한 옛 저택 앞에 이르자, 걸음을 멈추고 저택을 바라보았다. 겉모습은 변한 것이 없었다. 드넓은 잿빛 건물은 그날따라 퇴색한 벽에 태양의 미소가 빛나고 있었다. 덧문은 모두 닫혀 있었다.

작은 삭정이 조각이 옷깃에 떨어져서 잔느는 눈길을 들었다. 플라타너스에서 떨어진 것이었다. 희끄무레한 색깔의 반들반들한 껍질이 덮인 거목에 다가가서 잔느는 짐승을 대하듯 손으로 그 표면을 쓰다듬었다. 풀 속의 썩은 나뭇조각이 그녀의 발에 부딪혔다. 그녀가 가족들 모두와 함께 그렇게 자주 가서 앉았던 벤치의 마지막 남은 조각이었다. 쥘리앵이 처음 방문했던 바로 그날 내다 놓았던 벤치였다.

잔느는 두 짝 현관문 앞에 이르렀고, 그것을 여는 데 몹시 애를 먹었다. 무거운 열쇠가 녹슬어 잘 돌아가지 않았던 것이다. 용수철이 삐걱거리는 소리가 요란하게 나면서 드디어 자물쇠가 열렸다. 문짝 또한 말을 잘 듣지 않았으나, 세게 밀자 겨우 젖혀졌다.

잔느는 거의 뛰다시피 해서 곧장 자기 방까지 올라갔다. 밝은 벽지로 도배를 해 놓아, 그 방은 잘 알아볼 수 없었다. 그러나 창문을 열자, 그토록 사랑했던 수평선, 작은 숲, 느릅나무들, 황야, 그리고 멀리 미동도 않는 듯이 보이는 갈색 돛단배들이 드문드문 떠 있는 바다가 마주 보여서, 그녀는 살 속 깊이까지 감동에 젖어 움직일 줄을 몰랐다.

잔느는 텅 빈 큰 저택 여기저기를 돌아다니기 시작했다. 그녀는 벽 위의 눈에 익숙한 얼룩들을 쳐다보았다. 그녀는 벽토 속에 파인 작은 구멍 앞에서 멈춰 섰다. 남작이 지날 때면, 자기 젊은 시절을 회상하며 벽에 대고 지팡이로 재미 삼아 검술 연습을 하는 바람에 생긴 구멍이었다.

어머니의 방에서는, 침대 옆 컴컴한 구석의 문 뒤에 꽂혀 있는 끝이 금으로 만들어진 작은 핀이 발견되었다. 예전에 잔느가 거기 꽂아 두었던 것인데(그녀는 이제야 그 일이 생각났다.) 그 후 여러 해 동안 찾았으나, 아무도 찾지 못한 핀이었다. 잔느는 그 핀을 값진 유물처럼 집어 들고 거기에 입을 맞추었다.

잔느는 사방으로 돌아다니며, 벽지를 바꾸지 않은 방들에서 거의 눈에 띄지 않는 미세한 흔적들을 찾아보고, 또 알아보고 했다. 그녀는 천이나 대리석 무늬에서 또는 세월로 더러워진 천장 그늘에서, 흔히 상상력이 우리에게 제공해 주게 마련인 기묘한 형상들을 다시 보는 것이었다.

그녀는 묘지를 돌아다니듯, 정적에 싸인 이 거대한 성을 홀로 발소리를 죽여 걸어다녔다. 그녀의 인생 전부가 그 안에 잠들어 있었다.

그녀는 거실로 내려왔다. 덧문이 닫혀 있어서 어두웠으므로, 한참 후에야 사물을 식별할 수 있었다. 시선이 어둠에 익숙해지자, 그녀는 새들이 노니는 문양의, 높은 장식융단을 차차 알아보게 되었다. 안락의자 두 개가 마치 사람들이 막 앉았다 떠난 것처럼 벽난로 앞에 놓여 있었다. 그 방의 냄새, 사람들에게 체취가 있듯 그 방이 항상 간직해 온 냄새, 분명치는 않지만 여하튼 인지할 수 있는 냄새, 옛 거처의 달콤하고도 모호한 냄새가 잔느에게 스며들어 추억으로 그녀를 감싸고 그녀의 기억을 취기에 빠지게 했다. 그녀는 의자에 눈길을 고정한 채, 그 과거의 입김을 맡으며 숨을 헐떡거리고 서 있었다. 그러자 돌연히, 그녀의 고정 관념이 배태한 갑작스러운 환각 가운데서, 그녀는 자주 보아 왔던 대로 난롯불에 발을 쬐는 아버지 어머니의 모습을 본 것 같았다. 아니, 분명히 그 모습이 보였다.

잔느는 겁에 질려 뒤로 물러서다가 문 모서리에 등을 부딪혔다. 그녀는 눈길은 여전히 안락의자를 향한 채 넘어지지 않으려고 문에 몸을 기댔다.

환영은 사라졌다.

그녀는 어찌할 바를 모르고 잠시 동안 그대로 머물러 있었다. 그다음 천천히 마음을 가다듬은 그녀는 정신을 잃을까 두려워 그 자리를 피하려고 했다. 어쩌다가 그녀의 시선이 자신이 기대고 있던 벽널을 향하게 되었다. 그러자 풀레의 키를 재던 눈금이 눈에 띄었다.

위쪽으로 점점 올라가는 희미한 눈금 자국들이 불규칙한 간격으로 페인트칠 위에 나타나 있었다. 주머니칼로 그린 숫자들은 자기 아들의 나이와 달수와 성장을 가리키고 있었다. 큰 글자는 남작이 쓴 것이었고, 작은 글자는 잔느 자신의 것이었으며, 좀 떨린 필적은 리종 이모 글씨였다. 예전의 자기 아들이 바로 그곳 자기 앞에서, 금발을 늘어뜨리고, 키를 재기 위해 자그만 이마를 벽에 붙이고 서 있는 것만 같았다.

남작이 소리쳤다. "잔느, 이 애가 육 주 만에 1센티미터나 자랐구나."

잔느는 사랑의 광기에 사로잡혀 벽널에 키스를 퍼붓기 시작했다.

그런데 밖에서 자기를 부르는 소리가 들렸다. 료잘리의 목소리였다. "잔느 마님, 잔느 마님, 점심 식사를 하려고 사람들이 마님을 기다리고 있어요." 잔느는 정신없이 밖으로 나갔다. 그녀는 사람들이 자기에게 하는 말을 전혀 이해하지 못했다. 그녀는 차려 준 음식을 먹고, 무슨 뜻인지도 모른 채 말하는 소리를 듣고, 자기 건강을 묻는 시골 아낙네들과 무슨 얘기를 나눈 것도 같았다. 그녀는 해 주는 키스를 받고, 자기에게 내민 뺨에 키스를 해 주기도 한 다음 마차에 올랐다.

나무들 사이로 보이던 성의 높은 지붕이 시야에서 사라지자, 잔느는 가슴이 찢어지는 듯한 아픔을 느꼈다. 그녀의 마음속에는 이제 영원히 자기 집에 이별을 고했다는 느낌이 들었다.

그들은 바트빌로 돌아왔다.

그녀가 자신의 새집으로 들어가려는 순간, 문 밑에서 무언가 하얀 것이 눈에 띄었다. 그녀가 없는 동안 우체부가 거기에 밀어 넣고 간 편지였다. 그녀는 폴에게서 온 편지임을 금방 알아차리고, 불안에 떨면서 편지를 개봉했다. 편지 내용은 이러했다.

사랑하는 엄마, 제가 좀 더 일찍 편지를 쓰지 못한 것은 엄마가 파리까지 쓸데없이 여행하시지 않기를 바랐기 때문입니다. 저 자신이 곧 가 뵐 생각이었으니까요. 저는 지금 이 시각 큰 불행과 큰 곤경을 겪고 있습니다. 제 아내가 사흘 전에 딸아이를 낳은 후 죽어 가고 있습니다. 그런데 수중에 돈 한 푼 없습니다. 문지기 아주머니가 겨우 우유로 연명시키고 있는 아이를 어떻게 해야 할지 모르겠고, 이 아이를 잃게 될까 두렵습니다. 엄마가 아이를 맡아 주실 수 없겠는지요? 어찌해야 좋을지 정말 모르겠고, 아이를 유모에게 맡길 돈도 없습니다. 편지받는 대로 바로 답장 주세요.

엄마를 사랑하는 아들,

폴

잔느는 의자에 털썩 주저앉았다. 로잘리를 부를 기운마저도 없었다. 하녀가 오자, 두 사람은 함께 편지를 다시 읽고 서로 얼굴을 마주 보며, 오랫동안 말없이 앉아 있었다.

로잘리가 이윽고 입을 열었다. "제가 아기를 찾으러 가겠어요, 마님. 그렇게 내버려 둘 수는 없잖아요."

잔느가 대답했다. "그래, 가 봐."

잔느는 다시 입을 다물었고, 하녀가 말을 이었다. "모자를 쓰세요, 마님. 고데르빌의 공증인 집으로 갑시다. 그 여자가 죽게 된다면, 장차 아기를 위해, 폴 도련님이 그 여자와 결혼해야 해요."

그러자 잔느는 한마디 대꾸도 없이 모자를 썼다. 차마 입 밖에 낼 수는 없는 강렬한 기쁨이 그녀의 마음에 넘쳐흘렀다. 어떻게 해서든 감추고 싶은 사악한 기쁨, 겉으로 드러내기는 부끄럽지만 마음속 깊이 은밀한 가운데에서는 즐거움이 넘치는 고약한 기쁨이었다. 아들의 정부가 드디어 죽어 가지 않는가.

공증인은 하녀에게 상세한 지시 사항을 일러 주었고, 그녀는 여러 차례 그것을 반복해서 물었다. 그런 다음 실수하지 않을 확신이 서자 "아무 염려 마세요, 이제 제가 맡아서 하겠어요." 하고 그녀가 단언했다.

로잘리는 바로 그날 밤 파리로 떠났다.

잔느는 아무것도 깊이 생각할 수 없는 혼란스러운 상념 가운데서 이틀을 보냈다. 사흘째 아침에 그녀는 저녁 기차로 돌아온다는 로잘리의 단 한 마디 소식을 받았다. 그 말 외에는 아무것도 없었다.

3시쯤 잔느는 이웃집 마차에 말을 매게 하고, 하녀를 기다리기 위해 뵈즈빌 역으로 나갔다.

잔느는 점점 근접하면서 저 멀리 지평선 끝까지 한없이 뻗어 있는 직선 레일을 뚫어지게 쳐다보며 플랫폼에 서 있었다. 그녀는 때때로 시계를 보았다. 아직 십 분. 아직 오 분. 아직 이 분. 드디어 시간이 되었다. 먼 선로 위에는 아무것도 나타나지 않았다. 그러다가 갑자기 하얀 반점이, 연기가 눈에 들어왔고, 연기 아래로 까만 점이 나타나 점점 커지더니 전속력으로 달려왔다. 거대한 기계는 마침내 속도를 늦추더니, 승강구를 골똘히 살펴보는 잔느 앞으로 칙칙 소리를 내며 지나갔다. 문이 몇 개 열렸다. 작업복을 입은 농부, 바구니를 든 촌 아낙네, 펠트 모자를 쓴 소시민 등 많은 사람들이 기차에서 내렸다. 마침내 헝겊 꾸러미 같은 것을 품에 안은 로잘리가 보였다.

잔느는 로잘리에게 다가가고 싶었으나, 다리에 너무 힘이 빠져서 넘어지지나 않을까 겁이 났다. 하녀가 그녀를 알아보고, 평소 같은 침착한 태도로 다가와서 말했다. “안녕하세요, 마님. 다녀왔습니다. 쉽지는 않았어요.”

잔느가 중얼중얼 물었다. “그래, 어찌 됐어?”

로잘리가 대답했다. “그 여자는 간밤에 죽었어요. 두 사람은 결혼했고요. 여기 아기가 있습니다.” 로잘리는 헝겊에 싸여 보이지는 않는 아기를 내밀었다.

잔느는 무의식적으로 아기를 받아들었고, 두 사람은 역을 나와 마차에 올라탔다.

로잘리가 말을 이었다. “폴 도련님은 장례가 끝나는 대로 올 거예요. 내일 같은 시각 기차가 되겠죠.”

잔느는 "폴……." 하고 중얼거리더니 더 이상 아무 말이 없었다.

태양이 지평선으로 넘어가며, 군데군데 금빛 유채꽃과 핏빛 개양귀비꽃이 널려 있는 푸르른 들판을 밝게 물들였다. 생기가 움트는 고요한 대지 위에 무한한 평온이 감돌았다. 농부가 혀를 끌끌 차며 말을 몰자, 마차는 빠른 속도로 달렸다.

잔느는 제비들이 불화살처럼 포물선을 그리며 날고 있는 자기 앞의 허공을 똑바로 바라보고 있었다. 그런데 갑자기 부드러운 포근함이, 생명의 열기가 옷을 통과해 다리에 이르더니, 살 속까지 스며들었다. 그녀 무릎 위에 잠들어 있는 작은 생명의 체온이었다.

그러자 무한한 감동이 그녀에게 밀려왔다. 그녀는 갑자기 포대기를 벗겨 아직 보지 못한 아기의 얼굴을 보았다. 자기 아들의 딸이었다. 밝은 빛에 놀란 연약한 생명이 입을 오물거리며 파란 눈을 떴다. 잔느는 아기를 꼭 끌어안고, 품 속에 들어올려, 키스를 퍼붓기 시작했다.

로잘리는 기뻐하면서도 퉁명스럽게 잔느를 제지했다. "자, 자, 잔느 마님, 그만하세요. 아기가 울겠어요."

그리고 그녀는 아마도 자기 자신의 생각에 화답하는 것처럼 이렇게 덧붙여 말했다. "인생이란 사람들이 생각하는 것만큼 그렇게 좋은 것도 그렇게 나쁜 것도 아닙니다."

작품 해설

모파상의 첫 장편 소설 제목인 Une Vie는 우리말로 '한 인생' 내지 '어떤 일생' 정도의 의미를 지닌 말이다. 그런데 일찍이 일본에서 이 소설이 '여자의 일생'이라는 제목으로 소개되었던 것 같다. 약간 통속적 윤색의 혐의가 있지만 대중에게 보다 인상적으로 각인될 수도 있을 '여자의 일생'이란 이 소설 제목은 어떤 경위에서인지 해방 후 우리나라에서도 그대로 답습되어 쓰여 왔다. 그리하여 모파상의 대표적 작품 『Une Vie』는 지금까지 우리나라의 독자들에게 『여자의 일생』으로 계속 알려져 온 것이 사실이다. 이제 이 소설 제목을 원작에 일치하는 다른 말로 바꾼다면 독자들이 별개의 작품으로 오해할 수 있을 정도로 '여자의 일생'이란 제목은 굳어 있는 것으로 보인다.

여러 번역 판본이 있다는 것을 알지만, 원작에 충실하고 정확한 새 번역을 해 보겠다는 의도로 모파상 작품 번역을 시작하면서 맨 먼저 부딪힌 문제는 제목의 선택이었다. 모파상 소설은 잔느라는 한 여주인공의 개별적 인생을 그린 작품인데 『여자의 일생』이란 제목은 자칫 여자의 생애를 운명적으로 일반화하는 것으로 해석될 소지가 있어서 이 제목의 선택을 주저하게 했다. 그렇지만 하나의 우연에서 비롯된 '여자의 일생'이란 제목이 이제는 다른 작품명을 좀처럼 허용하지 않을 정도로 관습처럼 굳어져 버린 것으로 보인다. 이런 사정이 부득이 '여자의 일생'이란 제목 쪽으로 선택을 기울게 만들었다. 이 작품명이 지금까지 쓰여 온 경위를 감안한다면 '여자의 일생'을 그대로 쓴다고 해도 작품 의미에는 어떤 훼손도 가지 않을 것이라고 생각한다.

기 드 모파상은 1850년에 태어나 1893년까지 사십삼 년간 길지 않은 생애를 살고 간 작가이다. 그가 태어난 1850년은 19세기 프랑스의 대표 작가 발자크가 사망한 해이고, 모파상이 세상을 떠난 1893년은 19세기 프랑스의 대표적 실증주의 철학자이자 문학 비평가인 텐이 사망한 해이기도 하다. 기 드 모파상의 부친 귀스타브 드 모파상은 로렌 지방 귀족 가문의 후예였고, 그의 어머니 로르 르 푸아트뱅은 노르망디의 부유한 부르주아 집안 출신이었다. 그가 태어난 19세기 중엽은 이미 귀족 계급이 지배력을 상실한 시대였던 만큼, 모파상을 귀족이라는 출신 계급과 연관하여 고찰할 여지는 많지 않아 보인다. 그의 가족적 유대는 모계와 훨씬 더 긴밀했다고 할 수 있다. 가정불화로 부모가 일찍부터 별거에 들어간 연유로 모파상은 소년기 대부분을 그가 태어났던 노르망디 지방에서 어머니와 함께 생활하면서 평범한 중등 교육을 받았다. 그는 1869년 바칼로레아 시험에 합격하여 파리 법과대학에 등록했으나, 이듬해 보불전쟁이 발발하자 군에 징집되어 루앙에서 프랑스군의 패주를 겪게 된다. 이때의 전쟁 경험은 후일 「피피 양」 등 여러 단편 소설에서 환기된다.

모파상은 1872년부터 관청 하급 직원으로 일을 시작한다. 해양 식민성과 문부성에서 십 년에 걸쳐 계속된 모파상의 관청 서기 생활은 생계를 위해 마지못해 하는 것이었지만, 이 기간의 경험과 관료 계층에 대한 세밀한 관찰은 작가 모파상에게는 유용해서, 후에 장편소설 『벨아미』 및 여러 단편 소설 창작에 직간접적인 소재로 이용된다. 1883년 무렵부터 눈병과 척추 통증 등으로 고통을 겪기 시작한 모파상은 과도한 지적 활동과 육체적 소모, 마약 사용 등으로 건강이 급속히 악화된다. 1891년 마비 증세가 시작되어 집필 활동이 불가능해진 모파상은 다음 해에는 자살을 기도한 끝에 요양원에 수용되기에 이른다. 그는 1893년 5월 간질성 발작으로 혼수상태에 빠진 후, 7월 6일 요양원에서 43세 나이로 요절하여 생애를 마감한다.

이렇게 간략히 요약해 본 모파상의 생애는 그 자체로는 그다지 특기할 만한 것이라고 할 수 없다. 많은 작가들의 경우가 그렇듯이, 모파상의 생애 역시 일상적 의미에서 그다지 행복했던 생애로 보이지는 않는다. 오히려 정신적, 육체적으로 일찍부터 병마에 시달리다가 고통 속에서 죽어 간 불행한 인간의 일대기에 가깝다고 할 수 있겠다. 그러나 작품 생산자로서 모파상의 생애는 경이로운 것이었다고 말하지 않을 수 없다.

1868년에 외설스러운 시를 지었다는 이유로 이브토의 신학교에서 퇴학당했다는 기록이 있는 것을 보면 모파상의 문학 취향과 글쓰기 시도는 일찍부터 시작되었던 것 같다. 그러나 잘 알려져 있다시피 모파상의 작가 수업이 본격적으로 시작된 것은 어머니의 어린 시절 친구였던 플로베르에 의해서였다. 플로베르는 친구의 아들인 문학 지망생에게 사물에 대한 독창적인 관찰 방법과 정확한 표현 기법을 훈련시켰다. 이제 문학의 뒷얘기에서 유명한 일화가 된 플로베르의 이 문학 수업은 모파상을 우선 사실주의 미학에 입문시키는 과정이었다고 할 수 있겠다. 모파상은 당대 최고의 작가에게서 엄격하면서도 애정 어린 문학 수련을 받는 행운을 누린 셈이다.

모파상이 관청 서기로 일하면서도 보트 놀이와 검술, 사격 등 스포츠 활동을 즐기며 지냈던 1870년대에도 작품 활동의 흔적은 꽤 많이 남아 있다. 이 기간 동안 그는 단편 소설 몇 편과 시, 그리고 극작품을 남겼다.

그러나 모파상이 정식 작가로 인정받기 시작한 것은 단편 소설 「비곗덩어리」가 자연주의 작가들의 문집《메당의 저녁》에 수록된 1880년부터였다고 할 수 있다. 플로베르는 「비곗덩어리」에 이르러 비로소 모파상 글의 작품성을 인정했다고 알려져 있다. 1880년은 플로베르가 서거한 해이기도 한데, 서거하기 직전 플로베르는 제자의 문학적 성공을 축하해 줄 수 있던 것이다.

모파상이 작가로서 집필 활동에 전념한 것은 문명(文名)을 얻게 된 1880년부터 건강 악화로 집필을 접게 된 1891년까지 십 년 남짓한 기간에 불과하다. 이 기간 동안 모파상은 300여 편에 이르는 단편 소설과 장편 소설 여섯 편을 썼으며, 그 외에도 미완 장편 소설 두 편, 시집 한 권, 희곡 작품 몇 편과 여행기를 남겼다. 이 기간 동안 문학 작품 집필 외에도 이 작가는 사교계 출입이 잦았고, 여행도 많이 했으며, 신문과 잡지에 기고하는 등 다양한 활동에 종사했던 만큼 그가 얼마나 정력적인 사람이며 창작력이 왕성한 작가였는지는 미루어 짐작할 만하다. 아무래도 작품 분량이 발자크에 미치지는 못하겠지만, 모두 열여덟 권에 수록되어 출판된 단편 소설의 양을 생각한다면 그의 창작력은 어느 작가에 비교해도 뒤지지 않는다.

스탕달, 발자크, 플로베르, 졸라 같은 19세기 프랑스의 대표적 소설가들에 비해서 모파상의 문학사적 비중은 약간 낮게 취급되어 온 것이 사실이다. 특히 우리나라에서는 모파상을 주로 단편 소설 작가로서 소개해 왔다. 모파상 작품들은 대학의 문학 교육 텍스트로도 즐겨 채택되는 편은 아닌 것 같다. 그러나 일반 교양인들의 독서 대상으로서 그리고 현대에 와서는 영화화 대상으로서 모파상 소설은 어느 작가의 작품 못지않게 선호되는 것 같다. 작가에 대한 궁극적 평가는 결국 독자 취향과 기준에 달린 문제이다. 모파상 소설들이 19세기 어떤 소설들보다도 소설적 재미와 소설 미학적 완결성을 갖추고 있으며, 일찍부터 프루스트를 예고하는 현대적 감수성을 배태하고 있고, 무엇보다도 프랑스적 기질을 잘 구현한 작품이라고 생각하는 모파상 애호가들이 프랑스에는 상당히 많은 것으로 보인다. 여하튼 모파상 소설들이 현재까지 세계적으로 많이 읽히고 사랑받는 서양 문학의 걸작 가운데 자리한다는 것은 부인할 수 없는 사실이다.

모파상의 장편 소설 여섯 편을 출판 연대순으로 나열하면 다음과 같다. 『여자의 일생』(1883), 『벨아미』(1885), 『몽오리올』(1887), 『피에르와 장』(1888), 『죽음처럼 강한』(1889), 『우리들의 마음』(1890). 이 가운데 『피에르와 장』이 소설 미학적으로 가장 뛰어난 작품이라고 생각하는 비평가들이 있어서, 모파상의 대표작이 무엇이냐 하는 문제에는 논란의 여지가 있을 수 있다. 그러나 모파상의 대표작이라고 하면 아무래도 『여자의 일생』을 꼽는 것이 일반적인 방식일 것이다.

모파상의 첫 장편 소설인 『여자의 일생』은 그의 후기 작품들처럼 사교계 환경을 흥미롭게 묘사하는 풍속 소설적 성격을 띠고 있지 않으며, 『벨아미』처럼 특징적인 한 인간 유형을 제시하지도 않는다. 『여자의 일생』은 노르망디 시골을 배경으로 평범한 한 여자의 일대기를 그린 소설이다. 그러나 가장 잘 알려져 있고 가장 많이 읽히는 작품이라는 의미에서는 물론이고, 가장 자연스럽고 자발적인 흐름을 보여 주며, 작가 모파상의 모든 특성이 가장 진하게 녹아 있는 작품이라는 의미에서도 『여자의 일생』은 모파상의 대표작이라고 할 수 있을 것이다. 이 작품에는 작가가 유년 시절부터 간직해 온 내밀한 기쁨과 고통과 슬픔이 배어 있으며, 그가 태어나서 자란 고향 노르망디에 대한 향수와 사랑이 스며 있고, 작가 자신의 기질과 성향이 잘 반영되어 있는 것으로 보인다. 모파상의 여타 작품들은 『여자의 일생』의 자연스러운 흐름에 비하면 약간 의도적이고 작위적이라는 인상을 주는 것이 사실이다.

『여자의 일생』은 잔느라는 한 여주인공의 일생을 대체로 시간적 순서에 따라 기술하고 있는 단순한 연대기적 구조의 소설이다. 현대 소설에서 흔히 볼 수 있는 복잡한 기교가 전적으로 배제되어 있는 이 소설은 전체가 비교적 수월하게 읽히는 평범한 줄거리 중심 소설이다. 이 소설의 줄거리는 17세 처녀인 잔느가 수녀원 학교에서 나오는 1819년 5월에 시작되어 이십수 년간에 걸쳐 진행되는 시간적 흐름을 갖는다. 『여자의 일생』의 이야기가 시작되는 1819년은 발자크의 대표작 『고리오 영감(Le Père Goriot)』의 파란만장한 줄거리가 시작되는 해이기도 한데, 프랑스 역사에서 이때는 왕정복고기에 해당한다. 그리고 작품 말미의 연대는 명기되어 있지는 않지만, 작품 흐름상 1840년대 중반, 즉 칠월 왕조 체제 말기로 추정된다. 그러나 이 작품에는 1830년 칠월 혁명과 국가 체제 변화 등 여러 중요한 역사적 사건에 대한 언급이 일체 없으며, 정치적 변화의 메아리조차 느껴지지 않는다. 『여자의 일생』은 마치 역사적 기복이 정지된 것 같은 세상에서 전개되는 사적(私

的) 삶의 기록으로서, 사소설(私小說)의 한 예를 보여 준다고 할 수도 있을 것이다. 이 작품은 말미에서 노르망디 지방에 기차 운행이 시작된 것을 얘기함으로써 산업 사회의 도래를 얼핏 짐작하게 해 주는 정도이다.

『여자의 일생』은 지리적 배경 또한 대단히 협소한 소설이다. 주인공 잔느는 소설 초반에 코르시카로 신혼여행을 다녀오고, 소설 말미에서 아들을 찾으러 잠시 파리에 갔다 오는 것 외에는, 일생 동안 노르망디 지방으로 동선이 한정되어 있는 인물이라고 할 수 있다. 그것도 시간 대부분을 자신의 시골 저택 '푀플'에 붙박여 지내는 것이다.

이처럼 행동반경이 제한되어 있는 인물답게 잔느의 관심 범위는 좁고, 그녀 의식 또한 편협해 보인다. 수녀원에서 막 나온 처녀 잔느가 꿈꾸는 것은 오직 사랑뿐이고 그녀가 접촉하는 것은 가족과 극히 제한된 주변 사람들뿐이다. 일찍 남편에게 배신당하여 사랑의 환상이 깨지면서부터 이 가련한 여인은 오로지 아들에 대한 편집광적 집념에 사로잡혀 살아간다. 그런데 『여자의 일생』은 이 한 사람의 중심인물에게 모든 초점이 모이는 구조의 소설이다.

자칫 단조로워 보이기 쉬운 이 소설 구조를 지탱하고, 진부해 보일 수도 있는 이 소설 줄거리를 끝까지 따라 읽게 하는 힘은 어디에서 나오는가? 지극히 평범한 대답이 될지 모르지만, 결국 글의 힘이라고 할 수밖에 없다. 『여자의 일생』을 읽어 가다 보면, 19세기 자연주의 문학의 한복판에서 나온 이 작품이 예상 외로 서정적인 섬세한 글로, 또 대단히 예민한 현대적 감각의 글로 이루어져 있음을 발견하고 놀라게 될 것이다. 이 문체의 미덕이 『여자의 일생』을 21세기 오늘날까지 즐겨 읽히는 명작으로 만든 궁극적인 힘이라고 생각한다. 『여자의 일생』은 플로베르의 『마담 보바리』와 마찬가지로, 어쩌면 독자에 따라서는 『마담 보바리』 이상으로 문학 작품을 읽는 재미는 결국 글을 읽는 재미이며, 문학 작품의 본질은 글이라는 사실을 증명하는 작품이다. 오직 문체의 힘만으로 지탱되는 무(無)에 관한 책을 쓰는 것을 이상으로 생각한 작가 플로베르의 제자다운 면모를, 모파상은 그의 작품 『여자의 일생』에서 성공적으로 구현한다. 이런 글의 묘미를 살려야 하기 때문에 『여자의 일생』 같은 작품의 번역은 지난한 작업이 될 수밖에 없는 것이다.

모파상은 자연주의 문학 운동의 한복판에서 활동한 작가였고, 그가 교류한 작가들도 졸라, 공쿠르 형제 등 자연주의 작가들이 주를 이루었으며, 그의 출세작 「비곗덩어리」는 자연주의 작가 문집 《메당의 저녁》에 수록되었다. 따라서 그를 자연주의 작가로 분류하는 것은 어떤 면에서 자연스러운 현상이라고 할 수 있다. 모파상의 문학을 자연주의와 결부하는 것이 문학사의 전통적 설명 방법이었고, 아직도 자연주의 작가 모파상이라는 관념은 상당히 강하게 남아 있다. 모파상 자신이 문학적 유파와 문학적 독트린에 대해서는 강한 반감을 표했었다는 사실은 쉽게 망각되는 것 같다. '소설(Le Roman)'이라는 제목으로 장편 소설 『피에르와 장』에 서문 형식으로 붙인 모파상의 소설론은 오히려 자연주의 문학 이론을 부인하고 반박하는 성격으로 읽힐 만한 글이다. 특히 『여자의 일생』은 자연주의 문학의 틀로 읽어서는 오독 위험이 큰 작품으로 보인다.

"사실주의자도 예술가라면 인생의 진부한 복사판을 보여 주려고 할 것이 아니라, 현실 자체보다도 더 완전하고, 더 인상적이고, 더 개연적인 현실의 비전을 제시하려고 힘써야 할 것이다."라고 모파상은 그의 소설론에서 말하고 있다. 『여자의 일생』의 거의 모든 배경을 이루는 노르망디 풍경 묘사만 해도, 그것은 현실의 단순한 복사가 아니다. 모파상의 묘사는 섬세한 편이지만 그가 이 작품에서 대상의 세부적 묘사를 그 자체로서 추구하는 일은 거의 없다. 『여자의 일생』의 배경 묘사는 모파상 자신이 말했던 "자연주의파의 어리석음"과 무관할뿐더러, 그가 존경하는 문학적 스승이었던 플로베르의 가르침 즉 현실의 객관적 제시라는 사실주의적 원리와도 거리가 멀어 보인다. 다양한 형태로 반복 출현하는 노르망디 풍경들은 대체로 주인공 잔느의 마음에 비친 심상(心象)이다. 수녀원에서 나온 직후 사랑에 빠진 잔느가 보는 풍경은 시취(詩趣) 넘치는 찬란한 초록빛 자연이다. 그러나 곧 뒤이어 찾아온 결혼의 환멸은 그녀에게 음울한 잿빛 전원, "죽어 가는 환자의 방처럼 비통"한 숲의 풍경을 보게 한다. 가혹한 인생의 시련을 겪은 후 잔느의 눈에 비치는 태양은 젊은 시절보다 덜 뜨겁고 하늘은 덜 푸르며 꽃은 덜 향기롭다. 이 풍경들은 작품 분위기를 환기하고 주인공 심리를 반영하며 주인공 운명을 예고한다. 인상주의 회화 기법을 연상시키는 이런 배경 묘사는 모파상의 서정적인 문체와 함께 『여자의 일생』을 흥미로운 문학 작품으로 만드는 중요한 요소라고 할 수 있다.

잔느의 기구한 영락의 일생을 그린 『여자의 일생』은 한 중심인물에게 모든 초점이 모이는 구조로 되어 있는 소설이다. 따라서 이 작품의 의미는 중심인물 잔느를 어떻게 볼 것이냐 하는 문제와 상당 부분 연결되어 있다. 이 여주인공의 운명은 관점에 따라 여러 각도에서 조명이 가능할 것이다. 잔느는 일찍이 엠마 보바리를 탄생시킨 노르망디 지방 출신으로서 그 틀 안에서 일생을 보내는 인물이기 때문에, 노르망디의 지방적 풍토와 연관하여 해석할 여지가 있을 것이다. 또한 지방 소귀족의 딸로서, 몰락의 길에 들어서서 이제 사회적 역할이 차단된 19세기 지방 귀족 계급의 운명과 연결 지어 그녀의 운명을 얘기할 수도 있을 것이다. 그리고 남편과 아들에게 연이어 배신당하고 희생되는 이 가엾은 여자는 적극적이고 주체적인 운명을 추구하기 힘들었던 19세기 여성의 조건과 밀접한 연관을 지을 수 있으므로 페미니즘 비평의 좋은 대상이 될 만한 작품이기도 하다.

그러나 잔느는 풍속 소설의 주인공이 아니다. 그녀는 무엇보다도 작가 모파상의 페시미즘의 소산으로서, 페시미스트 모파상이 느끼고 생각하는 인생을 반영하는 인물이라는 점이 가장 본질적 측면이라고 할 수 있겠다.

『여자의 일생』은 수녀원을 막 벗어난 잔느가 찬란하고 행복한 미래를 꿈꾸는 것으로 시작된다. 유복한 귀족의 귀염둥이 외동딸이자 건강하고 아름다운 17세 처녀 잔느에게 미래의 행복은 아주 자연스러운 기대처럼 보인다. 그러나 그녀의 기대는 곧바로 허망하게 무너지기 시작한다. 경험 없는 순진한 처녀 잔느를 쉽게 유혹하여 바로 결혼에 성공하는 쥘리앵이라는 남자는 문학사상 유례를 찾아보기 어려운 부정적 인간상으로 보인다. 인간성에 대한 모파상의 극히 비관적인 비전이 이런 인물을 빚어내게 했을 것이다. 이 남자는 인색하고 탐욕스러우며, 냉혹하고 야비한 이기주의자다. 그는 모든 도덕적 양심이 결여된 인간처럼 보인다. 잔느의 하녀 로잘리에게 사생아를 낳게 하고서 그 사생아 모자를 대하는 남자의 태도는 독자를 아연하게 한다. 욕정에 사로잡힌 바람둥이 쥘리앵은 동료 귀족의 아내와 바람을 피우다 그녀의 질투심 많은 남편 손에 일찍 죽음을 당한다.

일찍 과부가 된 잔느는 어린 외동아들에게 모든 기대를 걸고 애지중지 아이를 키운다. 아들에 대한 편집증적 집착이 잔느의 나머지 인생 전부라고 할 수 있다. 그러나 재능 없는 평범한 아이로 자란 아들은 중등학교 재학 중에 매춘부에게 빠져서 일찍 어머니 곁을 떠나 버린다. 뒤이어 사업에 실패하고 사기에 말려든 이 어리숙한 아이는 집안의 적지 않은 재산을 탕진하고 만다. 작품 끝 부분에는 매춘부에게 외아들을 빼앗긴 과부 어머니가 질투심과 원한에 시달리는 고통스러운 모습이 떠나간 아들에 대한 애절한 그리움과 함께 처절하게 그려져 있다. 잔느는 엠마 보바리처럼 불륜에 몸을 맡기거나 낭비로 빚을 지는 것도 아니면서 즉 자신의 직접적 행위와 무관하게 운명의 가혹한 타격을 연속적으로 받아 비참한 처지에 이르는 여인이다. 그녀가 겪는 시련은 사십 대 중년 여인을 백발 노파로 보이게 할 만큼 혹심한 것으로 그려진다. 이 가련한 여인의 운명은 비감을 자아낸다.

모파상의 인물들은 자기 운명에 반항할 줄 모르는 인물들이라고 할 수 있다. 삶의 허무와 부조리에 대한 의식이 반항의 각성으로 이어지는 법이 없이 대체로 그들은 삶의 불행을 수동적으로 감내하는 인물들이다. 인간은 자신의 운명을 만들어 가는 주체적 존재라는 실존주의적 논리가 그들에게는 무의미한 말에 불과한 것처럼 보인다. 쇼펜하우어의 추종자라고 할 수 있는 모파상은 지상의 모든 꿈을 파괴하는 작가로서, 그의 작품에서는 인생에 대한 어떤 신뢰의 요소나 위안의 여지를 발견하기 힘들다. 『여자의 일생』의 편협한 광신자 톨비악 신부의 예가 보여 주듯 종교도 고통스러운 인생에 아무런 위안이 되지 못한다. 모파상은 신을 부정하고, 종교를 속임수로 매도하는 사람이다. 그에게 세계는 알 수 없는 맹목적인 힘의 연쇄이며 인간은 그저 짐승보다 약간 우월한 존재 정도이고 진보라는 것도 헛된 공상에 불과할 뿐이다. 모파상은 그의 스승 플로베르처럼 예술에 대한 신앙을 간직한 흔적도 없다.

철저한 페시미스트 모파상이 창조한 소설 세계 『여자의 일생』은 인생의 환멸에 바쳐진 노래라고 할 수 있다. 장밋빛 미래를 꿈꾸는 작품 서두의 아름다운 처녀 잔느와 거의 폐인처럼 돼 버린 작품 말미의 불행한 노파 잔느의 모습이 이루는 극적 대조만으로도 독자는 『여자의 일생』을 인생에 대한 비극적 기록으로 읽기에 충분할 것이다. 현실의 인생이 그렇듯 이 작품에서도 주인공은 사랑하는 주위 사람들을 차례로 잃는다. 별로 동정의 여지가 없어 보이는 남편 쥘리앵의 죽음은 차치하더라도, 어머니의 죽음에 뒤이어 어리석은 외손자가 가한 타격 때문에 아버지가 쓰러지고, 또 한 명의 가련한 여인인 리종 이모가 잔느를 가엾어하면서 죽어 간다. 그리고 기르던 개 마사크르의 죽음까지 삶의 덧없음에 대한 비감을 자아내는 것 같다. 아들 폴은 죽음과 무관한 부재이기 때문에 잔느에게 더 큰 고통을 주는지도 모른다. 인생이란 그렇게 좋은 것도 그렇게 나쁜 것도 아니라는 얼마간 타협적으로 보일 수 있는 소설 마지막 로잘리의 언급에도 불구하고, 이 소설은 인생에 대한 아무런 환상이 없는 증언이다. 그리고 소설 주인공 잔느는 한 여인상이기를 넘어서서 모파상의 비관적 비전에서 조명된 인간의 조건을 형상화하는 인물이라고 할 수 있다. 짙은 페시미즘의 우수(憂愁)가 소설 『여자의 일생』의 가장 본질적인 특성이라고 할 수 있다. 페시미즘적 편향의 감성, 그것은 인생을 환상 없이 바라보는 성숙한 감성이며, 또 가장 프랑스적인 감성의 속성이 아니겠는가. 『여자의 일생』을 창조한 작가 모파상은 그 어떤 작가보다도 프랑스적인 감성을 예술로 적절히 승화시킨 작가로 평가받을 수 있을 것 같다.

2014년 3월

이동렬

작가 연보

1850년 8월 5일 노르망디 투르빌쉬르아르크(Tourville-sur-Arques) 소재 미로메닐(Miromesnil) 성에서 앙리르네알베르기 드 모파상(Henry-René-Albert-Guy de Maupassant) 출생. 1846년 결혼한 아버지 귀스타브 드 모파상(Gustave de Maupassant, 1821~1900)과 어머니 로르 르 푸아트뱅(Laure Le Poittevin, 1821~1903) 사이에서 장자로 출생.

1851년 투르빌쉬르아르크의 성당에서 영세받음.

1854년 모파상 가족이 르아브르(Le Havre) 소재 그랭빌이모빌(Grainville-Ymauville) 성으로 이사.

1856년 동생 에르베(Hervé) 출생.

1859년 가족과 파리에 거주하면서 모파상은 나폴레옹 중학교(lyceé Napoléon)에 입학.

1860년 부모의 별거로 노르망디 지방의 에트르타(Etretat) 별장에서 어머니와 함께 생활. 어머니로부터 교육을 받는 이외에 에트르타의 사제에게서 문법, 수학, 라틴어를 배움.

1863년 부모의 공식 별거. 이브토(Yvetot)의 신학교에 기숙 학생으로 입학.

1864년 신학교 생활에 권태를 느낌. 영국 시인 스윈번(Swinburne)을 알게 됨.

1868년 외설스러운 시를 지었다는 이유로 신학교에서 퇴학. 루앙 중학교(lycée de Rouen)에 기숙생으로 들어가 수사 학급을 마침. 플로베르(Flaubert)와 그의 친구 부이예(Bouilhet)와 친분을 맺고, 그들에게 문학 수업을 받음.

1869년 7월 대학 입학 자격 시험에 합격. 8월 에트르타 해변에서 화가 쿠르베(Courbet)를 만남. 10월 파리의 법과대학 1학년에 등록.

1870년 보불전쟁 발발로, 징집되어 군에 입대. 9월 루앙에서 프랑스의 패주를 겪음.

1872년 법과대학 2학년에 등록. 해양 식민성 임시 직원으로 취직.

1873년 보트 놀이와 검술, 사격 등 스포츠를 즐김. 콩트를 써서 플로베르의 감수를 받는 등 본격적으로 문학 입문.

1874년 해양 식민성 4등 서기로 임명받음.

1875년 플로베르의 집에서 에드몽 드 공쿠르(Edmond de Goncourt)를 만남. 조부 쥘 드 모파상 사망. 첫 단편 작품 「살갗이 벗어진 손(La Main d'écorché)」을 조제프 프뤼니에(Joseph Prunier)라는 필명으로 발표. 시인 말라르메(Mallarmé)를 알게 되고, 화요일마다 그의 집에 드나듦.

1876년 단편 「뱃놀이(En canot)」, 시 「물가에서(Au bord de l'eau)」를 기 드 발몽(Guy de Valmont)이란 필명으로 발표. 졸라(Zola), 위스망스(Huysmans) 등 여러 문인들과 교유.

1877년 매독에 감염. 두 달간 휴가를 얻어 스위스에서 요양. 《모자이크(Mosaïque)》에 단편 「성수를 뿌리는 사람(Le Donneur d'eau bénite)」을 기 드 발몽이란 필명으로 발표. 『여자의 일생(Une Vie)』 구상.

1878년 사극 「륀 백작 부인의 배반(La Trahison de la Comtesse de Rhune)」을 완성하나 상연하지 못함. 『여자의 일생』 집필 시작. 단편 「라레 중위의 결혼(Le Mariage du lieutenant Laré)」을 《모자이크》에 발표. 에트르타의 병든 어머니 곁에서 지냄. 해양 식민성을 떠나 문부성으로 옮김.

1879년 모파상의 희곡 「옛날이야기(L'Histoire du vieux Temps)」가 상연되어 호평. 단편 「시몽의 아빠(Le Papa de Simon)」 발표. 단편 「비곗덩어리(Boule de suif)」 집필.

1880년 시 「소녀(Une fille)」 발표 후 풍기 문란으로 기소당함. 시 「벽(Le Mur)」 발표. 탈모와 심장 발작 등 건강 문제를 겪음. 4월에 출판된 문집 『메당의 저녁(Les Soirées de Médan)』에 「비곗덩어리」 수록. 5월 플로베르 사망으로 큰 충격을 받음. 어머니와 함께 코르시카 여행. 문부성 휴직.

1881년 투르게네프(Turgenev)의 소개로 러시아에까지 모파상의 문명(文名)이 퍼짐. 첫 단편집 『텔리에 집(La Maison Tellier)』이 출간되어 독자층의 호평을 받음. 『여자의 일생』 집필을 다시 시작함. 신문 《르 골루아(Le Gaulois)》에 탐방 기사를 쓰기 위해 두 달간 알제리 여행.

1882년 단편집 『피피 양(Mademoiselle Fifi)』 출간. 브르타뉴 지방 여행. 문부성 직원 명단에서 모파상 이름 삭제.

1883년 눈병과 척추 통증으로 고통을 겪음. 의상 판매인 조제핀 리첼만(Joséphine Litzelmann)과의 사이에서 모파상의 혼외 자식 출생. 『여자의 일생』이 《질 블라스(Gil Blas)》에 연재되고, 이어서 아바르(Havard) 출판사에서 단행본으로 출판. 단편집 『도요새 이야기(Contes de la bécasse)』와 『달빛(Claire de lune)』 출간. 에트르타 체류 중 투르게네프 사망 소식을 들음.

1884년 여행기 「태양에게(Au Soleil)」 출간. 문인 협회

회원으로 선출. 단편집 『롱돌리 자매(Les Soeurs Rondoli)』, 『이베트(Yvette)』 등 출간. 장편 『벨아미(Bel-Ami)』 집필. 병중인 어머니가 기거하던 칸에 체류.

1885년 눈병 재발. 이탈리아 여행. 단편집 『낮과 밤 이야기(Contes du jour et de la nuit)』, 『파랑 씨(Monsieur Parent)』 출간. 『벨아미』가 《질 블라스》 연재에 이어, 아바르 출판사에서 단행본으로 출판.

1886년 단편집 『투안(Toine)』, 『소녀 로크(La Petite Roque)』 출간. 세 번째 장편 소설 『몽오리올(Mont-Oriol)』 집필. 영국 여행.

1887년 에펠탑 건설 반대의 선봉에 섬. 『몽오리올』과 단편집 『르 오를라(Le Horla)』 출간. 네 번째 장편 『피에르와 장(Pierre et Jean)』을 집필하면서 12월 1일부터 《누벨 르뷔(La Nouvelle Revue)》에 연재. 10월 북아프리카 체류.

1888년 올렌도르프(Ollendorff) 출판사에서 『피에르와 장』 단행본으로 출판. 다섯 번째 장편 『죽음처럼 강한(Fort comme la mort)』 집필. 여행기 「물 위에서(Sur l'eau)」, 단편집 『위송 부인의 장미 나무(Le Rosier de Mme Husson)』 출간. 두통 증세 악화. 알제리와 튀니지 여행.

1889년 단편집 『왼손(La Main gauche)』, 장편 『죽음처럼 강한』 출간. 여섯 번째 장편 『우리들의 마음(Notre coeur)』 집필. 11월 동생 에르베 사망.

1890년 여행기 「유랑 생활(La Vie errante)」, 단편집 『쓸모없는 아름다움(L'Inutile Beauté)』, 장편 『우리들의 마음』 출간. 루앙의 플로베르 기념비 제막식에 참석.

1891년 자크 노르망(Jacques Normand)과 공동 작품인 희곡 「뮈조트(Musotte)」가 상연되어 성공. 건강이 악화되고 마비 증세 시작. 집필 활동이 불가능해짐. 12월 14일 유언장 작성.

1892년 자살 기도. 정신병 증상과 마비 증세 등 건강 악화로 파리 근교 파시(Passy) 요양원에 수용.

1893년 3월 희곡 「가정의 평화(La Paix du ménage)」 코메디 프랑세즈에서 상연. 《피가로(Le Figaro)》에 미발표 단편 「행상인(Colporteur)」 수록. 5월 간질성 발작으로 혼수상태에 빠짐. 7월 6일 파시 요양원에서 사망. 7월 8일 생피에르 드 샤요(Saint-Pierre de Chaillot) 성당에서 미사 후 몽파르나스 묘지에 안장.

1894년 미완 장편 소설 『낯선 영혼(L'Ame étrangère)』이 《르뷔 드 파리(La Revue de Paris)》에 수록.

1895년 미완 장편 소설 『삼종 기도(L'Angélus)』가 《르뷔 드 파리》에 수록.

1899년 단편집 『밀롱 신부(Le Père Milon)』 출간.

1900년 단편집 『행상인(Le Colporteur)』 출간.

세계문학전집 319

여자의 일생

1판 1쇄 펴냄 2014년 3월 14일
1판 15쇄 펴냄 2023년 8월 17일

지은이 기 드 모파상
옮긴이 이동렬
발행인 박근섭, 박상준
펴낸곳 (주)민음사

출판등록 1966. 5. 19. (제 16-490호)
서울특별시 강남구 도산대로1길 62(신사동) 강남출판문화센터 5층 (우편번호 06027)
대표전화 02-515-2000 팩시밀리 02-515-2007
www.minumsa.com

ISBN 978-89-374-6319-8 04800
ISBN 978-89-374-6000-5 (세트)

* 잘못 만들어진 책은 구입처에서 교환해 드립니다.

세계문학전집 목록

1·2 변신 이야기 오비디우스·이윤기 옮김 서울대 권장도서 100선
3 햄릿 셰익스피어·최종철 옮김 서울대 권장도서 100선 | 미국대학위원회 선정 SAT 추천도서
4 변신·시골의사 카프카·전영애 옮김 서울대 권장도서 100선
5 동물농장 오웰·도정일 옮김 미국대학위원회 선정 SAT 추천도서 | 《타임》 선정 현대 100대 영문소설
6 허클베리 핀의 모험 트웨인·김욱동 옮김 《뉴스위크》 선정 100대 명저
7 암흑의 핵심 콘래드·이상옥 옮김 미국대학위원회 선정 SAT 추천도서 | 《뉴스위크》 선정 10대 명저
8 토니오 크뢰거·트리스탄·베네치아에서의 죽음 토마스 만·안삼환 외 옮김 노벨 문학상 수상 작가
9 문학이란 무엇인가 사르트르·정명환 옮김
10 한국단편문학선 1 김동인 외·이남호 엮음 국립중앙도서관 선정 청소년 권장도서
11·12 인간의 굴레에서 서머싯 몸·송무 옮김
13 이반 데니소비치, 수용소의 하루 솔제니친·이영의 옮김 노벨 문학상 수상 작가
14 너새니얼 호손 단편선 호손·천승걸 옮김
15 나의 미카엘 오즈·최창모 옮김
16·17 중국신화전설 위앤커·전인초, 김선자 옮김
18 고리오 영감 발자크·박영근 옮김
19 파리대왕 골딩·유종호 옮김 노벨 문학상 수상 작가 | 《타임》 선정 현대 100대 영문소설
20 한국단편문학선 2 김동리 외·이남호 엮음
21·22 파우스트 괴테·정서웅 옮김 서울대 권장도서 100선 | 미국대학위원회 선정 SAT 추천도서
23·24 빌헬름 마이스터의 수업시대 괴테·안삼환 옮김
25 젊은 베르테르의 슬픔 괴테·박찬기 옮김 논술 및 수능에 출제된 책(1998~2005)
26 이피게니에·스텔라 괴테·박찬기 외 옮김
27 다섯째 아이 레싱·정덕애 옮김 노벨 문학상 수상 작가
28 삶의 한가운데 린저·박찬일 옮김
29 농담 쿤데라·방미경 옮김
30 야성의 부름 런던·권택영 옮김
31 아메리칸 제임스·최경도 옮김
32·33 양철북 그라스·장희창 옮김 노벨 문학상 수상 작가 | 서울대 권장도서 100선
34·35 백년의 고독 마르케스·조구호 옮김 노벨 문학상 수상 작가 | 서울대 권장도서 100선
36 마담 보바리 플로베르·김화영 옮김 서울대 권장도서 100선
37 거미여인의 키스 푸익·송병선 옮김
38 달과 6펜스 서머싯 몸·송무 옮김
39 폴란드의 풍차 지오노·박인철 옮김
40·41 독일어 시간 렌츠·정서웅 옮김
42 말테의 수기 릴케·문현미 옮김
43 고도를 기다리며 베케트·오증자 옮김 노벨 문학상 수상 작가 | 서울대 권장도서 100선
44 데미안 헤세·전영애 옮김 노벨 문학상 수상 작가
45 젊은 예술가의 초상 조이스·이상옥 옮김 서울대 권장도서 100선
46 카탈로니아 찬가 오웰·정영목 옮김
47 호밀밭의 파수꾼 샐린저·정영목 옮김 《타임》 선정 현대 100대 영문소설 | 미국대학위원회 선정 SAT 추천도서 | 《뉴스위크》 선정 100대 명저 | BBC 선정 꼭 읽어야 할 책
48·49 파르마의 수도원 스탕달·원윤수, 임미경 옮김
50 수레바퀴 아래서 헤세·김이섭 옮김 노벨 문학상 수상 작가 | 국립중앙도서관 선정 청소년 권장도서

51·52 **내 이름은 빨강** 파묵·이난아 옮김 노벨 문학상 수상 작가
53 **오셀로** 셰익스피어·최종철 옮김 서울대 권장도서 100선
54 **조서** 르 클레지오·김윤진 옮김 노벨 문학상 수상 작가
55 **모래의 여자** 아베 코보·김난주 옮김
56·57 **부덴브로크 가의 사람들** 토마스 만·홍성광 옮김 노벨 문학상 수상 작가
58 **싯다르타** 헤세·박병덕 옮김 노벨 문학상 수상 작가
59·60 **아들과 연인** 로렌스·정상준 옮김 《뉴스위크》 선정 100대 명저
61 **설국** 가와바타 야스나리·유숙자 옮김 노벨 문학상 수상 작가 | 서울대 권장도서 100선
62 **벨킨 이야기·스페이드 여왕** 푸슈킨·최선 옮김
63·64 **넙치** 그라스·김재혁 옮김 노벨 문학상 수상 작가
65 **소망 없는 불행** 한트케·윤용호 옮김 노벨 문학상 수상 작가
66 **나르치스와 골드문트** 헤세·임홍배 옮김 노벨 문학상 수상 작가
67 **황야의 이리** 헤세·김누리 옮김 노벨 문학상 수상 작가
68 **페테르부르크 이야기** 고골·조주관 옮김
69 **밤으로의 긴 여로** 오닐·민승남 옮김 노벨 문학상 수상 작가 | 미국대학위원회 선정 SAT 추천도서
70 **체호프 단편선** 체호프·박현섭 옮김
71 **버스 정류장** 가오싱젠·오수경 옮김 노벨 문학상 수상 작가
72 **구운몽** 김만중·송성욱 옮김 서울대 권장도서 100선 | 국립중앙도서관 선정 청소년 권장도서
73 **대머리 여가수** 이오네스코·오세곤 옮김
74 **이솝 우화집** 이솝·유종호 옮김 논술 및 수능에 출제된 책(1998~2005)
75 **위대한 개츠비** 피츠제럴드·김욱동 옮김 《타임》 선정 현대 100대 영문소설
76 **푸른 꽃** 노발리스·김재혁 옮김
77 **1984** 오웰·정회성 옮김 《타임》 선정 현대 100대 영문소설 | 《뉴스위크》 선정 100대 명저
78·79 **영혼의 집** 아옌데·권미선 옮김
80 **첫사랑** 투르게네프·이항재 옮김
81 **내가 죽어 누워 있을 때** 포크너·김명주 옮김 노벨 문학상 수상 작가
82 **런던 스케치** 레싱·서숙 옮김 노벨 문학상 수상 작가
83 **팡세** 파스칼·이환 옮김
84 **질투** 로브그리예·박이문, 박희원 옮김
85·86 **채털리 부인의 연인** 로렌스·이인규 옮김
87 **그 후** 나쓰메 소세키·윤상인 옮김
88 **오만과 편견** 오스틴·윤지관, 전승희 옮김 미국대학위원회 선정 SAT 추천도서
89·90 **부활** 톨스토이·연진희 옮김 논술 및 수능에 출제된 책(1998~2005)
91 **방드르디, 태평양의 끝** 투르니에·김화영 옮김
92 **미겔 스트리트** 나이폴·이상옥 옮김 노벨 문학상 수상 작가
93 **페드로 파라모** 룰포·정창 옮김
94 **차라투스트라는 이렇게 말했다** 니체·장희창 옮김 국립중앙도서관 선정 청소년 권장도서
95·96 **적과 흑** 스탕달·이동렬 옮김 국립중앙도서관 선정 청소년 권장도서
97·98 **콜레라 시대의 사랑** 마르케스·송병선 옮김 노벨 문학상 수상 작가 | BBC 선정 꼭 읽어야 할 책
99 **맥베스** 셰익스피어·최종철 옮김 서울대 권장도서 100선 | 미국대학위원회 선정 SAT 추천도서
100 **춘향전** 작자 미상·송성욱 풀어 옮김 서울대 권장도서 100선
101 **페르디두르케** 곰브로비치·윤진 옮김
102 **포르노그라피아** 곰브로비치·임미경 옮김
103 **인간 실격** 다자이 오사무·김춘미 옮김
104 **네루다의 우편배달부** 스카르메타·우석균 옮김

105·106 이탈리아 기행 괴테·박찬기 외 옮김
107 나무 위의 남작 칼비노·이현경 옮김
108 달콤 쌉싸름한 초콜릿 에스키벨·권미선 옮김
109·110 제인 에어 C. 브론테·유종호 옮김 BBC 선정 꼭 읽어야 할 책
111 크눌프 헤세·이노은 옮김 노벨 문학상 수상 작가
112 시계태엽 오렌지 버지스·박시영 옮김 《타임》 선정 현대 100대 영문소설 | 《뉴스위크》 선정 100대 명저
113·114 파리의 노트르담 위고·정기수 옮김 미국대학위원회 선정 SAT 추천도서
115 새로운 인생 단테·박우수 옮김
116·117 로드 짐 콘래드·이상옥 옮김 《뉴스위크》 선정 100대 명저
118 폭풍의 언덕 E. 브론테·김종길 옮김 미국대학위원회 선정 SAT 추천도서
119 텔크테에서의 만남 그라스·안삼환 옮김 노벨 문학상 수상 작가
120 검찰관 고골·조주관 옮김
121 안개 우나무노·조민현 옮김
122 나사의 회전 제임스·최경도 옮김 미국대학위원회 선정 SAT 추천도서
123 피츠제럴드 단편선 1 피츠제럴드·김욱동 옮김
124 목화밭의 고독 속에서 콜테스·임수현 옮김
125 돼지꿈 황석영
126 라셀라스 존슨·이인규 옮김
127 리어 왕 셰익스피어·최종철 옮김 서울대 권장도서 100선 | 《뉴스위크》 선정 100대 명저
128·129 쿠오 바디스 시엔키에비츠·최성은 옮김 노벨 문학상 수상 작가
130 자기만의 방·3기니 울프·이미애 옮김
131 시르트의 바닷가 그라크·송진석 옮김
132 이성과 감성 오스틴·윤지관 옮김
133 바덴바덴에서의 여름 치프킨·이장욱 옮김
134 새로운 인생 파묵·이난아 옮김 노벨 문학상 수상 작가
135·136 무지개 로렌스·김정매 옮김
137 인생의 베일 서머싯 몸·황소연 옮김
138 보이지 않는 도시들 칼비노·이현경 옮김
139·140·141 연초 도매상 바스·이운경 옮김 《타임》 선정 현대 100대 영문소설
142·143 플로스 강의 물방앗간 엘리엇·한애경, 이봉지 옮김 미국대학위원회 선정 SAT 추천도서
144 연인 뒤라스·김인환 옮김
145·146 이름 없는 주드 하디·정종화 옮김
147 제49호 품목의 경매 핀천·김성곤 옮김 《타임》 선정 현대 100대 영문소설
148 성역 포크너·이진준 옮김 노벨 문학상 수상 작가 | 퓰리처상 수상 작가
149 무진기행 김승옥
150·151·152 신곡(지옥편·연옥편·천국편) 단테·박상진 옮김 《뉴스위크》 선정 100대 명저
153 구덩이 플라토노프·정보라 옮김
154·155·156 카라마조프가의 형제들 도스토옙스키·김연경 옮김
157 지상의 양식 지드·김화영 옮김 노벨 문학상 수상 작가
158 밤의 군대들 메일러·권택영 옮김 퓰리처상 수상 작가
159 주홍 글자 호손·김욱동 옮김 서울대 권장도서 100선 | 미국대학위원회 선정 SAT 추천도서
160 깊은 강 엔도 슈사쿠·유숙자 옮김
161 욕망이라는 이름의 전차 윌리엄스·김소임 옮김
162 마사 퀘스트 레싱·나영균 옮김 노벨 문학상 수상 작가
163·164 운명의 딸 아옌데·권미선 옮김

165 **모렐의 발명** 비오이 카사레스 · 송병선 옮김
166 **삼국유사** 일연 · 김원중 옮김 서울대 권장도서 100선
167 **풀잎은 노래한다** 레싱 · 이태동 옮김 노벨 문학상 수상 작가
168 **파리의 우울** 보들레르 · 윤영애 옮김
169 **포스트맨은 벨을 두 번 울린다** 케인 · 이만식 옮김
170 **썩은 잎** 마르케스 · 송병선 옮김 노벨 문학상 수상 작가
171 **모든 것이 산산이 부서지다** 아체베 · 조규형 옮김 《타임》 선정 현대 100대 영문소설
172 **한여름 밤의 꿈** 셰익스피어 · 최종철 옮김 미국대학위원회 선정 SAT 추천도서
173 **로미오와 줄리엣** 셰익스피어 · 최종철 옮김 미국대학위원회 선정 SAT 추천도서
174·175 **분노의 포도** 스타인벡 · 김승욱 옮김 노벨 문학상 수상 작가 | 《타임》 선정 현대 100대 영문소설
176·177 **괴테와의 대화** 에커만 · 장희창 옮김
178 **그물을 헤치고** 머독 · 유종호 옮김 《타임》 선정 현대 100대 영문소설
179 **브람스를 좋아하세요...** 사강 · 김남주 옮김
180 **카타리나 블룸의 잃어버린 명예** 하인리히 뵐 · 김연수 옮김 노벨 문학상 수상 작가
181·182 **에덴의 동쪽** 스타인벡 · 정회성 옮김 노벨 문학상 수상 작가
183 **순수의 시대** 워튼 · 송은주 옮김 《뉴스위크》 선정 100대 명저 | 퓰리처상 수상작
184 **도둑 일기** 주네 · 박형섭 옮김
185 **나자** 브르통 · 오생근 옮김
186·187 **캐치-22** 헬러 · 안정효 옮김 《타임》 선정 현대 100대 영문소설
188 **숄로호프 단편선** 숄로호프 · 이항재 옮김 노벨 문학상 수상 작가
189 **말** 사르트르 · 정명환 옮김
190·191 **보이지 않는 인간** 엘리슨 · 조영환 옮김 《타임》 선정 현대 100대 영문소설
192 **왑샷 가문 연대기** 치버 · 김승욱 옮김 퓰리처상 수상 작가
193 **왑샷 가문 몰락기** 치버 · 김승욱 옮김 퓰리처상 수상 작가
194 **필립과 다른 사람들** 노터봄 · 지명숙 옮김
195·196 **하드리아누스 황제의 회상록** 유르스나르 · 곽광수 옮김
197·198 **소피의 선택** 스타이런 · 한정아 옮김 퓰리처상 수상 작가
199 **피츠제럴드 단편선 2** 피츠제럴드 · 한은경 옮김
200 **홍길동전** 허균 · 김탁환 옮김
201 **요술 무지갱이** 쿠버 · 양윤희 옮김
202 **북호텔** 다비 · 원윤수 옮김
203 **톰 소여의 모험** 트웨인 · 김욱동 옮김
204 **금오신화** 김시습 · 이지하 옮김
205·206 **테스** 하디 · 정종화 옮김 미국대학위원회 선정 SAT 추천도서 | BBC 선정 꼭 읽어야 할 책
207 **브루스터플레이스의 여자들** 네일러 · 이소영 옮김
208 **더 이상 평안은 없다** 아체베 · 이소영 옮김
209 **그레인지 코플랜드의 세 번째 인생** 워커 · 김시현 옮김 퓰리처상 수상 작가
210 **어느 시골 신부의 일기** 베르나노스 · 정영란 옮김
211 **타라스 불바** 고골 · 조주관 옮김
212·213 **위대한 유산** 디킨스 · 이인규 옮김 서울대 권장도서 100선 | BBC 선정 꼭 읽어야 할 책
214 **면도날** 서머싯 몸 · 안진환 옮김
215·216 **성채** 크로닌 · 이은정 옮김
217 **오이디푸스 왕** 소포클레스 · 강대진 옮김 서울대 권장도서 100선
218 **세일즈맨의 죽음** 밀러 · 강유나 옮김
219·220·221 **안나 카레니나** 톨스토이 · 연진희 옮김 서울대 권장도서 100선

222 오스카 와일드 작품선 와일드 · 정영목 옮김

223 벨아미 모파상 · 송덕호 옮김

224 파스쿠알 두아르테 가족 호세 셀라 · 정동섭 옮김 노벨 문학상 수상 작가

225 시칠리아에서의 대화 비토리니 · 김운찬 옮김

226·227 길 위에서 케루악 · 이만식 옮김 《타임》 선정 현대 100대 영문소설 | 《뉴스위크》 선정 100대 명저

228 우리 시대의 영웅 레르몬토프 · 오정미 옮김

229 아우라 푸엔테스 · 송상기 옮김

230 클링조어의 마지막 여름 헤세 · 황승환 옮김 노벨 문학상 수상 작가

231 리스본의 겨울 무뇨스 몰리나 · 나송주 옮김

232 뻐꾸기 둥지 위로 날아간 새 키지 · 정회성 옮김 《타임》 선정 현대 100대 영문소설

233 페널티킥 앞에 선 골키퍼의 불안 한트케 · 윤용호 옮김 노벨 문학상 수상 작가

234 참을 수 없는 존재의 가벼움 쿤데라 · 이재룡 옮김

235·236 바다여, 바다여 머독 · 최옥영 옮김

237 한 줌의 먼지 에벌린 워 · 안진환 옮김 《타임》 선정 현대 100대 영문소설

238 뜨거운 양철 지붕 위의 고양이 · 유리 동물원 윌리엄스 · 김소임 옮김 퓰리처상 수상작

239 지하로부터의 수기 도스토옙스키 · 김연경 옮김

240 키메라 바스 · 이운경 옮김

241 반쪼가리 자작 칼비노 · 이현경 옮김

242 벌집 호세 셀라 · 남진희 옮김 노벨 문학상 수상 작가

243 불멸 쿤데라 · 김병욱 옮김

244·245 파우스트 박사 토마스 만 · 임홍배, 박병덕 옮김 노벨 문학상 수상 작가

246 사랑할 때와 죽을 때 레마르크 · 장희창 옮김

247 누가 버지니아 울프를 두려워하랴? 올비 · 강유나 옮김

248 인형의 집 입센 · 안미란 옮김

249 위폐범들 지드 · 원윤수 옮김 노벨 문학상 수상 작가

250 무정 이광수 · 정영훈 책임 편집 서울대 권장도서 100선

251·252 의지와 운명 푸엔테스 · 김현철 옮김

253 폭력적인 삶 파솔리니 · 이승수 옮김

254 거장과 마르가리타 불가코프 · 정보라 옮김

255·256 경이로운 도시 멘도사 · 김현철 옮김

257 야콥을 둘러싼 추측들 욘존 · 손대영 옮김

258 왕자와 거지 트웨인 · 김욱동 옮김

259 존재하지 않는 기사 칼비노 · 이현경 옮김

260·261 눈먼 암살자 애트우드 · 차은정 옮김 《타임》 선정 현대 100대 영문소설

262 베니스의 상인 셰익스피어 · 최종철 옮김

263 말리나 바흐만 · 남정애 옮김

264 사볼타 사건의 진실 멘도사 · 권미선 옮김

265 뒤렌마트 희곡선 뒤렌마트 · 김혜숙 옮김

266 이방인 카뮈 · 김화영 옮김 노벨 문학상 수상 작가 | 미국대학위원회 선정 SAT 추천도서

267 페스트 카뮈 · 김화영 옮김 노벨 문학상 수상 작가 | 국립중앙도서관 선정 청소년 권장도서

268 검은 튤립 뒤마 · 송진석 옮김

269·270 베를린 알렉산더 광장 되블린 · 김재혁 옮김

271 하얀 성 파묵 · 이난아 옮김 노벨 문학상 수상 작가

272 푸슈킨 선집 푸슈킨 · 최선 옮김

273·274 유리알 유희 헤세 · 이영임 옮김 노벨 문학상 수상 작가

275 **픽션들** 보르헤스 · 송병선 옮김 서울대 권장도서 100선
276 **신의 화살** 아체베 · 이소영 옮김
277 **빌헬름 텔 · 간계와 사랑** 실러 · 홍성광 옮김
278 **노인과 바다** 헤밍웨이 · 김욱동 옮김 노벨 문학상 수상 작가 | 퓰리처상 수상작
279 **무기여 잘 있어라** 헤밍웨이 · 김욱동 옮김 미국대학위원회 선정 SAT 추천도서
280 **태양은 다시 떠오른다** 헤밍웨이 · 김욱동 옮김 《타임》 선정 현대 100대 영문 소설
281 **알레프** 보르헤스 · 송병선 옮김
282 **일곱 박공의 집** 호손 · 정소영 옮김
283 **에마** 오스틴 · 윤지관, 김영희 옮김
284·285 **죄와 벌** 도스토옙스키 · 김연경 옮김 미국대학위원회 선정 SAT 추천도서
286 **시련** 밀러 · 최영 옮김
287 **모두가 나의 아들** 밀러 · 최영 옮김
288·289 **누구를 위하여 종은 울리나** 헤밍웨이 · 김욱동 옮김 노벨 문학상 수상 작가
290 **구르브 연락 없다** 멘도사 · 정창 옮김
291·292·293 **데카메론** 보카치오 · 박상진 옮김
294 **나누어진 하늘** 볼프 · 전영애 옮김
295·296 **제브데트 씨와 아들들** 파묵 · 이난아 옮김 노벨 문학상 수상 작가
297·298 **여인의 초상** 제임스 · 최경도 옮김 미국대학위원회 선정 SAT 추천도서
299 **압살롬, 압살롬!** 포크너 · 이태동 옮김 노벨 문학상 수상 작가
300 **이상 소설 전집** 이상 · 권영민 책임 편집
301·302·303·304·305 **레 미제라블** 위고 · 정기수 옮김
306 **관객모독** 한트케 · 윤용호 옮김 노벨 문학상 수상 작가
307 **더블린 사람들** 조이스 · 이종일 옮김
308 **에드거 앨런 포 단편선** 앨런 포 · 전승희 옮김 미국대학위원회 선정 SAT 추천도서
309 **보이체크 · 당통의 죽음** 뷔히너 · 홍성광 옮김
310 **노르웨이의 숲** 무라카미 하루키 · 양억관 옮김
311 **운명론자 자크와 그의 주인** 디드로 · 김희영 옮김
312·313 **헤밍웨이 단편선** 헤밍웨이 · 김욱동 옮김 노벨 문학상 수상 작가
314 **피라미드** 골딩 · 안지현 옮김 노벨 문학상 수상 작가
315 **닫힌 방 · 악마와 선한 신** 사르트르 · 지영래 옮김
316 **등대로** 울프 · 이미애 옮김 《타임》 선정 현대 100대 영문소설 | 《뉴스위크》 선정 100대 명저
317·318 **한국 희곡선** 송영 외 · 양승국 엮음
319 **여자의 일생** 모파상 · 이동렬 옮김
320 **의식** 노터봄 · 김영중 옮김
321 **육체의 악마** 라디게 · 원윤수 옮김
322·323 **감정 교육** 플로베르 · 지영화 옮김
324 **불타는 평원** 룰포 · 정창 옮김
325 **위대한 몬느** 알랭푸르니에 · 박영근 옮김
326 **라쇼몬** 아쿠타가와 류노스케 · 서은혜 옮김
327 **반바지 당나귀** 보스코 · 정영란 옮김
328 **정복자들** 말로 · 최윤주 옮김
329·330 **우리 동네 아이들** 마흐푸즈 · 배혜경 옮김 노벨 문학상 수상 작가
331·332 **개선문** 레마르크 · 장희창 옮김
333 **사바나의 개미 언덕** 아체베 · 이소영 옮김
334 **게걸음으로** 그라스 · 장희창 옮김 노벨 문학상 수상 작가

395 월든 소로·정회성 옮김
396 모래 사나이 E. T. A. 호프만·신동화 옮김
397·398 검은 책 오르한 파묵·이난아 옮김 노벨 문학상 수상 작가
399 방랑자들 올가 토카르추크·최성은 옮김 노벨 문학상 수상 작가
400 시여, 침을 뱉어라 김수영·이영준 엮음
401·402 환락의 집 이디스 워튼·전승희 옮김
403 달려라 메로스 다자이 오사무·유숙자 옮김
404 아버지와 자식 투르게네프·연진희 옮김
405 청부 살인자의 성모 바예호·송병선 옮김
406 세피아빛 초상 아옌데·조영실 옮김
407·408·409·410 사기 열전 사마천·김원중 옮김 서울대 권장도서 100선
411 이상 시 전집 이상·권영민 책임 편집
412 어둠 속의 사건 발자크·이동렬 옮김
413 태평천하 채만식·권영민 책임 편집
414·415 노스트로모 콘래드·이미애 옮김
416·417 제르미날 졸라·강충권 옮김
418 명인 가와바타 야스나리·유숙자 옮김 노벨 문학상 수상 작가
419 핀처 마틴 골딩·백지민 옮김 노벨 문학상 수상 작가
420 사라진·샤베르 대령 발자크·선영아 옮김
421 빅 서 케루악·김재성 옮김
422 코뿔소 이오네스코·박형섭 옮김
423 블랙박스 오즈·윤성덕, 김영화 옮김

세계문학전집은 계속 간행됩니다.